Winterdünenglück

Karin Lindberg

ZEILENFLUSS

Prolog

Lara hasste es, dass sie nicht Nein sagen konnte. Gleichzeitig spürte sie, wie sich ihr Magen verknotete. Wie jedes Jahr, wenn das Thema Dienstplan um den Jahreswechsel zur Sprache kam, ließ man ihr keine Wahl. Sie saß mit ihrer Vorgesetzten Maria im Aufenthaltsraum der Physiopraxis des Münchner Krankenhauses, in dem sie seit sechs Jahren angestellt war. Lara schluckte und blinzelte, während sie versuchte, nicht allzu sauertöpfisch dreinzuschauen.

»Ich verstehe, dass du nicht begeistert bist, Lara«, Maria hatte ihre verständnisvolle Miene aufgesetzt. »Aber du bist nun mal die Einzige im Team, die Single ist und keine Kinder hat.«

Lara seufzte. Obwohl das, was ihre Chefin gesagt hatte, nicht ganz korrekt war, konnte sie doch nicht widersprechen, denn ihr Freund war Laras schmutziges Geheimnis. In ihrem Magen bildete sich ein großer Knoten. »Ja, ich weiß«, erwiderte sie daher nur.

»Mir ist klar, dass es nicht gerade toll ist, an Weihnachten und Silvester Dienst zu schieben.«

»Nicht toll?«, wiederholte Lara pikiert und hob eine Augenbraue. Ihre Hände ruhten in ihrem Schoß.

Maria wedelte mit ihrem Kugelschreiber. »Dann kann ich dich also eintragen?«

»Steht mein Name nicht sowieso schon im Dienstplan?«

»Noch nicht.«

Lara atmete aus und winkte ab. »Dann mach halt, ich habe ja nicht wirklich eine Wahl. Natürlich möchte ich den Kollegen mit Familien nicht das Fest verderben.«

»Danke, das ist echt lieb von dir.«

»Ja, ja«, sie winkte ab. »War sonst noch was, sonst würde ich jetzt mit meiner Runde anfangen.« Lara mochte ihren Job als Physiotherapeutin, die Arbeit mit Menschen, ihnen zu helfen, war das, was ihr Freude bereitete. Auch, wenn ihre Patienten häufig von Schmerzen geplagt waren, weil sie gerade frisch operiert waren oder chronische Leiden hatten. Es war der positive Teil ihres Jobs zu wissen, dass sie diejenige war, die den Kranken dabei half, wieder mobil zu werden und zurück ins normale Leben zu finden. Unfälle machten leider auch vor den Weihnachtsfeiertagen keinen Halt, und somit musste ebenfalls die Physio-Abteilung zu jeder Zeit des Jahres besetzt werden. Dass ausgerechnet Lara mal wieder den schwarzen Peter ziehen musste, fand sie zwar nicht schön, aber sie konnte keine Einwände dagegen vorbringen. Vielleicht wollte sie das auch gar nicht, weil sie sonst sowieso nur allein zuhause mit einer Tiefkühlpizza vor der Glotze sitzen würde. Nicht gerade verlockend, also biss sie in diesem Jahr wieder in den sauren Apfel.

»Du könntest dafür vor Weihnachten ein paar Tage freinehmen«, bot Maria an. »Ich habe eben gesehen, dass du noch eine ganze Menge Resturlaub hast. Das sieht die Verwaltung nicht gern, wenn wir den mit ins neue Jahr nehmen.«

Lara stand auf und griff sich ihr Klemmbrett mit dem heutigen Behandlungsplan. Es war traurig, aber außer ihrem Job hatte ihr Leben nicht viel zu bieten. Auf sie wartete zu Hause nicht mal eine Katze oder ein Wellensittichpärchen. Sie straffte sich und rang sich ein Lächeln ab. »Ich denke drüber nach.« Für eine Sekunde flammte der Impuls in ihr auf, alles hinzuschmeißen und auf Weltreise zu gehen. Aber sofort verwarf sie den Gedanken. Sie war nicht die geborene Abenteurerin, und obwohl sie gute Freunde hatte, wäre keiner von ihnen dazu in der Lage, den Job für Wochen oder Monate aufzugeben, um sie zu begleiten.

»In Ordnung«, Maria beugte sich wieder über ihren Plan. Sie wirkte auf einmal sehr beschäftigt, und Lara machte sich auf ihre Runde.

Sie verließ den Raum und trat auf den Flur. Die Neonröhren an der Decke spendeten ein künstliches, helles Licht, das jeden blass aussehen ließ. Tageslicht gab es in diesem Bereich des Krankenhauses keines. Ihre Schuhe hinterließen ein quietschendes Geräusch auf dem grauen Linoleumboden. Es roch, wie in jedem Klinikum, nach Desinfektionsmitteln und Schwermut. Lara wusste nicht, warum sie heute selbst so bedrückt war. Vermutlich die Jahreszeit, sagte sie sich, als sie um die Ecke in Richtung Aufzüge bog. Sie stieß mit jemandem zusammen.

»'tschuldigung«, brummte sie, bis sie merkte, dass es Philip war.

»Hey, du hast es ja eilig«, gab er mit einem breiten Grinsen zurück. Er trug einen langen, weißen Kittel. Sein Name war mit einem Plastikschild daran befestigt. Dr. Philip Patzelt, Oberarzt der orthopädischen Chirurgie. In seiner Brusttasche steckten ein paar Kugelschreiber und seine Lesebrille. Er trug sein dunkelblondes Haar leicht zurückgegelt und war, wie immer, ordentlich rasiert. Der Hauch seines intensiven Aftershaves stieg ihr in die Nase.

»Muss auf meine Runde«, erklärte sie und rührte sich nicht.

Philip guckte sich um, und als er niemanden entdecken konnte, griff er ihre Hand und zog sie mit sich in einen kleinen Nebenraum der Wäscherei. Er schloss' die Tür hinter ihnen und nahm sie dann in seine Arme. »Ich hab' dich vermisst, Schnucki«, raunte er an ihrem Hals und begann, sie zu küssen. Seine Finger wanderten zu ihren Pobacken, wo er herzhaft zupackte und sie an sich drückte. »Wann können wir uns sehen?«, brummte er, während er sich eifrig zu ihrem Dekolleté vorarbeitete.

Lara hielt die Augen geschlossen und genoss seine Liebkosungen. »Ich habe übermorgen frei«, raunte sie.

»Geht nicht, da habe ich Nachtdienst.«

Sie schwieg, ehe sie eine weitere Frage stellte, die ihr schon länger auf der Seele brannte. Oder immer wieder. Das Thema war nicht neu. »Hast du es ihr schon gesagt?«, platzte es doch aus ihr hervor.

Philip erstarrte. »Was?«, fragte er unnötigerweise, obwohl klar war, worum es ging.

Lara öffnete die Lider und schob ihn ein Stück von sich. Das konnte er nicht ernst meinen. »Wann verlässt du sie?«, brachte sie es direkt auf den Punkt. Sie hatte genug davon. Ihr Geduldsfaden war heute dünn, so resolut war sie sonst nicht. Aber das Gespräch mit Maria hatte ihr sehr deutlich vor Augen geführt, was sie nicht mehr wollte: Die Single-Frau sein, die keine war, es aber niemandem sagen konnte, weil ihr Freund noch verheiratet war und man den Schein wahren musste. Lara wollte Weihnachten nicht allein feiern, sondern mit einem Partner und einem richtigen Baum. Mit Geschenken und Kerzen. Sie hatte es satt, die geheime Nummer zwei zu sein. Das dreckige Geheimnis des Oberarztes. Philip wusste das. Seit drei Jahren kam das Thema immer wieder auf. Stets hatte er eine andere Begründung, warum er noch mit der Trennung warten musste. Lara war gespannt, was er zu sagen hatte.

»Nein, habe ich nicht«, erwiderte er. »Du weißt doch, ihr geht es gerade emotional nicht gut.«

Seine Finger glitten unter ihr Shirt. Lara hielt seine Hand

fest, schob sie zurück und trat von ihm weg. »Ich kann es nicht mehr hören.« Sie unterdrückte den Impuls, Philip anzuschreien.

»Es ist schwer, du verstehst das nicht.«

Lara platzte endgültig der Kragen. »Ja, das stimmt. Ich verstehe es nicht. Es sei denn, du hast gar nicht vor, sie zu verlassen.« Die Wahrheit lag auf einmal offen und deutlich vor ihr. So klar hatte sie es nie gesehen, oder nicht sehen wollen. Lara wusste nicht, wieso gerade jetzt, aber der Schleier hatte sich gelüftet, und sie begriff endlich, dass Philip seine Frau niemals verlassen würde. Es war die alte Leier, die sich stets zu wiederholen schien. Lara hatte gedacht, dass es mit ihm anders sein würde, aber sie musste sich eingestehen, dass Fehler sich offenbar über Generationen fortsetzten. Aber sie würde es besser machen. Lara wollte nicht so enden wie ihre Mutter. Sie straffte sich. »Ich habe keine Lust, mir das noch länger anzuhören, außerdem muss ich arbeiten.«

Philip guckte drein, als hätte ihn ein Bus gerammt. »Schnucki ...«

Sie hob abwehrend ihre Hand, ihre Kehle wurde eng. Sie hatte so viele Hoffnungen gehabt, so viele Träume. Leider musste sie sich eingestehen, dass sie niemals wahr werden würden. Jedenfalls nicht mit ihm. »Ich will das nicht mehr.«

Philip schwieg, er blinzelte, als ob er nicht kapierte, was sie meinte. Aber so begriffsstutzig konnte er nicht sein. Er war schließlich nicht dumm, sondern sehr geschickt darin zu bekommen, was er wollte. Noch mal würde sie nicht auf ihn und seine Beteuerungen hereinfallen. Sie war es leid, nur die gestohlenen Momente zu bekommen. Ein, zwei Stunden an einem Abend oder Vormittag. Eine schnelle Nummer zwischen zwei Patienten. Lara war von sich selbst angewidert, dass sie seit Jahren mit einem verheirateten Mann schlief. Sie hatte sich immer eingeredet, dass Philips

Frau schrecklich sein müsste, dass er es schwer in der Ehe hätte. Sie hatte sich nie die Mühe gemacht herauszufinden, ob es stimmte, weil sie nicht erfahren wollte, dass es womöglich lediglich eine Ausrede war. Dass Philip einfach ein Arschloch war, der seine Frau betrog, und Lara diejenige, die ihre eigenen Werte über Bord warf, weil sie zu dumm war, Lügen als das zu entlarven, was sie waren: nur ein Mittel, um seine Lust zu befriedigen.

»Ruf mich nicht mehr an. Schreib mir keine Nachrichten und komm nie wieder bei mir vorbei!« Auf einmal war sie ganz ruhig, obwohl der Schmerz sie innerlich zerriss.

»Schnucki, das meinst du doch nicht so, ich werde bald mit Manuela reden, ehrlich. Sie muss nur durch diese Phase ...«

»Hör auf, Philip. Ich kann es nicht mehr hören und will es auch gar nicht. Lass mich einfach in Ruhe. Ein für alle Mal. Es ist aus.« Damit stürmte sie aus der Wäschekammer. Sie schaute sich nicht um, ob sie jemand beobachtet hatte, es war ihr egal. Einige Kollegen vermuteten sowieso längst etwas, sie sah es an ihren Blicken, bekam mit, wie Gespräche unterbrochen wurden und verstummten, wenn sie den Raum betrat. Lara schämte sich, dass sie erst jetzt kapiert hatte, wie schrecklich ihr Verhalten war. Mit hochrotem Kopf hastete sie durch den Krankenhausflur und trat ihre Schicht an. Ihre Arbeit würde sie hoffentlich vom Desaster ihres Lebens ablenken.

Es war spät, als Lara das Krankenhaus verließ. Sie zog sich die Kapuze ihres Anoraks über den Kopf, weil sie keine Mütze dabei hatte. Die S-Bahn ließ mal wieder auf sich warten. Ihr Atem hinterließ kleine, weiße Wölkchen in der Luft. Verdammt kalt für Anfang Oktober, schoss es ihr durch den Kopf, und sie zog die Schultern hoch. Das Handy in ihrer Jackentasche vibrierte, sie ahnte, wer das war. Lara guckte aufs Display und drückte Philip weg, dann warf sie aus Gewohnheit einen Blick in ihr E-Mail-Postfach.

Sehr geehrte Frau Herziger, las sie die letzte Nachricht, die eingegangen war.

Wir haben versucht, Sie telefonisch zu erreichen, es geht um das Guthaben auf Ihrem Bankkonto. Bitte melden Sie sich, um einen Termin zu vereinbaren. Es ist uns ein Anliegen, Ihr Vermögen gewinnbringend für Sie anzulegen. Gerne beraten wir Sie hierzu in einem persönlichen Gespräch.

Mit freundlichen Grüßen

Ihre Hausbank

Lara verzog das Gesicht, dann traf die S-Bahn ein und sie stieg ein. Die Banken wollten immer was von einem, war das Konto im Minus, war es nicht recht, hatte man einen gewissen Betrag auf dem Girokonto geparkt, wurde das als Anlass gesehen, einem irgendeine dämliche Investition vorzuschlagen. Lara wollte das alles nicht. Sie hatte auch nicht das Geld gewollt. Ihr Erzeuger hatte sich zu Lebzeiten nicht um sie gekümmert, warum dann das Erbe? Sie war nicht einmal zu seiner Beerdigung im letzten Sommer aufgetaucht, denn sie war nicht eingeladen und schon gar nicht erwünscht gewesen. Sie, das uneheliche Kind, der schwarze Fleck, der den großartigen Politiker vor achtundzwanzig Jahren beinahe seine Spitzenposition in der christlich demokratischen Partei gekostet hatte, sollte bitte schön im Verborgenen bleiben. Lara hätte die großzügige Summe, die ihr Vater ihr hinterlassen hatte, ablehnen können, aber so blöd war sie nun auch wieder nicht. Sie betrachtete es als Schmerzensgeld, denn das Gefühl, nicht geliebt zu werden, tat weh. Auch heute noch.

Während der Fahrt nach Hause starrte Lara blicklos aus dem Fenster der Tram und dachte über die Misere ihres Lebens nach. Ihre Stimmung war mies, so mies, dass sie sich gerade mit Genugtuung vorstellte, wie sie ihre Kündigung einreichte, ihre Koffer auf Nimmerwiedersehen packte, und so weit wie möglich aus München fortging. Aus den Augen aus dem Sinn. Sie wollte Philip und die drei Jahre, in denen sie sich als Geliebte lächerlich gemacht hatte, vergessen. Diese Zeit aus ihrem Gedächtnis löschen. Da hatte sie sich fast ihr ganzes Leben über ihre Mutter aufgeregt, und dann machte sie doch genau die gleichen Fehler. Nun nicht alle, denn sie war nicht schwanger. Ein Glück. Das hätte noch gefehlt.

Lara seufzte und war froh, als sie ihre Station erreichte. Von der Haltestelle waren es noch gut fünf Minuten zu Fuß. Es war dunkel, die Straßenlaternen verbreiteten ein schummriges Licht. Hier und da rollte ein Auto vorbei, hin und wieder begegnete ihr jemand, der seinen Hund vor dem Zu-Bett-Gehen noch mal Gassi führen musste. Hinter den meisten Fenstern war es bereits dunkel. Als Lara in ihre kleine Wohnung trat, knipste sie das Licht an und kickte die Schuhe von ihren Füßen. Sie war zwar hundemüde, aber die Ereignisse des Tages würden sie nicht sofort schlafen lassen, das wusste sie, also setzte sie sich mit einem Glas Saft ins Wohnzimmer und schmiss ihren Computer an. Nur mal kurz gucken, sagte sie sich. Die kurze Idee, einfach zu verschwinden, hatte sich während des restlichen Nachhausewegs in ihr Hirn gebrannt. Sie schaute sich eine Deutschlandkarte an und überlegte, wo sie sich einen Neuanfang vorstellen könnte. Hauptsache weit weg, schien ihr als Kriterium nicht ausreichend und konkret genug zu sein. Sie grinste schief und vergrößerte die Karte ein wenig. »Am Meer wäre schön«, murmelte Lara, dann googelte sie nach Immobilien. Kurze Zeit später stellte sie fest, dass sie sich ein hübsches und großzügiges Objekt an der See trotz des unverhofft auf ihrem Konto eingetrudelten Betrages nicht leisten konnte. Sie erinnerte sich, dass ihre Freundin Mina ihr mal erzählt hatte, dass ihre Eltern das Haus günstig über ein anderes Portal gefunden hatten, in dem leer stehende Immobilien nach dem Ebay-Prinzip versteigert wurden. Vielleicht hatte sie ja damit Glück.

Kapitel 1

Einige Wochen später

Janne hing unter Oles Spüle und drehte gerade die Mutter fest. Eine Schweißperle lief ihm über die Stirn in die Augen. Er wischte sie mit dem Handrücken weg und beendete seine kleine Reparatur, dann kroch er rückwärts heraus. Seine Knie rutschten über den Fliesenboden. Er verzog seine Lippen, vielleicht hätte er was unterlegen sollen. Fast hätte er über sich selbst gelacht, sonst war er auch nicht so eine Memme, aber es hatte länger gedauert, und seine Kniescheiben beschwerten sich jetzt mit einem dumpfen Schmerz. Janne richtete sich auf und wandte sich Ole zu. Der Rentner saß am kleinen Küchentisch am Fenster und leistete ihm Gesellschaft. »So, nun komm man rüber, min Jung, und setz dich zu mir. Ich hab' uns schon ein Schnäpschen geholt.«

Jannes Mundwinkel zuckten. »Gleich, ich packe eben noch mein Werkzeug ein.«

Kurz darauf saß Janne mit dem älteren Herrn am Küchentisch. Ole schenkte großzügig in zwei Gläschen ein. »Prost«, der ehemalige Seemann hob seinen Klaren. »Was bin ich dir schuldig?«

Janne schlug sein Glas leicht gegen das von Ole. »Prost. Gar nichts, Ole. Das war ein Nachbarschaftsdienst.«

Ole furchte seine Stirn. »Das mag ich aber gar nicht.«

Janne verstand, worauf er hinauswollte. Aber die Rente des ehemaligen Fischers war mager, und er musste jeden Euro mehrfach umdrehen. Man sah das am Haus in allen Ecken. Wenn Janne es richtig einschätzte, dann musste Ole am Ende des Monats häufiger Verzicht üben. Der Kühlschrank war bei ihm nicht immer gut gefüllt. Der freundliche Rentner war bedauerlicherweise keine Ausnahme, hier ging es vielen Älteren so, und Janne brauchte das Geld nicht wirklich. Trotzdem verstand er, dass Ole ein stolzer Mann war, der für seinen Lebensunterhalt und die anfallenden Rechnungen selbst aufkommen wollte. »Wie wäre es, wenn ich mir deinen Kutter hin und wieder ausleihen kann?«

Ole kippte sich den Schnaps hinter die Binde, verzog kurz das Gesicht und stieß einen zischenden Laut aus, ehe er antwortete. »Klar doch, min Jung. Das ist Ehrensache.«

Janne lächelte verschmitzt und trank seinen Hochprozentigen. Er brannte in der Kehle und dann im Magen. Er schüttelte sich leicht. »So«, stieß er dann hervor, legte die Handflächen auf den Tisch und drückte sich nach oben. »Wenn noch was ist, meldest du dich. Bleib bitte sitzen«, sagte er zu Ole, der sich mit einem Ächzen erheben wollte.

»Nu, ich werde doch meinen Gast noch zur Tür bringen dürfen.« Ole ließ sich da nicht reinreden. Seine Füße steckten in ausgetretenen Puschen, die Hosen schlackerten an seinen Beinen. »Dein Opa würde sich freuen zu sehen, was für ein guter Kerl aus dir geworden ist«, erklärte Ole jetzt und klopfte Janne auf die Schulter.

»Danke«, gab Janne zurück. Leider waren seine Großeltern schon länger verstorben, er wohnte seit drei Jahren in deren Haus. Er hatte kaum etwas darin verändert, auch wenn einige Modernisierungen fällig wären, aber ihm fehlte die Lust dazu. Für ihn reichte es so. Seine Familie sah das nicht so, wie vieles andere ebenso, aber das war Janne egal.

Er verabschiedete sich bei Ole mit einem kräftigen Händedruck, dann verließ er das verwinkelte alte Haus. Es wehte ein kühler Nordwind. Obwohl es erst kurz vor sieben war, war es bereits stockfinster. Man konnte einige Sterne am Himmel entdecken. Janne atmete tief ein, er liebte den Geruch von Meersalz und Seegras, der vom Strand ins Dorf geweht wurde. Mit langen Schritten ging er zu seinem kleinen Lieferwagen, schmiss die Werkzeugkiste hinein und setzte sich hinters Steuer. Sein Magen knurrte lautstark, was ihn daran erinnerte, dass er dringend einkaufen musste, wenn er heute noch etwas zwischen die Zähne bekommen wollte. Janne startete gerade den Motor, als sein Telefon bimmelte. Er schaute nicht, wer es war, sondern beantwortete direkt: »Hallo?«

»Janne?«

Er lächelte leise, wer sollte sonst an sein Telefon gehen? »Hallo Mama.«

»Na, wie geht es dir?«

Was sollte er darauf schon antworten? »Gut«, war alles, was er erwiderte.

»Du, sag mal, ich bin gerade dabei, etwas für Weihnachten zu planen.«

Er verdrehte die Augen. Er hasste das Fest der Liebe und wünschte, es wäre schon vorbei. Die Feiertage führten ihm immer wieder vor Augen, was er verloren hatte. Jedes Jahr aufs Neue. »Ja, und?«, gab er ein wenig zu schroff zurück.

»Was soll ich kochen?«

Er atmete tief durch. »Ist mir egal.«

»Mensch Janne. Sei doch nicht so! Wie wäre es mit Rehrücken für den ersten Feiertag und die Gans dann am zweiten?«

Was erwartete sie von ihm? Dass er jubelte? »Klingt sehr gut. Mach das doch.« Er behielt für sich, dass das bei seiner Schwester und seinem Vater nicht gut ankommen würde, denn die Familientradition schrieb ihnen Karpfen vor.

Früher war ihm so was wichtig gewesen, heute interessierte es ihn nicht. Nicht mehr.

»Wann kommst du?«, bohrte sie weiter.

Am liebsten würde er sagen: gar nicht. Aber das konnte er natürlich nicht tun, seine Eltern konnten am wenigsten etwas dafür, dass er sich so einsam fühlte. »Weiß ich noch nicht.«

Kurzes Schweigen, dann ein leises Seufzen. Janne tat es leid, seine Mutter sollte sich nicht seinetwegen schlecht fühlen. Und dann schlug er etwas vor, das er noch nicht einmal in seinem Kopf zu Ende gedacht hatte. »Wie wäre es denn, wenn ihr alle zu mir kommt? Das wäre mal was anderes.«

»Zu dir? An Weihnachten? Ja, wieso eigentlich nicht. Ich spreche mit Papa und mit deiner Schwester. Hast du denn genug Platz, und ist dir das auch wirklich recht? Oder wir könnten uns irgendwie ein Zimmer nehmen, aber das wäre dann nicht das Gleiche, wenn wir nicht unter einem Dach sind.«

»Das Haus ist groß genug«, brummte er und realisierte, dass er sich mit dieser Einladung womöglich ein Eigentor geschossen hatte. Seine Mutter würde, sollten sie tatsächlich in Erwägung ziehen herzukommen, seine vier Wände auf den Kopf stellen. Er ahnte, dass er blinkende Lichterketten nicht nur im Garten hängen haben würde.

Scheiße. Er verdrehte die Augen.

»Das ist eine so großartige Idee, Janne! Weihnachten am Meer hatten wir schon lange nicht mehr. Ich melde mich, mach's gut, Schatz.« Dann legte sie auf und ließ einen konsternierten Janne zurück. Er ließ seine Stirn mit geschlossenen Augen gegen das Lenkrad sinken und seufzte schwer.

* * *

Ich muss verrückt geworden sein, dachte Lara, während sie an der nächsten Ampel rechts abbog. Sie war völlig fertig, aber zum Glück bald am Ziel. Rund achthundertfünfzig Kilometer hatte sie bereits hinter sich gelassen. Es war gleichzeitig viel mehr als nur eine räumliche Distanz, ein ganzes Leben sollte es sein. Aus dem Radio dudelte leise Werbung für Möbel, in denen Weihnachtsrabatte angepriesen wurden. Ein bisschen früh für Ende Oktober, fand sie. Aber beschweren wollte sie sich auch nicht, sie gehörte leider zu den Menschen, die im Supermarkt sofort zugriffen, wenn Lebkuchen angeboten wurden. Man sah es ihr nicht an, zumindest was das betraf, hatte sie gute Gene abbekommen. Lara lächelte in sich hinein, während sie sich weiter auf die Straße konzentrierte.

Die Navigationsapp ihres Handys zeigte an, dass es nur noch wenige Kilometer bis zu ihrem neuen Zuhause an der Ostsee im Fischland Zingst-Darß waren. Als sie das Schild eines Supermarktes entdeckte, fuhr sie auf den Parkplatz. Sie wollte schnell noch etwas einkaufen, damit sie ihren Einzug auch gebührend feiern konnte. Gleichzeitig wuchs ihre Spannung, denn sie hatte das Haus bisher nur auf Bildern gesehen.

Ihrer spontanen Entscheidung, aus München wegzugehen, hatte sie direkt Taten folgen lassen. Sie konnte ihr Glück einfach nicht fassen, dass sie tatsächlich diese alte, mit Reet gedeckte Kate ersteigert hatte. Sie hatte die Beschreibung noch immer im Kopf, so oft, wie sie sie gelesen hatte: Zweihundert Jahre alte gemütliche Reetdachkate mit großem Eigentumsgrundstück von fünfhundert Quadratmetern und schönem Garten mit Blumen und Bäumen zum Entspannen.

Außerdem gab es einen Stellplatz und einen Schuppen, das Beste daran war aber, dass das Haus direkt hinter Düne und Deich im heutigen Naturschutzgebiet lag. Lara hoffte so sehr, dass sie das Meeresrauschen aus ihrem Schlafzimmerfenster hören konnte. Im Gebäude gab es zwei Wohnungen, die an Feriengäste vermietet werden konnten. Lara freute sich darauf, den Gästen einen schönen Urlaub zu bereiten, ihren Job als Physiotherapeutin hatte sie dafür gern an den Nagel gehängt. Nicht, weil sie ihn nicht mehr mochte, aber sie brauchte eine wirkliche Veränderung. Ihre Bleibe in München hatte sie quasi über Nacht an einen Nachmieter vermitteln können, Wohnungsnot sei Dank. Der junge Akademiker hatte sogar ihre Möbel übernommen. Sie war froh, dass sie den alten Kram los war, mit dem sie ohnehin fast nur schlechte Erinnerungen verband. Die Transportkosten hätten ihren Wert außerdem bei Weitem überstiegen.

Lara atmete tief ein und aus, als sie auf dem Parkplatz des Supermarktes aus ihrem Wagen stieg. Herrlich frisch roch es hier so nah an der See. Es wehte ein raues Lüftchen, schnell holte sie ihre Winterjacke von der Rückbank, wo sich viele ihrer Habseligkeiten türmten, und schlüpfte hinein. Dann besorgte sie sich einen Einkaufswagen und schob ihn beschwingt in den hell erleuchteten Laden. Es war nicht viel los, Touristen gab es in dieser Jahreszeit kaum noch welche im Ort. Sie war froh, dass sie ein wenig Zeit hatte, um sich einzugewöhnen, ehe sie ständig wechselnde Gäste in ihren Ferienwohnungen umsorgen würde.

Sicher musste an der ein oder anderen Stelle auch etwas repariert oder aufgehübscht werden. Der Immobilienbeschreibung hatte sie entnommen, dass die Vorbesitzerin verstorben war und keine Erben gehabt hatte. Deswegen war das Haus auch noch voll möbliert. Ein Entrümpelungsdienst hatte lediglich die persönlichen Gegenstände entfernt sowie auf Laras Bitte neue Matratzen für die Betten besorgt.

Das, was Lara auf den Bildern gesehen hatte, hatte sie als annehmbar eingestuft. Gespannt war sie trotzdem. Aber erst einmal einkaufen. Sie schob den Wagen mit energischen Schritten an den Regalen entlang. In der Obstabteilung warf sie ein paar Bananen und Äpfel hinein, dann ging sie weiter. Erst mal nur das Nötigste. Butter, Eier, Milch, Brot, etwas Käse und Joghurt. Und Kaffee natürlich. Sie stand vor dem Sortiment und überlegte. Pulver oder ganze Bohnen? Oder doch lieber Instantkaffee? Lara hatte keine Ahnung, ob eine Maschine vorhanden war und wenn ja, welche. Sie wollte es nicht zu kompliziert machen und nahm eine Packung Cappuccinopulver mit.

Sie konnte ja morgen noch mal einkaufen gehen, wenn etwas fehlte. Ein Lächeln schlich sich in ihr Gesicht, es kam ihr vor, als hätte jemand eine tonnenschwere Last von ihren Schultern genommen. Ihre Freunde hatten sie zwar allesamt für verrückt erklärt und angekündigt, dass sie es bitter bereuen würde, ihr gesamtes Geld in dieses alte Haus zu investieren und auch noch ihren Job zu kündigen. Aber Lara war das egal gewesen, niemand steckte in ihren Schuhen, und sie fand, dass der Neuanfang an der See sich womöglich als die bisher beste Entscheidung ihres Lebens erweisen würde. Hoffentlich.

Sie schob den Wagen weiter zum Regal mit den Süßigkeiten und überlegte, was sie sich zur Feier des Tages gönnen sollte. Da sie keinen Alkohol trank und auch nicht rauchte, blieb Süßkram ihr beinahe einziges Laster. Sie grinste in sich hinein, als sie die teuerste Schokoladentafel in den Wagen legte, die sie entdecken konnte. Die musste einfach gut schmecken!

Erst jetzt bemerkte sie, dass jemand etwa zwei Meter von ihr entfernt stand und sie musterte. Lara hob ihren Blick. Der dunkelhaarige Mann war ein ganzes Stück größer als sie, und das wollte was heißen, mit ihren eins zweiundsiebzig war sie alles andere als klein. Er trug eine dunkle Jeans, grobe Schuhe und einen Rollkragenpullover mit

Norwegermuster. Das Beeindruckendste an ihm aber waren seine Augen, sie waren von einem so reinen und klaren Blau, dass ihr Atem stockte. Seine vollen Lippen waren zu einem sinnlichen Lächeln verzogen.

Halleluja. Der Typ war echt attraktiv. Und warum grinste er eigentlich so breit?

»Ähm«, machte Lara und runzelte die Stirn. »Steh ich im Weg? Bin gleich soweit.«

»Keineswegs«, antwortete der Fremde, und seine Stimme war beinahe noch betörender als sein Aussehen – und das sollte was heißen. Dunkel und ein bisschen rau. Lara spürte, dass sie eine Gänsehaut bekam. In der nächsten Sekunde war sie irritiert, dass sie wie ein hormongesteuertes Huhn reagierte. Ja, er war gut aussehend, aber den Effekt, den er damit auf sie hatte, fand sie selbst schräg.

Er neigte seinen Kopf ein wenig, so minimal, dass es kaum zu sehen war, während er sie weiter so durchdringend ansah, dass ihre Knie weich wurden. »Lass dir ruhig Zeit«, fuhr er fort, als hätte er es überhaupt nicht eilig, im Gegenteil, er wirkte, als genösse er es, hier zu stehen.

Lara schob sich eine Strähne hinters Ohr, sie spürte Hitze in ihren Wangen. Sie musste nach der langen Fahrt mitgenommen aussehen, sie trug eine ausgeleierte Jeans und einen grauen Pullover unter ihrem grünen Parka. Andererseits, sie wusste, dass sie nach gängigen Idealen hübsch war. Ihr blondes Haar glänzte und ging bis zur Mitte ihres Rückens, sie war schlank und hatte lange Beine. In ihrem Alltag blieb oft keine Zeit zum Essen und alleine Zuhause machte es ihr auch keinen Spaß zu schlemmen. Sport hingegen war nicht so ihr Ding. Meine Güte, dachte sie. Was mache ich hier eigentlich? Ich sollte verschwinden, ehe ich noch vor ihm zu einer Pfütze Hormonsuppe zusammenschmelze.

Ohne weiter hinzusehen, schnappte sie sich eine zweite

Tafel Schokolade und warf sie in ihren Wagen. Sie warf einen Blick in seinen. Es lag nicht viel darin. Abgepacktes Brot, Wurst, Butter, ein Sixpack Bier und ein Glas Spreewaldgurken.

Definitiv Single, schloss sie daraus. Komisch, dass sie die Erkenntnis irgendwie heiter stimmte. Hoffnungsvoll.

Irritiert über diese Gedanken griff sie ihren eigenen Einkaufswagen und wollte gerade weitergehen, als er sie noch mal ansprach. »Wäre schön, wenn wir uns noch mal wiedersehen«, meinte er mit einem Augenzwinkern. »Ich bin Janne. Janne Carstensen. Schönen Urlaub.«

Lara machte große Augen. Hatte er sie eben angebaggert, oder war das einfach die freundliche Art der Küstenbewohner? Dabei waren die nordischen Leute ja eher als wortkarg und verschlossen bekannt. Sie hatte keine Ahnung, was es war, aber es war glasklar, dass er annahm, dass sie vermutlich nur zum Urlauben hier war. Natürlich, es stand ihr ja nicht auf die Stirn geschrieben, dass sie sich ein Haus gekauft hatte und ab heute hier leben würde. »Servus«, war alles, was sie erwiderte, ehe sie davonhastete. Noch während sie die Waren an der Kasse aufs Band lud, dachte sie über diese merkwürdige Begegnung nach. Ja, je länger und öfter sie die Szene in ihrem Kopf durchleuchtete, desto klarer wurde ihr, dass er tatsächlich versucht hatte mit ihr zu flirten. War er so eine Art Dorf-Gigolo?

Sie verzog ihre Lippen und reichte der Verkäuferin ihre EC-Karte. Ja, vermutlich. Ihm war garantiert bewusst, wie attraktiv er war. Sicher gab es viele Touristinnen, die sich gern auf einen Flirt einließen. Nun, Lara gehörte nicht dazu. Sie war weder im Urlaub, noch hatte sie Interesse an einer belanglosen Affäre. Genaugenommen hatte sie sich striktes Männerverbot verordnet. Nach dem Desaster mit Philip musste sie sich um jeden Preis von zu viel Testosteron fernhalten. Sie würde ganz sicher nicht schon am ersten Abend ihres neuen Lebens eine Liebelei mit einem Frauenhelden in Erwägung ziehen.

Auf gar keinen Fall.

Kapitel 2

Der Himmel war schwarz, und die Straßenlaternen beleuchteten den Weg nur spärlich. Mehr als spärlich. Auf der Straße lag viel Laub, das nach dem Regen zu einem matschartigen Brei geworden war. Sie konnte ansonsten kaum etwas erkennen, während sie mit ihrem Wagen die letzten Kilometer zu ihrem neuen Zuhause zurücklegte. Es kam Lara so vor, als wäre es mitten in der Nacht, dabei zeigte die Uhr im Auto erst kurz nach sieben an. Ihr Handy mit der Navigationsapp hatte auch keinen Empfang, gut, dass sie sich ungefähr eingeprägt hatte, wo sie hinmusste, sonst wäre sie völlig verloren. Ihr Herz schlug schneller, ihre Hände wurden feucht, so gespannt war sie. Bald würde sie da sein. Häuser gab es hier draußen, direkt hinter der Düne und so dicht am Naturschutzgebiet kaum noch, sie hatte das Ortsschild schon vor ein paar Minuten passiert. Zweifel, ob das, was sie tat, das Richtige war, ließ sie gar nicht erst aufkommen. Das hier war ein Neuanfang, natürlich war sie aufgeregt. Das war völlig normal. Nur keine Panik.

Lara drosselte die Geschwindigkeit, als sie ein großes Reetdachhaus erreichte. Das Grundstück war von hohen Bäumen gesäumt, es sah nach Eichen, Buchen und Birken aus, soweit sie das in der Schwärze erkennen konnte. Das Anwesen lag völlig im Dunkeln. »Das muss es sein«, murmelte sie. *Hinter der Düne 7* lautete die Adresse, auf der richtigen Straße war sie, das wusste sie. Lara fragte sich, wo die anderen Häuser mit den Nummern von eins bis sechs wohl standen. Das würde sie später herausfinden, wenn es wieder hell war. Sie freute sich darauf, die Gegend zu erkunden, aber erst mal würde sie die eigenen vier Wände sichten. Das klang sogar in ihrem Kopf merkwürdig, bisher hatte sie immer nur zur Miete in winzigen Wohnungen gelebt und nie etwas Eigenes besessen. Mehr als eine kleine Bude hatten sie und ihre Mutter sich nicht leisten können. Und jetzt war ihr Erzeuger verstorben und hatte sie mit einem dicken Batzen Geld überrascht. Obwohl Lara lange mit sich gehadert hatte, ob sie das Erbe annehmen und was sie damit anstellen sollte, war sie froh, dass ihr Vater ihr wenigstens das ermöglichte: ein neues Leben fernab ihrer Vergangenheit schuldenfrei führen zu können.

Wenn sie es heute betrachtete, dann war sie ihm zumindest dafür dankbar, auch wenn er ihr nie ein wirklicher Vater gewesen war. Vielleicht hatte er sich am Ende seines Lebens mit dem Geld ein reines Gewissen erkaufen wollen. Was auch immer es war, sie würde etwas daraus machen. Selbst wenn es nicht die fehlende Liebe ersetzte, die sie sich von Kindesbeinen an gewünscht hatte.

Lara würde sich eine Zukunft aufbauen, neu anfangen, nachdem ihr Leben bisher eher trostlos und einsam gewesen war. Sie hatte zwei ernsthafte Beziehungen geführt, auch wenn das Desaster mit Philip am Ende vielleicht nicht wirklich als solche durchging. Sie war nur die Geliebte gewesen, die er neben seiner Gattin gevögelt hatte, während er ihr etwas ganz anderes vorgegaukelt hatte. Heute wusste Lara es besser. Nicht jetzt, sagte sie sich. Philip war Geschichte, und ab heute ging es um ihre Zukunft, ein neues Leben, in dem sie glücklich werden würde. Außerdem hatte sie noch immer daran zu knabbern, dass sie ihre moralischen

Grundsätze für den Oberarzt über Bord geworfen hatte. Sie hätte Nein sagen können zu der Affäre, aber sie hatte in Kauf genommen, eine andere Frau unglücklich zu machen. Das nagte an ihr und sie bereute es zutiefst. Nicht jetzt, sagte sie sich. Sie wollte das alles hinter sich lassen und neu anfangen.

Lara parkte ihren Wagen in der Auffahrt, sie glaubte zumindest, dass es eine war. Genau erkennen konnte sie es nicht, sie zog die Handbremse an und stellte den Motor ab. »Dann wollen wir mal«, sprach sie sich Mut zu, griff sich ihr Handy und die Hausschlüssel. Sie merkte, wie erschöpft sie nach der Aufregung und vor allem der langen Fahrt von München bis an die Küste war. Heute hatte sie zum Glück nicht mehr viel zu tun, außer ihre Sachen aus dem Auto auszuräumen, die alte Kate zu durchstreifen und ihr neues Heim ein wenig kennenzulernen.

Sie war schrecklich nervös, als sie ihre Jacke überzog und ausstieg. Eisiger Wind fegte über die Straße und peitschte ihr einzelne Strähnen ins Gesicht, die sich aus ihrem Zopf gelöst hatten. Sie fröstelte augenblicklich. Lara stellte die Taschenlampenfunktion an ihrem Telefon an und beleuchtete den Weg zur Haustür.

Die Steine waren glitschig und teils mit Moos überwachsen. Es war offensichtlich, dass hier schon seit langer Zeit kaum noch jemand ein und aus ging. Neben dem Eingang befanden sich zwei Lichter, aber sie funktionierten anscheinend nicht, oder man hatte sie abgestellt, um Strom zu sparen. Lara kramte den Schlüssel hervor und wollte ihn ins Schloss der massiven Holztür stecken, um sie zu öffnen.

Die musste auf jeden Fall gestrichen werden, das erkannte Lara auch im dünnen Schein der Taschenlampe. Er hakte, sie bekam den Schlüssel nicht ganz in den Schlitz. Lara ruckelte und versuchte es immer wieder, aber mehr als bis zur Hälfte kam sie nicht. War es möglich, dass er nicht passte?

»Scheiße«, stieß sie hervor, und es kam von Herzen. Nicht auch das noch, sie war total erledigt und wollte sich einfach nur in ihr neues Bett legen und schlafen. »Das gibts doch nicht.«

Nein, es war der Schlüssel, den die Immobilienverwaltungsfirma ihr zugeschickt hatte. Er musste passen. Sie versuchte es noch einmal, aber es gelang ihr nicht.

Konsterniert ließ sie Schlüssel und Handy sinken, während ihr Herz wie wild klopfte. »Was soll ich denn jetzt machen?«, murmelte sie und spürte, dass Tränen in ihr aufstiegen. Es konnte nicht sein, es durfte nicht sein, dass sie jetzt so kurz vorm Ziel scheiterte! Und dann kam ihr eine ganz andere Idee. War es womöglich doch nicht das richtige Haus? Mit Reet gedeckt waren hier draußen viele. Hoffnung machte sich in ihr breit, als sie die Außenmauer beleuchtete, um nach einer Nummer zu suchen. Eine Verwechselung wäre vielleicht ein bisschen peinlich, aber kein Weltuntergang.

Gesehen hatte sie niemand, dafür war es hier viel zu abgeschieden. Links neben der Haustür entdeckte Lara ein ovales Messingschild, das angelaufen und schmutzig war. Das Licht der Handylampe wurde schwach reflektiert, Lara musste einen Schritt nähertreten, um erkennen zu können, was darauf stand. *Sieben*, las sie still. Und dann noch ganz klein: *Hinter der Düne.*

Sie biss sich auf die Innenseite ihrer Wange und überlegte. Also war sie hier richtig, warum passte dann dieser vermaledeite Schlüssel nicht? Das konnte ja wohl bloß ein dämlicher Scherz sein.

Lara entsperrte den Bildschirm und suchte die Nummer der Immobilienfirma, sie wählte, aber nichts passierte. »Kein Empfang«, stellte sie fassungslos fest.

»Himmel, Arsch und Zwirn«, schrie sie und stampfte mit dem Fuß auf wie ein kleines Kind. Zu allem Übel hatte es auch noch angefangen zu nieseln. Es war eiskalt, stockfinster, und sie stand im Dunkeln vor ihrem neuen Haus und kam nicht rein. Anrufen konnte sie auch niemanden, weil es hier draußen kein Netz gab. Was für ein Mist. So hatte sie sich ihre Ankunft nicht vorgestellt, ganz sicher nicht. Lara atmete tief ein und aus, während sie überlegte, was sie tun konnte. Eine Scheibe einschlagen und einbrechen?

Nein, das wäre nur die absolute Notlösung. Sie wollte doch nicht wie eine Diebin durch ein Fenster in ihr eigenes Heim klettern müssen, außerdem brauchte sie das, was vom Erbe übrig war, für die letzten kleinen Schönheitsreparaturen. Sie hatte einen Puffer, aber der war dünn. Wenn es sich irgendwie vermeiden ließ, wollte sie kein neues Fenster kaufen müssen und Versicherungsbetrug lag ihr nicht, zumal sie nicht mal eine Ahnung hatte, ob für die alte Kate eine Glasversicherung bestand. Oder handelte es sich vielleicht um einen Schlüssel, der für eine der Ferienwohnungen passte? Sie wusste von den Bildern und der Beschreibung, dass es eigene Eingänge dazu gab. Erleichtert, dass sie womöglich eine Lösung gefunden hatte – hoffentlich –, ging sie vorsichtig ums Haus herum, dabei leuchtete ihr Handy den Weg spärlich aus. Es war ganz schön finster hier draußen.

Fünf Minuten später stand Lara wieder vor ihrem Auto und rieb sich die Stirn. Die Kapuze hatte sie sich über den Kopf gezogen, damit sie nicht auch noch komplett nassgeregnet wurde. Der verdammte Schlüssel passte nirgends. Irgendwas stimmte nicht, ganz und gar nicht. War sie einem Betrug aufgesessen? Nein, das war alles seriös gewesen. Sie hatte einen gültigen Notarvertrag, und immerhin stand sie genau vor dem Haus »Hinter der Düne 7«, also musste etwas anderes das Problem sein, vielleicht doch eine Verwechselung der Immobilienverwaltung, und sie hatten ihr den falschen Schlüssel geschickt, so was konnte ja wohl mal vorkommen. Schade, dass es gerade ihr passiert war, jedoch würde Lara den Kopf jetzt nicht in den Sand stecken. Aber sie war erschöpft und so schrecklich müde, hungrig war sie auch. Nach allem, was sie durchgemacht hatte, was sie aufgegeben hatte, wollte sie jetzt nur noch eines: sich in ein weiches Bett legen und schlafen. Die Decke über den Kopf ziehen und am nächsten Morgen am Strand Muscheln sammeln und den Blick aufs Meer genießen. Der Gedanke war ein wenig tröstlich, es roch nach Salz und Tang, und wenn sie sich anstrengte, glaubte sie tatsächlich die Brandung zu hören.

Das konnte auch Einbildung sein, denn der Wind und das Rascheln der Blätter waren ziemlich laut. Lara wollte nicht aufgeben und schon gar keinen Nervenzusammenbruch zulassen, es musste ein Missverständnis vorliegen. Nur wie sollte sie das klären, wenn sie nicht telefonieren konnte? »Ich versuch' es mal auf dem Deich.«

In der nächsten Sekunde schüttelte sie den Kopf, wurde sie jetzt schon verrückt, dass sie die ganze Zeit mit sich selbst redete? Das konnte ja noch heiter werden. Nein, sie war nur überspannt und hundemüde nach der langen Fahrt. Lara überquerte die schmale Straße und kletterte über den Rasen auf den Deich. Tatsächlich, hier oben hatte sie genau einen Balken Empfang. Immerhin. Hoffentlich genügte das für ein Telefonat.

Sie wählte erneut die Nummer und sie stieß ein erleichtertes Quietschen aus, als das Freizeichen ertönte. Einmal. Zweimal. Dreimal.

Ach du Schande. Jetzt sag bloß, dass niemand mehr im Büro ist?, schoss es ihr durch den Kopf. Das wäre ja mal wieder typisch. Ein Glückspilz war sie noch nie gewesen, warum sollte sich das gerade heute ändern?

Nein, nein, nein, das durfte nicht sein. Lara ließ es weiter bimmeln, nach dem gefühlt hundertsten Mal wurde endlich abgehoben. Die weibliche Stimme am anderen Ende klang abgehetzt, als wäre sie gerade aus dem Keller ins Dachgeschoss gesprintet.

»Hallo?«, rief Lara ins Telefon, der Wind hatte aufgefrischt, und das Rascheln der Blätter war noch lauter geworden. Zog jetzt auch noch ein Sturm auf? Bitte nicht!

»Ja, wer ist denn da?«, fragte die Dame.

»Mein Name ist Lara Herziger, ich habe das Haus *Hinter der Düne 7* gekauft und bin jetzt da.«

»Ach, hallo Frau Herziger, wir hatten schriftlichen Kontakt, ich bin Frau Beeck. Wie gehts Ihnen?«

Lara hob eine Braue, die Frau war, abgesehen von ihrer Kurzatmigkeit, tiefenentspannt. Das klang nicht so, als hätte sie irgendeine Form von schlechtem Gewissen. »Ähm, na ja, also: Ich stehe hier vor der Tür und komme nicht rein.«

»Was? Wieso das denn?« Frau Beeck wirkte ehrlich überrascht.

»Ja, das würde ich auch gern wissen. Der Schlüssel scheint nicht zu passen.«

»Das kann gar nicht sein!«

Lara holte tief Luft, sie merkte, dass ihr Geduldsfaden zu reißen drohte. »Hören Sie, ich habe es versucht, an allen Schlössern an der Kate. Er passt nicht. Ist es möglich, dass Sie mir einen falschen geschickt haben?«

»Nein, das ist nicht möglich.« Der Tonfall war ein wenig schärfer geworden, dann ein leises Seufzen. »Vielleicht klemmt das Schloss, aber ich war letzte Woche selbst im Haus, da ging es nahezu einwandfrei. Sie hatten doch neue Matratzen gewünscht, die habe ich persönlich angeliefert.«

Okay, das klang so, als ob sie Lara für komplett unfähig hielte. Lara wollte es sich auch nicht mit ihr verscherzen, immerhin war sie die einzige Person, die sie hier ansprechen konnte. Es würde sich in diesem kleinen Dörfchen bestimmt herumsprechen, wenn »die Neue« jetzt einen auf zickig machte. Sie hörte Frau Beeck förmlich mit den Leuten aus dem Dorf beim Bäcker plaudern. *›Habt ihr gehört, die Münchnerin ist echt eine Ziege. Immer nur am Meckern, und dann macht sie andere für ihre eigenen Fehler verantwortlich.‹*

Selbstzweifel überfielen Lara. War es möglich, dass sie wirklich zu doof war, diese dumme Tür zu öffnen? Gab es einen Trick, den sie als Bayerin hier an der Küste nicht kannte? Nein, bestimmt nicht. Sie straffte sich. »Es tut mir leid, wenn ich Ihnen jetzt Scherereien mache, Frau Beeck, aber ich bin fast neunhundert Kilometer gefahren, es regnet, und es ist saukalt hier draußen. Der Schlüssel passt nicht, da bin ich ganz sicher.«

Einen Augenblick herrschte Schweigen, dann hörte sie ein erneutes Seufzen. »Na schön, ich rufe jemanden an, der kommt gleich zu Ihnen rüber. Vielleicht klemmt das alte Schloss ja wirklich. Sie sind am Haus?«

»Ähm, ja, sozusagen. Ich musste auf den Deich klettern, um Empfang zu haben.«

»Ja, gut. Dann gehen Sie mal wieder zurück und warten an der Tür. Wir regeln das schon, Frau Herziger.« Frau Beeck legte auf, und Lara atmete leise aus. Sie schluckte und merkte, wie ihre Kehle immer enger wurde. Sie fühlte sich dämlich und allein. Mutterseelenallein.

Wenn es ihr noch nicht einmal gelang, eine blöde Tür zu öffnen, wie sollte sie dann ein Haus in Schuss bringen, um eine gut gehende Pension daraus zu machen?

Sie setzte einen Fuß vor den anderen, darauf bedacht, nicht auch noch zu stürzen. Das fehlte gerade noch, dass sie sich den Knöchel verknackste. Der Rasen war glitschig, aber sie kam sicher unten auf der Straße an. Sie ging die paar Schritte zu ihrem Haus und blieb dann vor der Tür im Dunkeln stehen. Die Taschenlampe stellte sie ab, nicht, dass es doch noch länger dauerte und ihr Akku schlappmachte. Wobei sich ein Handy hier draußen schon jetzt als relativ nutzlos erwies.

Sie spürte ein Brennen hinter ihren Lidern. Irgendwie hatte sie sich ihre Ankunft nicht so vorgestellt. Lara riss sich zusammen, sie musste jetzt stark sein. Zeit für einen Nervenzusammenbruch hatte sie auch später noch. Oder morgen. Oder niemals, was die beste Variante wäre.

Natürlich verlief so ein Neuanfang nicht reibungslos, sprach sie sich stumm Mut zu, während sie die Minuten zählte, bis endlich Hilfe eintraf. Diese Immobilienfirma musste so eine Art Hausmeister haben, der in Notfällen einsprang, oder rief die Frau gleich einen Schlüsseldienst? Hoffentlich nicht, die waren bekanntlich irre teuer, und Lara brauchte jeden Euro, da sie bald keine monatlichen Einkünfte mehr hatte. Bis zum Jahresende bekam sie noch ihr Gehalt aus dem Krankenhaus, sie hatte so viele Überstunden und Resturlaub gehabt, dass sie nach der Kündigung gleich zuhause bleiben konnte. In der Zeit musste sie den alten Kasten soweit herrichten, dass die Wohnungen vermietbar waren. Ab Januar war sie darauf angewiesen, dass Gäste kamen und Geld in ihre leere Kasse brachten. Aber die Bilder hatten okay ausgeschaut, die Einrichtung war urig und zeitlos. Das würde schon klappen.

Lara trat von einem Bein auf das andere, mittlerweile waren ihr Füße zu Eisklumpen geworden. Zum Glück war sie unter dem Reetdach einigermaßen vor dem Regen geschützt. Aber die Luft war so nasskalt und feucht, dass sie das Gefühl hatte, trotzdem komplett klamm zu sein. Ekelhafter Herbst.

Endlich tat sich was, in einiger Entfernung konnte sie Scheinwerfer ausmachen, die in ihre Richtung fuhren. Das musste die Hilfe sein, ansonsten war hier draußen ja wirklich nicht viel los. Fast schon unheimlich wenig.

Lara hätte beinahe gejubelt, als das Fahrzeug, das sich als kleiner Lieferwagen herausstellte, tatsächlich zu ihrem Haus abbog und hinter ihrem Auto parkte. Sie konnte nicht erkennen, wer am Steuer saß, aber sie war ziemlich sicher, dass das der Mensch sein musste, von dem Frau Beeck am Telefon gesprochen hatte.

Sie spürte, wie sich ihre Mundwinkel nach oben bogen, als der Motor abgestellt wurde und jemand ausstieg. »Hallo, hier bin ich«, machte sie auf sich aufmerksam, weil sie im Dunkeln dicht an der Hauswand stand und so leicht zu übersehen wäre.

Eine Taschenlampe wurde angeknipst, das Licht blendete sie so plötzlich, dass sie eine Hand vors Gesicht riss und irritiert blinzelte. »Ist das Ihr Haus?«, sprach sie jemand mit tiefer Stimme an.

Lara kam es so vor, als hätte sie sie schon mal irgendwo gehört, aber das konnte ja nicht sein, und sie musste es sich einbilden. »Ja, ist es. Ich bin Lara Herziger. Hat Frau Beeck Sie geschickt?«

Gott, wie dämlich war sie eigentlich? Wäre das ein Meuchelmörder, hätte sie ihm eine Vorlage geliefert, weil sie ihm alle Infos auf dem Silbertablett präsentierte. In der nächsten Sekunde musste sie über sich im Stillen lachen. Sie war hier in einem winzigen Dorf an der Ostsee, wo sich Katz und Maus am Abend Gute Nacht sagten, sie konnte wohl darauf vertrauen, dass er hier war, um ihr Schloss zu knacken und nicht um sie zu entführen.

»Jap«, war alles, was er erwiderte. Irritiert nahm sie zur Kenntnis, dass er sich nicht vorgestellt hatte.

Der Schein der Lampe wanderte zur Haustür und zum Schloss. »Wo ist denn der Schlüssel?«, brummte er jetzt.

Lara spürte, dass er wenig bis gar keine Lust hatte, hier zu sein, was sie ihm nicht mal verübeln konnte. Das Wetter war ungemütlich. Im schwachen Schein der Lampe konnte sie seine Umrisse ausmachen, er war groß und hatte breite Schultern. Es konnte aber auch die Kleidung sein, die ihn so dynamisch wirken ließ. Sie war sich nicht sicher. Aber er roch ganz gut, so, als wäre er eben aus der Dusche gesprungen. Vielleicht stimmte das sogar, und er war deshalb so kurz angebunden, weil sein wohlverdienter Feierabend gestört worden war. Das könnte sie gut verstehen, aber lange würde das hier nicht dauern, und sie würde sich bei ihm revanchieren, oder was auch immer. Erst mal musste die verdammte Tür geöffnet werden.

»Hier«, erwiderte sie und trat neben ihn und reichte ihm ihren Schlüssel. »Ich habe es tausendmal versucht, aber ich bekomme ihn nicht mal in Schloss, Herr, äh …?«

»Carstensen, Janne Carstensen. Und Sie sind sicher, dass er der richtige für diese Tür ist, ja?«

Bei diesem Namen klingelte was, aber sie kam nicht darauf, warum. Sie konnte ihn auch nicht richtig erkennen, weil es so düster war.

Sie verdrehte die Augen, was er zum Glück nicht sah. »Ja, Frau Beeck hat ihn mir selbst geschickt.« Damit dürfte klar sein, dass – wenn hier ein Fehler vorlag – er nicht von ihr begangen worden war. Warum ihr das so wichtig war, konnte sie nicht sagen, vielleicht weil von ihm eine gewisse Schroffheit ausging, die sie auf sich bezog und das Gefühl hatte, sich verteidigen zu müssen. Es war ja nicht ungewöhnlich, dass Leute im Dienstleistungsbereich gerne mal unfreundlich waren. Leider. Der Begriff Servicewüste Deutschland kam schließlich nicht von ungefähr. Vielleicht überlegte sie sich das mit dem Revanchieren auch noch mal, wenn er nicht ein bisschen zugänglicher und freundlicher wurde. Immerhin war es nicht ihr Fehler, dass das verdammte Schloss nicht funktionierte, sie war ja noch nie hier gewesen. Der Gedanke verlieh ihr eine gewisse Selbstsicherheit, die sie bis eben an sich vermisst hatte. Lara atmete langsam ein und aus, während sie beobachtete, wie er ihr den Schlüssel gelassen aus der Hand nahm. Seine Fingerspitzen berührten ihre Handfläche und Lara zuckte kaum merklich zusammen. Diese verdammte elektrostatische Aufladung.

Falls er auch etwas bemerkt hatte, so ließ er sich nichts anmerken.

Ohne ein weiteres Wort führt er den Schlüssel zielsicher ins Schloss. Er glitt nicht sanft hinein, aber mit Kraft schien es zu gehen. Lara hoffte, dass er wusste, was er da tat. Nicht, dass er gleich abbrach und sie auch noch das Schloss wechseln lassen musste. Dann käme sie heute garantiert nicht mehr in ihr eigenes Haus, sondern musste irgendwo übernachten.

Positiv denken, sagte sie sich, während sie beobachtete, wie Janne Carstensen kurz am Schloss ruckelte, sich mit der Schulter gegen das Holz stemmte und dann den Schlüssel drehte. Es ertönte ein lautes Klacken, und dann ging die Haustür mit einem schrillen Quietschen auf.

Laras Mund klappte auf. Hätte sie gewusst, dass es einen Trick gab, wäre es ihr vermutlich auch selbst gelungen. Sie fühlte sich deppert und rührte sich nicht. Der Mann sagte auch nichts, aber sie sah, dass er einen Schritt hinein machte, dann gingen die beiden Lichter an der Hauswand an. Da er den Schalter dafür gleich gefunden und betätigt hatte, kannte er das Haus wohl, was ihre Theorie bestätigte, dass er eine Art Hausmeister sein musste. Sie blinzelte, weil sie das plötzliche, relativ helle Licht blendete.

Als er aus dem Inneren herauskam, stieß sie ein leises Zischen aus. Sie kannte den Typen.

Janne Carstensen, jetzt erinnerte sie sich, das war ja der Kerl aus dem Supermarkt!

Ach du Grüne Neune.

Sie klappte ihren Mund wieder zu. Deswegen war ihr die Stimme und Name bekannt vorgekommen. Allerdings war er im Laden vorhin sehr viel freundlicher gewesen, als er noch gedacht hatte, dass sie eine Touristin wäre, die er abschleppen konnte. Lara presste ihre Lippen aufeinander.

Auf diese Art von Bekanntschaften konnte sie gerne verzichten. Egal, wie gut er ausschaute. Das war leider auch jetzt nicht zu leugnen. Sein dunkles Haar sah aus, als wäre es noch feucht. Seine Augen wirkten im schwachen Licht vollkommen schwarz, obwohl sie wusste, dass sie strahlend blau waren. In dieser Sekunde schien auch er zu realisieren, dass sie ihm schon mal begegnet war, denn sein Gesichtsausdruck verfinsterte sich.

Aha, sie hatte also recht. Beinahe hätte sie gelacht, stattdessen rührte sie sich nicht. »Sie haben die Kate gekauft?«, stellte er fest, und seine Mimik sagte ihr, dass er das für eine äußert bescheuerte Idee hielt. Zum Glück kümmerte es sie nicht, was jemand wie er von ihr dachte, und sie würde ihm ganz sicher nicht ihre Gründe erklären, warum sie München und ihr altes Leben hinter sich gelassen hatte.

»Was dagegen?«, erwiderte sie süßlich und setzte ein falsches Lächeln auf, das sie sonst nur Patienten schenkte, die ihr blöd kamen. Bedauerlicherweise konnte sie ihn keine Übungen vorturnen lassen, die er nicht leiden konnte. Ja, sie konnte durchaus fies sein, alles musste sie sich wirklich nicht bieten lassen.

Er zuckte die Schultern. »Gar nicht. Viel Glück.« Er war im Begriff zu gehen.

»Hey, warten Sie. Was bin ich Ihnen schuldig?«

Er blieb stehen, wandte sich um und blickte noch finsterer drein. »Gar nichts. Das, was Sie haben, werden Sie brauchen, um den alten Kasten wieder in Schuss zu bringen.«

Lara schluckte. O Gott, kannte er das Haus etwa? Nein, er wollte sie bestimmt nur verunsichern. »Wie meinen Sie das? Arbeiten Sie für die Immobilienfirma?«

Er lachte. »Nein, das war nur ein Gefallen für Gerda ... für Frau Beeck. Schönen Abend noch, oder brauchen Sie mich noch?«

Eher würde sie barfuß über glühende Kohlen gehen, als ihn um Hilfe zu bitten, außerdem klang es nicht wie ein ernst gemeintes Angebot. Am Ende erwartete er noch eine Gegenleistung dafür, die sie nicht zu geben bereit war. Offensichtlich war er vom Schlag Mann, die alles vögelten, was nicht bei drei auf dem Baum war. Dass er jetzt so kurz angebunden war, lag nur daran, dass sie ihren Wohnsitz hier einrichtete. Wie hieß das Sprichwort noch mal? Es fiel ihr nicht ein, aber es war so ähnlich wie, man machte nicht dahin, wo man schlief. Das hieß übersetzt: Er würde keine Frau flachlegen, der er auf lange Sicht häufiger begegnen würde. In so einem kleinen Dorf wollte er das natürlich vermeiden. Er wirkte ganz und gar wie der Typ Mann, der um jede Beziehung einen großen Bogen machte. One-Night-Stands kamen für ihn daher offenbar ausschließlich mit Gästen infrage, die nur kurz hier im Urlaub waren. Gut, Lara war das ganz recht, denn sie suchte keinen Bettgefährten.

Sie war ziemlich sicher, dass ihre kleine Analyse zutreffend war, im Laufe der Jahre hatte sie viele solcher Kerle kennengelernt. Leider hatte sie das bei Philip nicht richtig erkannt, aber das war irgendwie auch was anderes. Oder? Sie wollte jetzt nicht an ihren Verflossenen denken.

»Schönen Abend noch, ich komme klar«, gab sie kühl zurück.

Janne Carstensen schaute sie zweifelnd an, dann grinste er spöttisch, und das Bedürfnis, ihm etwas ins Gesicht zu werfen, wurde riesengroß. Selbstgefälliger Idiot, dachte sie. Aus ihr sprudelten Worte hervor, die sie sofort bereute: »Na, jetzt wollen Sie wohl nicht mehr mit mir ausgehen, hm?«

Ihr Atem stockte, und ihr wurde schrecklich heiß. So viel zum Thema nicht zickig werden. Herrgott Sakra, wieso hatte sie sich das nicht verkneifen können? Idiotisch. Sie wollte sich mit der flachen Hand gegen die Stirn schlagen, ließ es aber sein.

Seine Augen weiteten sich, dann hob er eine Augenbraue. Arrogant und selbstsicher. Mist, leider ließ er sie nicht kalt. Das hatte ihr noch gefehlt, dass sie schon wieder auf einen Kerl reinfiel, der nur das eine suchte. Ihr Herz schlug schneller, und ihre Wangen brannten. Hauptsächlich, weil sie sich über ihren lausigen Männergeschmack ärgerte.

Er starrte sie an, als hätte er einen Geist gesehen, dann brach er in Gelächter aus. »Ich kann Ihnen ja meine Handynummer dalassen, falls Sie Bedarf haben.«

Laras Mund klappte auf, sie wollte etwas erwidern, aber ihr Kopf war wie leer gefegt. Was bildete sich dieser Hallodri überhaupt ein? Sie schluckte und atmete ganz langsam aus, während sie ihn feindselig anfunkelte. »Vielen Dank für die Hilfe«, würgte sie hervor, auch, wenn sie sich fast dabei auf die Zunge biss, aber sie wollte ihre Manieren nicht vergessen, nur weil der Mann vor ihr ein Weiberheld war. Ein Jammer, dass die gut aussehenden Kerle entweder eine irreparable Macke hatten oder vergeben waren.

Nein, das war völlig egal, weil sie ja nicht auf der Suche war!

Lara brauchte keinen Kerl an ihrer Seite, vor allem das nicht. Sie wollte und würde ihr Singledasein genießen und sich ein neues Leben aufbauen – ohne Männergeschichten. Sie trat einen Schritt zurück und reckte ihr Kinn nach vorn. Abweisender ging es nicht, er sollte ruhig merken, dass er hier nicht mehr erwünscht war. Und sollte sie doch noch mal ein Problem haben, würde sie hoffentlich jemand anderen finden, der ihr behilflich sein konnte.

Janne Carstensen hob eine Hand an die Stirn, als wollte er salutieren. Dabei grinste er unverschämt arrogant. »Alles klar, Lara. Schönen Abend noch.«

Sie registrierte sehr wohl, dass er sie mit dem Vornamen ansprach, aber alles andere wäre auch irgendwie merkwürdig gewesen. Im Supermarkt hatte er schon vertraulich geklungen, und Lara ahnte, dass sie ihm noch häufiger über den Weg laufen würde, vor allem im Winter, wo es im Ort nicht von Touristen wimmelte. Bedauerlicherweise löste das ein leises Kribbeln in ihrer Magengrube aus.

Sie ließ sich zu einem »Gleichfalls«, herab, machte dann auf dem Absatz kehrt und ging ins Haus. Zum Glück gelang ihr dieser Abgang, ohne zu stolpern und ohne andere Peinlichkeiten. Das hatte sie gebraucht.

Im Haus tastete sie nach dem Lichtschalter, Janne hatte nur die Außenleuchten angeknipst. Sie spürte, wie ihr Puls in die Höhe schnellte, als sie ihn gefunden hatte. Gleich kam der Moment der Wahrheit. Sie schloss die Augen und holte tief Luft, dabei merkte sie, dass es abgestanden und nach jahrzehntealtem Staub roch, und das, obwohl die Tür schon seit einigen Minuten offenstand. Sie ließ sich davon nicht irritieren, vielleicht ein alter Teppich, den sie mal ordentlich ausklopfen musste. Dann betätigte sie den Schalter und öffnete die Augen.

Lara blinzelte, aber nicht, weil es so hell war, sondern weil sie etwas anderes erwartet hatte. Irgendwie. Dass Bilder so täuschen konnten. Sie kam sich vor, als wäre sie aus einer Zeitmaschine ausgestiegen. Im Eingangsbereich lagen quadratische, rostbraune Fliesen, die Wände waren sicher irgendwann mal weiß gewesen, heute erkannte man nur noch einen müden, verwaschenen Farbton, der sie an alten Schnee erinnerte. Gräulich und verbraucht. An einigen Stellen mussten Bilder gehangen haben, aber jemand hatte sie entfernt. Übrig geblieben waren die schmutzigen Staubränder. Die Garderobe war aus dunkelbraunem Holz mit schwarzen Haken gefertigt worden. Eiche vielleicht, sah ziemlich alt aus. Lara schluckte. Erst mal weitergehen, sagte sie sich, das ist bestimmt nur der erste Eindruck. Vom Eingangsbereich der Diele gingen drei Türen ab, und eine schmale Holztreppe führte nach oben. Das Geländer war aus dem gleichen Holz wie die Garderobe, es wirkte recht stabil, aber sicher war sie nicht. Auf den Stufen lagen Trittschoner in einem verblassten Orange, das sie an den DDR-Style erinnerte. Sie kannte das von alten Fotografien und Berichten und hatte sich stets darüber amüsiert, was die Leute früher mal als hübsch empfunden hatten. »Puh«, stieß sie hervor, als sie die linke Tür öffnete und in die Küche trat.

Hier lagen die gleichen Fliesen wie im Flur, es war ein länglicher Raum. Sie schaltete das Licht an, eine einzelne Birne baumelte unter einem hässlichen Lampenschirm über einem langen Esstisch, an dem acht Leute bequem Platz fanden. Lara strich mit den Fingern über das alte Holz, das vom häufigen Benutzen ganz glatt geworden war, an vielen Stellen waren kleine Macken zu ertasten, die das Möbelstück urig und gleichzeitig interessant machten.

An diesem Tisch hatten bestimmt schon viele Generationen gesessen, sich Geschichten erzählt oder Probleme gelöst. Auf der langen Seite stand eine Eckbank, die mit einem zerschlissenen, hellgrünen Stoff bespannt war. Dazu gab es vier Stühle, die zum Tisch passten, aber eher unbequem aussahen. An der Wand hing eine Uhr, sie stand still und zeigte kurz nach sechs an. Braun war auch bei den Küchenschränken die dominierende Farbe, die Arbeitsfläche bestand aus grauem Resopal.

Der Herd wirkte antiquiert, der Kühlschrank stand offen und war nicht angeschaltet. Zumindest sauber war er, dachte Lara. Sie ließ ihre Schultern hängen und wandte sich zum Esstisch um.

Das Haus war riesengroß, das war ihr klar gewesen, aber hier zu stehen in einem Raum, der früher einmal von Leben, Lachen und Menschen erfüllt gewesen war, führte ihr so deutlich vor Augen, wie einsam sie war. Tränen stiegen in ihr auf. Selbst wenn die Einrichtung nicht so dunkel und veraltet wäre, hätte sie nicht verhindern können, dass sie sich in dieser Sekunde fragte, was sie hier eigentlich machte. Sie musste verrückt geworden sein. Der Impuls, sich auf einen der Stühle zusammensinken zu lassen und hemmungslos zu weinen, wurde beinahe übermächtig.

Sie umklammerte den Türrahmen mit einer Hand und atmete tief durch. Lara hatte keine Ahnung, woher sie die Kraft nahm, aber sie riss sich zusammen, ging über den Flur ins nächste Zimmer, das sich als Wohnzimmer herausstellte. Hier lag ein dicker, sehr hässlicher Teppich, er hatte Flecken und dunkle Ränder, von denen sie lieber nicht wissen wollte, woher sie stammten.

Es gab zwei Sofas, die irgendwann mal gemütlich gewesen waren, heute jedoch nur trostlos im Raum standen. Die alte Schrankwand war teilweise ausgeräumt worden, aber es befanden sich noch einige Bücher und Gläser in der Vitrine, eine Schiebetür führte in einen weiteren Raum, der ausschaute wie ein Arbeitszimmer oder eine Art Gesellschaftszimmer. Besonders schrecklich waren die Tapeten. Alles in Braun.

O Gott. Die Möbel wirkten ebenso grauenhaft, obwohl hier nicht mehr viel vorhanden war. Glücklicherweise hatte man alles Persönliche wie Bilder entfernt. Lara hätte es jetzt nicht ertragen, in die Gesichter der Menschen zu blicken, die einst hier gelebt hatten. Sie setzte ihre Erkundungsreise fort und ging ins winzige Badezimmer.

Ein Albtraum in Hellgrün schoss es ihr durch den Kopf. Die Fliesen auf dem Boden waren in einem hellen Beigeton, die Duschwände aus Plastik starrten vor Kalk und Stockflecken. Sie schluckte.

Auf dem Weg nach oben wappnete sie sich für weitere Entdeckungen. Im Obergeschoss gab es drei Räume und ein

Badezimmer. Überall lag der gleiche, furchtbare Teppich, der sich an vielen Stellen wellte.

Auf den Fotos hatte es nicht so übel ausgesehen, aber sie kapierte, dass man immer Filter über die Bilder legen konnte, die alles freundlicher und nur halb so schlimm erscheinen ließen.

Die Realität sah leider ganz anders aus. Immerhin, die Matratzen im Schlafzimmer waren neu. Das Bett war aus Eisen geschmiedet und hatte ein hübsches, verschnörkeltes Kopfteil. Der Kleiderschrank sah aus, als stünde er seit zweihundert Jahren hier, vielleicht stimmte das sogar. Es war kalt und irgendwie zugig. Aber das Fenster stand nicht offen, stellte Lara fest, es war nur nicht dicht. Das Badezimmer sparte sie sich als letzten Raum auf. Innerlich wie äußerlich befand sich Lara im Schockzustand.

Schließlich wagte sie sich voran und öffnete eine weitere Tür. Das Badezimmer im Obergeschoss überraschte sie. Hier lagen hellgraue, große Fliesen, im Raum stand eine alte, aber gut erhaltene Badewanne auf Klauenfüßen. Das Waschbecken war zwar schon älter, aber weiß und mit verschnörkelten Armaturen. Eine Dusche gab es hier oben nicht. Der Spiegel über dem Waschbecken war ein wenig angelaufen und verschmiert, aber vielleicht konnte man ihn retten. Überhaupt war das – neben der Küche, die halbwegs gemütlich werden konnte, der beste Raum im Haus.

Eigentlich hatte sie die Wohnungen noch anschauen wollen, aber sie brachte nicht den Mut dazu auf, weil sie fürchtete, dass es ähnlich schlimm wie hier sein könnte. Oder noch schlimmer. Noch älter. Noch verwohnter.

O Gott

Lara war darauf angewiesen, dass sie die Wohnungen vermieten konnte. Sie durfte jetzt nicht daran denken, was sie sich aufgehalst hatte. Sie fröstelte. Im Haus war es eiskalt, sie drehte die Heizung im Bad an, dann ging sie nach unten und tat das Gleiche in der Küche und im Wohnzimmer. Es fing nach ein paar Minuten an zu rumpeln und zu gluckern. Immerhin.

Lara holte tief Luft und straffte sich, dann ging sie nach draußen und schleppte ihre Habseligkeiten und die Einkäufe ins Haus. Als alles drin war, schloss sie die Tür hinter sich und lehnte sich dagegen. An der Wand neben ihr entdeckte sie ein Schlüsselbrett, das beschriftet war. Dort hingen die Schlüssel für die Ferienwohnungen. Nicht mehr heute, beschloss sie. Mehr schlechte Neuigkeiten konnte sie jetzt einfach nicht ertragen.

Nachdem sie ihr Daunenbett, Kopfkissen und die Klamotten nach oben gebracht hatte, tapste sie in die Küche. Die Einkaufstüten standen auf dem Tisch. Ihr war der Appetit und die Lust auf Feiern vergangen. Sie nahm sich einen Joghurt heraus und zog den Deckel ab. Sie brauchte einen Löffel. Ihr Körper fühlte sich an, als hätte jemand alle Kraft herausgesaugt. Sie war fertig. Fix und fertig. Lara stützte die Ellenbogen auf den Tisch und vergrub ihr Gesicht zwischen ihren Händen. Sie wollte es nicht, aber dicke Tränen liefen über ihre Wangen und hinterließen heiße Spuren auf ihrer kühlen Haut. Was hatte sie sich da nur eingebrockt?

Kapitel 3

Er konnte nicht atmen. Er bekam keine Luft. Janne strampelte und schlug um sich, er fühlte sich, als wäre er unter Wasser und fände nicht den Weg an die Oberfläche zurück. Es war so dunkel, so erdrückend. Ein wahr gewordener Albtraum.

Janne riss die Augen auf und füllte seine Lungen mit einem rasselnden Atemzug, setzte sich und schmiss die Daunendecke von sich. Er fuhr sich mit der Hand über die schweißnasse Stirn, sein Brustkorb hob und senkte sich schnell. Zu schnell.

Er schwang die Beine aus dem Bett und ging mit langen Schritten zum Fenster. Er riss es auf, stützte sich mit den Händen auf den Sims und senkte den Kopf, um durchzuatmen. Die kühle Nachtluft strömte an ihm vorbei in sein Schlafzimmer. Langsam, nur sehr allmählich kehrte er ins Hier und Jetzt zurück. Er blieb so lange stehen, bis er die Kälte um sich herum wahrnahm. Es war noch immer finster draußen, er hörte die Blätter der Bäume hinter dem Deich im Wind rascheln. Am Horizont zeigte sich ein schmaler Streifen Licht. Obwohl ihm eiskalt war, war es ihm lieber zu frieren, als wieder diese erdrückende Last auf dem Brustkorb zu spüren, die ihm leider sehr vertraut war. Auch drei Jahre an der Ostsee hatten es nicht geschafft, den Schmerz zu lindern. Die Tage waren okay. Meistens. Aber in den

Nächten war er seinem Unterbewusstsein, seinen Erinnerungen ausgeliefert. Janne wusste, dass es keinen Sinn mehr hatte, sich noch mal ins Bett zu legen. Er schloss das Fenster und schaute auf die Uhr. Es war kurz nach sechs. Er musste raus, den Kopf freibekommen, also schlüpfte er in seine Laufklamotten. Sie waren alt und abgewaschen, aber erfüllten ihren Zweck nach wie vor. Nachdem er sich die Zähne geputzt und ein Glas Wasser getrunken hatte, zog er sich die Sportschuhe an und setzte eine Baseballmütze auf den Kopf. Der Wind konnte recht frisch sein, heute hoffte er auf scharfe Böen, die ihm die traurigen Bilder aus dem Hirn blasen sollten. Momente, die er am liebsten niemals erlebt hätte. Aber das Leben war kein Wunschkonzert, und wenn Janne eines begriffen hatte, dann, dass es vollkommen sinnlos war, sich die Frage des *Warum* immer wieder zu stellen. Die hatte noch niemanden zurückgebracht.

Er steckte sich seinen Hausschlüssel in die Jackentasche und zog den Reißverschluss hoch, dann trabte er davon. Dehnübungen sparte er sich, er war an diesem Morgen nicht in Stimmung und wollte nur eines, eine lange Runde am Strand drehen, um zu sehen, wie der Tag erwachte. Mit eigenen Augen zu erleben, dass die Welt sich weiterdrehte, auch wenn seine stehen geblieben war. Es waren nur ein paar Hundert Meter, bis er über den Deich zum Strand gelangte. Natürlich war nichts los, um diese Uhrzeit im Winter schon gar nicht. Er war froh darüber. Sein Tempo war gemächlich, aber doch schnell genug, dass er sich anstrengen musste. Janne spürte nach den ersten Kilometern, dass sich etwas von der Spannung in seiner Brust löste. Es war gerade Ebbe, und die Wellen schwappten friedlich ans Ufer. Der stetige Rhythmus des Meeres vermischte sich mit seinem lockeren Trab, hier und da wich er der sanften Brandung aus, weil er nah am Wasser joggte. Er sprang über die Holzstämme, die in regelmäßigen Abständen in der Erde bis weit in die See gebaut waren. Die Buhnen dienten zum Küstenschutz als Wellenbrecher.

Er lief und lief und lief, so weit die Beine ihn an diesem Morgen trugen. Janne war weit im Naturschutzgebiet, als er seinen Schritt endlich verlangsamte und einen Augenblick innehielt und stehen blieb. Die Dämmerung hatte eingesetzt, und der Himmel hatte sich knallrot verfärbt. Ein paar Schleierwolken zogen über den Horizont, die ersten Sonnenstrahlen bahnten sich ihren Weg.

Die Ostsee war ruhig, der Wind hatte sich gelegt. Einige Kormorane saßen auf den Holzpfählen und überlegten, ob sie sich schon jetzt nach einem Frühstück umsehen sollten. Ein paar Möwen ließen sich in der Morgenbrandung treiben und genossen das sanfte Schaukeln der Wellen. Janne streckte sich, nahm sich nun die Zeit für ein paar Dehnübungen, da er wieder freier atmen konnte und ordentlich schwitzte. Er hob die Arme über den Kopf und schloss die Augen, füllte seine Lungen mit dem kühlen Morgenduft der Ostsee. Es roch nach Seetang und Meersalz.

Das waren die Momente, die ihn das alles weiter ertragen ließen, die das Leben für ihn doch noch irgendwie lebenswert machten. Janne suchte nach einem flachen Stein, den er über das Wasser warf. Er berührte die Oberfläche fünfmal, ehe er vollständig versank. Zeit zurückzukehren, dachte er etwas wehmütig. Aber er hatte heute allerhand Termine. Er wollte nicht zu spät kommen, denn die Leute hier zählten auf ihn. Janne trabte wieder los und ließ sich Zeit, er war nicht mehr auf der Flucht wie noch auf dem Hinweg. Jetzt konnte er seine Umgebung endlich wieder wahrnehmen, sah und vor allem hörte die Kraniche schreien, die zu Hunderten unterwegs waren. Es war die Zeit im Jahr, in der sie hier vorbeizogen, um sich in den Süden zu verabschieden, wo sie überwinterten. Ein bisschen melancholisch wurde er, denn das laute Kreischen der großen Vögel war der Ruf des

Abschieds, aber sie würden wiederkommen, der Gedanke zumindest war tröstlich.

Nach dem Winter erneuerte sich das Leben. Nur eben nicht für alle. Janne blinzelte die Erinnerungen weg und guckte links auf die Düne hinauf, als eine Bewegung seine Aufmerksamkeit erregte. In einiger Entfernung stand eine Person und schaute gedankenverloren aufs Meer. Er wusste nicht, wieso, aber es kam ihm so vor, als wäre diese Seele genauso verloren wie seine eigene.

Janne schüttelte den Kopf über seine Gedanken. Was für ein Unsinn, das war bestimmt nur ein Frühaufsteher und niemand, der innerlich ebenso kaputt war wie er. Dennoch verlangsamte er die Schritte, um genauer hinzusehen. Mittlerweile war es hell geworden. Er konnte erkennen, dass es eine Frau war. Sie war schmal und recht groß. Dunkelblonde Strähnen wehten in der sanften Morgenbrise um ihr Gesicht.

Oha, dachte er überrascht. Mit Lara Herziger hatte er nicht gerechnet. Gleichzeitig meldete sich sein Gewissen. Da war er ja wirklich voll ins Fettnäpfchen getreten gestern. Ziemlich peinlich, dass er sie im Supermarkt angemacht hatte, weil er davon ausgegangen war, dass es sich bei ihr um eine Urlauberin handelte. Ihr Dialekt war niedlich, zudem war sie genau sein Typ. Nicht zu aufgedonnert, eher sportlich lässig. Schlank, ohne zu dürr zu sein.

Aber Beziehungen kamen für Janne nicht infrage, er war dafür nicht gemacht. Nicht mehr.

Gegen unverbindlichen Sex hatte er jedoch nichts einzuwenden, er war auch nur ein Mann mit Bedürfnissen. Aber dafür war Lara Herziger ganz sicher die falsche Person, davon war er überzeugt. Gleichzeitig fragte er sich, warum sie die alte Kate gekauft hatte. Sie stand schon eine Weile leer und war stark renovierungsbedürftig. Deshalb hatte sie auch niemand haben wollen, das hatte er zumindest gedacht. Das mit Reet gedeckte Haus stand so weit im Naturschutzgebiet, dass, wenn man es abriss, nichts Neues gebaut werden durfte. Ein Glück, dachte er. Sonst wäre sicher ein reicher Schnösel gekommen und hätte sich eine Supervilla oder noch schlimmer, ein Luxushotel auf das Grundstück gesetzt. So weit hatte man es, Gott sei Dank nicht kommen lassen. Er wunderte sich trotzdem, wie eine Bayerin dazu kam, gerade hier ein eher baufälliges Anwesen zu erwerben. Völlig hilflos hatte sie gestern Abend auf ihn gewirkt, ein bisschen störrisch obendrein. Eine seltsame Mischung, die er gar nicht unattraktiv fand – aber da sie nun hier wohnte, würde er sich von ihr fernhalten. Auf Ärger hatte er keine Lust, schon gar nicht mit Dorfbewohnerinnen. Nicht, dass sie den Anschein erweckt hätte, als bestünde ihrerseits Interesse. Er verzog seine Lippen.

Ein bisschen unangenehm war es ihm im Nachhinein, wie sie sich kennengelernt hatten, und vor allem, wie plump er im Supermarkt mit der Tür ins Haus gefallen war. Er hatte keine Ahnung, welcher Teufel ihn da geritten hatte. Nun, das Kind war in den Brunnen gestürzt, und er wusste nicht so recht, wie er damit umgehen sollte. Wohl oder übel würde er ihr hin und wieder begegnen, das könnte peinlich für ihn werden. Vorerst würde er ihr aus dem Weg gehen, was nicht so schwer sein dürfte. Er hielt sich ohnehin aus fast allem sozialen Leben im Dorf heraus. Der Umgang mit Menschen fiel ihm nicht mehr so leicht. Er fuhr lieber mit Oles Boot aufs Meer oder werkelte in seiner Garage vor sich hin.

Janne war jetzt fast auf Laras Höhe angelangt, sie hatte ihn vermutlich entdeckt, aber womöglich nicht erkannt, weil er die Basecap trug. Ihre Körperhaltung hatte sich nicht verändert. Er war versucht ihr zuzuwinken, aber es könnte von ihr auch als sarkastisch gewertet werden, so wie sie gestern auseinandergegangen waren.

Vielleicht sollte er sich bei ihr entschuldigen? Ja, womöglich war das eine gute Idee, er konnte so tun, als wäre die Anmache im Supermarkt nur ein Scherz gewesen. Das klang sogar in seinem Kopf lahm und irgendwie dämlich. Nein, ihr aus dem Weg zu gehen war die beste Option. Wenn dann Gras über die erste Begegnung gewachsen war, konnte man irgendwann normal miteinander umgehen. Oder auch nicht, man würde sehen. Falls sie eine von der nachtragenden Sorte war, würden sie wohl keine Freunde mehr werden. Auch damit konnte Janne leben.

Er war jetzt auf gleicher Höhe mit ihr, schaute noch einmal zu ihr auf die Düne hinauf, und das, was er sah, ließ seinen Atem stocken. Lara hatte die Hände in ihren Jackentaschen vergraben, sie blickte stur aufs Meer hinaus. Sie wirkte so einsam, verloren und zart, dass er für einen Moment zögerte und überlegte, ob er sie fragen sollte, ob alles okay war. Da war kein zynisches Funkeln in den Augen wie am Abend zuvor, sondern nur Einsamkeit. Er erkannte es, denn genau dieser Ausdruck blickte ihm jeden Tag aus dem Spiegel entgegen.

Janne stolperte und wäre um ein Haar gefallen. Verdammter Holzpfahl, den er übersehen hatte. Er fing sich zum Glück wieder und hastete weiter. Tapp. Tapp. Tapp. Immer weiter.

Er lief schneller, aber eines konnte er nicht mehr vergessen, egal, wie sehr seine Oberschenkel und Lungen auch brannten: Laras Verletzlichkeit, von der sie bestimmt nicht wollte, dass andere sie sahen.

Sie hatte am Abend zuvor wie eine Frau gewirkt, die gerne alles allein regelte und ungern Hilfe von anderen annahm. Eigentlich fand er sie sympathisch, andererseits wollte er sie weder nett noch anziehend finden. Aber das Bild von ihr wurde er nicht mehr los. Sie war so tief in Gedanken versunken gewesen.

Er wollte sich nicht für sie interessieren, nicht auf diese Art, aber auch als er zu Hause ankam und aus den Schuhen schlüpfte, fragte er sich immer wieder, was jemanden wie sie dazu bewogen hatte, in einem kleinen Dorf an der Küste neu anzufangen. Gestern hatte er noch gedacht, dass sie einfach ein bisschen verrückt wäre, heute war er sich da nicht mehr so sicher. Womöglich hatten sie mehr gemeinsam, als er geglaubt hatte.

»Ach was«, brummte er. »Was mache ich hier überhaupt?«

Er stopfte die verschwitzen Sachen in die Waschmaschine. Beim Auskleiden fiel sein Blick auf das Tattoo auf seinem Arm. Emilia stand darauf. Er strich kurz darüber, dann verdrängte er die aufsteigende Trauer und stieg in die Dusche. Er hatte sich das alles vermutlich nur eingebildet, weil es ihm heute selbst so schlecht ging. Ja, daran musste es liegen.

Ein Glück, dass nicht alle Tage so mies anfingen wie dieser. Janne ließ das heiße Wasser über seine Haut rieseln und nahm sich vor, dabei zu bleiben: Er würde Lara aus dem Weg gehen, damit war er in jedem Fall auf der sicheren Seite. Wenn er eines in seinem Leben nicht gebrauchen konnte, dann Stress mit einer Frau aus dem Ort.

* * *

Der Morgen war zum Weinen schön, dachte Lara mit einem wehmütigen Lächeln, als sie über die Düne zurück zum Deich schlenderte.

Genau deswegen war sie hergezogen, und das Meer und der Strand waren noch viel schöner, als sie es sich ausgemalt hatte. Die Morgenröte, die unendliche Weite und die wunderbare Natur gaben ihr Kraft, wo sie es am nötigsten hatte. Ihre Ankunft war vielleicht nicht so gewesen, wie sie es sich in ihren Tagträumen ausgemalt hatte, aber heute war sie sicher, dass sie es irgendwie schaffen konnte. Auch, wenn sie nicht gut geschlafen hatte. In so einem alten Haus gab es viele Geräusche, es knackte und knarzte immer wieder im Wind, die alten Balken hatten geächzt und sie immer wieder aufschrecken lassen. Irgendwann hatte sie kapituliert und war aufgestanden.

Zum Glück funktionierte die Heizung einigermaßen, und heißes Wasser hatte es auch gegeben, sodass sie ausgiebig duschen konnte, ehe sie einen Cappuccino getrunken hatte. Beim ersten Lichtstrahl war sie an den Strand marschiert, der wirklich nur ein paar Meter von ihrem Haus entfernt war. Lara lächelte in sich hinein und atmete noch einmal die frische Morgenluft ein. Es war herrlich hier, so friedlich, so ruhig, und diese Weite vermittelte ihr das Gefühl, dass sie alles schaffen konnte, was sie wollte. Sie würde niemals den Mut verlieren. Ihr war klar, dass die Aufgaben im Haus alles von ihr fordern würden, und die Ferienwohnungen hatte sie sich noch nicht einmal angesehen. Sie hatte es sich auch heute Morgen nicht getraut, zudem wollte sie warten, bis es hell war. Lara merkte, dass sich ihr Magen ein wenig zusammenzog. Sie war nervös und hoffte, dass die Apartments in einem besseren Zustand waren als ihr Teil des Hauses.

Die Hoffnung stirbt zuletzt, dieser dumme Spruch kam ihr in den Sinn. Sie verzog ihr Gesicht, ja, sie war eine von der Sorte. Eine Optimistin, die in allem etwas Positives suchte. Wenn sie nicht so wäre, hätte sie schon lange aufgegeben, mit einer Alkoholikerin als Mutter und einem Promi als Vater, der sie verleugnet hatte, um seinen Ruf als angesehenen Politiker nicht zu schädigen, war ihre zuversichtliche innere Einstellung alles, was sie gehabt hatte.

Lara war stolz, dass sie den Mut aufgebracht hatte, etwas Neues zu wagen. Sie würde sich jetzt von ein paar Renovierungsarbeiten nicht abschrecken oder entmutigen lassen. Sie war handwerklich geschickt, hatte es immer sein müssen, denn auf ihre Mutter war weder Verlass gewesen, noch hatten sie Geld gehabt, sich Hilfe von außen zu holen. Lara konnte außerdem sehr gut mit Pinsel und Farbrolle umgehen, und auch ein Regal konnte sie aufbauen oder reparieren, wenn es sein musste.

Lara pfiff leise vor sich hin, während sie die Treppe am Deich nach unten nahm und zur Kate hinüberspazierte. Hier und da stand ein Häuschen, das sah sie heute, gestern war ihr das nicht aufgefallen, Lichter hatte sie auch keine gesehen oder nicht wahrgenommen. Lara hielt kurz inne, um ihr neues Zuhause zu betrachten. Das Reetdach sah mitgenommen aus, die Fenster starrten vor Dreck. Es gab zwei Schornsteine, die einigermaßen stabil aussahen. Und Blitzableiter, darüber war sie froh. Sie hatte zwar eigentlich keine Angst vor Gewittern, aber sie hatte gelesen, dass man bei Reet vorsichtig sein musste. Der Garten sah verwildert aus, überall lag Laub herum, und Unkraut wucherte in Unmengen. Lara seufzte leise. Da wartete ein Berg Arbeit auf sie, aber es war gleichzeitig auch gut, etwas zu tun zu haben. Sie hatte keine Probleme damit, sich die Hände schmutzig zu machen.

Nach der heutigen Bestandsaufnahme würde sie einen Plan erstellen, was sie wann erledigen wollte. Sie hoffte, dass sie alles größtenteils allein hinbekam. Das sparte Geld. Teppiche zum Beispiel konnte sie selbst erneuern, darin hatte sie Erfahrung. Wo es Fliesen gab, würde sie erst mal nichts ändern – sofern die noch intakt waren. Und mit ein bisschen frischer Farbe an den Wänden war meist schon viel getan. »Ja«, murmelte sie und nickte, dann setzte sie ihren Weg mit energischen Schritten fort. Zu Hause angekommen steckte sie den Schlüssel ins Schloss, das hieß, sie versuchte es. Aber das blöde Ding ging schon wieder nicht hinein. Sie presste die Lippen aufeinander und verdrehte die Augen, dann überlegte sie, wie der arrogante Kerl das gestern geschafft hatte. Lara nahm ihre ganze Kraft zusammen, zog die Tür heran und drückte gleichzeitig mit der Schulter dagegen und rammte den Schlüssel mit aller Kraft ins Schloss.

Das klappte schon mal, jetzt nur noch umdrehen. Auch das gelang, zwar mit einiger Anstrengung, aber immerhin. Die Tür schwang mit einem Quietschen auf. Sie machte sich eine geistige Notiz, dass sie im Baumarkt ein Spray kaufte, das sie auf die Scharniere sprühen konnte. Es gab doch heute Mittelchen für alles. Noch eine Notiz: Im Schuppen nachsehen, ob Platz war für ihre Baumaterialien, die sie kaufen musste. Eins nach dem andren, sagte sie sich und nahm die Schlüssel für die Wohnungen vom Haken. Die Haustür ließ sie nur angelehnt, nicht, dass sie gleich noch mal mit demselben Problem zu kämpfen hatte. Ihre Schulter tat nach der Aktion nämlich ein bisschen weh – und Lüften schadete auch nicht, es roch noch immer muffig in der alten Bude.

Laras Herz klopfte schneller, als sie die erste Wohnungstür aufsperrte. Ihre Hände wurden feucht. Sie schluckte, schloss kurz die Augen und fasste ihren Mut zusammen. Egal, wie schlimm es war, sie würde es aufnehmen und sehen, was sie tun konnte. Immerhin hatte die Vorbesitzerin die Apartments an Feriengäste vermietet, Lara hatte allerdings keine Ahnung, wann die letzten Gäste hier gewesen waren.

Das Erste, was ihr auffiel, war die abgestandene Luft und der leicht muffige Geruch. Damit hatte sie schon gerechnet. Wenn nur die Badezimmer nicht in Mintgrün oder Dunkelbraun gefliest waren, dachte sie sorgenvoll. Die Fenster waren so verdreckt, dass es gar nicht richtig hell wurde. Lara schaltete das Licht an und ging etwas weiter in den Flur. Auf den ersten Blick wirkte auch hier alles alt und abgewohnt. Die Fliesen im Eingangsbereich schienen okay zu sein, damit konnte sie leben. Gott sei Dank. Die Wände mussten dringend gestrichen werden, das war klar. Die Garderobe stammte vermutlich aus den Achtzigern, dunkles Holz und schwarze Haken boten ein düsteres Bild.

»Wie konnte man so was bloß mal schön finden?«, stieß sie mit einem Seufzen hervor. Der Spiegel war angelaufen, Lara war sich nicht sicher, ob der noch zu retten war. Sie konnte sich kaum darin erkennen, na, wenigstens hatte er keinen Sprung. Die Ferienwohnungen mussten spiegelverkehrt angelegt sein, das kapierte sie jetzt, als sie in die Küche ging. Eiche rustikal, sowas von hässlich und veraltet. Der Elektroherd hatte zwar ein Ceranfeld, aber das war ... na ja. Als schön konnte man das alles nicht bezeichnen. Ein Blick in den Backofen und Kühlschrank stimmten sie auch nicht fröhlicher. Falls die Geräte funktionierten, war fraglich, wie lange noch. Das war gar nicht gut. Überhaupt müsste die Küche eigentlich komplett rausgeschmissen und erneuert werden, um einigermaßen auf einen modernen Stand zu kommen. Aber dafür hatte sie definitiv kein Budget.

»Scheiße«, murmelte sie und rieb sich die Stirn. Die Sitzmöbel waren nicht schön, aber auch nicht grauenhaft. Mit ein bisschen Deko müsste man das aushalten können. Gleiches galt für das Wohnzimmer, hier gab es nur wenige Möbel. Zwei Sofas, ein Tisch und ein Regal. Zwei Stehlampen mit ultra-hässlichen Schirmen. Die konnten eigentlich nur noch auf den Müll. »So ein Mist«, schimpfte sie und überlegte, ob sie einen Container bestellen müsste, um erst mal zu entrümpeln. Aber leere Wohnungen konnte sie auf gar keinen Fall an Gäste vermieten.

Lara schob die aufkeimende Panik beiseite und setzte ihre Erkundung erst einmal fort. Es gab zwei Schlafzimmer, die Gardinen waren ein Albtraum. Orange wie in einem alten Krankenhaus und der Teppich – halleluja, der war noch übler als bei ihr drüben. Das musste alles raus. So schnell wie möglich. Das Positive waren die Massivholzmöbel, die schon als Antiquitäten durchgingen, überlegte Lara.

Sie besaß genügend Fantasie, um zu erkennen, dass man daraus etwas machen konnte – wenn man sie geschickt arrangierte. Die Apartments waren kleiner als ihr eigener Wohnbereich, hier war früher vermutlich mal ein Stall gewesen, daher war das Obergeschoss auch nicht ausgebaut. Vielleicht gab es von ihrer Seite einen Zugang zu einer Art Dachboden oder so was?

Da musste sie noch einmal forschen. Aber erst mal das Bad anschauen, das hatte sie sich für zuletzt aufgehoben. Wenn das ein »Totalschaden« war, konnte sie einpacken – oder so gut wie. Sie hatte mal grob überschlagen, was es kostete, alles zu erneuern. Das war, ebenso wie das Projekt mit den Küchen, einfach nicht drin. Nie und nimmer.

Die Tür schwang mit einem leisen Quietschen auf. Weiße Fliesen, weiße Wanne und ein Duschvorhang zum Gruseln. Die Toilette schaute Lara sich zuletzt an. Okay, modern war etwas anderes, aber mit ein bisschen putzen, einem neuen Vorhang und einer neuen Klobrille müsste es gehen. Sie atmete erleichtert aus. Deko war alles. Hier ein paar Muscheln, eine Kerze und eine Grünpflanze, dann sah alles – wenn es sauber und gestrichen war, schon viel besser aus. Lara atmete noch einmal durch, gleichzeitig stellte sie fest, dass sie schwitzte. Angstschweiß, das war ihr ganz klar, es hätte schlimmer kommen können. Gut, die Küche war immer noch ein Problem, doch die Feststellung, dass das Badezimmer annehmbar war, stimmte sie positiv.

Ihr Magen knurrte. Sie zog ihr Handy aus der Jackentasche. Es war kurz nach zehn, Empfang hatte sie natürlich keinen. Das erinnerte sie daran, dass das das Erste war, worum sie sich kümmern musste. Die Formalitäten. Anmeldung, Telefonanschluss, Internet und das alles. Nicht gerade ihre Lieblingsbeschäftigung, aber je eher sie den Papierkram erledigt hätte, desto besser. Sie würde einfach das Nützliche mit dem Angenehmen verbinden und in den Ort fahren. Erst das Rathaus suchen und dann ein Café mit kostenlosem Internet. Natürlich musste man einen Anschluss online bestellen, ob die Anbieter diese Ironie irgendwann mal kapierten, dachte sie und musste lachen. Sie verließ die Wohnung leise vor sich hin pfeifend und schnappte sich alles, was sie brauchte, um dann mit dem Auto ins Dorf zu fahren.

Kapitel 4

Es war früher Nachmittag, als Lara mit ihrem Computer in der Tasche in ein schnuckeliges Lokal trat, das von außen sehr einladend wirkte. Die Fensterrahmen waren in einem hübschen Weiß gestrichen, auf den Scheiben klebte der Name »Helenas Café« in schön geschwungenen, goldenen Lettern. Auf den Tischen brannten Kerzen, aus verborgenen Lautsprechern drang leise Musik, die augenblicklich gute Laune verbreitete. Es duftete nach Kaffee und Gebäck. Laras Magen zog sich mit einem lauten Knurren zusammen. Sie guckte sich um, am Fenster war noch ein Tisch frei. Ansonsten waren ungefähr die Hälfte der Plätze besetzt.

»Grüß Gott«, sagte Lara, als sie eine freundlich wirkende, rothaarige Frau in einem getupften Kleid hinter dem Tresen entdeckte, wo sie gerade ein Stück Torte auf einen Teller schob. Lara begriff, dass sie einen Fehler gemacht hatte, als augenblicklich alle Gespräche verstummten, jemand ließ sogar eine Kuchengabel auf den Teller fallen. Das Klirren durchbrach die plötzliche Stille. Die Hintergrundmusik wirkte auf einmal sehr laut. Lara spürte, dass sie rot wurde. Ihre Wangen brannten.

»Moin«, erwiderte die Frau mit einem breiten Lächeln. Sie hatte ein pausbäckiges Gesicht und auch sonst ordentliche Kurven, Holz vor der Hütte, hätten sie in Bayern gesagt.

Kein Wunder, wenn man jeden Tag in so einer Umgebung arbeitete, dachte Lara, während sie langsam begriff, warum sie alle so komisch anguckten. Auch ein *Grüß Gott*, war nichts, womit man hier die Leute anredete ...

»Ist es okay, wenn ich mich hier hinsetze?«, fragte sie und ließ sich nichts anmerken, sofern das mit ihrer roten Birne überhaupt möglich war.

»Aber gern, natürlich. Ich bin gleich bei dir.«

Lara fand es sympathisch, dass sie nicht mit dem förmlichen Sie angesprochen wurde. Sie schätzte, dass die Frau etwa im gleichen Alter war wie sie. Die anderen Gäste widmeten sich wieder ihrem Kuchen, Tee oder Kaffee. Während Lara ihre Jacke über den Stuhl hängte, amüsierte sie sich über ihren kleinen sprachlichen Fauxpas. In Bayern auf dem Dorf wurde man vermutlich ähnlich angeschaut, wenn man irgendwo »Moin« verlauten ließ. Lustig irgendwie, bestimmt waren die meisten Leute hier Einheimische, und zu dieser Jahreszeit rechnete man nicht mit vielen Touristen. Lara merkte, dass sie immer wieder verstohlen gemustert wurde. Kurz überlegte sie, ob sie sich allen persönlich vorstellen sollte, ließ es dann aber sein. Das wäre doch zu viel des Guten, auch weil sie keine Ahnung hatte, wie willkommen Zugereiste hier waren. Nach der Begegnung mit Janne Carstensen gestern war sie ein wenig verunsichert. Erst war er so freundlich und dann so abweisend gewesen, als er erfahren hatte, dass sie die Kate gekauft hatte.

Lara guckte kurz in die Speisekarte, es gab Frühstück, kleine Snacks und natürlich die Torten aus der Vitrine, die wirklich köstlich und frisch aussahen – und gehaltvoll, also genau das, was sie nach dem ganzen Stress jetzt brauchte.

»So, hallo noch mal, was darf's denn sein?«, sprach die Rothaarige Lara mit einem freundlichen, offenen Lächeln an.

»Die mächtigste Schokotorte mit Sahne und einen Milchkaffee dazu«, gab Lara mit einem breiten Grinsen zurück.

»Das klingt gut. Mache ich dir gerne fertig.«

»Hier gibts auch W-LAN, oder?«, wollte Lara jetzt wissen. Eigentlich kam sie auch gut mal eine Weile ohne Internet aus, aber in ihrem speziellen Fall hingen viele Dinge davon ab, dass sie erreichbar war und auch von zu Hause aus organisieren konnte. Ohne Netz und Möglichkeiten der Kommunikation würde sie das mit den Renovierungen nicht hinbekommen. Einen Container für die alten Sachen, die sie nicht behalten würde, wollte sie auch bestellen, aber dazu musste sie erst mal herausfinden, wo das möglich war.

»Aber klar doch, schau mal auf der Rückseite der Karte, da steht das Passwort.«

»Ah, Gott sei Dank. Ich hab' zu Hause null Empfang und muss mir dringend Internet und einen ordentlichen Telefonanschluss einrichten lassen.«

Die Augen der jungen Frau weiteten sich ein wenig. »Ach, dann hast du das Haus auf der Düne gekauft?«

Lara war nicht wirklich überrascht, dass sich das schon im Ort herumsprach. Sie fragte sich, was genau sie gehört hatte und von wem. »Ja, das stimmt«, war daher alles, was sie erwiderte.

»Puh, da hast du dir ja ganz schön was aufgehalst.« Das kam von Herzen, das merkte Lara sofort. Es verunsicherte sie ein wenig, sie hoffte, man sah ihr das nicht an.

Lara zuckte die Schultern. »Allerdings, ich habe vorhin mal eine kleine Bestandsaufnahme gemacht, und es ist mehr, als ich mir gedacht hatte. Ich bin handwerklich geschickt, aber weiß nicht so recht, ob ich das alles alleine schaffen werde, muss ich aber irgendwie.« Lara atmete leise aus.

»Machst du das beruflich? Ich bin übrigens Helena.« Die offene Freundlichkeit war wie Balsam für Lara, die sonst nicht so leicht Bekanntschaften schloss, weil sie in ihrem Leben zu häufig von Menschen enttäuscht worden war.

Lara lächelte. »Ach, daher der Name des Cafés? Ich bin die Lara, Lara Herziger.«

»Stimmt.« Helena lachte. »Nicht sehr originell, meine Idee, hm?«

»Ich finde, es ist wunderschön und sehr einladend. Eigentlich bin ich Physiotherapeutin, weil du gefragt hast, ob ich handwerklich tätig bin.«

»Oh, das ist ja was ganz anderes. Willst du hier eine Praxis eröffnen?«

»Nein, ehrlich gesagt, das hatte ich nicht vor. Ich wollte die Ferienwohnungen vermieten.« Lara merkte, dass ihre Wangen schon wieder warm wurden. Sie mochte Helena, aber sie wollte keinesfalls ihre ganze Lebensgeschichte vor ihr ausbreiten, vor allem nicht die Gründe, warum sie ihre Zelte in München komplett abgebrochen hatte. Philip hatte auch angerufen, stellte sie mit einem Blick auf das Display fest. So gab es wenigstens einen Pluspunkt, dass Lara in ihrem neuen Haus keinen Empfang hatte. Sie wollte nicht mehr mit ihm sprechen, da gab es absolut nichts mehr zu sagen. Lara merkte, dass die Pause ein wenig zu lang wurde, hastig fuhr sie fort: »Ist es okay, wenn ich ein Weilchen hier sitze, bis ich meine Liste aufgestellt und meine ganzen Anmeldungen organisiert habe? Ich bin sonst nicht der Typ, der ständig im Netz herumhängt, aber ich bin sozusagen darauf angewiesen, dass ich ein paar Sachen regeln kann, damit es vorangeht.«

»Mach nur, Lara, in der Nebensaison ist es bei uns eher ruhig, und es ist wirklich völlig in Ordnung. Ich finde es ist echt mutig, dass du das durchziehst. Du bist alleine hergekommen?«

»Ähm, ja. Selbst ist die Frau.« Laras Lachen klang zu hoch und nicht ganz überzeugend. Das musste sie definitiv üben, um es glaubhaft werden zu lassen. Helena ließ sich nichts anmerken, sollte sie es merkwürdig finden.

»Ich bin dann gleich mit deiner Bestellung wieder zurück.«

»Vielen Dank!« Lara packte ihren Computer aus, meldete sich im W-LAN an und klickte sich durch die Angebote der Kommunikationsdienstleister. Es dauerte eine Weile, bis sie sich für einen Anbieter entschieden hatte. Nachdem sie alles ausgefüllt hatte, schickte sie den Antrag ab. Kaffee und Torte verschwanden nebenbei in ihrem Bauch. Niemand sprach sie an, obwohl Lara lächelte, wenn jemand hereinkam oder ging. Trotzdem hatte sie das Gefühl, ganz genau gemustert zu werden, ein bisschen argwöhnisch sogar. Richtig freundlich war bisher nur Helena gewesen. Lara schüttelte diese Gedanken ab und machte weiter.

Die Bestätigungsmail der Telekommunikationsfirma ging ein, und Lara überflog kurz, ob alles richtig aufgelistet war. Zwei Wochen sollte es dauern, bis jemand kam. »Verdammt«, murmelte sie und fuhr sich mit der Hand über das Gesicht. Sie hatte gehofft, dass es schneller gehen würde. Aber gut, da konnte sie nichts machen. Zeit zum Surfen hatte sie sowieso keine, was sie daran erinnerte, dass sie ihre To-do-Liste anfertigen musste. Und alles andere würde sie dann eben an einem Platz regeln, wo man kostenlos surfen konnte. Hier zum Beispiel. Das war auch nicht das schlechteste Büro, und Helena war wirklich nett.

Die räumte gerade das Geschirr ab. »Darf's noch was sein?«, erkundigte sie sich höflich. »Kommst du voran?«

Lara überlegte, sie war satt und auch nicht durstig, Geld sparen müsste sie auch, aber … sie konnte nicht stundenlang hier sitzen und nichts bestellen. »Ich nehme gerne noch so einen großen Milchkaffee. Es ist mühsam, aber ich wurschtele mich da durch.«

»Okay, kommt gleich. Aber fühl dich nicht gezwungen.«

Oje, offenbar standen ihre Bedenken offen auf ihrer Stirn. Lara war dennoch froh, dass sie das sagte, trotzdem fand sie, dass sich das nicht gehörte. »Nicht, dass es noch wie bei Starbucks wird, die Leute kommen und kaufen sich einen Keks und verbringen ihr ganzes Leben am besten Fensterplatz. Ich nehme wirklich sehr gerne noch einen Milchkaffee.«

Helena lachte. »Du bist irgendwie witzig. Ich hoffe, du kriegst das hin mit den Ferienwohnungen.« Sie beugte sich ein wenig nach vorn. »Als Neuling hat man es hier manchmal nicht leicht.«

Es war kaum zu verbergen, dass sie nicht hierher gehörte, ihr bayerischer Akzent war vielleicht nicht besonders ausgeprägt, aber gerade das rollende R und eine gewisse Wortwahl verrieten sie vermutlich überall. Komisch, dass sie sich bis eben kaum Gedanken darüber gemacht hatte, dass sie als Fremde vielleicht nicht von jedem so herzlich empfangen würde wie von Helena. Das hatten die Blicke der anderen Gäste ihr auch ohne Worte verraten. Lara hoffte, dass sie sich täuschte.

»Oh, sprichst du aus Erfahrung?«

»Ja, ich komme eigentlich aus Nordfriesland, hab meinen Mann im Urlaub kennengelernt, und na ja, ich bin ihm in seine Heimat gefolgt. Auch als Nordlicht hat man es hier nicht immer leicht.« Sie grinste, und Lara hatte nicht den Eindruck, dass Helena irgendwie einsam oder unglücklich wirkte. Das machte Hoffnung, dass sie sich hier zurechtfinden würde. Allerdings hatte sie natürlich keinen Partner, der ihr beistand. Egal, sie konnte es genauso gut allein schaffen.

»Seit wann wohnst du hier?«, erkundigte sie sich noch.

Helena guckte nach oben und überlegte. »Ja, es sind jetzt sechs Jahre. Schon eine Weile. So, ich hole mal deinen Kaffee.«

»Danke schön.« Sie lächelte, dann arbeitete sie an ihrer Aufgabenliste für die Renovierungen.

Sehr viel später rauchte Laras Kopf. Es dämmerte bereits. Die Aufstellung mit allem, was zu tun war, war mehrere Seiten lang geworden. Sie hatte auch gleich bei Baumärkten online die Preise verglichen. Wenn man so viel Farbe und Kram benötigte wie sie, lohnte sich das. Zuerst mussten aber überall die Tapeten abgekratzt werden. Aber auch wenn sie preisgünstig einkaufte, würde es eng werden, sehr eng. Dabei hatte sie gerade mal die Basics notiert. Lara schluckte und wollte eben ihren Laptop wegpacken, als jemand zur Tür hereinkam, der ihr bekannt vorkam. Aus dem Augenwinkel sah sie, dass es Janne Carstensen war. Er trug eine Arbeitshose, in der Seitentasche steckte ein Zollstock. Darüber hatte er ein Flanellhemd und eine Jeansjacke, die mit Teddyfell gefüttert war. Er war nicht rasiert, mehr sah sie nicht, weil sie sich wegdrehte, um selbst unbemerkt zu bleiben. Lara überlegte, ob sie sich verstecken sollte. Nach dem gestrigen Abend hatte sie keinen Bedarf an blöden Kommentaren, und sie war ziemlich sicher, dass sie Janne heute Morgen am Strand beim Joggen gesehen hatte. Er war ganz schön schnell unterwegs gewesen, und sein Hintern war göttlich anzusehen gewesen. Knackig und ...

Stopp. Was tat sie da eigentlich? Sein Arsch konnte ihr völlig egal sein. Lara machte sich weiter so klein und unauffällig wie möglich und tat so, als säße sie angestrengt bei der Arbeit. Das Bild vor ihr verschwamm allerdings, weil sie die ganze Zeit das Bedürfnis verspürte, sich nach ihm umzusehen. War Janne womöglich Helenas Mann?

Der Gedanke erfüllte sie mit Bedauern. Gleichzeitig dachte sie, dass Helena einen netteren Kerl verdient hätte. Verstohlen guckte sie sich um und atmete leise aus, als sie sah, dass Janne sich einen mitgebrachten Thermobecher mit Kaffee füllen ließ. Es sah so aus, als wäre er gut mit ihr bekannt, sie plauderten, worüber, das konnte Lara nicht hören. Aber er legte zwei Münzen auf den Tresen, das hieß wohl, dass sie nicht liiert waren.

Verdammt Lara, schimpfte sie sich selbst eine Idiotin, als sie begriff, dass sie erleichtert darüber war. Ihr war anscheinend nicht mehr zu helfen.

Hastig wandte sie sich wieder ihrem Computer zu. Mit zittrigen Fingern speicherte sie ihre Arbeit – nicht, dass alles umsonst gewesen war – und klappte dann den Deckel zu.

»Na, wie gehts?«, sprach sie jemand von der Seite an.

Lara stieß einen spitzen Schrei aus und wäre beinahe vom Stuhl gefallen. Er stand so dicht bei ihr, dass sein männlicher, würziger Geruch in ihre Nase stieg. Lara räusperte sich und blickte auf. »Mein Gott«, murmelte sie und hielt sich eine Hand aufs Dekolleté. Ihr Herzschlag raste.

»Du kannst mich Janne nennen.« Seine Mundwinkel zuckten verräterisch, dann nippte er von seinem Kaffee.

Lara blinzelte irritiert und hob eine Augenbraue. »Echt jetzt?«

Er grinste und entblößte eine Reihe gerader weißer Zähne. »Komm schon, verstehst du keinen Spaß?«

»Vielleicht sind deine Witze einfach schlecht?«, schlug sie vor und war froh, dass sie ihre Schlagfertigkeit wiedergefunden hatte. Sie schob den Laptop in ihre Tasche und fragte sich, was er wohl von ihr wollte.

Janne neigte seinen Kopf ein wenig und wirkte, als dächte er tatsächlich über ihre letzten Worte nach. Aus seinen blauen Augen blitzte der Schalk. Lara fragte sich, ob er vielleicht ein Psychopath war, der einmal nett war und flirtete und dann wieder mürrisch und griesgrämig, so wie gestern Abend. Sie musste sich eingestehen, dass sie diese nette Variante deutlich attraktiver fand. Leider.

Sie erinnerte sich gerade rechtzeitig daran, dass sie von gut aussehenden Männern genug hatte und auf jeden Fall die Finger von ihm lassen würde, ehe sie ihn grenzdebil anlächelte. Warum zur Hölle, sagte er nichts und schaute sie einfach nur an? Durchdringend, als könnte er auf den Grund ihrer Seele blicken. Lara guckte als Erste weg. Sie seufzte leise. In ihrem Magen kribbelte es.

Ein Jammer, dass gerade solche Typen diese Wirkung auf sie hatten.

»Ich muss dann mal wieder«, meinte er, und seine dunkle Stimme jagte kleine Schauer an ihrer Wirbelsäule entlang.

Lara straffte sich und versuchte, möglichst lässig und gelangweilt zu wirken. »Jap, man sieht sich. Schönen Abend. Servus.«

Er zwinkerte ihr zu, dann ging er mit langen Schritten aus dem Café.

Was war das denn gewesen? Sie sank in ihrem Stuhl zusammen, ein Glück, dass sie bereits saß. Ihre Knie fühlten sich wie Sahnepudding an. Ihr würden zudem eine ganze Reihe an Dingen einfallen, die sie mit Sahnepudding auf seiner Haut anstellen könnte.

Nein, würde sie nicht!

Keine Sauereien mit einem Aufreißer. Weder buchstäblich noch sexuell. Sie musste sich das ein für alle Mal hinter die Ohren schreiben. Aber es war nicht leicht, denn seine Augen hatten etwas Magisches, Anziehendes, das sie nur schwer ignorieren konnte. Fast war sie froh, dass sie so viel zu tun hatte, dass sie in den kommenden Tagen kaum dazu kommen würde, an Männer zu denken. Auch nicht an einen ganz Bestimmten.

Lara schnappte sich ihre Tasche und ging zum Tresen, um ihre Rechnung zu begleichen.

»So, das wär's für heute. Ich schätze, dass ich bald wiederkomme.« Sie zwinkerte und lächelte schief.

»Hoffentlich nicht nur wegen des W-LANs.«

Lara schüttelte lachend den Kopf. »Hauptsächlich natürlich wegen der leckeren Torten und der netten Gesellschaft, und dann erst wegen des Internets.«

»Du kennst Janne schon?«

Huch, das war ja mal ein Themenwechsel, aber Helena war anscheinend nicht entgangen, dass sie kurz mit ihm gesprochen hatte.

Laras Mund öffnete und schloss sich wieder. »Den hatte ich nicht mit netter Gesellschaft gemeint«, scherzte sie dann halbherzig.

Helenas Augen weiteten sich. »Ah.«

»Um ehrlich zu sein, er hat mir gestern Abend mit dem Schlüssel geholfen, da war er nicht sehr nett. Eher unfreundlich und …« Sie winkte ab. »Ach, egal. Spielt keine Rolle. Männer, die so gut aussehen, denken oft, sie könnten sich alles erlauben. Aber damit bin ich durch.«

Helena lächelte wissend. »Dann war also ein Mann der Grund, dass du hergezogen bist? Entschuldige, ich wollte nicht neugierig sein, aber … Na ja, ich bin es doch.« Sie kicherte.

Lara fand Helenas Ehrlichkeit erfrischend, und überraschenderweise fühlte sie sich kein bisschen ausgefragt. Normalerweise fand sie zu viel Neugierde anstrengend, aber bei Helena empfand sie es nicht so. Das konnte auch daran liegen, dass sie hier niemanden kannte und sich schon am ersten Tag ein wenig einsam gefühlt hatte und über jegliche Zuwendung froh war. Andererseits mochte sie Helena wirklich.

Lara grinste. »Ja, ich habe mich kürzlich getrennt, aber er war ein richtiger Idiot. Zudem gab es noch eine ganze Reihe anderer Gründe, warum ich hier einen Neuanfang wage. Meine Freunde halten mich natürlich alle für total verrückt.« Sie zuckte mit den Schultern. »Ich möchte es aber unbedingt schaffen, und heute Morgen am Strand, da hatte ich das Gefühl, dass ich das hinbekommen werde.« Sie schwankte zwischen Zweifeln und Euphorie, was irgendwie anstrengend war. Aber das behielt sie lieber für sich, so gut kannte sie die hübsche Cafébesitzerin auch wieder nicht. Noch nicht vielleicht.

Helenas Miene wirkte ein wenig sorgenvoll. »Es ist ganz schön einsam da draußen, und auch wenn ich das Haus nur von Weitem kenne, weiß ich, dass da eine ganze Menge Sanierungsbedarf vorliegt. Ich drücke dir jedenfalls die Daumen, dass dir alles so gelingt, wie du es dir wünschst.«

Oje, das war keine echte Motivation. Helena wirkte nicht, als wäre sie vollends davon überzeugt, dass eine einzelne Frau das stemmen könnte, und dabei wusste sie noch nicht mal, dass Laras Budget miniklein war. Aber Helena kannte sie auch nicht, und Lara würde beweisen, dass sie fähig war, dieses Haus auf Vordermann zu bringen. Lara bezahlte und fuhr dann zum Baumarkt, der etwa zwanzig Minuten von ihrer Düne entfernt im nächsten größeren Ort war. Sie lud sich das Auto mit Materialien voll (Tapetenlöser, Farbe, Farbrollen, Abdeckplane, Kreppband und noch einiges mehr) und Putzzeug besorgte sie auch gleich mit. Damit würde sie morgen loslegen. Wenn die Fenster erst mal sauber waren, würde das alles in ein freundliches Licht tauchen. Das hoffte sie zumindest.

Auf dem Nachhauseweg bimmelte ihr Handy, sie schaute aufs Display und ging nur ran, weil es ihre Freundin Pauline war, die sicher hören wollte, wie es ihr ging. Lara setzte ein Lächeln auf, auch wenn ihr klar war, dass man das nicht sehen konnte, aber man hörte es hoffentlich. »Hallo?«

»Hey, meine Süße, wie gehts dir? Bist du gut angekommen?«

»Ja, bin ich. Es ist so schön hier.« Das war nicht gelogen, der Strand, die See, die Weite und klare Luft waren wirklich großartig, sogar zu dieser Jahreszeit, wo sonst in München alles nur grau und schmuddelig war.

»Dann bereust du es also noch nicht?«

Lara atmete leise aus und dann wieder ein, ehe sie antwortete. »Kein bisschen, nein.«

»Du fehlst mir jetzt schon.«

Lara lächelte wehmütig. »Du fehlst mir auch, aber weißt du was, wenn ich mit dem Umbau fertig bin, kommst du mich besuchen. Oder vorher schon!«

»Umbau? Ist so viel zu machen?«

»Na ja, ein bisschen was. Grundsätzliche Renovierungen, aber das war ja klar.« Dass es so viel sein würde, hatte Lara jedoch nicht erwartet, aber das behielt sie für sich.

»Du bist echt verrückt, Lara.«

»Ich brauchte einfach eine Veränderung, Süße.«

»Ja, aber gleich neunhundert Kilometer? Ich kann nicht mal eben vorbeikommen.« Pauline seufzte am anderen Ende.

Laras Herz wurde schwer. Ihre Freundin fehlte ihr auch, sehr sogar, aber trotz allem war sie froh, hier zu sein. »Wenn du erst mal selbst gesehen hast, wie schön es am Strand ist, wirst du das nicht mehr sagen.«

»Ich weiß nicht. Aber lass uns von etwas Erfreulichem sprechen. Wie ist es so, nicht mehr jeden Tag ins Krankenhaus zu müssen?«

»Das ist super, den Schichtdienst vermisse ich überhaupt nicht und die meckernden Patienten auch nicht.«

»Na, immerhin.«

Sie plauderten noch kurz, aber irgendwann brach das Gespräch ab – natürlich, sie kam in die Zone, in der es kein Netz gab. Lara verdrehte die Augen und fuhr weiter. Sie würde Pauline morgen anrufen, jetzt war sie zu erschöpft, noch mal umzudrehen.

Es war spät und dunkel, als sie ihr Auto in der Auffahrt parkte. Eigentlich hatte sie direkt anfangen wollen, den Teppich herausrauszureißen, aber sie bekam kaum mehr einen Schritt vor den anderen, nachdem sie die Sachen ausgeladen hatte. Mit einem lauten Gähnen hängte sie die Schlüssel ans Brett und zog sich die Jacke und Schuhe aus. Hm, etwas war seltsam. Es kam ihr so vor, als wäre es am Morgen noch wärmer im Haus gewesen. Sie marschierte in die Küche und fasste an die Heizkörper. Kalt.

Das gleiche im Wohnzimmer und im Bad.

Auch das noch.

Sie stöhnte und ließ sich auf das durchgesessene Sofa fallen. Es war kurz nach neun, jetzt erreichte sie niemanden mehr – wen sie anrufen sollte, wusste sie auch nicht. Heizungsnotdienst, ja. Aber selbst, wenn sie die Nummer eines Monteurs hätte, dann fehlte immer noch das Wichtigste: Empfang.

Lara spürte Tränen in sich aufsteigen. Den ganzen Tag hatte sie nur positiv gedacht, sich von nichts aus der Bahn werfen lassen, aber dass die Heizung streikte, konnte nichts Gutes bedeuten. Sie spürte es. Sie wusste es. Wenn da eine größere Reparatur auf sie zukam, konnte das bedeuten, dass ihre Zukunftspläne schon nach einem Tag allesamt in Rauch aufgingen.

Sie konnte damit jetzt nicht umgehen, sie war zu erschöpft. Also schleppte sie sich nach oben, putzte sich die Zähne und schlüpfte in ihren Pyjama. Sie legte sich ins Bett und zog die Decke über den Kopf. Ein Glück, dass sie das dicke Daunending hatte, damit konnte sie auch bei Minusgraden schlafen. Leider fehlte ihr gerade ein wenig der Optimismus, daraus etwas Positives zu ziehen. Der Winter hatte noch nicht mal richtig angefangen, sie brauchte eine funktionierende Heizung. Wenigstens das, wenn alles andere in diesem alten Gemäuer schon schrottreif war. Lara weinte leise in ihr Kissen und wälzte sich stundenlang hin und her, bis sie doch irgendwann einschlief.

Kapitel 5

Janne saß mit der Morgenzeitung im *Kaffeewagen*, einem Holzhäuschen am Bodden, das sich über die Jahre als Treff der ortsansässigen Handwerker etabliert hatte. Das Ambiente war rustikal, aber der Kaffee und die Brötchen schmeckten lecker. Janne genoss, neben seiner Lektüre, sehr gerne den unverbauten Blick auf die Große Kirr, eine Insel in der Boddenkette rund um die Halbinsel Zingst. Sie lag im Naturschutzgebiet und gerade zu dieser Jahreszeit war hier einiges los, weil sehr viele Zugvögel dort Rast machten, ehe sie weiter gen Süden zogen. Das Wetter war an diesem Morgen ein bisschen trüb, aber der Nebel verzog sich vermutlich gegen Mittag. Am Nachbartisch saßen zwei Männer, die er vom Sehen kannte. Er wollte nicht mitanhören, worüber sie sprachen, aber er konnte es auch nicht verhindern. Es sei denn er wechselte den Platz, aber darauf hatte er keine Lust. Janne horchte auf, als einmal das Wort Münchnerin fiel.

»Da ruft die mich heute Morgen an und erwartet, dass ich gleich zu ihr rausfahre, als hätte ich nichts Besseres zu tun und würde ihr eine Sonderbehandlung zukommen lassen.«

Ja, Kaffeetrinken ist wichtiger, dachte Janne leicht angesäuert.

»Was ist denn los?«, fragte der andere und biss in sein Fischbrötchen.

»Die Heizung streikt«, erklärte der erste. »Kein Wunder, das Ding ist uralt. Hab ich damals eingebaut, als ich meinen Betrieb gerade neu aufgemacht habe.«

Janne hob eine Augenbraue und trank einen Schluck seines Kaffees. Der Mann sah aus, als stünde er kurz vor dem Ruhestand. Dann musste diese Heizungsanlage tatsächlich sehr betagt sein. Nicht wirklich überraschend, musste Janne zugeben, blöd für Lara, dass sie gleich streikte – oder schon länger defekt gewesen war. Sie hatte nicht den Eindruck erweckt, dass sie das Haus vorher sorgfältig besichtigt hätte. Aber was wusste er schon.

»Darüber kann die Münchnerin sich wohl nicht wundern, oder? Ich frage mich sowieso, was die sich dabei gedacht hat, die alte Kate zu kaufen.«

Der andere lachte. »Vermutlich gar nichts. Und, wann fährst du raus zu ihr?«

»Weiß nicht. Sie soll ruhig erst mal abwarten, letztlich kann man bei der Anlage vermutlich eh nicht mehr viel retten. Die soll mal nicht denken, dass die nur mit dem Finger schnipsen braucht, und man rennt ihr hinterher. Ich habe andere Kunden, die vorgehen.«

Janne seufzte leise. Er wollte keine Sympathie für Lara entwickeln, aber so, wie die beiden Alten reagierten, dachte vermutlich die Mehrheit der Dorfbewohner über zugereiste Neubewohner. Er selbst hatte das Glück gehabt, dass seine Großeltern und seine Mutter aus der Gegend stammten und er mit seinem handwerklichen Geschick schnell Anschluss gefunden hatte – ohne welchen zu suchen. Janne ahnte, dass man es als junge, alleinstehende Frau in einer Region wie dieser ungleich schwieriger hatte.

Janne blätterte die Seite seiner Zeitung um und fragte sich, warum es ihn überhaupt kümmerte. Konnte ihm doch egal sein. Er war nicht für Lara verantwortlich, die Suppe hatte sie sich selbst eingebrockt. Aus welchem Grund auch immer sie auf die hirnverbrannte Idee gekommen war, ein baufälliges Reetdachhaus mitten in der Pampa zu kaufen. Trotzdem konnte er nicht verhindern, dass er ein gewisses Mitgefühl für sie empfand und sich immer wieder die Frage stellte, was eine junge, gut aussehende Bayerin dazu brachte, ihre Zelte anderswo abzubrechen, um hier zu leben. In einem Dorf wie diesem würde sie nicht so schnell Freunde finden. Die Damen hatten Angst, dass man ihnen die Gatten ausspannte, und die Herren sahen in ihr entweder tatsächlich ein Sex-Objekt oder einfach nur lästige Konkurrenz mit ihren Ferienwohnungen. Oder sie betrachteten sie sogar als Eindringling.

Er hatte noch nie erlebt, dass jemand auf Anhieb offen empfangen worden wäre, außer der oder diejenige hatte etwas zu bieten, woran alle interessiert waren. Bei Lara Herziger hielt er das für unwahrscheinlich. Schade für sie, dachte er und trank den letzten Schluck seines mittlerweile kalt gewordenen Kaffees. Er verzog das Gesicht und schüttelte sich leicht.

Zum Glück nicht sein Problem, und er würde es auch nicht zu seinem machen. Janne zahlte sein zweites Frühstück und fuhr dann zu seinem nächsten Termin. Danach würde er sich in seiner Werkstatt einschließen und an einem neuen Projekt arbeiten. Bei seiner letzten Tour am Strand hatte er einiges an Treibholz gefunden, daraus ließ sich was machen.

* * *

Es krachte. Lara zuckte zusammen und hielt sich mit beiden Händen an der Tischkante fest, obwohl sie genau wusste, wo der Lärm herkam. Auf der Straße stand ein Schwerlaster und brachte ihr einen Container. Das war zum Glück schnell gegangen, anscheinend war gerade nicht viel los in dem Unternehmen. Bedauerlicherweise war sie mit dem Heizungsmonteur – sie hatte ein Schild auf dem Öltank gefunden – nicht so gut zurechtgekommen. Der Mann war kurz angebunden gewesen und hatte sie auf einen späteren Termin irgendwann in der Woche vertröstet, an dem sie sich noch mal melden sollte. Gut, also musste sie bis dahin eben frieren, ändern konnte sie es nicht, und beim Arbeiten würde ihr schon warm werden. Ein Glück, dass im Bad ein Boiler hing, das kostete zwar mehr Strom, aber das war ihr momentan auch egal. Sie schaute aus dem Fenster und sah gerade noch, wie der Lkw davonfuhr. Auch gut, von persönlichen Gesprächen hielten die Leute hier wohl nicht so viel. Helena war da anscheinend eine echte Ausnahme. Um ein paar Dinge zu regeln, hatte sie am Vormittag bei ihr im Café vorbeigeschaut und sich wieder ein Stück Torte gegönnt – Helena wusste es zwar nicht, aber der Kuchen war Laras Hauptmahlzeit gewesen. Sie hatte weder Lust zu kochen noch Energie dafür. Sie musste ihre ganze Kraft in die Renovierung stecken.

In einer Wohnung hatte sie ein altes Grundig-Radio gefunden, das stand jetzt auf dem Fensterbrett, und leise Musik dudelte aus dem antiquierten Gerät. Es war so alt, dass es schon wieder cool war.

Lara schaute auf den Laptop vor sich. Der Cursor blinkte am untersten Punkt ihrer Liste: Heizung. Die Aufstellung der unbedingt notwendigen Reparaturen war entmutigend lang. So viel Geld hatte sie nicht. Lara wollte es sich ungern eingestehen, aber ihre Pläne schienen schon in der ersten Woche an der Ostsee in Rauch aufzugehen. Sogar wenn sie alles selbst machen wollte, kam sie um größere Investitionen nicht herum. Das Dach neu decken zu lassen und die Heizungsreparatur würden den Rest ihres Erbes garantiert vollständig verschlingen, dafür musste sie sich noch nicht mal Angebote einholen. Sie konnte sich beides nicht leisten. Aber was war wichtiger? Ein warmes Haus oder ein trockenes? Eine einzelne Träne rollte über ihre Wange. Wütend wischte sie sie weg und klappte den Laptop zu. Sie stöhnte und stand dann energisch auf. Vielleicht war das Dach ja noch okay, und es sah wirklich nur schlimm aus. Sie brauchte auf jeden Fall einen Fachmann, der es sich einmal ansah. Sie würde sich nicht so einfach abspeisen lassen und weitersuchen.

»Nicht mit mir«, schimpfte sie, mit wem oder über wen konnte sie selbst nicht sagen. Sie wusste nur eines, sie würde nicht aufgeben. Nicht sofort zumindest.

Lara zog Arbeitshandschuhe über, schnappte sich den Abrisshammer und ging ins Wohnzimmer. Sie hatte sich entschieden, die alte Wohnwand rauszuschmeißen. Ausgeräumt hatte sie sie schon am Morgen, viel war ohnehin nicht mehr drin gewesen. Die meisten Bücher würde sie auch nicht behalten, oder vielleicht doch. Sie war nicht sicher. Einige hatten ganz hübsche Einbände aus Leinen mit goldenen Lettern. Nichts, was sie selbst lesen wollte: Dostojewski, Tolstoi und so depressiver Kram, der einen nur noch weiter runterzog. Lara war vielmehr der Typ für lustige Liebesschnulzen, auch wenn sie in ihrem Alltag bislang eher selten zum Lesen gekommen war. Aber als Deko würden sich diese Ausgaben in den Wohnungen vielleicht noch eignen. Man würde sehen. Sie schüttelte den Kopf über sich und schmunzelte. Man konnte ihr zumindest nicht vorwerfen, dass sie pessimistisch war, wenn sie in einem Moment wie diesem daran dachte, wie sie die Wohnungen ansprechend dekorieren konnte, um das Ambiente einladend zu gestalten.

»Dann wollen wir mal«, sie krempelte die Ärmel hoch und begann mit dem Abriss der Wohnwand. Die Sache mit dem Hammer ließ sie erst mal sein, mit Schrauben und Klopfen gelang es ihr auch. Bis sie alles abgebaut und rausgeschafft hatte, war ihr schrecklich heiß. Im Moment brauchte sie garantiert keine Heizung. Ja, ein bisschen Trotz war auch dabei, das musste sie vor sich selbst zugeben, aber egal, was es war, es half ihr, den Hintern zusammenzukneifen und weiterzumachen.

Der Staub von Jahrzehnten war in den alten Teppich gerieselt, dem würde sie als Nächstes zu Leibe rücken. Die Tapete löste sich bereits von den Wänden, ein schrecklicher Anblick, aber besser so als umgekehrt. Als sie vor vier Jahren in München einmal umgezogen war, hatte sie in einem Zimmer drei Tage kratzen müssen, bis alles runter gewesen war. Wenn man nur wollte, konnte man fast allem etwas Positives abgewinnen, auch einer alten Tapete, die sich selbst löste. Das war vielleicht nicht viel, aber ein Funke Hoffnung war besser als völlige Dunkelheit.

Nachdem Lara das letzte Schrankbrett in den Container geworfen hatte, verschnaufte sie kurz und guckte sich um. Auf der Straße radelte eine ältere Frau vorbei. Sie trug einen knallgelben Regenmantel und feuerrote Gummistiefel mit weißen Punkten. Ihre grauen Locken wehten im Wind. Als sie Lara erblickte, winkte sie freudig und rief. »Hallöchen! Na, schon fleißig?«, und setzte ihren Weg fort. So schnell, dass Lara nicht mal antworten konnte.

Okay, dachte sie. Die kennt mich also.

Lara schaute der Frau hinterher. Sie hatte eine Menge Ausrüstung auf ihrem Rad, es sah nach Kamera, Fernglas und einem Stativ aus. Dass die Radfahrerin ein Paparazzo war, schloss Lara aus, dafür war die Frau zu bunt unterwegs. Dass sie sie offenbar kannte und wusste, was sie hier machte, fand Lara hingegen ein wenig beunruhigend. Sie würde sich wohler fühlen, wenn sie auch wüsste, mit wem sie es zu tun hatte. Andererseits musste sie sich daran gewöhnen, dass die Leute sie kannten, aber sie die Leute nicht.

Mit einem Schulterzucken stakste sie zurück ins Wohnzimmer und betrachtete die Wand, an der zuvor das Schrankensemble gestanden hatte. Irgendwas war merkwürdig. Lara legte einen Finger an die Lippen und neigte ihren Kopf. Dann trat sie einen Schritt näher heran und klopfte an der Wand. Es klang hohl. Rigips?, schoss es ihr durch den Kopf. Aber wieso? Auf der anderen Seite war das Arbeitszimmer. Gab es eine Verbindungstür, die man mit den dünnen Platten geschlossen hatte?

Lara nagte an der Innenseite ihrer Wange und guckte auf ihren Abrisshammer. Womöglich beging sie einen großen Fehler, andererseits – konnte es schlimmer werden?

Sie entschied: Nein, nahm das Arbeitsgerät und machte der Rigipswand den Garaus, weil sie wissen wollte, was sich dahinter verbarg.

Es staubte, krachte und Lara fühlte sich mit jedem Stück, das fiel, befreiter. So eine Tätigkeit war besser als jede Therapie, überlegte sie auf einmal voller Tatendrang.

Es dauerte nur ein paar Minuten, bis sie staunend im Raum stand.

»Ein offener Kamin«, stellte sie begeistert fest und klatschte in die Hände. Und was für einer! Ein gusseiserner Schürhaken, eine Schaufel, ein kleiner ausgefranster Besen und das passende Gestell lagen in der uralten Asche. Lara war fast ein bisschen ergriffen, als sie in die Hocke ging, die Handschuhe auszog und die Fingerspitze in das Häufchen tauchte. Wann der wohl zuletzt gebrannt hatte? Der Kamin hatte einen niedlichen Sims, rundherum war er mit blauweißen Kacheln verschönert, die auch auf dem Fußboden zu sehen waren, aber dann unter dem Teppich verschwanden.

Lara spürte eine so große Freude in sich aufsteigen, dass

sie einen kleinen Jubelschrei ausstieß. Daher also die zwei Schornsteine auf dem Dach. Gut, bevor sie ein Feuer im Kamin anzündete, musste sie unbedingt einen Schornsteinfeger nachsehen lassen. Schließlich wollte sie sich nicht umbringen. Aber sie war felsenfest davon überzeugt, dass das kein Problem sein dürfte, auf den ersten Blick schien alles intakt. Sie beugte sich in den Schacht und guckte nach oben. Sie spürte einen Lufthauch, das war gut, sehr gut sogar.

Zufrieden mit sich und ihrer Welt begann sie den Schutt zu entsorgen. Als sie damit fertig war, war sie nahezu am Ende ihrer Kräfte, aber sie hatte Blut geleckt und wollte mehr, auch wenn sich ihre Arme und Beine wie Gummi anfühlten. Sie tapste nach nebenan ins Arbeitszimmer. Dort stand auch ein hohes Regal an der Wand, in dem sich sehr viele Bücher und allerhand Schnickschnack befanden. War es möglich, dass hier ebenfalls ein Kamin verborgen war? Vielleicht, überlegte Lara. Aber das würde sie heute nicht mehr herausfinden. Sie konnte nicht alle Zimmer verwüsten, sie musste strategisch und geordnet vorgehen, ansonsten verzettelte sie sich und schaffte am Ende gar nichts. Sie tapste zurück ins Wohnzimmer und zerrte am Teppich, dessen Rand einfach zugänglich war, seit sie die Rigipswand entfernt hatte.

»Halleluja«, stieß sie hervor, als sie alte Dielen darunter entdeckte. Die Auslegeware war nicht verklebt, das hatte sie sich schon gedacht, weil sie an so vielen Stellen wellig geworden war. Noch etwas, wofür sie sich im Stillen beim lieben Herrgott bedankte. Lara war zwar katholisch getauft, aber bis jetzt nie sehr gläubig gewesen. Nur manchmal, in Momenten wie diesen, glaubte sie, dass es da oben wirklich jemanden gab, der mit einem wohlwollenden Auge auf sie herabblickte.

Einen Tag später saß Lara am frühen Nachmittag im Schneidersitz auf ihrem Dielenboden und blickte ins flackernde Feuer. Der Schornsteinfeger war tatsächlich bereit gewesen, ihren Kamin kurzfristig abzunehmen, nach dem Gespräch war er direkt hergekommen und vor einer halben Stunde wieder gegangen. Aber nur mit Helenas Hilfe hatte sie ihn überzeugen können, vorher hatte er sie schroff abgewiesen, fast so wie der Heizungsmensch. Helena hatte es mitbekommen, weil Lara nach wie vor im Café ihre »Geschäfte« erledigte, da die Telekommunikationsfirma noch nicht aufgetaucht war – die vierzehn Tage waren auch noch nicht um. Helena hatte sie daraufhin von der Entdeckung – und ihrem Problem mit der Heizung – erzählt, und sie hatte sich direkt eingeschaltet und den Schornsteinfeger angerufen. Sie war erfolgreicher gewesen, was Lara einerseits freute, weil ihr geholfen wurde, andererseits deprimierte sie der Gedanke, dass sie als Neue nicht ernst genommen wurde. Normalerweise war Lara niemand, der sich hinter anderen versteckte, aber in dem Fall war sie Helena sehr dankbar. Langsam kam es ihr eh vor, als ob man sie in diesem Dorf kategorisch ablehnte. Sie fragte sich, ob es an ihr persönlich lag oder ob die Menschen generell so wenig freundlich gegenüber Neuen waren. Was es auch immer war, in genau diesem Moment war es ihr scheißegal, denn in ihrem Kamin brannte ein wärmendes Feuer. Der Boden unter ihrem Hintern bestand aus langen Eichendielen, die sie unter dem Teppich freigelegt hatte. Hier und da waren ein paar Flecken im Holz, aber wenn man die Bretter einmal abgeschliffen und geölt hatte, wären sie quasi wie neu. Nein, es würde besser sein. Eine echte Antiquität. Momente wie diese musste Lara auskosten, denn soweit sie die alte Kate bislang erkundet hatte, würde es in naher Zukunft nicht viele davon geben.

Lara wollte jetzt nicht an das Dach und die Heizung

denken. Einfach nur den Augenblick genießen. In der Hand hielt sie einen heißen Kakao, den sie schlürfte, während aus dem Küchenradio ihr erstes *Jingle Bells* des Jahres erklang.

Auch das noch, dachte sie auf einmal bestürzt. An Weihnachten hatte sie bislang kaum einen Gedanken verschwendet. In den letzten Jahren hatte sie immer bei Freunden die Feiertage verbracht, falls sie nicht gearbeitet hatte – was selten der Fall gewesen war. Diese Weihnachten würde sie hier mutterseelenallein sitzen. Eine seltsame Beklemmung machte sich in ihr breit, sie wusste nicht so recht, was sie davon halten sollte. Weihnachten war für sie noch nie schön gewesen, ihre Mutter war meist betrunken gewesen, während Lara ein einzelnes Geschenk ausgepackt hatte. Wenn überhaupt.

Sie trank noch einen Schluck. Der süße Kakao schmeckte lecker, und etwas in den Bauch zu bekommen, tat auch gut. Sie guckte ins Feuer und auf den Sims. Ja, vielleicht war es ein bisschen kitschig, aber sie würde ein paar Euros für Weihnachtsdekoration ausgeben, und sei es nur eine Lichterkette und ein paar Kugeln, mit denen sie ein paar Zweige Tannengrün schmücken würde. Dass sie Single war, hieß noch lange nicht, dass sie es sich nicht gemütlich und stimmungsvoll machen konnte. Ja, genau, sagte sie sich, und ihre Lippen bogen sich zu einem Lächeln nach oben. Sie brauchte keine Gesellschaft, sie kam gut mit sich allein klar. So konnte sie auch niemand enttäuschen.

Lara wartete beim Feuer, bis es soweit heruntergebrannt war, dass sie das Haus verlassen konnte, ohne Gefahr zu laufen, dass ein Funke alles in Brand steckte. Dann schlüpfte sie in eine saubere Hose und ihre Jacke und trat auf die Straße. Der Container war noch nicht voll, aber es würde in den nächsten Tagen einiges mehr dazukommen, was sie zu entsorgen hatte. Stück für Stück würde sie die alte Kate vom Charme der Siebziger befreien, bisher hatte sie

Glück gehabt und keine bösen Überraschungen freigelegt, sie hoffte, dass es so blieb. Oder Moment, die Überraschungen hatte sie ja schon gehabt. Das Dach, die Heizung, der allgemeine Zustand. »Würde sagen, das reicht«, murmelte sie und sperrte ihr Auto auf.

»Hallöchen«, rief jemand hinter ihr, und sie wirbelte herum.

Es radelte wieder die Frau im gelben Regenmantel auf dem Fahrrad vorbei, gleiche Montur, selbes Equipment wie tags zuvor.

»Oh, hallo«, erwiderte Lara, und zu ihrer Überraschung hielt die Frau heute an.

»Na, wie kommen Sie voran?«, wollte sie mit einem breiten Lächeln wissen. Ihre Lippen waren rot geschminkt, die weißen Locken wehten in der leichten Novemberbrise. Es war ein verhältnismäßig warmer Tag für diese Jahreszeit, beinahe schon mild. Über ihnen zogen einige Gänse in einer Formation über den blassblauen Himmel.

Lara zeigte auf den Container. »Stück für Stück«, erwiderte sie und lachte.

»Schön, dass sich jemand die Mühe macht, das alte Haus in Schuss zu bringen. Ich bin übrigens Rita Kramer. Ich wohne dahinten.« Sie zeigte noch weiter ins Naturschutzgebiet.

»Oh, tatsächlich? Ich bin Lara, Lara Herziger. Freut mich.«

»Ich bin aber nur für ein paar Wochen im Jahr hier«, erklärte sie jetzt.

Lara guckte überrascht, Frau Kramer sprach weiter. »Ja, ich bin Ornithologin, das ist jetzt die spannendste Zeit für mich, deswegen muss ich auch weiter. Lassen Sie sich nicht unterkriegen, Mädchen.«

»Äh, danke!« Und ehe Lara sich versah, hatte sich die rüstige alte Dame, die sicher weit über sechzig sein musste, wieder auf ihren Drahtesel geschwungen und radelte in

Richtung Bodden weiter. Lara hatte im Café gestern von ein paar Gästen aufgeschnappt, dass das Fischland Zingst-Darß dafür bekannt war, Vogelliebhaber anzuziehen. Kraniche, Gänse, Zugvögel generell liebten den Ort, um zu rasten, ehe sie weiter gen Süden flogen. Lara hatte es ja selbst schon bemerkt. Wenn es auf den Abend zuging und die Sonne im Meer versank, waren die Kraniche sogar bis zu ihr zu hören. Vielleicht hatte sie mal die Zeit, das Spektakel mitanzusehen, das Frau Kramer da jeden Tag verfolgte. Davon ging Lara nach der Erklärung eben zumindest aus. Spannend, überlegte Lara. Das war ja dann etwas, das sie sich für die Vermarktung ihrer Ferienwohnungen merken sollte. Gut, so weit war sie leider noch nicht. Bis sie fertig war, waren die Kraniche längst an ihrem Ziel angekommen. Das hoffte Lara zumindest für die Vögel.

Einen Augenblick lang starrte sie einfach in die Ferne. Es war verlockend, rüber zum Strand zu gehen und dort auf den Sonnenuntergang zu schauen, aber dann würde sie nichts von dem erledigen können, was sie noch vorhatte.

Kapitel 6

»Ja, Kruzitürken, will der mich verarschen?«, schimpfte Lara, nachdem sie das Telefonat beendet hatte. Hastig guckte sie sich im Café Helena um, ob sie jemand gehört hatte. Es war früh an diesem Freitagmorgen, Helena hatte eben erst geöffnet. Ein Glück, stellte sie fest, außer ihr waren noch keine Kunden im Lokal.

»Was ist denn los?«, wollte Helena wissen, die gerade an der Siebträgermaschine einen Kaffee für Lara aufbrühte.

»Seit Tagen versuche ich es bei diesem blöden Heizungsmenschen, aber entweder geht er nicht dran, oder er wird pampig. Ich hab einen Kamin, ja, der dank deiner Hilfe auch wieder nutzbar ist, aber ich brauche auch eine funktionierende Heizungsanlage.« Nicht nur das, auch das Dach musste ein Fachmann ansehen, aber alle ihr Versuche, jemanden dazu zu bewegen, bei ihr vorbeizukommen, waren gescheitert. Es war nicht die richtige Jahreszeit für Dacharbeiten, und möglicherweise wollte Lara auch gar nicht wissen, was wirklich alles kaputt war. Trotzdem nervte es sie, dass die Handwerker der Gegend sich offenbar gegen sie verschworen hatten.

Alles selbst machen zu müssen, war mühsam. So mühsam. Allein fürs Fensterputzen hatte sie fast zwei Tage gebraucht, nicht weil sie so lahm war, sondern weil die so dreckig gewesen waren. Leider war es auch nicht wohnlicher dadurch geworden, dafür war die Einrichtung einfach zu alt und abgewohnt. Aber dem würde sie zu Leibe rücken, es ging ihr nur nicht schnell genug. Zwei Hände schafften nicht viel an einem Tag. Leider.

»Verstehe, das ist Mist. Soll ich ihn mal anrufen?«, bot Helena mit einem mitfühlenden Ausdruck an.

Lara hob eine Hand. »Nein, bloß nicht. Ich muss mich endlich mal selbst durchsetzen. Wenn ich nur wüsste wie! Ich meine, ich will ja nicht, dass der Heizungsmann umsonst arbeitet, aber ich habe das Gefühl, als würde der gar nicht vorbeikommen wollen. Komisch, oder?«

Helena verzog ihre Lippen. »Die Alten können manchmal ganz schön stur sein.«

»Kunde droht mit Auftrag«, witzelte Lara.

»So in etwa. Hier, bitte, dein Kaffee. Sag Bescheid, wenn ich mich noch mal einschalten soll, ja?«

Die Tür ging auf, und eine Kundin im knöchellangen Lodenmantel betrat das Café. Auf ihrem blond gefärbten Bob trug sie einen Hut mit Feder. Sie sah aus, als käme sie direkt von einer Jagdgesellschaft.

»Moin Frau Beeck«, grüßte Helena, und Lara hätte sich fast an ihrem Kaffee verschluckt. Das war die Maklerin? Interessant. Ihr Aussehen passte zur Stimme.

»Guten Morgen, Frau Stöver, ich nehme gerne einen schwarzen Tee und dazu ein Stück Prasselkuchen.«

Lara überlegte, ob sie sich zu erkennen geben sollte. Sie entschied sich dafür. »Guten Tag Frau Beeck, entschuldigen Sie, dass ich Sie anspreche, ich bin Lara Herziger. Ich habe das Haus auf der Düne …«, weiter kam sie nicht.

Frau Beeck klatschte in die Hände und stieß einen kleinen Schrei aus. »Nein, wie gut, dass wir uns treffen. Sehen Sie, ich wollte Sie schon anrufen und fragen, wie es ausschaut.

Haben Sie sich schon eingerichtet und fühlen Sie sich wohl, Frau Herziger?«

Lara war nicht ganz überzeugt, ob Frau Beeck das auch wirklich ernst meinte, aber sie ging nicht darauf ein. »Ähm, ja. Sehr gut. Das Haus ist toll«, wenn es mal fertig ist, fügte sie im Stillen hinzu. »Ich habe allerdings ein Problem mit der Heizung. In der Beschreibung und im Notarvertrag steht, dass alles funktioniert. Das ist leider nicht der Fall.«

Frau Beecks Lächeln wurde ein wenig schmaler. »Ach, wirklich? Geht nicht? Ging sie von Anfang an nicht? Das wundert mich, aber ist natürlich auch möglich. Ich habe nur die grundsätzlichen Funktionen prüfen lassen vor dem Verkauf. Die Anlage ist schon sehr alt ...«

Lara hatte keine Lust auf Streit, aber an irgendeiner Stelle musste sie weiterkommen, auch wenn ihr leider sehr klar war, dass die Heizungsanlage mehr als nur leicht veraltet war. Normalerweise müsste man sie komplett erneuern, aber dafür brauchte Lara einen Kredit, und den würde sie nicht bekommen, ohne Job, ohne ... Sie wollte jetzt nicht daran denken. »Nun, es ist natürlich nicht ungewöhnlich, dass mal was kaputtgeht – was ich allerdings merkwürdig finde ist, dass ich keinen Handwerker bekomme«, murmelte sie und ließ ihre Schultern hängen. Lara fühlte sich plötzlich erschöpft und völlig ausgelaugt. Sie hasste es, dass sie auf Hilfe angewiesen war, wo sie mit dem Projekt doch hatte beweisen wollen, dass sie stark und unabhängig war.

Frau Beeck knöpfte ihren Mantel auf. »Das tut mir leid, Frau Herziger.«

»Schon okay, ich werde schon noch jemanden bekommen. Vielleicht muss ich mal das Haus von Herrn Eilers belagern«, scherzte Lara. »Lassen Sie sich nicht von mir stören, genießen Sie Ihren Tee. Ich komme schon klar.« Sicher war Lara sich nicht, aber irgendwie fühlte es sich nicht richtig an, Frau Beeck in ihrer Freizeit damit zu belästigen.

»Wenn Sie nicht weiterkommen, versprechen Sie, sich dann bei mir zu melden? Ich fühle mich da in gewisser Weise doch verantwortlich.«

Lara atmete aus, hoffentlich sah man ihr nicht an, wie erleichtert sie war. Es ging ihr zwar gegen den Strich, dass sie auf andere angewiesen war, aber es stimmte leider.

»Danke, Frau Beeck. Sehr freundlich. Ich versuche es heute noch mal bei Herrn Eilers, und wenn ich nichts erreiche, melde ich mich bei Ihnen. Ist ja nicht so, dass ich was geschenkt haben will.«

Die Dame nickte ihr zu und setzte sich an einen Tisch am Fenster. Lara guckte zu Helena, die gerade den Kuchen und Tee für die Maklerin anrichtete. »Nimm es nicht persönlich, Lara. Wenn die erst mal kapiert haben, wie nett du bist, werden sie sich um dich als Kundin reißen.« Sie zwinkerte. »Wenn ich nicht Torben gehabt hätte, wären die mit mir genauso umgegangen. Du schaffst das schon, halt durch – und ich bin auch für dich da.«

Laras Kehle wurde eng. Sie wusste gar nicht, womit sie verdient hatte, dass Helena so nett zu ihr war. Sie waren keine Freundinnen, aber Lara konnte sich vorstellen, dass sie es werden könnten. »Dein Wort in Gottes Ohr. Heute fange ich mit Wohnung eins an und reiße erst mal den Teppich raus, nachdem ich die Möbel verschoben habe. Bis jetzt habe ich mich in meinem Wohnzimmer und an den Fenstern ausgetobt. Aber ich muss die Ferienapartments im Januar flott haben. Da darf ich keine Zeit mehr verlieren.«

»Ich ziehe ja meinen Hut, dass du das alles selbst machst. Möbel rücken, alleine? Gott, du wirst dir den Rücken kaputtmachen.«

»Ich hab nicht wirklich eine Wahl«, erwiderte Lara und blies in ihren Kaffee. »Ach, komm, gib mir ein Stück Torte, ich gönn' mir was. Kraftfutter!«

»Schoko?«

»Du kennst mich schon ganz gut.« Sie schmunzelte. Zur Not würde sie die Möbel einfach zerlegen, dann würde es gehen. Es sparte zwar nicht direkt Zeit, aber das war egal. Manches würde sie ohnehin entsorgen, damit musste sie dann nicht zimperlich umgehen und konnte den Abrisshammer sprechen lassen. Lara fasste neuen Mut.

»Wo du das nur alles hin futterst, frage ich mich. Ich schau auf den Kuchen und nehme schon zwei Kilo zu.«

Lara gluckste. »Ich habe am ganzen Körper Muskelkater, an Stellen, von denen selbst ich nicht mal wusste, dass da Muskeln sind. Um ehrlich zu sein, ich kann mich kaum rühren. Ich brauche die Torte auch als Nervennahrung, um nicht durchzudrehen.«

»Es sei dir gegönnt.« Helena brachte Frau Beeck ihre Bestellung und kehrte dann zu ihr zurück. Aus der Küche ertönte ein Scheppern und dann ein Schrei. »O Gott«, stieß Helena hervor und eilte davon.

Lara furchte die Stirn. Hoffentlich war nichts Schlimmes passiert. Sie wusste, dass Helenas Mann, Torben, in der Küche die Torten zubereitete. Er war von Haus aus Konditor, und sie buken alles frisch im Café Helena, das schmeckte man auch. So gute Kuchen hatte sie lange nicht gegessen. Man konnte sogar für Feiern oder besondere Anlässe Torten bestellen. Lara wurde nervös, als Helena nicht gleich zurückkehrte. Es stand ihr zwar nicht zu, aber sie ging nach hinten und guckte vorsichtig durch die Schwingtür in die Küche. »Kann ich helfen?«, fragte sie in den Raum, dann entdeckte sie Helena, die bei ihrem Mann kniete. Er hielt sich den Rücken und stöhnte.

»Was ist passiert?«, fragte Lara jetzt.

»Er ist ausgerutscht, hat sich festgehalten, ist aber dann doch hingefallen.«

»Es ist ein verdammter Hexenschuss«, knurrte Torben. »Kam heute Morgen schon kaum aus dem Bett.« Torben hatte schütteres Haar und war ein bisschen übergewichtig. Er trug ein weißes Shirt und eine karierte Bäckerhose zu Sicherheitsschuhen. Damit hätte er eigentlich nicht ausrutschen dürfen, überlegte Lara, aber Unfälle passierten nun mal immer wieder.

»Darf ich mal sehen? Ich bin zwar keine Ärztin, aber Physiotherapeutin.«

Helena stand auf. »Ja, natürlich. Ich glaube, ich sollte einen Krankenwagen rufen.« Sie war blass und hielt sich die Hände an die Wangen.

Lara ging in die Hocke zu Torben. Sein Gesicht war schmerzverzerrt, als er versuchte aufzustehen. »Wie schlimm war der Sturz?«, wollte sie wissen. »Denkst du, es ist was gebrochen?«

»Ach, iwo, das ist nur der blöde Rücken. Ich geh nachher zum Doc und lass mir eine Spritze reinhauen«, knurrte er mit zusammengebissenen Zehen. »Könnt ihr mir mal aufhelfen?«

Lara überlegte und guckte zu Helena. »Es dürfte in jedem Fall wehtun, Torben. Ich bin übrigens Lara.«

Er lächelte schwach. »Helena hat mir schon von dir erzählt. Welche Talente hast du sonst noch?« Es sollte wie ein Scherz klingen, aber er war zu angespannt und hatte zu starke Schmerzen, sodass Lara nicht darauf einging.

»Ich würde empfehlen, dass Helena doch einen Krankenwagen ruft, in der Klinik können sie dich durchchecken. Vielleicht sind es die Bandscheiben.«

»Ich geh' nicht ins Krankenhaus.«

Lara nickte Helena zu. »Da haben wir ja jemanden von der ganz sturen Sorte, hm?«

Helenas Lippen zuckten, man sah ihr die Sorge aber dennoch an. »Ja, das stimmt. Aber so, wie er da liegt, kann ich das wohl entscheiden. Du rührst dich nicht, Torben.«

Er stöhnte. »Sehr lustig, kann ich eh nicht. Ich sag's euch, das ist nur 'ne kleine Verspannung.«

Lara war unschlüssig, ohne eingehende Untersuchungen konnte man das nicht wirklich sagen. »Und du hast das häufiger?«

Er verzog die Lippen. »Mein Gott, manchmal zwickt und zwackt es, ist doch normal.«

Lara wusste natürlich, dass Rückenschmerzen ein Volksleiden waren, aber man durfte das nicht auf die leichte Schulter nehmen. Sicher war sicher. »Wie dem auch sei, es muss untersucht werden.«

Helena war verschwunden, um zu telefonieren. Lara war mit Torben allein in der Backstube. »Du brauchst dir keine Sorgen zu machen, ich unterstütze Helena heute hier. Auch, wenn Backen nicht gerade meine Stärke ist. Wenn alles okay ist, kommst du heute Abend bestimmt nach Hause – und wenn nicht, dann wirst du ärztlich versorgt.«

Torben schloss die Augen. »Ich hab ja wohl keine Wahl, oder?«

Lara grinste. »Nein, in dem Fall nicht.«

Es dauerte eine halbe Stunde, da war Torben von zwei kräftigen Pflegern auf eine spezielle Liege gehoben worden, die für mögliche Wirbelsäulenverletzungen geeignet war. Helena war völlig aufgelöst. »Es wird alles gut«, meinte Lara und umarmte sie, obwohl sie sich nur kurz kannten. »Soll ich dich ins Krankenhaus fahren, oder fährst du im Krankenwagen mit?«

»Der Laden«, stammelte sie.

»Den sperrst du heute zu, ich bin mir sicher, dass Torben recht hat, mach dir keine Sorgen. Alles wird gut.«

Helena guckte sie mit großen Augen an, in denen Tränen schwammen. »Danke, Lara, ohne dich hätte ich gar nicht gewusst, was ich machen soll.«

Lara rieb ihr über den Arm. »Nun fahr schon mit, ich

warte hier – ruf mich an, wenn ich dich holen soll, ja? Ich sperre den Laden ab und hänge ein Schild dran, dass wegen Krankheit heute geschlossen ist.«

»Aber was ist mit deinem Umbau?«

Lara zuckte die Schultern. »Das ist schon okay, mach dir keine Gedanken. Ich entspanne mich einfach und esse alle eure Torten auf. Von hier aus kann ich viel regeln.« Das stimmte so zwar nicht ganz, aber im Moment war es wichtiger, dass sie Helena ein gutes Gefühl vermittelte. Lara schob sie zur Tür. »Nun geh schon, ehe sie ohne dich fahren. Meine Nummer habe ich hier auf einen Zettel geschrieben, oder du rufst im Café an. Ich warte, wie gesagt, hier, ja?«

Helena nickte, dann kullerten zwei Tränen über ihre Wangen, die wieder Farbe bekommen hatten. »Du bist großartig, danke, Lara.«

»Schon gut. Nun geh.« Lara lächelte verlegen. Sie guckte Helena hinterher, die hinten in den Krankenwagen mit einstieg. Auf dem Gehweg hatten sich ein paar Passanten versammelt, die bequatschten jetzt, was hier wohl los gewesen war. Lara beeilte sich, den Laden abzuschließen und hängte ein Schild auf, nicht, dass sie noch angesprochen wurde. Wenn sie auf eines keine Lust hatte, dann, zum Sprachrohr im Dorf zu werden.

* * *

Schweiß lief Janne über das Gesicht, während er sich auf seine Arbeit konzentrierte. Er wischte sich die Stirn am Ärmel seines Shirts ab, dann klebte er die beiden Holzstücke so zusammen, dass es seiner Meinung nach passte. Für einen Augenblick betrachtete er das Ergebnis und fand, dass die beiden Treibhölzer fürs Auge unsichtbar auf eine ansprechende und harmonische Weise verbunden waren.

Ein Klopfen am Werkstattfenster ließ ihn aufschrecken.

Er wandte sich um und war überrascht, als er das Gesicht seiner Schwester entdeckte. Sie trug eine dicke Wollmütze und drückte sich so dicht an die Scheibe, dass er beinahe lachten musste. Jetzt klopfte sie noch einmal und zeigte mit dem Finger in Richtung Eingang.

»Ja, ich hab' ja verstanden«, meinte er schmunzelnd und öffnete, obwohl die Tür gar nicht verschlossen gewesen war. Aber Sandra wusste, wie ungern er bei der Arbeit gestört werden wollte. Oder überhaupt.

Ein kalter Windstoß wehte durch die offene Tür in die Werkstatt. Sandra trat ein und umarmte ihn fest und herzlich. »Hallo, großer Bruder«, grüßte sie und drückte ihm einen Kuss auf die Wange. Sie roch nach einem dezenten Parfum, ihre Haut war eiskalt.

»Gott, du bist ja ein Eiszapfen.«

Sandra lachte. »Es ist Winter, mein Bester.«

»Was machst du hier?«, wollte er dann wissen, es klang nicht unfreundlich, und Sandra wusste ja, dass er nicht der Typ für lange Reden war.

»Hallo? Darf ich nicht mal mehr meinen Bruder besuchen?« Sie grinste, und Janne ahnte, dass sie nicht nur für einen Kaffee gekommen war.

Trotzdem bot er ihr einen an. »Komm, lass uns rübergehen, ich nehme an, du willst nicht in der Werkstatt rumstehen.«

»Woran arbeitest du gerade?«

Janne warf ein weißes Tuch über seine Skulptur, sie war bisher nicht vorzeigbar, und er war auch deshalb noch nicht bereit darüber zu reden. »Ist noch nicht fertig«, gab er knapp zurück. Alle in seiner Familie wussten, dass er sich etwas mit seinen Treibholzskulpturen dazuverdiente, aber niemand von ihnen ahnte, dass es längst mehr als nur ein Zubrot war. Das hatte er einer Frau zu verdanken, die er im vorigen Sommer kennengelernt hatte. Aus einer kurzen

Urlaubsaffäre war eine Geschäftsbeziehung entstanden. Sarah McMillan verkaufte seine Stücke in einer Galerie in New York. Dabei half es, dass sie den Kunden erklärte, dass der Künstler anonym bleiben wollte. Seltsamerweise fuhren die Amerikaner total darauf ab und zahlten für eine Skulptur bis zu fünfundzwanzigtausend Euro, dabei war es ihm nie ums Geld gegangen.

Sandra seufzte leise, hakte aber nicht weiter nach. Sie beide wussten, dass es hier nicht um sein Hobby ging oder darum, dass sie ihn als Künstler nicht ernst nahmen, sondern darum, dass niemand in seiner Familie begeistert davon war, dass er so viel Zeit allein verbrachte. Wenn es irgendwie möglich war, würde er dieses Thema also umgehen, wie immer.

»Nun komm schon, Sandra.« Er schob sie förmlich aus der Werkstatt, griff sich im Gehen seinen Pulli und schlüpfte hinein. Die Sonne war bereits untergegangen, und es begann zu dämmern. Ein eiskalter Wind fegte die goldenen Blätter von den Bäumen. Auf der Straße wirbelten sie in einem unregelmäßigen Tanz umher. Janne ging einen Schritt schneller. Durch die Hintertür betraten sie das alte Haus seines Großvaters, das Janne seit einigen Jahren bewohnte. Es roch wie immer ein wenig nach Holz und ausgelatschtem Linoleum. Lediglich das Bad hatte Janne erneuern lassen, denn zuvor hatte es keine Dusche gegeben. Alles andere störte ihn nicht, er brauchte es nicht hochglanzpoliert und skandinavisch schick. Modischer Schnickschnack gehörte zu einem früheren Leben, einem, das vielleicht einmal seines gewesen war, aber ihm heute nicht mehr erstrebenswert erschien. Wie so vieles andere auch.

»Kaffee?«, hakte er nach, während er Wasser in die alte Filtermaschine eingoss.

Sandra setzte sich an den wackeligen, kleinen Tisch in der Küchenecke. Der alte Linoleumboden versprühte den

Charme der Achtziger in einem hellen Braun. Für das Alter war er jedoch noch erstaunlich gut in Schuss – von der Optik mal abgesehen.

Sie strich mit ihren Fingern über die Tischplatte. »Ja, wieso nicht.«

Janne löffelte Pulver in einen Filter, dann legte er den Schalter um. Während es blubberte, zischte und sich langsam der Duft von Kaffee in der Küche ausbreitete, kramte er eine Packung Haferkekse hervor und richtete sie auf einem Teller an. So viel verstand er immerhin von Bewirtung, dass man seine Gäste nicht direkt aus der Packung essen ließ.

Sandra schnappte sich einen und biss hinein. Sie trug ihr blondes Haar zu einem Pferdeschwanz, die Jacke hatte sie über ihren Stuhl gehängt. Sie wirkte fehl am Platz mit ihrer hellen Seidenbluse und der Designerjeans zu den Wildlederbooties.

»Wie geht es dir?«, wollte sie jetzt wissen und schaute ihn direkt an.

»Gut«, gab Janne zurück, lehnte sich gegen die Arbeitsfläche und verschränkte die Arme vor seiner Brust.

Sandras Lippen verzogen sich, er sah, dass ihr diese Antwort nicht genügte. Sie seufzte leise, dann straffte sie sich und lächelte. »Wir könnten dich gut in der Firma gebrauchen, weißt du?«

Er antwortete nichts, also fuhr seine Schwester fort.

»Fühlst du dich nicht unterfordert, mit deinen kleinen Reparaturaufträgen? Du bist Ingenieur, Janne, kein Klempner.«

Er zuckte die Schultern. Er war einfach noch nicht soweit, um wieder in den alten Trott zurückzukehren. Er wollte noch nicht seine Jeans gegen Anzüge tauschen und sich in Meetings um das große Geld streiten. Dabei war es nicht so, dass er sich nicht mehr für das Familienunternehmen, das Bauteile für Windkraftanlagen fertigte, interessierte. Janne wollte nur nicht selbst dort arbeiten, weil ihn in Rostock alles daran erinnerte, was er in seinem vorigen Leben verloren hatte. »Ich habe das Gefühl, ihr kommt ganz gut ohne mich zurecht.«

Dass das stimmte, wusste er. Die Geschäfte liefen gut, und er war froh darüber, dass er sich nicht darum sorgen musste.

Sandra schaute ihn wortlos an, ein Schatten huschte über ihr Gesicht, dann lächelte sie wieder. Vermutlich wusste sie, dass sie das Thema besser nicht vertiefte, wenn sie nicht rausgeschmissen werden wollte. Janne hatte auch nach drei Jahren noch Schwierigkeiten, seine Emotionen, die Trauer, die in Wut umschwenken konnte, unter Kontrolle zu halten. Ihm war klar, dass alle ihm helfen wollten, aber leider konnte das niemand. Mit der Zeit hatten seine Lieben gelernt, die Klippen zu umschiffen. Meistens. »Mama hat erzählt, dass wir dieses Jahr Weihnachten bei dir feiern?«, fragte seine Schwester jetzt.

Aha, daher wehte also der Wind ihres Besuchs. Wollte sie ihn umstimmen, damit er doch noch nach Rostock kam? »Na ja, in Stein gemeißelt ist das nicht …«

Sandra neigte ihren Kopf ein wenig und musterte ihn genau. »Mama ist Feuer und Flamme; die Idee, endlich mal wieder an der See zu feiern, findet sie genial.«

Janne lachte und atmete hörbar aus. »Ihr seid witzig. Rostock ist ja nicht gerade weit weg.«

Sandra winkte ab. »Nein, aber so schön wie hier ist es sonst nirgends für Mama.«

Ihre Mutter war hier aufgewachsen, aber der Liebe und Arbeit wegen nach Rostock gegangen, wo ihre Eltern auch heute noch lebten. »Dann feiern wir eben bei mir«, erklärte er mit einem Grinsen.

»Wird das nicht ein bisschen eng?«

Janne zuckte die Schultern. »Ihr müsst ja nicht alle hier

schlafen.« Er hoffte sogar, dass seine Eltern eine schicke Villa mieten würden, wo auch seine Schwester mit ihrem Gatten unterkommen würde. Sandras Gesichtsausdruck ließ ihn jedoch erahnen, dass er sich das vielleicht fein ausgemalt hatte, es aber nicht zur Diskussion stand. Seine liebe Familie würde also vermutlich sein Haus belagern – und bestimmt würden sie es sich nicht nehmen lassen, es weihnachtlich umzugestalten. Janne verzog seinen Mund und hob eine Braue, während er darauf wartete, was seine Schwester ihm gleich noch mitteilen würde. In seinem Magen grummelte es leicht. Es war nicht so, dass er gar keine Menschen um sich haben wollte, aber gerade zu den Feiertagen, wo alle glücklich sein wollten und Harmonie suchten, war es für Janne wichtig, sich zurückziehen zu können. Deshalb hatte er ja dieses Jahr nicht zu den Eltern fahren wollen. Manchmal war Alleinsein die bessere Option.

Da hatte er sich wohl ein Eigentor geschossen, das begriff er jetzt in vollem Ausmaß. Aber ausladen konnte er sie natürlich auch nicht wieder. Dafür hatte er sie alle zu gern, und sie konnten ja nichts dafür, wie er sich fühlte.

»O doch«, erklärte Sandra mit einem Grinsen. »Und damit es hübsch wird, hat Mama mir schon ein bisschen Deko eingepackt.«

Jannes Mund klappte auf. »Deko?«, wiederholte er lakonisch. Er nahm zwei große Henkeltassen aus dem Schrank, um den Kaffee einzugießen, der jetzt durchgelaufen war. Als ob er es nicht geahnt hätte. So ein Mist.

»Ich habe eine Kiste für dich im Kofferraum«, flötete Sandra.

Janne stellte den Kaffee vor seine Schwester und die Milchpackung aus dem Kühlschrank dazu, er selbst trank ihn schwarz, setzte sich jetzt aber zu ihr an den Tisch. Langsam goss Sandra etwas Milch hinein, dann blickte sie mit einem Funkeln in den Augen zu ihm auf. »Soll ich dir nachher ein bisschen zur Hand gehen?«, erkundigte sie sich und wollte sich gerade den letzten Haferkeks nehmen, aber Janne kam ihr zuvor.

»Hey«, beschwerte sie sich. »Ich bin dein Gast!«

Janne lachte. »Du bist meine Schwester. Ich würde dir eine Niere spenden, aber doch nicht meinen letzten Keks geben.«

Sie hob spielerisch drohend einen Finger, dann kicherte sie. »Jetzt lenk nicht vom Thema ab, ist eh besser, wenn ich nicht mehr esse, sonst kannst du mich an Weihnachten vor den Baum rollen.«

Janne hatte nie verstanden, warum Frauen generell so ein Theater um ihre Figur machten und nicht einfach das aßen, was ihnen schmeckte. Er erinnerte sich an seine Ex, die aus ihrer Ernährung eine Glaubensfrage gemacht hatte. Nicht nur daraus.

Nein, er wollte nicht an die Vergangenheit denken. Nicht jetzt. Niemals mehr. Aber Weihnachten stand vor der Tür, natürlich musste er sich – wie jedes Jahr – damit beschäftigen, was er alles verloren hatte.

Janne schluckte. Auf einmal schmeckte der Keks wie Sägemehl. Er spülte ihn mit einem Schluck Kaffee herunter und straffte sich. Sandra schien seine Reaktion zu bemerken, ihr Lächeln war etwas weniger strahlend. »Komm schon, Mama wird sich freuen. Mach es für sie.«

Er stöhnte und rieb sich über die Stirn. »Mein Haus wird aussehen wie ein verdammter blinkender Weihnachtsbaum.«

Sandra nickte mit einem breiten Grinsen. »O ja, darauf kannst du Gift nehmen.«

Er verdrehte die Augen. »Sag mir, dass du nichts im Auto hast, was ich aufs Dach binden muss. Einen Schlitten mit blinkenden Rentieren zum Beispiel.«

»Düdüdü«, summte Sandra und machte eine spielerische Geste dazu. »Finde es selbst heraus. Hilfst du mir, gleich alles reinzubringen, oder muss ich die Sachen allein schleppen. Und komm nicht auf die Idee, irgendwas davon wegzuschmeißen oder so.«

»Bist du verrückt? Mama würde mich umbringen.« Er lachte.

»Einmal Kind, immer Kind«, gluckste Sandra zufrieden. »Ich muss sagen, erst war ich ja nicht gerade begeistert von der Idee, aber mittlerweile finde ich es ganz cool, dass wir an Heiligabend noch mal an den Strand gehen können und an den Feiertagen lange Spaziergänge machen ...«

Ach du Scheiße. Wie lange wollte seine Sippschaft bleiben? Hoffentlich nicht bis zum Jahreswechsel, dann musste er sich Beruhigungspillen besorgen, um die liebe Verwandtschaft auf engstem Raum ertragen zu können. Sie waren wunderbare Menschen, aber so viele Leute unter einem Dach führten zwangsläufig zu Stress, vor allem, wenn man es gewohnt war, seine Ruhe zu haben.

»Ja, das wird bestimmt super«, brummte er und umklammerte seine Kaffeetasse ein wenig fester.

Kapitel 7

Während Lara darauf wartete, dass Helena sich aus dem Krankenhaus meldete, gönnte sie sich ein paar Extrakalorien. Sie saß an einem Tisch in Helenas Café und surfte im Netz nach Möglichkeiten, alte Möbel wieder flottzubekommen. Eigentlich hatte sie in ihrer Bruchbude mehr als genug zu tun, aber sie war körperlich am Ende und musste ein wenig Kraft sammeln, außerdem hatte sie Helena versprochen zu warten. Immer wieder stieß sie bei ihren Recherchen auf den Begriff *Upcycling*. Dazu hatte sie sich auch eine ganze Reihe Videos angesehen. Es war unfassbar, was manche Leute aus Schrott zaubern konnten. Sie hatte viele coole Inspirationen gesammelt, war aber unsicher, was davon auf ihre Bruchbude anzuwenden war – bei einer Heizung half die Optik ja wenig, aber bei den Küchenmöbeln oder der Garderobe war bestimmt was drin. Eine Idee blitzte in ihrem Kopf auf, sie hatte doch neulich am Strand ein paar Treibholzstücke gesammelt. Es waren kurze Stöcke gewesen, die einen hübschen Farbton und eine interessante Struktur hatten. Die könnte sie doch als Kleiderhaken benutzen, oder ein großes Holzstück, in das sie lange Nägel schlug, die dann als Haken fungierten, oder konnte sie vielleicht die alten Haken gebrauchen? Hm, Lara überlegte. Aber so was in der Richtung vermittelte dieses gewisse Strand- und Meer-Feeling, das sie sich für ihre

Apartments wünschte. Hier und da ein paar Muscheln und Kerzen, und schon sah es schick aus. In der nächsten Sekunde merkte sie, dass sie sich bereits wieder in schmückenden Details verlor. Wenn sie nicht das Grobe zuerst schaffte, die Böden und Wände, dann konnte sie sich den Rest sparen. Ein Glück, dass die Badezimmer in den Apartments halbwegs okay ausschauten.

»Ach ja«, murmelte sie seufzend und fügte ihrer langen Liste noch zwei weitere Dinge hinzu. Obwohl ihr Budget immer mehr zusammenschrumpfte, so wollte sie doch die vergilbten Steckdosen erneuern. Auch die Lichtschalter stammten wohl noch aus DDR-Zeiten und waren inzwischen gelblich angelaufen. Das kostete nicht die Welt, wenn man nicht gerade von Designerfirmen kaufte, aber änderte optisch eine ganze Menge. Ob die Leitungen noch okay waren?, schoss es ihr durch den Kopf. Sie verzog ihre Lippen und vergrub dann ihr Gesicht zwischen ihren Händen. Es war immer so, sobald sie ein Problem löste, tauchte etwas anderes auf, woran sie zuvor noch nicht gedacht hatte.

Lara atmete tief ein und aus. So kam sie nicht ans Ziel, sie musste viel strategischer vorgehen. Sie öffnete eine neue Seite und schrieb *Wochenplan* darüber.

Teppiche herausreißen und Tapeten lösen und entfernen. Darunter die Punkte: Möbel zerlegen oder verschieben. Ein Kraftakt, und sie zweifelte, dass sie alleine stark genug dafür sein würde. Einige der Stücke waren so alt und massiv, das würde schwer werden, im wahrsten Sinne des Wortes.

Sie trank einen Schluck Wasser. Als sie ihr Glas abstellte, sah sie ein Taxi vor dem Haus anhalten. Helena stieg aus. »Mensch, sie sollte doch anrufen«, murmelte Lara leise. Dann erkannte Lara, dass sie nicht alleine war. Torben kletterte ein wenig ungelenk aus dem Fond des beigen Wagens.

Helena stützte ihn. Er ging langsam, aber sein Gesicht war nicht mehr so schmerzverzerrt wie vorhin. Das war ja fix gegangen, dachte sie und sprang auf. Dann konnte es nicht so schlimm sein. Gott sei Dank.

Lara öffnete die Tür für die beiden. »Servus«, rief sie.

»Hey, Lara, du bist ja noch da.« Helena lächelte schief. »Ich hab den Patienten wieder mitgebracht. Ist tatsächlich nur ein Hexenschuss, wobei die Bandscheiben doch ein bisschen drücken. Das sagt zumindest das MRT.«

Torben murmelte etwas in seinen nicht vorhandenen Bart, das sehr nach »Hab ich doch gleich gesagt« klang.

Lara konnte ein Schmunzeln nicht unterdrücken. Es war offensichtlich, dass Torben vor zwei Frauen nicht gerne Schwäche zeigte.

»Wir wohnen über dem Café«, erklärte Helena jetzt. »Ums Haus herum ist ein separater Eingang, durch die Küche gelangt man aber auch auf die Hintertreppe. Ich bringe meinen Liebsten mal eben nach oben. Wartest du kurz?«

Lara nickte. »Ah, okay. Das ist ja gut durchdacht. Klar warte ich.«

»Ja, es ist in der Tat praktisch, das muss ich zugeben. Vor allem wegen unserer Tochter.«

»Oh, echt?« Das hatte Lara noch nicht mitbekommen, aber sie waren ja auch keine Freunde, was ihr gerade schmerzlich bewusst wurde.

»Ja, tagsüber ist Amalia im Kindergarten, und wenn ich es nachmittags nicht rechtzeitig schaffe, holt Oma, Torbens Mama, sie ab und nimmt sie mit zu sich.«

Es war schön, wenn das Konzept Familie funktionierte, Lara konnte da nicht mitreden. Ihre Großeltern waren gestorben, als sie noch ganz klein gewesen war. Sie hatte kaum Erinnerungen an sie. »Dann ist die Kleine jetzt bei der Oma?«

Helena nickte. »Ja, zum Glück. So, ich verfrachte den alten Herrn mal nach oben. Der Arzt meinte, dass es ein paar Tage dauern könnte, er hat zwar ’ne Spritze gekriegt, aber alles ist total verhärtet.«

Lara wollte nicht aufdringlich sein, aber das war ihr Spezialgebiet. »Ich, ähm, also ich könnte mir den Rücken ja mal ansehen.«

»Lara ist Physiotherapeutin«, erklärte Helena ihrem Mann, der langsam ungeduldig wirkte – und erschöpft.

»Würdest du wirklich?« Helenas Miene hellte sich auf.

Sie zuckte die Schultern. »Klar, bin ja noch hier. Ein bisschen Massage und Gymnastik hilft manchmal Wunder. Haben die dir nichts aufgeschrieben im Krankenhaus?«

Torben schüttelte den Kopf. »Nö.«

Helena seufzte. »Er hat sicher gesagt, dass er das nicht möchte. Braucht er aber doch. Männer!« Sie verdrehte die Augen. »Geht doch schon mal vor, ich schließe ab und komme gleich nach. Ich hoffe, du hast ordentlich Kuchen gegessen, Lara?«

»O ja und wie. Ich bin so was von voll, aber alles war ausgesprochen köstlich.«

Eine knappe Stunde später verließ Lara das Haus der Familie mit einem Lächeln. Torben hatte brav mitgemacht, oder vielmehr, er hatte Lara machen lassen. Seine Muskeln waren wirklich hart wie Beton gewesen, aber am Ende waren sie ein wenig lockerer geworden. Sie hatte versprochen, morgen wiederzukommen, es war wichtig, dass man das Prozedere wiederholte, sonst wurde das Leiden irgendwann chronisch, vor allem, wenn eine Bandscheibe geschädigt war. Torben hatte nicht protestiert, sondern nur genickt, was Lara schon mal als kleinen Sieg wertete. Es gab immer Menschen, die wollten sich nicht helfen lassen, waren dann aber doch froh darüber.

Sie grinste, es war, als hätte sie sich selbst analysiert. Helena hatte sie direkt zum Essen eingeladen, aber Lara hatte abgelehnt. »Ein andermal«, hatte sie gesagt, weil sie wusste, dass zu Hause so viel Arbeit auf sie wartete, dass sie jetzt womöglich die Nacht durcharbeiten musste, um überhaupt einen Schritt weiterzukommen. Sie stieg in ihr Auto und brauste davon. Aus dem Radio dudelte der Weihnachtssong »Christmas Time« von Bryan Adams, und Lara summte mit. Hinter einigen Schaufenstern entdeckte sie die ersten Lichterketten und Weihnachtskugeln. »Krass«, murmelte sie. Das wurde ja jedes Jahr früher. Gedankenverloren setzte sie ihren Weg fort und passierte das Ortsschild. Sie bog rechts ab und stellte zu spät fest, dass das nicht die richtige Straße gewesen war, so ganz war sie hier also doch noch nicht heimisch geworden. Lara hielt an und wendete, als sie ein Pärchen entdeckte, das eine Kiste aus einem großen Geländewagen hievte. Irgendwas an der Vertraulichkeit zwischen den beiden ließ sie innehalten und dann begriff sie, dass sie einen der beiden kannte.

Das war ja Janne! Lara hielt den Atem an und konnte den Blick nicht abwenden. Er lächelte, und seine Frau zog eine Grimasse. Sie wirkte sympathisch, und auch er kam ihr völlig verwandelt vor. So entspannt und gelassen hatte sie ihn bisher nicht erlebt. Gut, so oft waren sie sich ja nicht begegnet. Gleichzeitig registrierte sie, dass die Frau sehr edel gekleidet war, während er, wie immer, rustikal angezogen herumlief. Und das Auto sah teuer aus, obwohl das Haus, vor dem es parkte, eher klein und bodenständig wirkte. Ja, ein wenig renovierungsbedürftig sogar, soweit sie das auf den ersten Blick beurteilen konnte. »Seltsam«, murmelte sie und sah den beiden hinterher, wie sie mit der Kiste im Haus verschwanden.

Plötzlich fühlte sich Lara schrecklich einsam. Wenn sogar ein Kerl wie Janne glücklich liiert war, was sagte das dann über sie aus? Und über ihn, wo er sie im Supermarkt angegraben hatte? Oder hatte sie das falsch aufgefasst? Nein. Hatte sie nicht.

Verdammt, warum dachte sie überhaupt darüber nach?

»Sackzement«, schimpfte sie auf Bayerisch, umklammerte das Lenkrad und fuhr nach Hause. Dieses Mal bog sie an der richtigen Straße ab.

In den nächsten Tagen konzentrierte sich Lara einzig und allein auf ihre Aufgaben und darauf, Torben wieder auf die Beine zu bekommen. Sie ignorierte alle Zweifel an ihren Plänen, was auch daran liegen könnte, dass sie bis zur völligen Erschöpfung in ihren Wänden schuftete. Es war schrecklich deprimierend, dass sie nicht wirklich vorankam, und kräftezehrend. Aber Lara war zu stolz, um den Handwerkern im Dorf nachzulaufen. Sie hatte auch Frau Beeck nicht noch mal kontaktiert. Vielleicht war es ein Fehler gewesen, diese Bruchbude zu kaufen und anzunehmen, dass sie alles alleine schaffen könnte. Es war kurz nach neun, als Lara von Helena und Torben nach Hause ging. Sie hatte das Auto zu Hause gelassen und war zu Fuß hergekommen, weil sie ein wenig frische Luft gebraucht hatte. Und auch jetzt freute sie sich, als sie zum Strand ging. Sie würde eine Weile unterwegs sein, aber das war ihr nur recht. Je länger sie ihrer Baustelle fernblieb, desto besser. Ohne Heizung zu leben, war gar nicht so schlimm, wie sie zuerst gedacht hatte. Im Bad und der Küche hatte sie zwei Heizlüfter aufgestellt, die sie auf dem Dachboden gefunden hatte. Trotzdem wollte sie nicht zurück. Nicht sofort jedenfalls.

Der Himmel war wolkenlos, die Sterne leuchteten mit dem Mond um die Wette. »Vollmond«, murmelte sie. Lara atmete tief ein, schloss die Augen und spürte, wie sich ihre Lungen weiteten und mit Sauerstoff füllten. Es war zwar eiskalt, aber so herrlich frisch und klar, dass sie gar nicht anders konnte, als zu lächeln. Das sanfte Rauschen der Brandung war das einzige Geräusch, das sie wahrnahm. Es war nahezu windstill. Einfach wundervoll. Sie öffnete die Lider und setzte ihren Weg fort. Nicht betont langsam, aber sie hetzte sich auch nicht ab. Sie hatte bei Helena und Torben gegessen, die Lasagne war lecker gewesen. Jetzt würde sie gleich nur noch eines tun: sich ins Bett legen und die Decke über den Kopf ziehen, als ob das ihre Probleme löste. Eher nicht. Aber was Besseres fiel ihr gerade auch nicht ein.

Während sie über den nassen Sand am Ufer schritt, schweiften ihre Gedanken ab. Philip hatte in den letzten Tagen häufiger angerufen, sie hatte nur einmal mit ihm gesprochen –, was sich als Fehler erwiesen hatte. Lara war auch heute noch wütend, wenn sie daran dachte, dass er jetzt davon anfing, dass er seine Frau verlassen wollte. Das Rindviech wollte nicht begreifen, dass es zu spät war. Viel zu spät.

Sie vermisste ihn nicht. Aber sie vermisste die Nähe zu einem warmen Körper, sie sehnte sich nach starken Armen, die sie umfingen und festhielten. Nach einer dunklen Stimme, die ihr ins Ohr flüsterte, dass alles gut werden würde. Die ihr sagte, dass sie geliebt wurde.

Aber Philip war nicht dieser Mann, würde es niemals sein. Das hatte sie zum Glück erkannt. Wobei, gerade war sie sich nicht sicher, ob es wirklich ein smarter Schachzug gewesen war, ihr gesamtes Erbe in eine baufällige Kate zu investieren. Sie hätte sich in München eine Wohnung kaufen oder zumindest die Anzahlung dafür leisten können. Die Immobilienpreise in der bayerischen Hauptstadt waren für normale Leute astronomisch. »Zu spät«, murmelte sie und schob die Gedanken an ihr altes Leben und das, was sie auch hier nicht hatte, beiseite. Es nützte nichts zu jammern, außerdem war sie nicht der Typ, der den Kopf lange in den Sand steckte. Irgendwas würde ihr schon einfallen. Sie stapfte weiter und schob die Hände in die Jackentaschen, obwohl ihr längst nicht mehr kalt war.

Sie richtete ihren Blick geradeaus und blinzelte. War da vorne etwas? Oder jemand?

Sie ging weiter, Schritt für Schritt. Meter für Meter. Irgendwann erkannte sie, dass jemand in der Dunkelheit auf einem Campingstuhl saß und angelte.

»Mei, is des witzig«, entfuhr es ihr, und sie musste grinsen. Sie hatte keine Ahnung gehabt, dass man sich einfach mit einer Angel an den Strand setzen konnte. Und dieser Mensch würde das wohl kaum machen, wenn er nicht die Hoffnung hätte, etwas zu fangen.

»Grüß Gott«, sagte sie, als sie ihn fast erreicht hatte. In der nächsten Sekunde erinnerte sie sich, dass man hier ja »Moin« sagte – egal, ob es mitten in der Nacht war oder nicht. Doof, dass sie das schon wieder vergessen hatte.

»Wenn ich ihn sehe«, antwortete der Mann, der in einem Klappstuhl saß, auf den Beinen lag eine karierte Wolldecke mit Fransen. Lara machte große Augen, als sie erkannte, dass es sich bei dem angelnden Witzbold um Janne handelte. Krass, wie gut man im Mondlicht sehen konnte. Sie sah, dass er arrogant grinste.

»Haha«, gab sie zurück und zog die Hände aus den Jackentaschen. »Sehr lustig, du Komiker.«

»Was machst du hier draußen?«, wollte er jetzt wissen.

Lara fand die Frage ein bisschen merkwürdig, da sie sich nicht näher kannten. Jetzt bemerkte sie, dass noch ein zweiter Stuhl neben ihm stand, aber er war leer. »Ich gehe nach Hause, oder ist das verboten?«, gab sie spitz zurück und musste doch innerlich schmunzeln.

»Nee, aber alleine?«

»Ich kann auf mich selbst aufpassen.« Sie reckte ihr Kinn ein wenig nach vorn.

Er neigte seinen Kopf und betrachtete sie mit einer seltsamen Mischung aus Neugierde und Interesse, die ihr das Blut in die Wangen trieb. Ein Glück war es nicht so hell, dass er das mitbekam. Janne hatte ein besonderes Talent, sie nervös zu machen, wo sie selbstsicher sein wollte.

»Möchtest du ein Bier?«, fragte er und zeigte mit der Fußspitze auf eine Kühltasche.

Sie riss die Augen auf. Hä? Wieso war er auf einmal nett zu ihr? Musste sie das verstehen? Nein, aber es interessierte sie leider doch.

»Nein, danke.« Er wusste ja nicht, dass sie grundsätzlich keinen Alkohol trank, und sie hatte auch nicht vor, ihm ihre Lebensgeschichte zu erzählen.

»Gut, kein Problem.«

»Fängt man denn hier was?«, erkundigte sie sich, weil sie nicht unhöflich sein wollte. Immerhin war er zum ersten Mal richtig nett zu ihr gewesen – warum auch immer.

»Aber sicher doch, sonst würde ich hier ja nicht sitzen. Scholle, manchmal auch einen Dorsch.« Er grinste, und seine Zähne schimmerten weiß im Mondlicht. In ihrem Magen kribbelte es ganz merkwürdig. Sie versuchte es zu ignorieren, weil sie ahnte, dass das im Zusammenhang mit einem Mann bei ihr selten bis nie etwas Gutes bedeutete. Sie hatte nicht vergessen, dass Janne offenbar der Typ notorischer Fremdgänger war –, ihr Bedarf an dieser Gattung war gedeckt. Sie schämte sich heute, dass sie die Affäre mit Philip so lange durchgezogen hatte.

»Wo ist denn deine Frau?«, ihre Stimme klang spöttisch, aber nicht unfreundlich.

Janne holte Luft, er wirkte mit einem Mal wie versteinert. »Meine Frau?«

Lara erinnerte sich gut an das Bild der beiden, wie sie vor ein paar Tagen die Kiste aus dem teuren Geländewagen ins Haus getragen hatten. Ein Jammer, vermutlich wusste sie nicht, dass ihr Mann offen für Seitensprünge war. Sie war so hübsch und hatte sympathisch gewirkt. Und er hatte nichts Besseres zu tun, als Lara im Supermarkt anzumachen? Seltsam, fand sie. Aber was wusste sie schon darüber, was in Männern vor sich ging. Dass sie Philips Lügen mehrere Jahre lang geglaubt hatte, zeigte ihr nur, dass sie sich auf ihre Intuition nicht verlassen konnte und keine Ahnung von dieser Spezies Mensch hatte.

Seine angespannte Reaktion bewies jedenfalls, dass er nicht damit gerechnet hatte, dass sie es schon wusste. Sie verzog ihre Lippen und sparte sich einen Kommentar. »Schönen Abend noch«, war alles, was sie sagte. »Ich muss dann mal weiter. Servus.«

»Jap. Gleichfalls.« Keine Spur mehr von Freude oder Nettigkeit.

Lara verdrehte die Augen und setzte ihren Weg fort. Arschloch.

Warum mussten die Deppen nur immer so attraktiv sein?

Am darauffolgenden Mittag, nachdem Lara stundenlang versucht hatte, die Möbel aus dem einen Schlafzimmer zu schaffen, gab sie sich geschlagen. Alleine packte sie das nie. Außerdem brauchte sie eine Pause und frische Luft. Lara holte sich ihren Anorak. Gerade, als sie die Klinke der Haustür in der Hand hatte, klingelte jemand. Sie öffnete und war überrascht, als sie in das Gesicht der freundlichen Ornithologin schaute, die wie immer ihren knalligen Regenmantel trug. »Oh. Servus, Frau Kramer, Sie sind heute aber früh dran«, meinte Lara gut gelaunt und fragte sich, was sie wohl von ihr wollte. Dann sah sie, dass die Frau etwas vor sich hertrug: mehrere Tupperdosen.

»Ich wollte mal fragen, wie du vorankommst. Ist es okay, wenn wir uns duzen?«

»Aber klar doch, komm rein. Aber Vorsicht – hier herrscht Chaos.« Lara lachte, es klang ein wenig zu hoch.

Sie schob sich eine Strähne hinters Ohr. »Es ist eine ziemliche Bruchbude.«

»Ich habe was zum Essen für dich, Lara. Würstchen im Schlafrock, gekochte Eier und Remoulade.«

Lara lachte. »Das ist eine witzige Kombination.«

»Ich bin keine gute Köchin, aber ich habe gedacht, du könntest was vertragen. Und wo wir quasi Nachbarn sind ...«

»Das ist sehr nett. Kann ich dir einen Kaffee anbieten?« Sie ging mit Rita in die Küche und bot ihr einen Platz an. »Hier finde ich es schon gemütlich, ein bisschen Farbe hier und da, und es geht. Aber die Wohnungen – da habe ich noch was vor mir.«

»Kaffee nehme ich gern, danke.«

Lara freute sich, dass sie mit Rita offenbar jemanden gefunden hatte, der sie nicht kategorisch ablehnte, oder sie als Sexspielzeug benutzen wollte. Das konnte der einzige Grund gewesen sein, warum Janne gestern auf einmal wieder so freundlich gewesen war. Sie wollte nicht an ihn denken – oder überhaupt an einen Mann –, die konnten ihr alle gestohlen bleiben.

Nach ein paar Minuten saßen sie mit Kaffee, Würstchen und Eiern am Tisch und plauderten. Rita war großartig, aber auch ein wenig verrückt. Vermutlich kamen sie deshalb gleich miteinander klar. Sie war ein bisschen wie die Oma, die sie nie gehabt hatte. Lara schob sich gerade das letzte Stück Würstchen mit Blätterteig in den Mund, als Rita sie direkt ansprach. »Darf ich etwas Persönliches fragen, Lara?«

Sie zuckte die Schultern. »Klar, wieso nicht.«

»Hast du eine Verbindung zu dem Ort, oder wieso hast du dir gerade Zingst ausgesucht?«

Sie merkte, dass sie rot wurde. »Du musst denken, dass ich total verrückt bin. Um ehrlich zu sein, ich habe auf der

Landkarte geschaut, was am weitesten von München weg ist. Und die alte Kate war die einzige Immobilie, die ich mir leisten konnte. Also habe ich zugeschlagen.«

Rita lächelte und nickte anerkennend. »Du hast auf jeden Fall Mut.«

Lara lachte. »Ja, entweder das, oder ich muss in die Psychiatrie.«

»So ein Unsinn, du bist jung, ein Neuanfang ist manchmal genau das, was man braucht.«

Lara freute sich, dass Rita das sagte, auch ohne ihre ganze Geschichte zu kennen. Die war ihr nämlich zu peinlich. Heute schämte sie sich, dass sie über Jahre die Frau gewesen war, die eine Ehe ruiniert hatte. Zumindest zum Teil. Und da wollte sie Janne verurteilen? Sie war selbst kaum besser.

Und warum, zur Hölle, dachte sie dauernd an ihn?

Rita schob ihren Stuhl zurück. »Danke für den Kaffee, meine Liebe. Ich muss jetzt los, damit ich meine Kraniche nicht verpasse.« Sie zwinkerte. »Du kannst mir die Dosen vorbeibringen, wenn du alles aufgegessen hast.«

»Das ist so lieb von dir, vielen, vielen Dank.«

»Vergiss nicht zu essen«, meinte Rita mit einem Lächeln.

»Es ist schön, wenn sich jemand um einen sorgt«, platzte es aus Lara hervor. Aber es stimmte. »Ich revanchiere mich bei dir.«

Rita winkte ab. »Ach was, das musst du nicht. Du hast genug zu tun. Mich freut es, wenn ich hin und wieder mal auf einen Kaffee vorbeikommen kann, wenn du auch Lust darauf hast.«

»Das wäre schön, ja. Unbedingt!« Sie lächelte breit.

Rita hatte sich gerade auf ihren Drahtesel geschwungen, als ein Transporter um die Ecke rumpelte. Lara war überrascht, als sie sah, dass es sich um jemanden von der Telekommunikationsfirma handelte, bei der sie ihren Anschluss bestellt hatte. Damit hatte sie gar nicht gerechnet, aber sie würde ihn nicht wegschicken, auf keinen Fall. Womöglich hatte sie eine E-Mail nicht gesehen, oder sie war im Spam gelandet. Wie auch immer, diese Überraschung war willkommen. Sehr willkommen. Ein echter Lichtblick, bald wieder Internet und einen funktionierenden Telefonanschluss zu haben. Sie jubilierte innerlich und begrüßte den Herrn mit einem fröhlichen »Moin«. Sie fühlte sich sehr norddeutsch und grinste zufrieden.

Es dauerte nicht lange, als es noch mal an der Tür bimmelte. »Ich lasse Sie mal kurz alleine«, sagte sie und verschwand. Sie staunte nicht schlecht, als Frau Beeck vor ihrer Tür stand.

»O, guten Tag«, grüßte Lara.

Frau Beeck lächelte freundlich. Ihre Pausbacken glänzten ein wenig. »Tagchen, Frau Herziger. Ich wollte mal nach Ihnen sehen.«

Lara wusste gar nicht, was heute los war. Womöglich waren die Leute hier im Ort nur am Vollmond nett? Sie verkniff sich ein dümmliches Schmunzeln. »Ja, äh, danke. Wollen Sie reinkommen? Aber Vorsicht, es sieht wüst aus, und ich habe auch gerade jemanden da, der sich ums Internet und das Telefon kümmert.«

»Ich will Sie gar nicht stören, wollte mich wirklich nur erkundigen, ob Sie vorankommen oder Hilfe brauchen.«

»Hm«, brummte Laura. »Ich fürchte, wenn Sie kein Dachdecker oder Heizungsbauer sind, dann können Sie mir nicht helfen.«

Frau Beeck nickte wissend, dann legte sie Lara eine Hand auf den Arm. »Verstehe, Sie sind noch nicht weitergekommen? Mensch, wieso rufen Sie mich denn nicht an?«

Lara verzog ihre Lippen. »Ich wollte Sie nicht nerven.«

»Ach, Frau Herziger, Sie nerven doch nicht!« Dann seufzte sie und schüttelte den Kopf. »Die Dorfbewohner mögen Fremde einfach nicht sofort.«

Beinahe hätte sie gesagt »Ach was, habe ich gar nicht gemerkt.« Stattdessen wartete sie ab.

Frau Beeck fuhr fort. »Wissen Sie, Handwerker sind auch nur Männer.«

Lara lachte. »Wie darf ich das denn verstehen?«

»Und Männer sind wie Mäuse, die fängt man mit Speck.«

Sie kapierte gar nichts. »Äh«, war daher alles, was sie hervorbrachte.

»Schauen Sie, vielleicht bringen Sie sich ein wenig in die Dorfgemeinschaft ein? In der Kirche? Da können Sie Kontakte knüpfen.«

»Ich bin katholisch.« Aus Bayern war sie es gewohnt, dass man strikt unterschied zwischen Protestanten und Katholiken, und besonders gläubig war sie obendrein auch nicht.

Frau Beeck nickte. »Ach so, aber das ist nicht schlimm. Wir haben nichts gegen Andersgläubige, solange Sie uns nicht den Teufel austreiben wollen.« Die rundliche Frau gackerte.

Lara machte große Augen und verkniff sich ein Lachen. »Zeit habe ich leider auch nicht wirklich, um mich in einer Gemeinde einzubringen.«

»Ja, das leuchtet mir ein. Na gut, ich überlege mir mal was, wie wir Ihnen helfen können.«

»Jetzt sagen Sie mir mal, Frau Beeck, ist es wirklich so normal, dass keiner für mich arbeiten möchte?«

»Bei wie vielen haben Sie es denn versucht?«

Lara wurde rot. »Ähm, ich wollte zuerst mal den Klempner treffen, der die Heizung auch gebaut hat.« Und als der sich nach ein paar Anrufen nicht gemeldet hatte, hatte sie aufgegeben. Vorerst, aber auch, weil sie sonst so viel zu tun hatte und gar nicht wusste, wo sie zuerst anfangen sollte.

Die nette Frau machte eine wegwerfende Handbewegung. »Ich verstehe Ihren Ärger sehr gut, deswegen bin ich ja heute da. Ich sehe zu, dass sich da was für Sie ändert. Wo ich Ihnen das Haus schließlich verkauft habe, fühle ich mich verpflichtet.«

Lara konnte sich zwar nicht vorstellen, was das sein könnte, was Frau Beeck für sie tun wollte, aber sie bedankte sich dennoch. »Das wäre sehr nett.« Wenn sie ehrlich war, hatte sie in den letzten Tagen keine Energie mehr aufgebracht, nach weiteren Handwerkern zu suchen. Und womöglich hatte einer der anderen ja auch zurückgerufen, war aber wegen fehlendem Empfang nicht durchgekommen. Vor allem freute sich Lara, dass sie nicht mehr mutterseelenallein war. Es fühlte sich gut an, dass Frau Beeck gekommen war – egal, was am Ende dabei herauskam.

Kapitel 8

Weihnachtsmusik drang aus den Lautsprechern, Tannengrün mit roten Bändern zierte den Tresen, an dem auch rote und goldene Kugeln befestigt waren. Es war doch gerade mal Mitte November. Irre. Janne schob zwei Euro über das Holz. »Na, wie geht's deinem Gatten?«, fragte er Helena. »Hab ihn gestern beim Angeln vermisst.«

Helena lächelte. »Es wird, zum Glück. Außerdem haben wir auch Hilfe, Lara ist echt gut.«

»Lara?« Er runzelte die Stirn. Was hatte sie damit zu tun?

»Na, du weißt schon, die Münchnerin, die das Haus auf der Düne gekauft hat.«

Janne wusste genau, wer sie war, aber nicht, welche Rolle sie in Torbens Genesungsprozess einnahm. »Ähm. Ja. Und?«, fragte er daher und hoffte, möglichst neutral zu klingen, und nicht zu interessiert, obwohl das Gegenteil der Fall war.

»Sie ist Physiotherapeutin, sie kommt jeden Tag vorbei und macht Übungen mit Torben, oder sie massiert ihn, sie ist echt gut.«

»Aha, super.« Das überraschte ihn. »Freut mich für deinen Mann. Ist er schon wieder in der Backstube?«

»Na, was denkst du denn? Natürlich! Den kann man nicht

vom Arbeiten abhalten, oder nur schwer.« Sie zwinkerte Janne zu.

Die beiden waren echt ein süßes Paar. Es war schön zu sehen, dass manche Ehen funktionierten. Das »In guten wie in schlechten Zeiten«, hatte bei ihm selbst leider nicht geklappt. Er blinzelte die Erinnerungen weg, während im gleichen Augenblick die Tür zum Café aufging.

Gerda Beeck trat mit einem Schwall kalter Luft in die gute Stube. Ihre Wangen waren gerötet. »Moin, moin«, rief sie in die Runde. Janne registrierte, dass die sonst eher gelassene Frau ein wenig gestresst wirkte.

»Moin«, erwiderte er.

»Tag Frau Beeck«, grüßte Helena freundlich. »Was kann ich Ihnen bringen?«

»Ein Kännchen Kaffee bitte und ein Stück Marzipan-Nusstorte.« Sie schaute sich kurz um. »Ich habe eben Frau Herziger besucht, jetzt brauch' ich erst mal was für meine Nerven.«

Helena neigte ihren Kopf. »Wie meinen Sie das?«

»Ach, die Gute, es tut mir schrecklich leid, dass sie die Renovierungen allein stemmen muss. Ich hatte beim besten Willen nicht erwartet, dass das Haus von einer alleinstehenden jungen Frau gekauft wird, als der Nachlassverwalter mich mit der Abwicklung betraut hat. Im Text stand sogar noch: stattliche Kate mit Potenzial. Da weiß man ja eigentlich Bescheid, dass Renovierungsbedarf besteht, aber Frau Herziger wirkt total überfordert mit allem, was ja kein Wunder ist.«

Janne sagte nichts dazu, trotzdem hörte er sehr genau zu. Dass Lara allein war, hatte er natürlich schon gemerkt. Wie einiges anderes auch, nämlich, dass er mehr über sie erfahren wollte. Ein Teil von ihm zumindest. Der andere riet ihm, sich fernzuhalten, weil Ärger damit vorprogrammiert wäre. Aber egal, wie oft er sich daran selbst erinnerte, er dachte doch viel zu häufig an die smarte Lara mit ihren funkelnden Augen.

Helena nickte und nahm die Torte aus der Vitrine. »Ich bring's Ihnen gleich rüber, Frau Beeck. Ja, Lara hat sich da ganz schön was aufgehalst.«

»Dankeschön«, schwerfällig ließ Frau Beeck sich auf einen Stuhl nieder, dann wandte sie sich Janne zu. »Wie wäre es denn, wenn Sie Frau Herziger ein bisschen unter die Arme greifen würden?«

Janne machte große Augen. »Ich?«

Bloß nicht, dachte er. Je mehr Distanz zwischen ihnen lag, desto besser. Das behielt er jedoch lieber für sich.

Helena lachte. »Ja, natürlich du. Sonst schreist du doch als Erster hier, wenn jemand Hilfe braucht, der knapp bei Kasse ist.«

Janne biss sich auf die Unterlippe. Damit hatte Helena nicht unrecht, er war tatsächlich stets zur Stelle, wenn Not am Mann war. Einerseits, weil er geschickt mit Werkzeug umgehen konnte, und zweitens, weil er nicht auf die Kohle angewiesen war. Er nahm seinen aufgefüllten Thermobecher in die Hand und wusste nicht, was er darauf erwidern sollte. Doch dann fiel ihm was ein. »Sie wirkt nicht so auf mich, als würde sie sich gern helfen lassen.« Das war nicht mal gelogen. Froh, eine Antwort gefunden zu haben, entspannte er sich ein wenig.

Frau Beeck winkte ab. »Das ist das Problem mit diesen modernen Frauen.« Sie seufzte.

Helena grinste und zwinkerte Janne zu. »Ich bin mir sicher, dass Lara sehr dankbar wäre, wenn du zumindest mal nach der Heizung schauen würdest.«

»Ich bin kein Klempner«, brummte er.

»Nein, aber Ingenieur.«

Er verzog seine Lippen und gab sich geschlagen. Er war ja kein Unmensch, und wenn diese Lara Herziger wirklich so hilflos war, wollte er nicht derjenige sein, der sie ignorierte. Er hatte noch gut in Erinnerung, wie die Typen letztens im Kaffeewagen über sie gescherzt hatten. Das hatte ihn damals schon genervt. Nein, so wie diese Kerle wollte er nicht sein. »Ja, ich guck mal, wann ich es einrichten kann. So, ich muss los«, presste er hervor und stapfte davon. »Tschüss, und grüß deinen Mann von mir, Helena.«

Während Janne das Café verließ, bekam er noch mit, wie Helena und Frau Beeck Pläne schmiedeten, um Lara in die Dorfgemeinschaft zu integrieren. Er hörte was von Weihnachtsbasar und Glühwein, dann schloss er die Tür hinter sich.

Die beiden wollte auch niemand als Feindinnen haben, dachte er ein wenig genervt und gleichzeitig amüsiert. Janne stieg in sein Auto ein und stieß einen leisen Fluch aus, dann fuhr er in Richtung Naturschutzgebiet. Besser, er guckte gleich, was da mit der Heizung los war, ehe er doch noch einen Grund fand, warum er der attraktiven Bayerin nicht helfen würde. Janne war kein Arsch, auch wenn die hübsche Münchnerin das möglicherweise von ihm dachte.

Fünf Minuten später stand er vor Laras Haustür, sein Herz klopfte schnell. Zu schnell. Vielleicht hätte er diesen verdammten Kaffee nicht trinken sollen.

Er klingelte. Es dauerte eine Weile, aber niemand öffnete.

Gut, sagte er sich. Vielleicht war sie nicht zu Hause. Er drehte sich um und wollte direkt wieder in seinen Wagen steigen und abhauen. Aber etwas hielt ihn ab. Er starrte in den Himmel. Goldene Blätter fielen wie Tropfen von den Bäumen und segelten durch die Luft. Es wehte ein kühler Wind, dunkle Wolken wirbelten über den Novemberhimmel.

Ein Krachen ließ ihn zusammenfahren. Das war von der anderen Seite des Hauses gekommen. Irritiert schaute er sich um, vielleicht sollte er mal bei den Apartments gucken.

Er umrundete die Kate, und tatsächlich, die Haustür zu einer der Wohnungen stand offen.

»Hallo?«, rief er hinein und überschritt die Schwelle. Es roch nach Schutt und viel Arbeit.

»Hallo?«, wiederholte er noch einmal.

»Wer ist denn da?«, kam es aus einem Zimmer zurück. Schon auf den ersten Blick wurde ihm klar, dass die Frau wirklich verrückt sein musste, wenn sie das alles alleine stemmen wollte. Die Bude musste grundsaniert werden.

»Ich bin es. Janne.« Er trat in das Zimmer, aus dem die Geräusche gekommen waren.

Lara stand im Blaumann im Raum, um die Haare hatte sie ein Tuch gewickelt und wedelte mit der Hand durch eine Staubwolke. Vor ihr lag ein Haufen Bretter, die irgendwann mal ein Kleiderschrank gewesen sein könnten. Er machte große Augen.

»Was willst du denn hier?«, stieß sie hervor.

Beinahe hätte er gelacht. So wurde er selten von Leuten empfangen, denen er helfen wollte. »Ähm, wollte sehen, ob du einen Handwerker brauchst.« Er hatte schon mitbekommen, wie stur und stolz sie war, daher behielt er für sich, dass er sozusagen von Helena und Frau Beeck geschickt worden war. Wobei, so ganz stimmte das nicht. Tatsächlich hatte er ihr gestern am Strand schon seine Unterstützung anbieten wollen, deswegen hatte er sie überhaupt erst auf ein Bier eingeladen. Aber dann war sie so unfreundlich geworden und gegangen, also hatte er es sein gelassen.

Und jetzt stand er trotzdem hier.

»Du?«, fragte sie irritiert, als wäre es nicht offensichtlich, dass sie ohne jemanden wie ihn weiter im Chaos versank.

Er machte eine umgreifende Handbewegung. »Beim Umbau, meine ich. Sieht so aus, als könntest du einen starken Mann gebrauchen.«

Lara machte große Augen, dann presste sie ihre Lippen zusammen. Sie wirkte skeptisch. »Ach ja? Und was erwartest du als Gegenleistung?«

Janne räusperte sich. »Wie, Gegenleistung?« Das klang ja fast schon anzüglich. Er unterdrückte ein Grinsen.

»Na, was sagt deine Frau dazu, dass du hier bei mir stehst? Die ist doch sicher nicht begeistert von so was.«

Irritiert blinzelte er. »Was hat meine Ex-Frau, verdammt noch mal, damit zu tun?«

Lara verschränkte die Arme vor ihrer Brust. »Ex. Aha. Sah aber nicht so aus.«

Janne schüttelte den Kopf und hob eine Hand. Er verstand nur Bahnhof. »Bist du total verrückt? Was sah wann wie aus?«

Lara ging einen Schritt auf ihn zu, ihre Augen sprühten Funken. Leider ließ sie ihn überhaupt nicht kalt. Er stand nun mal auf leidenschaftliche Frauen.

Sie wirkte gerade allerdings nicht, als wollte sie Sex mit ihm, eher so, als würde sie ihm gleich an die Gurgel springen, um ihn zu erwürgen. Sie tippte ihm mit dem Finger auf seine Brust und schaute zu ihm auf. Lara war nicht klein, aber er überragte sie dennoch um Haupteslänge. »Ich habe dich neulich mit deiner Frau vor eurem Haus gesehen, Freundchen. Das, was du machst, ist ekelhaft. Deine Frau sieht so sympathisch und hübsch aus, das hat sie nicht verdient. Du hast mich kürzlich im Supermarkt schon so plump angemacht, und es ist mir ganz klar, dass du offensichtlich was zum Flachlegen suchst. Aber nicht mit mir, nicht mit mir! Von dieser Sorte Rindviechern hab' ich genug! Da mach ich meinen Umbau lieber selbst.«

Janne atmete ein und wieder aus. Bis er ihre Worte wirklich verstanden und im Geiste sortiert hatte, dauerte es einen Moment. Laras Brust hob und senkte sich schnell. Ihre Lippen waren leicht geöffnet. Er konnte seinen Blick nicht abwenden und die ganze Zeit fragte er sich, wie es wohl wäre, von ihnen zu kosten. Der Impuls, Lara an seinen Körper zu ziehen und seinen Mund auf ihren zu pressen, um sie besinnungslos zu küssen, war so stark, dass ihm der Atem stockte. Alles Blut war auf direktem Weg in tiefere Regionen. In seiner Jeans wurde es auf einmal sehr eng.

Er schluckte trocken. Und dann begriff er endlich, was sie ihm hier unterstellte.

»Flachlegen?«, wiederholte er. Seine Stimme klang heiser. Er ging einen Schritt rückwärts. Okay, dass er Sex mit ihr wollte, konnte er nicht ganz leugnen. Er stand auf sie. Lara war heiß, und sie war sich dessen nicht mal bewusst.

Leider fuhr er immer wieder auf den Typ Frau ab, der von Natur aus kompliziert war. Verdammt. Aber in einem Punkt hatte sie eben nicht recht: Er war nicht mehr verheiratet, und er kapierte daher nicht, wovon sie faselte. Dass sie ihn mit seiner Frau gesehen hätte? Das konnte überhaupt nicht sein. »Ich bin geschieden, Lara. Meine Ex habe ich seit Ewigkeiten nicht getroffen. Also, was wirfst du mir hier eigentlich vor?« Fast wollte er ihr an den Kopf schmeißen, dass sie ihren Scheiß doch alleine machen sollte, aber er ahnte, dass ihm Helena und Frau Beeck dann derartig aufs Dach steigen würden, dass er die Klappe hielt. Außerdem wollte er das hier klären; zu Unrecht beschuldigt zu werden, gefiel ihm nämlich gar nicht.

Lara runzelte die Stirn und dachte über seine Worte nach. Dann bemerkte er, dass sie rot wurde. »Seit Ewigkeiten? Das kann gar nicht sein«, gab sie nicht mehr ganz so forsch zurück. Beinahe kleinlaut, als ob ihr bewusst würde, dass sie eventuell einen Fehler gemacht hatte.

Er zuckte die Schultern. »Glaub mir, ich würde mich dran erinnern, wenn ich eine Ehefrau hätte. Vielleicht hast du mich verwechselt.«

»Ähm. Das denke ich nicht. Und wer war die Hübsche dann, mit der du Kisten aus einem Geländewagen geschleppt hast?«

Janne dachte nach. Dann breitete sich ein breites Grinsen auf seinem Gesicht aus, als er begriff, dass sie ihn mit Sandra gesehen hatte. Das war ja süß. Geradezu niedlich. »Bist du gerade auf meine *Schwester* eifersüchtig?«

Laras Augen wurden untertellergroß. »Ich? Eifersüchtig? Du spinnst wohl!« Sie atmete zischend ein, es klang fast wie ein Quietschen. Dann schüttelte sie so vehement den Kopf, dass sich einige Strähnen aus ihrem Tuch lösten. »Du bist verrückt, Janne.« Sie lachte spitz, aber er nahm ihr die Entrüstung nicht vollends ab. Es war herrlich, sie zu beobachten. Ihre Wangen waren gerötet, und ihre Augen glitzerten.

Ja, er stand auf sie, und dass er ihr offenbar auch nicht komplett egal war, fand er auch nicht so übel.

Nein. Auf keinen Fall!

Aber er war zum Arbeiten hier. Verdammt, es war einfach, das zu vergessen, wenn sie so nah bei ihm stand, dass er einen Hauch ihres Parfums wahrnehmen konnte, das sogar nach der Staubwolke noch zu erschnuppern war. Er war einfach zu empfänglich für ihre weiblichen Reize – auch wenn sie in einem Blaumann steckte, der von oben bis unten verdreckt war. Irgendwie fand er das sogar sexy.

Nein!

Er würde sich mit ihr nur Ärger einhandeln. Er wollte keinen Ärger, sondern nur seine Ruhe.

Janne verschränkte die Arme vor der Brust. »Warum interessiert es dich dann, mit wem ich Kisten trage? Und wieso beobachtest du mich überhaupt?«

Weil sie ihn mit weit aufgerissenen Augen anstarrte, sprach er weiter. Er hatte das Gefühl, dass er ihr ein für alle Mal klarmachen musste, dass er nicht der Arsch war, für den sie ihn hielt. »Ich bin nur hier, weil ich dir meine Hilfe anbieten wollte, mehr nicht. Keine Hintergedanken, Lara, bloß ein Hilfsangebot.« Ein bisschen genoss er es in diesem Moment, die Oberhand zu haben. Es machte Spaß, sie zu reizen.

Laras Mund öffnete sich, für eine sehr lange Sekunde rührte sie sich nicht. Ihre Gesichtsfarbe war mittlerweile tiefrot. »Ich habe mich verfahren, da habe ich es zufällig gesehen …«

Jannes Grinsen wurde noch breiter. »M-mh. Klar.«

Sie senkte den Blick und schüttelte den Kopf erneut. »Gott, ist das mies. Jessas, ich hab bestimmt nicht vorgehabt, dich zu beobachten. Echt nicht. So ein Schmarrn.«

Süß, wenn sie nervös wurde, redete sie noch mehr im Dialekt. Das Bayerisch hatte was. Ja, definitiv. »So, Lara. Wollen wir vielleicht noch mal neu anfangen? Ich bin wirklich hier, um dir ein wenig unter die Arme zu greifen. Mit dem Umbau«, fügte er noch an, nicht, dass sie – oder er – noch etwas falsch auffassen konnte.

Himmel, wenn sie ja sagte, würde es ein ganz schöner Kraftakt werden, nicht über sie herzufallen. Er war sich sicher, dass sie womöglich nicht abgeneigt wäre. Zu dumm, aber seine selbst auferlegten Regeln waren aus Gründen aufgestellt worden, die er nicht aus den Augen lassen durfte, egal wie heiß Lara war. Janne suchte keine Frau fürs Leben. Nicht mehr. Alles worauf er sich jemals noch einlassen würde, wären unverbindliche Affären. Dass Lara der Typ *Bund fürs Leben* war, war jedoch klar. Besser er verinnerlichte das früher als später. Mit einer Touristin war es einfach, sie reisten immer wieder ab, aber Lara war gekommen, um zu bleiben. Also musste er sie sich aus dem Kopf schlagen, er fragte sich jedoch, wie das gehen sollte, wenn sie sich jetzt häufiger begegneten – und er sich sogar darauf freute, sie wiederzusehen.

»Ehrlich?«, fragte sie kleinlaut.

Janne nickte. »Ehrlich. Ich gebe zu, dass unser Kennenlernen ein bisschen, na ja, ungewöhnlich war. Und im Ernst, ich bin kein Mann, der seine Frau hintergeht oder betrügt.« Er machte eine kleine Pause und fuhr dann fort. »Ich bin wirklich nur gekommen, um mir mal die Heizung anzusehen und mit anzupacken.«

Beim Wort Heizung hatte er sie, das erkannte er an ihrem Gesichtsausdruck, der sich deutlich aufgehellt hatte. »Na gut. Aber ich kann nicht viel zahlen«, lenkte sie ein.

Er winkte ab. »Wir einigen uns schon.«

Sie guckte streng, als ob sie ihm noch einmal nonverbal klarmachen wollte, dass da garantiert nichts auf der Horizontalen laufen würde. Er unterdrückte ein Grinsen. Sie gefiel ihm immer besser. Er mochte Frauen mit Prinzipien.

Innerlich verdrehte er die Augen über sich selbst. Er ahnte, dass es zwangsläufig zu Problemen führen würde – deswegen stand er ja auch erst heute auf der Matte. Aber sie sollte nicht darunter leiden, dass er mit seinem Begehren zu kämpfen hatte. Und so schlimm würde es schon nicht werden, er war immerhin kein Teenager mehr, den das Testosteron völlig im Griff hatte.

»Also schön«, stieß sie mit einem leisen Seufzen hervor, als ob sie immer noch nicht davon überzeugt wäre, dass er keine Gegenleistung verlangte, die sie nicht bereit zu geben war. Er konnte es ihr nicht verübeln, nicht, nachdem er sich anfangs so ätzend aufgeführt hatte.

»Dann komm mal mit. Ich zeig dir die Anlage.«

Janne schmunzelte über diesen kleinen Erfolg. Noch vor einigen Minuten hätte er nicht gedacht, dass er sich darüber freuen würde, bald ziemlich viel Arbeit zu haben. Aber jetzt war es so. Etwas zu tun zu haben, war immer gut, dann kam er weniger zum Nachdenken.

Janne folgte Lara hinüber zu ihrer Haushälfte, wo er neulich die Tür für sie aufgesperrt hatte. Sie ging voraus. Dort drüben sah es auch nicht viel besser aus als in der anderen Wohnung. Ein einziges Chaos. Er unterdrückte einen Kommentar und folgte ihr in den Keller. Der war überschaubar. Es gab einen Abstellraum, aber der war bis auf ein paar Regale leer, und einen Heizungsraum. Der Geruch nach Öl war hier unten durchdringend. Eine einsame Glühbirne baumelte an einem Kabel an der Decke. »So, das ist sie«, erklärte sie und zeigte auf die Heizungsanlage.

Lara wirkte nicht gerade hoffnungsvoll, und er würde ihr nicht sagen, dass auch ohne einen Blick darauf geworfen zu haben, über kurz oder lang eine Neue fällig war. Aber er wusste gleichzeitig, dass es noch immer Fördermittel gab, die man abrufen konnte, wenn man auf etwas Nachhaltigeres setzte als Öl.

»So, dann lass mich mal gucken.« Aus der Seitentasche seiner Arbeitshose zog er eine Taschenlampe und machte sich ans Werk.

* * *

Lara konnte noch immer nicht fassen, was eben passiert war. Am liebsten wäre sie im Erdboden versunken. So was Peinliches. Er musste ja denken, dass sie eine Stalkerin oder so was in der Art war.

Ihre Wangen brannten noch immer. Gleichzeitig bebte sie innerlich vor Angst, während sie darauf wartete, was er zur Heizung zu sagen hatte. Janne wirkte kompetent, aber was wusste sie schon. Für sie war dieser ganze Heizungskram völlig neu. Das Einzige, was sie feststellen konnte, war, ob die Heizkörper heiß wurden oder nicht.

Es dauerte ein paar Minuten, Janne gab einige Ahs und Ohs von sich, dann wandte er sich ihr wieder zu. Sie schluckte trocken. Seine blauen Augen verrieten nicht, was er dachte. Nicht wie vorhin, als sie amüsiert gefunkelt hatten. Ein bisschen mehr vielleicht sogar, aber das wollte sie sich nicht eingestehen, um ihr selbstauferlegtes Männerverbot nicht zu gefährden. Trotzdem kam sie nicht umhin, sich zu fragen, warum er wirklich hier war. Aus Nächstenliebe wohl kaum. Das konnte sie sich beim besten Willen nicht vorstellen, so wie er sich ihr gegenüber bisher verhalten hatte. Aber weil sie wirklich Hilfe brauchte, wollte sie nicht weiter darüber nachdenken und auf ein Weihnachtswunder hoffen. Vielleicht dämlich, aber gerade ihre einzige Option.

Janne räusperte sich. »Also, ich habe eine gute und eine schlechte Nachricht.«

»Muss ich mich setzen?«, fragte sie halb belustigt, halb ernst, während ihr Puls sich beschleunigte. »Die Gute zuerst«, bat sie ihn, ihre Stimme klang ein wenig atemlos.

Seine Mundwinkel bogen sich nach oben. Gott, er sah verdammt sexy aus, wenn er so grinste. »Wunderbar, ich dachte mir schon, dass du von Natur aus Optimistin bist.«

Lara kratzte sich an der Schläfe und gluckste. »Na, das ist nicht schwer zu erraten, wer sonst würde sich so eine Bude aufhalsen? Komm, spuck es aus!«

»Also, die Heizung an sich dürfte in Ordnung sein, soweit ich das jetzt erkennen kann.«

»Aber?« Ihr Herz pochte schnell.

»Es scheint, als wäre die Steuerung kaputt, da sind einige Kabel verschmort.«

»Das heißt?«

»Es wäre lediglich ein Ersatzteil nötig, dieses Ding hier ist auf jeden Fall hinüber. Wenn das ausgetauscht ist, könnte wieder alles funktionieren.«

»Könnte klingt mir sehr nach Konjunktiv.« Sie runzelte die Stirn.

»Ja, ich kann mich nicht zu sehr aus dem Fenster lehnen und dir versprechen, dass gleich wieder alles reibungslos läuft. Es sieht zwar so aus, aber wissen kann man es erst, wenn es repariert ist.«

»Und, kannst du das organisieren und einbauen?«

»Ich weiß zumindest, mit wem ich reden muss.«

Sie verschränkte die Arme. »Ja, und dir hören sie vermutlich auch zu. Finde ich echt scheiße, wie die Typen hier drauf sind. Aber ich bin dir auf jeden Fall dankbar.«

Janne klopfte ihr auf die Schulter. »Ich verstehe dich, Lara, es ist nicht nett, wenn man hängen gelassen wird.«

Sie war überrascht. Sie hätte eher mit einem sexistischen Kommentar gerechnet. Sie war zu perplex, um sofort zu antworten. »Ähm, ja, sollen wir wieder raufgehen?«

»Bitte, du zuerst.«

Dass er jetzt auch noch den Gentleman hervorzauberte, war beinahe schon zu viel. Während sie die Stufen vor ihm nach oben ging, spürte sie seinen Blick im Rücken. Oder auf ihrem Hintern. Daher könnte seine plötzliche Freundlichkeit auch rühren. Leider musste sie zugeben, dass sie es nicht so schlecht fand, dass er ihre Kehrseite bewundern wollte. Das Gefühl, attraktiv zu sein, war Balsam für ihr geschundenes Ego. Das hatte echt gelitten in den letzten Tagen. Oder eher nach den vergeudeten Jahren mit Philip, aber wenn sie jetzt eines nicht wollte, dann sich über ihre Vergangenheit aufregen, das änderte auch nichts. Sie würde von jetzt an nur noch vorausschauen.

Oben angekommen wurde sie plötzlich verlegen, sie wusste nicht so recht, was sie sagen oder tun sollte. Ihn direkt zur Arbeit animieren? Hatte er das echt ernst gemeint, oder war es lediglich auf die Heizung bezogen. »Kann ich dir, äh, einen Kaffee anbieten? Oder einen Snack? Rita hat mir vorhin was gebracht, es ist noch was übrig.«

»O, da sage ich nicht nein.«

»Okay, das ist doch schön, dann komm mal mit, hier entlang.«

Lara ging in die Küche und wusch sich die Hände, dann kochte sie Kaffee. Sie merkte, dass ihre Finger ein wenig zitterten, so nervös war sie. Seine Anwesenheit machte sie innerlich ganz kribbelig. Es fühlte sich an, als wollte er sie mit Blicken verschlingen. Sie vermied es, ihn direkt anzusehen, bis der Kaffee durchgelaufen war. Dann setzte sie sich an den Tisch ihm gegenüber. »Brauchst du Milch?«

»Nein, danke. Schwarz ist super.«

Sie öffnete die Deckel der Tupperdosen. »Bitte, bedien dich.«

Janne griff zu und biss herzhaft in ein Gebäckstück. Mit vollem Mund fuhr er fort. »So, wie hast du dir das mit uns vorgestellt?«

Sie machte große Augen. »Wie, was meinst du?«

»Hast du einen Plan erstellt? Wo sind die Arbeitsmaterialien, und was willst du überhaupt alles machen? Das sieht mir hier ein bisschen unkoordiniert aus, wenn ich das so sagen darf.«

Lara merkte, dass ihr schon wieder Hitze über den Hals in die Wangen kroch. Er hatte natürlich recht, aber sie wollte sich nicht verteidigen. In ihrem Job als Physiotherapeutin hatte sie immer einen fertigen Plan bekommen, bei welchem Patienten sie anzufangen hatte und wie viel sie bis zum Ende des Arbeitstages erledigt haben musste. So ein Renovierungsprozess war da etwas ganz anderes. »Tja, ich muss sagen, ich habe nicht so viel Erfahrung, und ich habe das alles ein wenig unterschätzt.«

Sie rechnete mit einem spöttischen Kommentar oder Gelächter; dass Janne sie einfach mit einem gewissen Verständnis im Blick betrachtete, irritierte sie. In ihrem Magen kribbelte es. Schon wieder. Hastig trank sie einen Schluck Kaffee.

»Selbst erfahrene Leute würden hier an ihre Grenzen stoßen«, erklärte er geduldig und biss noch einmal ab.

»Ich habe eine Liste geschrieben, soll ich die holen?«, fragte sie plötzlich schüchtern.

Janne hatte eine einnehmende Präsenz, er strotzte nur so vor Selbstsicherheit und Männlichkeit. Sie stand nun mal auf Alphakerle – obwohl er kaum wie ein Macho wirkte, seit er vorhin auf ihrer Matte gestanden hatte. Sein Verhalten jetzt passte überhaupt nicht mit der plumpen Anmache im Supermarkt zusammen. Komisch, wirklich seltsam, aber sie hatte keine Zeit, das näher zu analysieren, denn er guckte sie so durchdringend mit seinen blauen Augen an, dass ihr ganz anders wurde. Ein Glück, dass sie noch saß, sonst hätten ihre Knie womöglich unter ihr nachgegeben. Sie war versucht sich Luft zuzufächeln, ihr war auch ohne laufende Heizung ganz schön warm geworden, und sie ahnte, dass das nichts mit dem heißen Kaffee zu tun hatte.

»Wo ist denn dieser Plan?«, riss er sie aus ihren Gedanken.

»Meinst du das ernst, dass du mir helfen willst?«

»Du, Lara, hör auf, mich das die ganze Zeit zu fragen, okay? Ich habe dir doch gesagt, dass ich dir unter die Arme greife. Ich stehe zu meinem Wort.«

Das Wort Bezahlung schoss ihr durch den Kopf und dass sie sich das womöglich nicht leisten konnte, aber sie traute sich nicht, noch einmal zu fragen. Ihr war klar geworden, dass sie es nie allein schaffen würde, und wäre fast bereit, einen Pakt mit dem Teufel zu schließen, wenn sie es nur irgendwie hinbekäme. Janne war alles andere als ein Dämon, aber sie ahnte, dass sie sich womöglich auf etwas einließ, das ihre Vorsätze, sich von Männern mit zu viel Testosteron fernzuhalten, ins Wanken brachte, oder gleich einstürzen ließ wie ein Kartenhaus von einem Windhauch.

»Ich kann einfach nicht fassen, dass das gerade passiert«, murmelte sie, während sie aufstand, um ihren Laptop zu holen.

Er betrachtete sie einen Moment. Dann wurde seine Miene weich. »Du bist es nicht gewohnt, dass man nett zu dir ist«, stellte er fest.

»Blödsinn«, redete sie sich heraus. »Bin gleich wieder da.«

Einige Minuten später stand sie neben ihm in der Küche, er saß auf dem Stuhl, und sie beugte sich zum Bildschirm herunter. Dabei stieg ihr sein herber Duft in die Nase. Janne roch frisch und nach echtem Kerl. Sie spürte, dass sie eine Gänsehaut bekam, und schloss kurz die Augen. Reiß dich zusammen, ermahnte sie sich. Konnte ja wohl nicht sein, dass sie ihre Hormone so wenig im Griff hatte. Das musste sich ändern. Lara räusperte sich und zeigte auf die Punkte ihrer Liste. Nach einem Augenblick, in dem er sie überfliegen konnte, fragte sie: »Und?«, dabei trat sie einen Schritt zurück. Ein wenig mehr Distanz konnte nicht schaden.

»Klingt gar nicht so übel«, meinte er und blickte zu ihr auf. Auf seinen Lippen lag ein aufmunterndes Lächeln. »Dass du die Wohnungen zuerst fertigmachen willst, ist klug. Aber warum hast du hier auch schon angefangen, Sachen rauszuschmeißen?«

Lara zuckte die Schultern. »Ich konnte mich einfach nicht bremsen, und als ich gesehen habe, dass hinter einer einfachen Rigipswand ein Kamin verborgen war, habe ich mich total gefreut, vor allem, weil die Heizung ja nicht ging. Der Boden muss abgeschliffen werden und alles, aber … Na ja. Erst mal drüben. Ich kann hier noch 'ne Weile auf der Baustelle leben, ist kein Problem.«

Seine Augenbrauen wanderten langsam in die Höhe, und sie merkte, dass sie redete wie ein Wasserfall. Das passierte ihr manchmal, wenn sie nervös war. Sie schob sich eine Strähne zurück unter ihr Kopftuch und hielt die Klappe.

»Wie sieht's mit Arbeitsmaterial aus?«, wollte er wissen.

»Farbe habe ich besorgt, aber was die Fußböden betrifft,

bin ich noch unschlüssig, ich will erst mal den ganzen Teppich rausreißen und sehen, was überall darunter ist. Aber dafür müssen die Möbel raus.«

»Verstehe, dabei habe ich dich also vorhin, ähm, gestört.«

Sie grinste schief. »Ja, so ist es. Teilweise sind die alten Möbel einfach zu gruselig, da hilft nur noch ein Abrisshammer.«

Janne schüttelte den Kopf. »Du bist echt witzig, Lara. So eine wie du ist mir noch nie begegnet.«

Wieder schaute er sie mit diesem gewissen Ausdruck in den Augen an, die etwas mit ihr anstellten, das sie unbedingt verhindern wollte. Ihre Knie waren so weich wie zu lange gekochte Spaghetti, und sie musste sich an der Arbeitsfläche festhalten. Halleluja, dachte sie. Der konnte ihr echt gefährlich werden, um es konkreter zu sagen: ihrem Herz. Sie würde höllisch aufpassen müssen, dass sie Hilfsbereitschaft nicht mit etwas anderem verwechselte.

Er guckte auf seine Armbanduhr und räusperte sich. »Tut mir leid, ich muss jetzt gehen, hab' noch einen Termin. Aber wie wäre es, wenn ich morgen wieder herkomme?«

»Sicher, jederzeit. Ich werde da sein.«

»Super, ich freu' mich.« Er stand auf und stellte seine Tasse in die Spüle. Dann blieb er vor ihr stehen.

Lara hielt den Atem an. Er freute sich? O Gott, das klang einfach zu gut. Sie wusste nicht, was sie erwidern sollte.

Ein Klingeln an der Tür rettete sie. »Ja, Herrgott sakra, was ist denn heute eigentlich hier los?«, stieß sie hervor. »Entschuldige.« Damit verließ sie die Küche und entkam seiner sexuellen Anziehung.

Lara öffnete die Tür und holte tief Luft, auch, um ihre Nerven ein wenig zu beruhigen. Sie war überrascht, als eine kleine Frau davor stand, die verschiedene Sachen in ihren Armen hielt. Sie trug einen Mantel und eine Wollmütze. »Ja?«

»Moin, ich bin Hilde Kruse und habe gehört, dass Sie Physiotherapeutin sind.«

Lara kam gar nicht zum Antworten, als sie ihr dreißig Eier und einen Laib Brot in die Hand drückte. »Können Sie sich mal meinen Rücken ansehen?«

Lara machte große Augen. Es musste am Vollmond liegen, dachte sie perplex. Erst wollte niemand etwas mit ihr zu tun haben, und dann rannten ihr alle die Bude ein? Das war doch seltsam. Entweder der Vollmond, grübelte sie, oder jemand hatte nachgeholfen. Da fielen ihr genau zwei Menschen ein. Lara schmunzelte innerlich. Sie würde mal mit Helena und Frau Beeck reden, ob die etwas damit zu tun hatten. Was sie davon halten sollte, wusste sie noch nicht. »Ich bin keine Ärztin«, gab sie zurück.

»Ja, ich brauch' auch gar keinen Arzt, ich brauche jemanden, der mich wieder einrenkt.«

Lara hob eine Augenbraue. Janne drückte sich an ihr vorbei. »Wir sehen uns dann morgen.« Er zeigte mit dem Daumen nach oben, während er sich mit einem Kopfnicken verabschiedete. »Pfiat di«, rief sie ihm hinterher. Ob sie Bayerisch redete oder nicht, war jetzt auch schon egal.

»Ähm«, machte sie dann, als Frau Kruse sie erwartungsvoll anblinzelte. »Ich habe aber keine Praxis oder so.«

»Dann kann ich reinkommen?«

Lara wurde heiß. Sie konnte in Teufels Küche kommen, aber wenn sie Eier und Brot annahm, konnte man das auch als Nachbarschaftshilfe werten. Die Frau wegzuschicken, hielt sie für riskant, das würde sich rumsprechen, und dann wäre sie als arrogante Ziege abgestempelt, ein für alle Mal. »Ja, ich muss nur mal überlegen, wo ich mit Ihnen hingehe. Ich bin gerade am Umbauen«, erklärte sie.

»Ach, ja, das sehe ich.«

Kurz tauchte der Gedanke in ihrem Kopf auf, dass sie vielleicht nur neugierig war und gar keine Rückenprobleme hatte. Egal, sagte sie sich. »So, Frau Kruse, dann legen Sie mal Ihren Mantel ab und kommen mit ins Wohnzimmer.«

»Ist aber ganz schön frisch bei Ihnen.«

»Die Heizung ist ausgefallen.« Eier und Brot landeten auf dem Tisch, Frau Kruses Mantel über der Sofalehne.

»Mensch, Sie armes Ding. Das ist ja schlimm, auch noch im November.«

Lara wollte nicht über die Handwerker sprechen und die Probleme, die sie mit ihnen hatte, deshalb kam sie auf Frau Kruses Beschwerden zurück. »Wo drückt denn der Schuh?«

Frau Kruse zeigte auf die Lendenwirbelsäule. »Da hinten.«

»Wie gesagt, ich bin keine Ärztin, haben Sie mal ein MRT machen lassen?«

»Ist der Verschleiß«, erklärte die Frau mit einer wegwerfenden Handbewegung. »Bin ja nicht mehr die Jüngste.«

Während Lara ihr Bestes gab, um ihrer Patientin die Leiden zu erleichtern, merkte sie, wie sich ein Lächeln auf ihr Gesicht schlich. Dieser Tag entwickelte sich zu ihrem ganz persönlichen Weihnachtswunder, dabei war noch nicht mal der erste Advent vorbei.

Kapitel 9

Lara war nervös, als sie am nächsten Morgen gegen neun ihren Blaumann anzog und sich für den Tag vorbereitete. Janne hatte gestern nicht gesagt, wann er wiederkommen würde, und war bis jetzt nicht aufgetaucht. Ganz leise Zweifel beschlichen sie, während sie sich fragte, ob er überhaupt erscheinen würde, oder ob mit dem abnehmenden Mond die Freundlichkeit der Leute auch wieder vorbei wäre, Janne eingeschlossen.

Als die Türklingel ertönte, atmete sie erleichtert aus und schimpfte sich eine dämliche Gans. Sie nahm zwei Stufen auf einmal und wäre beinahe der Länge nach hingefallen.

»Ja, Kruzitürkn«, fluchte sie und hielt sich gerade noch am Geländer fest, um Schlimmeres zu verhindern. Als sie an der Haustür angekommen war, atmete sie kurz durch und trocknete sich die vor Aufregung feuchten Hände an der Hose ab. Verdammt, sie war echt durcheinander.

Lara riss die Tür auf und erwartete Janne zu sehen, stattdessen stand eine mittelgroße Frau mit blond gefärbten Haaren vor ihr, die Lara auf Mitte fünfzig schätzte. Sie trug zwei Flaschen Milch und einen kleinen Sack Kartoffeln mit sich und schaute recht freundlich drein. Lara hob eine Augenbraue und merkte, wie ihre Mundwinkel zuckten. Sie ahnte, was die Dame von ihr wollte. Das erinnerte sie daran, dass sie nachher dringend ein Wörtchen mit Helena wechseln musste, wenn sie nach Torben schaute – das hatte sie gestern nicht mehr geschafft, nachdem Frau Kruse gegangen war. Lara würde eine Wette darauf abschließen, dass diese Besuche auf ihr Konto gingen.

»Grüß Gott«, brachte sie hervor.

Die Frau lächelte und schien sich nicht über ihre bayerischen Ausdrücke zu wundern. Nein, natürlich nicht, Lara war im Dorf mittlerweile bekannt wie ein bunter Hund – auch wenn sie selbst nicht wusste, mit wem sie es hier zu tun hatte.

»Moin, Helena hat erzählt, dass Sie eine Zauberin sind, wenn man Rückenprobleme hat.« Keine Frage. Eine Feststellung.

Lara wusste nicht, wie sie auf das Kompliment antworten sollte. »Ähm«, war alles, was sie hervorbrachte.

»Können Sie mich behandeln?«

Lara erklärte der Frau, dass eine Physiotherapie erst infrage kam, wenn sie mit einem Arzt abgeklärt hatte, was die Ursache für ihre Beschwerden waren. Daraufhin wischte Frau Harms, wie sie sich vorgestellt hatte, diese Bedenken beiseite. »Ist das Alter, sagt der Doktor.«

Eine ganz ähnliche Antwort also wie die von Frau Kruse, aber auch nicht verwunderlich. Wären Rückenschmerzen nicht mittlerweile zum Volksleiden geworden, wären viele Kollegen arbeitslos. Obwohl Lara sich um ihre Renovierungsarbeiten kümmern musste, wollte sie die Frau auch nicht gleich abwimmeln. »Frau Kruse hat mir auch erzählt, dass es ihr heute schon viel besser ging«, meinte diese jetzt. »Und daraufhin habe ich beschlossen, ich schau einfach mal bei Ihnen vorbei.«

Jetzt war Lara überrascht, das schien sich im Ort ja wie ein Lauffeuer zu verbreiten. Sie wollte keinen Ärger mit Behörden riskieren, deswegen sagte sie: »Ja, Frau Harms, sehen Sie, ich bin zwar ausgebildete Physiotherapeutin, aber das hier kann nur ein Freundschaftsdienst sein. Ich kann Ihnen keine Rechnung schreiben oder gar eine Garantie geben, dass es Ihnen bald besser geht.«

Frau Harms lächelte. Sie war groß und schlank, aber an ihrer Haltung konnte Lara erkennen, dass ihre Rückenschmerzen nicht gespielt waren. »Frau Herziger, das ist mir ganz klar. Und eine Rechnung brauch' ich nicht.« Sie machte eine ausladende Geste. »Mein Mann ist Elektriker, vielleicht könnte der Ihnen ja ein bisschen zur Hand gehen.«

Diesen Hinweis verstand Lara sofort, und sie musste zweimal blinzeln. »Ehrlich?«

»Mein Helmut hats mit der Hüfte, von 'nem Arzt will er sich aber nicht behandeln lassen. Vielleicht könnten Sie ja mal gucken?«

Lara rieb sich die Stirn. Ablehnen wollte sie das nicht, aber ... »Sicher«, hörte sie sich sagen, »aber erst mal sind Sie ja dran.«

Nach einer halben Stunde Behandlung im Wohnzimmer verabschiedete sie diese frühe Kundin und trank ein Glas Wasser. Es klingelte erneut. Lara stöhnte. Sie hoffte, dass es nicht schon wieder jemand aus dem Ort war, der ihre Hilfe suchte. Sonst würde sie drüben nie mit den Arbeiten fertig werden.

Lara stieß einen Seufzer der Erleichterung aus, als sie sie Tür öffnete und in Jannes Gesicht blickte. Er sah aus wie immer und hob eine Augenbraue, vermutlich wunderte er sich, dass sie so auf sein Auftauchen reagierte. »Moin«, gab er von sich.

»Es ist echt gut, dich zu sehen«, stieß sie hervor.

»So wird man gerne begrüßt.« Sein Mund formte ein Lächeln.

Sie winkte ab. »Du hast ja keine Ahnung, was hier heute schon wieder los war.«

»Noch eine Patientin?«

»So kannst du sie nicht nennen, immerhin habe ich offiziell keine Praxis.«

»Fällt alles unter Nachbarschaftshilfe, würde ich sagen.« Er zuckte die Schultern.

Lara war ein bisschen verwirrt, so was kannte sie aus München überhaupt nicht. »Eine Hand wäscht die andere, meinst du?«

»So in etwa.«

Sie verzog ihre Lippen und lehnte sich gegen den Türrahmen. »Kann ich dir eine Frage stellen?«

Janne nickte und guckte interessiert. »Ja, sicher. Schieß los!«

Sie verschränkte die Arme vor ihrer Brust, auf einmal war ihr ganz heiß. »Ähm. Ja, also«, stammelte sie und fasste all ihren Mut zusammen. Sie wollte ihn nicht verschrecken oder gar beleidigen, aber sie hatte die halbe Nacht wach gelegen und darüber nachgedacht, also war es besser, es auch noch mal anzusprechen. Nicht, dass sie da einem dicken Missverständnis aufsaß.

»Was willst du wirklich von mir, Janne? Warum hilfst du mir? Ich kann nicht glauben, dass jemand aus purer Nächstenliebe für mich arbeiten möchte. Die Frauen aus dem Dorf hatten Eier und Milch dabei, das ist so 'ne Art Kuhhandel, das verstehe ich. Aber du? Was willst du von mir?«

Er wirkte nicht überrascht, sogar eher so, als hätte er mit dieser oder einer ähnlichen Frage gerechnet. »Mein Stundenlohn ist wirklich günstig«, versicherte er ihr ganz ruhig.

»Ja?« Sie runzelte die Stirn. »Wie hoch?«

Er winkte ab. »Mach dir keine Gedanken darüber.«

In ihrem Magen rumorte es. »Ich gehe nicht mit dir ins Bett.«

So, da hatte sie es gesagt.

Janne riss die Augen auf, schaute ganz verdutzt, dann lachte er. Es kam aus tiefster Kehle und wirkte ehrlich und offen. Nicht so, als verspottete er sie oder Schlimmeres. »Ja, ist gut. Ich will auch nicht mit dir ins Bett.«

»Nein?« Sie wusste nicht, ob das Enttäuschung war, die sich in ihr breitmachte. Lara verdrehte innerlich die Augen über sich selbst und lenkte ihre Aufmerksamkeit auf Janne.

»Nein. Ich dachte, das hätten wir geklärt, Lara? Ich habe kein Interesse an einer Beziehung und auch nicht an einer Affäre mit jemandem aus dem Dorf.«

Okay, das leuchtete ihr ein und machte auch die Szene im Supermarkt noch mal verständlicher für sie. Warum er keine richtige Beziehung wollte, konnte ihr auch egal sein. Sie vermutete, es hing mit der Ex-Ehefrau zusammen, die er gestern erwähnt hatte. Damit konnte sie leben. Ja, es machte die Sache für sie sogar einfacher. »In Ordnung.« Sie nickte. »Mir wäre trotzdem wohler, wenn du mir einen Stundenlohn nennen würdest.«

Er holte tief Luft, als müsste er sich eine Zahl ausdenken. »Zehn Euro.«

»Zehn? Ist das nicht ein bisschen wenig?«

Jannes Mundwinkel zuckten verräterisch, seine Augen funkelten amüsiert. »Ich habe noch nie eine Kundin erlebt, die sich über eine zu geringe Rechnung beschwert.«

Lara merkte, dass sie rot wurde. Schon wieder. Gott, dass sie sich aber auch nicht besser im Griff hatte. Dann lachte sie. »Okay, gut. Dann lass uns nicht länger diskutieren, sondern anfangen. Ich beschwere mich nicht über deinen Stundenlohn, zuerst musst du mir mal zeigen, was du drauf hast.« Sie stolzierte mit einem Lächeln an ihm vorbei und umrundete das Haus.

* * *

Janne schwitzte und fragte sich immer wieder, wie Lara auch nur eine Sekunde hatte glauben können, dass sie das alles hätte alleine stemmen können. Er war schweres Heben und Arbeiten gewohnt, und trotzdem war es anstrengend und für einen allein viel zu viel. Sie hatten die alten Bretter in den Container geschleppt, das Bett zerlegt und in die Küche gebracht und dann den Teppich und die Vorhänge entsorgt. Er schnaufte und rieb sich über die Stirn, als er wieder hinein trottete. Lara stand in der Mitte des Raumes und schaute sich die Dielen an, die unter dem Teppich zum Vorschein gekommen waren. Als sie ihn im Türrahmen erblickte, sagte sie aus tiefstem Herzen. »Gott sei Dank.«

Janne guckte sie direkt an, dann grinste er. Laras Wangen waren gerötet, ihr Overall mit Staubflecken übersät. Die Hände hatte sie in die Hüften gestemmt. »Ich wusste, dass du irgendwann zu schätzen weißt, dass ich dir helfe.«

Sie hielt inne, dann schüttelte sie lachend den Kopf. Sie hatte ein wunderschönes Lachen. Glockenhell und natürlich. Etwas in ihm zog sich sehnsuchtsvoll zusammen. Er schluckte und versuchte dieses Gefühl zu ignorieren. Lara schien davon zum Glück nichts mitzubekommen. Sie zeigte mit dem Finger auf den Boden. »Ich meinte die Dielen, du Dummerchen.«

Er neigte seinen Kopf und lehnte sich mit der Schulter gegen den Türrahmen. »Zu schade.«

Sie schaute ihn an. Niemand rührte sich, es war, als stünde die Zeit still, während alles um sie herum verschwamm. Er war sich ihrer Nähe deutlich bewusst, die Stimmung im Raum hatte sich verändert. Es knisterte, und die Luft hatte sich mit etwas aufgeladen, das man nicht mehr als verspielt bezeichnen konnte. Es war beinahe schon … sexuell.

Janne schluckte trocken, seine Kehle fühlte sich wie ausgedörrt an. Er konnte den Blick nicht von ihr losreißen, sah, wie sie schneller atmete und sich die Lippen mit ihrer Zunge befeuchtete. In seinen Lenden pulsierte Lust. Es trennten sie nur ein paar Schritte, es wäre einfach, sie in seine Arme zu reißen und ihr zu zeigen, wie sehr er sie begehrte. Bedenken, warum das eine ganz blöde Idee war, fielen ihm in dieser Sekunde nicht mehr ein. Kein einziger, verdammter Grund. Lara war sexy und unschuldig gleichzeitig. Sie hatte dieses gewisse Etwas und wusste es nicht mal. Ein Mann, der ihr Herz gewann, konnte sich als glücklicher Gewinner sehen. Der Gedanke schockierte ihn, denn das ging weit über körperliches Begehren hinaus. Etwas, das ihm seit Jahren völlig fremd war. Janne wollte etwas sagen, aber sein Kopf war leer, als hätte ein Herbstorkan alles heraus geweht. Lara blinzelte ein paar Mal, es lag kein Lächeln auf ihren Lippen, sie wirkte ebenso angespannt, wie er sich fühlte. Und dann wandte sie sich ab und guckte sich eine Stelle auf dem Fußboden genauer an. Janne ahnte, dass es gerade nicht mehr um die Dielen ging, aber er war froh, dass dieser Moment unterbrochen worden war – was auch immer da eben los gewesen war. Er war durcheinander. Völlig verwirrt.

Sie ging in die Hocke und strich mit den Fingern über den Boden, als wäre er ihr Geliebter. Ein albernder Gedanke, dachte Janne. Ich werde jetzt wohl nicht eifersüchtig auf ein verdammtes Brett sein.

Er war versucht, über sich und seine völlig absurden Überlegungen den Kopf zu schütteln, stattdessen hielt er einfach die Klappe, weil er noch immer um Fassung und Gelassenheit rang. Wo war die nur hin verschwunden? So seltsam hatte er sich noch nie gefühlt. Nicht, dass er sich daran erinnerte jedenfalls.

Vielleicht wurde er krank? Eine Grippe? Das würde auch erklären, warum seine Beine sich so wackelig anfühlten und sein Magen so flau.

Janne fuhr sich mit der Hand durch die Haare und atmete tief ein und wieder aus, während Lara aufstand. »Das sind gute Neuigkeiten«, erklärte sie mit einem zaghaften Lächeln, das sie nicht weniger schön aussehen ließ.

»Was?«

»Na, dass der Boden okay ist. Einmal abschleifen, würde ich sagen, und ein bisschen Öl, dann sieht's hier super aus. Ein kleiner Läufer drauf und man hat ein hübsches Ambiente.«

»Ambiente«, wiederholte er und konnte ihr nicht ganz folgen, was leider damit zu tun hatte, dass ihn ihre sinnlichen Lippen ablenkten, von denen er seinen Blick nicht losreißen konnte.

Herrgott noch mal, schimpfte er sich und vergrub seine Hände in den Hosentaschen. Nicht, dass er dem Verlangen doch noch nachgab und mit seinen Fingerspitzen über ihre hohen Wangenknochen strich, um zu sehen, ob die Haut sich wirklich so sanft anfühlte, wie sie aussah.

»Ja.« Sie winkte verlegen ab. »Ich weiß, ist noch zu früh. Ich verliere mich gern mal in Details. Ich hab neulich sogar schon Tutorials angeschaut, wie ich aus Treibholz eine Garderobe basteln könnte. Ist total albern, aber als ich am Strand so ein paar angeschwemmte Hölzer gefunden habe, da fand ich es wahnsinnig spannend, dieses Strandflair auch in die Ferienwohnungen zu bekommen. Oje«, sie lachte nervös. »Tut mir leid, ich plappere schon wieder ... Ich halte jetzt besser die Klappe: Lass mal überlegen. Tapete, die wäre als Nächstes dran, oder willst du im zweiten Zimmer den Teppich rausreißen, ehe wir die Wände attackieren?«

Janne rührte sich nicht. In seinem Kopf tauchte immer wieder das Wort Treibholz auf. Wusste sie, dass er in seiner Werkstatt damit arbeitete? Nein, woher sollte sie. Er hängte das nicht an die große Glocke. Trotzdem, das war merkwürdig, konnte es wirklich nur Zufall sein?

»... ich würde ja sagen, dass zuerst die Tapeten hier ab

sollten, oder?«, hörte er Lara jetzt plaudern. Sie wandte sich zu ihm um und guckte ihn erwartungsvoll an. Es kam ihm nicht so vor, als hätte sie das Treibholz absichtlich ins Spiel gebracht, um ihn zu beeindrucken. Er wusste nicht, ob er es großartig oder beängstigend finden sollte, dass sie diese Idee entwickelt hatte – wo er es selbst liebte, Dinge daraus zu erschaffen.

Ohne es zu wollen, oder gar verhindern zu können, fand er Lara mit jeder Stunde, die er mit ihr verbrachte, anziehender – nicht nur körperlich. Es jagte ihm ein wenig Angst ein. Ihm wurde heiß, und er schob sich die Ärmel seines Flanellhemdes zurück. »Jap, lass uns die Tapeten lösen. Hast du was von dem Tapetenlöser da, den man im Baumarkt bekommt? Damit geht es um einiges schneller.« Er trat an die Wand und fuhr mit den Fingerspitzen über die hässlichen Muster.

Lara trat neben ihn und zeigte auf das kleine Tattoo auf seinen Unterarm. »Emilia? Ist das deine Ex-Frau? Oje, auch noch auf den Arm gebrannt. Ich hab nie verstanden, warum Leute das tun ... Aber es gibt ja zum Glück Cover-Ups ...«, plauderte sie gut gelaunt und fand sich offenkundig irre witzig.

Janne zuckte zurück und stolperte über seine eigenen Füße. Er fing sich gerade noch. »Nein«, erwiderte er barsch und rollte das Hemd wieder herunter. Das war privat. Viel zu privat. Es stand Lara nicht zu, Witze zu machen. Sie hatte keine Ahnung. Nicht mal ansatzweise. Und er wollte keinesfalls darüber reden.

Lara zuckte die Schultern. »Oh, entschuldige. Ich wollte nicht ...« Sie riss die Augen auf und ihr Lächeln erstarb.

Er hob eine Hand. »Lass es, okay?« Er wich ihrem Blick aus und rührte sich nicht von der Stelle. Wo er eben noch Wärme und vielleicht sogar Hoffnung in sich gespürt hatte, war jetzt nur noch Schmerz. Sein altbekannter Begleiter.

Es kam ihm unwirklich vor, dass er für einen Moment vergessen hatte, warum er sich nie mehr vollständig fühlen konnte. Fast so, als hätte er seine Tochter damit verraten.

»Janne«, sagte Lara leise, ihre Blicke trafen sich. »Es tut mir leid, wenn ich ins Fettnäpfchen getreten bin.«

Er schluckte. Der Kloß in seinem Hals war riesengroß. »Alles okay.« Er schaute auf seine Armbanduhr. »Du, ich hab vergessen, dass ich noch einen Termin habe. Ich muss los. Ich komme morgen früh wieder. Bis dann, Lara.«

Ohne auf eine Antwort zu warten, hastete er aus dem Haus zu seinem Auto. Kalter Schweiß stand ihm auf der Stirn. Aus dem Augenwinkel nahm er wahr, dass eben neben ihm ein anderes Auto mit Münchener Kennzeichen geparkt hatte, aus dem ein Typ in glänzender Daunenjacke und teuren Jeans ausstieg. Gleichzeitig sah er Lara ums Haus kommen. »Janne …«, rief sie und blieb mit offenem Mund stehen, als sie den Neuankömmling entdeckte. »Philip«, krächzte sie, und Janne sah, dass sie blass wurde. Aha, dann kannte sie den Kerl also.

Janne wollte in diesem Moment nicht eins und eins zusammenzählen. Aber noch während er in sein Auto stieg und den Motor anließ, kapierte er, dass dieser Philip vermutlich der Grund war, warum Lara an die Ostsee gezogen war. Und jetzt war der Typ hier, um sie zurückzuholen.

Janne legte den Rückwärtsgang ein und rollte zurück, dann brauste er nach Hause, wo er die Tür mit einem lauten Krachen hinter sich zuschlug. Er hatte keine Ahnung, warum er so heftig reagiert hatte, als Lara sein Tattoo berührt hatte. Es war kein Geheimnis im Ort, dass er hier lebte, weil seine Ehe nach dem Tod ihrer gemeinsamen Tochter zerbrochen war. Er hatte gedacht, dass der Buschfunk Lara längst mitgeteilt hatte, dass man ihn besser nicht auf das Thema ansprach. Anscheinend hatte er sich getäuscht, denn ihre Reaktion war nicht gespielt gewesen. Und seine auch nicht.

Janne taumelte wie ein angeschossenes Reh in die Küche und goss sich eine Handbreit Whiskey in einen Tumbler, dann setzte er sich an den Tisch und trank das Glas in einem Zug aus. In seiner Kehle brannte es genau wie in seinem Magen. Das Feuer konnte leider nicht den Schmerz in seinem Herz überdecken.

Janne zog sein Handy hervor und schaute sich Bilder von seinem Mädchen an. Sie war noch so klein gewesen, nur ein paar Wochen, als Nicole und er gemerkt hatten, dass etwas nicht stimmte. Dass sie schläfriger war als andere Kinder, weniger aufmerksam, motorisch weit hinter den gleichaltrigen Babys. Die Diagnose Hirntumor hatte schließlich alle wie ein Schlag getroffen, noch schlimmer war der Moment gewesen, als sie erfahren hatten, dass Emilias Tumor nicht chirurgisch behandelt werden konnte und sie früher oder später daran sterben würde. Er hielt bei einem Foto inne, auf dem seine Tochter auf seiner Brust ruhte und schlief. Er selbst döste auch. Nicole hatte das Bild aufgenommen. Es war ein schöner Moment gewesen, so friedlich und voller Liebe. Janne hatte seiner Tochter alles gegeben, was ihm möglich gewesen war.

Zu begreifen, dass das nicht ausreichte, um sie gesund zu machen, hatte ihm das Herz gebrochen. Sie hatten als Eltern nicht mehr tun können, als ihre Tochter in den Tod zu begleiten, ihr das Gefühl zu vermitteln, dass sie über alles geliebt wurde. Die Ehe war erst später zerbrochen, auch weil Janne mit Nicoles Art zu trauern nicht klargekommen war. Er fand, dass sie Profit daraus geschlagen hatte. Bereits mit der Schwangerschaft hatte Nicole auf Instagram ihr Leben inszeniert, das hatte er schon anstrengend, aber okay gefunden. Als Emilia im Sterben gelegen hatte und Nicole weiterhin Bilder von ihr gepostet hatte, war das zu viel für Janne gewesen. Aber sogar nach Emilias Beerdigung hatte seine Ex immer weitergemacht. Noch ein Posting. Noch ein Bild. Sie musste der ganzen Welt zeigen, wie tief ihr Schmerz ging, anstatt sich ihm mitzuteilen. Dass sie damit noch ziemlich gut verdiente, indem sie Werbung für bestimmte Produkte und Firmen machte, hatte er schließlich nicht mehr mit ansehen können. Das war zu viel, es war ihm vorgekommen, als würde sie den Tod seiner Tochter zu Geld machen.

Nicole hatte ihm wiederum vorgeworfen, dass es nicht fair wäre, ihr das übelzunehmen. Sie war der Meinung gewesen, dass das die einzige Möglichkeit für sie wäre, klarzukommen, indem sie anderen Eltern mit ihren Worten und Bildern über genau diese Situationen half. Janne stimmte dem nicht zu. Überhaupt nicht.

Und so waren sie nach dem Tod ihrer Tochter auch noch als Paar gescheitert. Ihre Liebe hatte die schlechten Zeiten nicht überdauert.

Janne schluckte schwer, und eine Träne rollte über seine Wange. Gott, er vermisste seine Tochter so sehr. Gleichzeitig war er wütend, dass Emilia nie die Chance auf ein eigenes, selbstbestimmtes Leben gehabt hatte. Mit ihr war ein Teil von ihm verloren gegangen, den nichts und niemand ersetzen konnte. Janne bereute die Ehe mit Nicole nicht, denn ohne sie hätte es keine Emilia gegeben, ohne sie hätte er nie erfahren, was es bedeutete, Vater zu sein. Einen Menschen mehr zu lieben als sich selbst. Umso größer war sein Schmerz, als er sich hatte eingestehen müssen, dass er allein war. Machtlos. Dem Schicksal ausgeliefert. Gebrochen, am Ende.

Ein Bild tauchte so plötzlich in seinem Kopf auf, dass er zusammenzuckte. Janne sah Lara vor sich und dachte an den Moment zurück, in dem er kurz geglaubt hatte, dass vielleicht doch noch Hoffnung für ihn bestand. Worauf, das wusste er selbst nicht genau, aber er verstand, dass er sich damit getäuscht hatte.

Janne schüttelte den Kopf über sich selbst und wischte sich wütend über das Gesicht. Vermutlich lag Lara in dieser Sekunde ohnehin glücklich in den Armen des Schicki-Lacki-Kerls, der mit seinem dicken BMW aus München gekommen war, um sie zu holen. Er hoffte, dass sie mit ihm glücklich würde. Sie war eine Person, die es verdient hatte, geliebt und umsorgt zu werden. Zumindest das hatte Janne schon nach der kurzen Zeit, in der er sie kannte, begriffen.

Die Zukunft lag wie ein unbeschriebenes Blatt vor Lara, und sie konnte etwas daraus machen. Für Janne war das nicht möglich, seine Vergangenheit holte ihn mit jedem Atemzug ein, mit jedem Blinzeln, in dem er sich wünschte, dass sein kleines Mädchen noch bei ihm wäre, gesund und munter.

Er hatte jetzt in diesem Moment genau zwei Möglichkeiten: sich bis zur Besinnungslosigkeit zu betrinken oder rauszugehen und sich den frischen Duft der See um die Ohren pusten zu lassen. Er stand auf, zog sich wieder an und marschierte zum Hafen. Er ging an Bord von Oles Kutter und fuhr damit hinaus. Wind blies ihm um die Nasenspitze, Gischt spritzte über die Reling.

Das Tuckern des Dieselmotors und die sanften Wellen der Ostsee gaben ihm ein Stück seines Seelenfriedens zurück. Janne schaute gedankenverloren in den Himmel, atmete tief ein und aus. Was für manche Menschen so selbstverständlich war, fiel ihm in Momenten wie diesen schrecklich schwer. Weiterzuleben kam ihm manchmal nahezu unmöglich vor.

Kapitel 10

Lara wusste gar nicht, wo ihr der Kopf stand. Zu Hause hatte sie es nicht länger ausgehalten, obwohl sie wirklich genug zu tun hatte. Aber seit gestern war einfach zu viel passiert, und sie hatte dringend raus gemusst. Jetzt saß sie, nach getaner Physiotherapie, bei Helena und trank eine heiße Schokolade mit Sahne. Dazu futterte sie ein Stück Schokoladentorte.

Sie wollte nicht an Janne denken, tat es aber doch. Sie war am Morgen sogar extra am Strand entlang spaziert, weil sie gehofft hatte, dass sie ihm auf ihrem Weg zum Café vielleicht begegnen würde. Sie wusste mittlerweile, dass er gerne am Vormittag joggen ging. Aber außer ein paar wetterfest angezogenen Hundebesitzern war ihr jedoch niemand begegnet. Ob er diesen Moment gestern auch so intensiv erlebt hatte? Sie würde ihn gern danach fragen, andererseits hatte sie Angst davor, wenn er ja sagen würde. Nicht jetzt, entschied sie und schaute ins flackernde Licht. Auf den kleinen Tischen brannten Kerzen, es war schon überall weihnachtlich geschmückt, am kommenden Wochenende war der erste Advent. Eigentlich hatte sie überhaupt keine Zeit zu plaudern, aber sie wollte noch nicht los, zurück in ihre einsame Kate.

»Was ist?«, fragte Helena sie jetzt und setzte sich mit einer Tasse Tee zu ihr an den Tisch, weil sonst nicht viel los war und sie sich einen Augenblick nehmen konnte.

»Hm?«, Lara guckte auf.

Helena lächelte milde. »Du hast so tief geseufzt. Was ist los?«

Lara rührte mit ihrem Löffel in der Sahne und überlegte, wo sie anfangen sollte. »Gestern stand auf einmal mein Ex auf der Matte.«

Helenas Augen weiteten sich vor Erstaunen. »Ui. Wieso das denn? Kam das so plötzlich?«

»Tja, plötzlich? Kann ich nicht sagen. Ich habe drei Jahre darauf gewartet, dass er seine Frau verlässt.« Ihr wurde unangenehm warm. »Ich bin nicht stolz darauf, aber mir hat er immer erzählt, dass die Ehe am Ende ist und er sie verlassen will. Die alte Leier. Ich war einfach dumm.«

Helena umfasste ihre Tasse und sagte nichts, ihre Miene drückte aber keinen Ärger oder Hohn aus, sondern sie wirkte so, als wollte sie wirklich gern hören, was Lara zu sagen hatte. Der Knoten in Laras Magen löste sich ein wenig, als sie weitersprach. »Und dann stand er mit gepackten Koffern vor meiner Tür. Buchstäblich.«

»Stand? Wo ist er denn jetzt? Hast du ihn umgebracht und zerstückelt?«

»Keine schlechte Idee, aber nein.« Lara rieb sich mit der Hand über die Stirn. »Ich hab' ihn weggeschickt.«

»Du willst ihn nicht zurück? Dass er den weiten Weg hierher auf sich genommen hat, heißt ja schon was.«

Lara schüttelte den Kopf. »Nein, ich hab' genug von ihm. Es ist zu spät. Er will mich jetzt nur, weil ich ihn verlassen habe, wenn man das so überhaupt sagen kann. Wahrscheinlich will sein gekränktes Ego das nicht auf sich sitzen lassen. Ich hab die Nase voll, von Männern im Allgemeinen.« Sie dachte an Janne und daran, dass sie den ganzen Morgen gehofft hatte, dass er auftauchte. Sie hatte sogar einen Zettel angebracht, dass er anrufen sollte, falls sie nicht da wäre. Aber womöglich wollte er sie nicht sehen. Er hatte seine eigenen Schlüsse gezogen, obwohl das wohl kaum der Grund sein konnte, dass er nicht gekommen war. Immerhin hatte er klar und deutlich gesagt, dass er nur helfen wollte und sonst nichts.

Aber was, wenn das nicht stimmte?

Und wieso gefiel ihr dieser Gedanke?

Gott. Sie war so was von verwirrt. Es war alles zu viel. Viel zu viel.

»Ich mache einfach immer alles falsch«, stöhnte Lara und stopfte sich ein Stück Kuchen in den Mund.

»Wie meinst du das?« Helena verstand das natürlich nicht. »Wo ist denn dein Ex jetzt?«

»Ich weiß es nicht. Ich hab ihm gesagt, dass er hier nicht einfach unangemeldet auftauchen kann und dass ich ihm nichts mehr zu sagen habe. Er war nicht begeistert – immerhin sind es fast neunhundert Kilometer aus München, aber das ist ja nicht mein Problem. Ich muss endlich mal konsequent sein in meinen Entscheidungen. Und das mit Philip, das ist aus.«

»Und jetzt bereust du es?«

Lara lachte kurz auf. »O nein, im Gegenteil. Ich fühle mich sehr befreit, vielleicht hört das Rindvieh jetzt endlich auf mich anzurufen. Philip will immer das, was er gerade nicht haben kann. Wenn ich wieder mit nach München kommen würde, wären wir schneller im alten Trott, als ich bis zehn zählen kann. Er behauptet zwar, dass er seine Frau verlässt, dabei bin ich mir fast sicher, dass er ihr gesagt hat, dass er übers Wochenende auf eine Tagung fahren muss.«

Helena verzog ihre Lippen. »So einer ist das also?«

Lara nickte. »Ja, leider hab' ich das zu spät kapiert, erst nachdem ich drei Jahre vergeudet habe.«

»Das tut mir leid.«

Lara winkte ab. »Ach was, ich will nicht über die Vergangenheit jammern. Jetzt ist er ja weg, und ich denke nicht, dass er noch mal wiederkommt. Trotzdem fühlt es sich komisch an, irgendwie.«

Lara erinnerte sich an den gestrigen Abend, sie hatte Philip nicht mal ins Haus gebeten, sondern ihm direkt klargemacht, was sie von seinem Besuch hielt: »Du bist umsonst hergekommen. Es ist aus«, hatte sie zu Philip gesagt, und er hatte sie angeglotzt wie eine Kuh auf dem Weg zum Schlachthof. Vielleicht hatte sie ihn nie wirklich geliebt und war auch immer nur auf der Suche nach etwas gewesen, das sie nicht haben konnte. Sie sah es jetzt klar vor sich, als hätte jemand einen Schleier gelüftet. Lara war auf der Suche nach Glück gewesen, aber tief in sich, war sie immer unglücklich gewesen. In erster Linie musste sie sich erst einmal *selbst* glücklich machen, ehe jemand anderes das tun konnte.

»Eine Trennung ist immer mies«, meinte Helena jetzt und riss Lara aus ihren Gedanken.

Lara pickte ein Stück Torte mit der Gabel auf und überlegte, ob sie Helena wegen Janne und seiner seltsamen Reaktion nach ihrem Spruch über das Tattoo fragen sollte. Die wusste doch sicher Bescheid. Sie hatte von Torben gehört, dass die beiden sich hin und wieder zum Angeln trafen. »Du hast mir doch Janne geschickt, oder?«, fing sie an und trank einen Schluck von ihrem Kakao.

»Ähm, ja. Wieso? Frau Beeck war letztens hier, und wir haben ihn gefragt. Janne hilft hier und da immer wieder mal aus, er ist ziemlich geschickt. Ist irgendwas?«

»Na ja«, fing Lara an und rührte in ihrer Tasse. »Es ist irgendwie seltsam.«

»Was denn, nun sag schon!«

»Ich war ja überrascht, dass er mir so plötzlich behilflich sein wollte.«

Helena grinste. »Kann ich mir denken.«

»Zuerst konnten wir uns nicht wirklich leiden«, fuhr Lara fort.

»Wie kann man denn Janne nicht mögen?«

Lara seufzte leise. »Er hat mich ziemlich plump angemacht, als er noch gedacht hat, ich wäre eine Touristin und nicht eine neue Einwohnerin.«

Helena verschluckte sich an ihrem Tee und lachte dann prustend. »O mein Gott, wie lustig! Stille Wasser, ich sag's ja!«

Lara verdrehte die Augen. »Als er kapiert hat, dass ich jetzt hier wohne, sah das gleich ganz anders aus. Aber gut, das haben wir überwunden.«

»Aha«, kommentierte Helena. »Und wo ist das Problem? Ach! Du stehst doch auf ihn.«

Lara atmete zischend ein. »Ähm. Nein. Ganz sicher nicht.« Vermutlich wurde sie gerade rot wie eine Tomate. Sie war noch nie eine gute Lügnerin gewesen.

»Na, wie du meinst. Was ist dann los?«

»Gestern beim Arbeiten, da habe ich sein Tattoo gesehen. Wer ist Emilia?«

Helenas Lächeln erstarb. Sie formte ein lautloses Oh und atmete dann leise aus, sagte aber nichts, also fuhr Lara fort. »Ich habe einen blöden Witz gemacht, von wegen, wie dämlich man sein muss, dass man sich den Namen der Ex-Frau tätowiert hat und dass es doch Cover-ups geben würde.«

Helenas Augen wurden untertassengroß. »Ach du Scheiße.«

»Ja, so in etwa hat er auch reagiert und ist dann weggerannt. Ich konnte nicht hinterher, um das zu klären, weil ich ja Philip abwimmeln musste.« Lara raufte sich die Haare.

»Oha. Das klingt kompliziert.«

»Was hat es mit dem Tattoo auf sich?«

Helena war ernst geworden. »Janne hatte eine Tochter, sie ist gestorben.«

Lara ließ ihre Kuchengabel scheppernd fallen. »O nein.« Sie begriff jetzt das volle Ausmaß ihrer unbedachten Bemerkung. Wie hatte sie Janne bloß so vor den Kopf stoßen können? Nur, weil sie mal wieder schneller geredet als gedacht hatte. Dumm. Mehr als das. »Zefix«, murmelte sie jetzt. »Wie kann ich das nur wiedergutmachen?«

Helena kratzte sich am Kopf und überlegte. »So gut kenne ich ihn nicht, er ist sehr verschlossen, und über Privates redet er eigentlich nie. Trotzdem kennt man natürlich seine Geschichte irgendwie, sein Opa war von hier und seine Mama, er hat das Haus von ihm übernommen.«

Lara verstand jetzt viel mehr, und es war ihr unsäglich peinlich, wie sie sich aus Unwissenheit verhalten hatte. »Was soll ich denn jetzt machen? Zu ihm gehen und mich entschuldigen? Er hatte gesagt, dass er heute Morgen wiederkommen wollte, aber er ist nicht aufgetaucht, und dann hab ich es nicht ausgehalten und bin hergekommen.«

Helena legte ihr eine Hand auf den Arm. »Oje, ich sehe schon. Du hast dich doch ein bisschen in ihn verguckt.«

Lara riss die Augen auf. »Was? Nein!«

Helenas mitfühlender Blick sprach Bände. Sie sagte nichts weiter dazu, aber es war klar, was sie dachte. Janne würde vielleicht mit ihr ins Bett gehen, aber sich nie emotional auf sie einlassen. »Gib ihm ein bisschen Zeit, er beruhigt sich schon wieder. Du konntest es ja nicht wissen.«

»Gott, das ist mir so unangenehm«, brummte Lara und stopfte sich den Rest der Torte in den Mund. »Dann meinst du nicht, dass ich zu ihm gehen und mich entschuldigen sollte?«

»Letztlich geht es nicht um das, was du gesagt hast, Lara,

sondern darum, dass er den Tod seiner Tochter nicht verkraftet. Janne kommt aus einer gut situierten Familie, die haben ein Windkraftunternehmen in Rostock, da war er in der Geschäftsführung tätig. Er hat das alles aufgegeben, um hier wie ein Einsiedlerkrebs zu leben und den Leuten auf seine Weise zu helfen. Er braucht diese Reparaturen nicht, um sich zu finanzieren, Lara, aber es tut ihm gut, sich zu beschäftigen.«

Wieder ein Puzzlestück, das Lara gefehlt hatte. Daher die Diskussion über den Stundenlohn. Trotzdem kapierte sie vieles noch nicht. »Also lieber nicht hingehen und mich entschuldigen?«

»Keine Ahnung, ich würde mal ein, zwei Tage verstreichen lassen.« Helena zuckte hilflos die Schultern.

»Na gut, dann höre ich mal auf deinen Rat. Auf mein Bauchgefühl ist ja irgendwie kein Verlass.« Sie holte einen Schein aus dem Portemonnaie und wollte bezahlen, aber Helena hielt ihre Hand fest. »Süße, du kommst ständig und hilfst Torben, ist es nicht eher so, dass ich dir was schuldig bin?«

Lara schüttelte den Kopf. »Nein, ich mach' das gern.«

»Und ich gebe dir gern ein Stück Kuchen aus.« Sie zwinkerte und stand auf, als Kundschaft in den Laden kam.

»Ich muss dann mal wieder, wenn ich das richtig sehe, kommen heute bestimmt noch ein paar Leute aus dem Dorf, denen ich den Rücken einrenken soll.«

Helenas Augen blitzten. »Ja? Läuft das?«

»Dachte mir schon, dass du auch in dieser Sache dahintersteckst.« Sie lachte.

»Es sind ein paar Handwerkerfrauen dabei«, erklärte Helena mit einem wissenden Lächeln.

»Ja, hab' ich schon gemerkt. Bin echt mal gespannt, worauf das noch hinausläuft.«

»Du könntest doch eine Praxis eröffnen, nur mit Ferienwohnungen wirst du dich auf die Dauer langweilen. Also, ich meine, wenn die mal fertig sind.«

Lara stöhnte. »Wenn es nur schon so weit wäre! Und eine eigene Praxis? Ich weiß nicht. Da hat man ja ganz schön Verantwortung, ich bin nicht so die Finanzexpertin, und Buchhaltung und all das liegt mir nicht.«

Helena tätschelte ihre Schulter. »Du kannst, glaube ich, mehr, als du dir zutraust, meine Liebe. Sag mal, könntest du uns beim Weihnachtsbasar helfen? Wir haben da so eine kleine Bude im Zentrum und verkaufen frische Lebkuchen und Törtchen zum Mitnehmen.«

»Äh, klar, wann denn?«

»Am dritten Adventswochenende.«

»Na klar, du kannst auf mich zählen.«

»Danke, du bist großartig.«

Lara erwiderte nichts darauf, aber als Helena sie in ihre Arme zog, ließ sie es geschehen. »Ich bin froh, dass du hergezogen bist«, sagte sie, und Lara spürte, dass sie es so meinte.

»Ich auch«, erwiderte sie und nahm dann den Weg über den Strand zurück. Dunkle Wolken zogen über den grauen Winterhimmel. Es wurde heute nicht einmal richtig hell. Das sanfte Rauschen der Wellen war wie jedes Mal beruhigend und vermittelte Lara das Gefühl der unendlichen Weite, der Endlosigkeit. Jeden Tag, immer wieder, folgte Ebbe auf die Flut, das war faszinierend für sie, die am Rande der Alpen aufgewachsen war. Es roch frisch und ein bisschen nach Seetang. Sie vergrub ihre Hände in den Hosentaschen und marschierte gedankenverloren zurück. Sie spürte, dass sie jeden Tag kräftiger wurde, die harte Arbeit und die langen Spaziergänge stärkten nicht nur ihren Körper, sondern halfen ihr auch mental, mit dem Chaos ihres Lebens fertig zu werden. Sie konnte verstehen, warum Janne diesen Ort gewählt hatte, um nach dem schrecklichen

Verlust klarzukommen. Sie hatte gar nicht gefragt, wie alt sein Kind gewesen war. Und was geschehen war. Es tat ihr leid, dass er das hatte erleben müssen. Auch ohne selbst Mutter zu sein, wusste sie, dass es für Eltern das Schwierigste sein musste, diesem Schicksal hilflos ausgeliefert zu sein.

* * *

Drei Tage war es her, seit Janne aus Laras Haus gestürmt war. Drei Tage, in denen er mehrfach auf dem Weg zu ihr gewesen und wieder umgekehrt war. Er hatte total überreagiert, und jetzt wusste er nicht, wie er es ihr erklären sollte, weil er genau das nicht wollte: reden. Schon gar nicht über Emilia oder alles, was er in seinem Leben vermisste und was unwiederbringlich verloren war.

Janne schlüpfte in seine Laufklamotten und joggte los. Der Nebel war an diesem Morgen so dicht und hing so tief über der See und dem Strand, dass er kaum mehr als ein paar Meter sehen konnte. Es war ihm egal, er kannte den Weg. Schritt für Schritt. Immer weiter. Es ging immer weiter, wenn er aufhörte zu denken, auch zu fühlen. Gefühle waren was für die Helden, er war nicht stark. Er war verloren.

Janne rannte schneller, bis er sich nur noch darauf konzentrieren konnte, nicht zu stürzen und dafür zu sorgen, dass genügend Sauerstoff in seine Lungen kam.

Als er nach zwei Stunden wieder zu Hause ankam, war er durchgeschwitzt, aber fühlte sich etwas besser. Befreiter.

Der erste Advent fiel in diesem Jahr auf das letzte Novemberwochenende. Nicht, dass es ihm wichtig wäre. Aber seine Mutter hatte ihm eine Nachricht geschrieben und ihm einen schönen ersten Advent gewünscht, nachdem sie angerufen hatte und er nicht drangegangen war. Nach einer heißen Dusche zog Janne sich warm an. Mit einer Wollmütze auf dem Kopf schleppte er die Kiste mit dem Weihnachtskram nach draußen. Er fing an, das Haus seines Großvaters zu schmücken, und kam sich reichlich dämlich dabei vor, aber es war an der Zeit, auch mal was für andere zu tun. Und seinen Eltern und seiner Schwester war es wichtig, dass es weihnachtlich und stimmungsvoll war, wenn sie zu ihm kamen. Vielleicht würden sie dann glauben, dass es ihm besser ging. Das wäre immerhin etwas. Sie hatten genug gelitten, und sie sollten sich nicht immer um ihn sorgen. Er wollte keine Bürde für seine Liebsten sein, denn sie waren alles, was er noch hatte. Familie war ihm immer wichtig gewesen, umso schlimmer war es gewesen zu sehen, dass seine eigene so früh zerbrochen war.

Janne kraxelte gerade auf eine Leiter, um eine Lichterkette an der Dachrinne zu befestigen, als jemand auf dem Fahrrad vorbeikam und anhielt. »Moin, Janne!«

»Hallo Rita«, grüßte er die ortsbekannte Ornithologin. Wie immer, war sie quietschbunt angezogen, als wäre das ihr Mittel, um dem Winterblues erst gar keine Chance zu geben.

»Was machst du da nur?«, wollte sie wissen.

»Ich dekoriere das Haus«, erklärte er mit einem schiefen Grinsen.

»Oha, das sieht ja spannend aus. So kenne ich dich gar nicht.«

Er zuckte die Schultern. »Meine Eltern und meine Schwester kommen Weihnachten hier raus, und die mögen es gern ein bisschen kitschig.«

»Ach, daher weht der Wind. Ich dachte schon, da ist vielleicht eine Dame im Spiel.«

Janne winkte ab. »Die einzige Frau, für die ich mich lächerlich mache, ist derzeit meine Mama.« Er lachte, und Rita stimmte mit ein.

»Das ist süß, Janne.«

Er wollte zwar nicht als süß bezeichnet werden, aber aus Ritas Mund konnte er das gerade noch akzeptieren. »Was machen die Kraniche?«

»Sind fast alle weg, wobei sie sich dieses Jahr wirklich Zeit gelassen haben, aber es war auch viel zu warm. Da sind sie noch geblieben. Für mich heißt es jetzt wieder Koffer packen bis zum nächsten Frühling.«

»Wenn du Hilfe brauchst, sag gern Bescheid.«

»Hast du nicht genug mit Laras Baustelle zu tun? War gerade bei ihr, um mich zu verabschieden.«

Er schob seine Mütze ein Stück hoch und kratzte sich an der Stirn. Sein schlechtes Gewissen wurde immer größer. »Ähm. Ja. Im Prinzip schon.« Wusste Rita, dass er gar nicht mehr da gewesen war? Ja, womöglich, vielleicht aber auch nicht. Letztlich kapierte Janne in diesem Augenblick, dass er nicht immer davonlaufen konnte, wenn ihm was nicht in den Kram passte.

»So, ich muss weiter, schönen ersten Advent. Und bis zum nächsten Jahr!«

»Mach's gut, Rita. Pass auf dich auf!« Janne kümmerte sich wieder um die Dekoration. Es dauerte gute zwei Stunden, bis er fertig war. Dann steckte er den Stecker in die Dose, und es gingen Hunderte von Lichtern an. »Puh«, stieß er hervor und schüttelte grinsend den Kopf. »Dann hab ich jetzt eben ein verrücktes Weihnachtshaus«, stellte er fest und wusste, dass es wirklich Schlimmeres im Leben gab als das.

Kapitel 11

Aus dem Radio dudelte »White Christmas« von Bing Crosby, und Lara summte leise mit, während sie den letzten Rest der Tapete abkratzte. Sie kam voran, viel langsamer zwar, als sie es mit Janne gewesen wäre, aber sie konnte es auch nicht ändern, dass er nicht hier war.

Es gab auch gute Nachrichten. Der Heizungsmonteur war tatsächlich bei ihr aufgetaucht und hatte die Steuerung mit einer gemurmelten Entschuldigung ausgetauscht und ihr dann einen schönen Tag gewünscht – vermutlich hatte sie diesen Besuch Janne zu verdanken. Immerhin. Das alte Ding lief wieder, und die Reparatur war nicht mal so teuer gewesen wie befürchtet. Sie ahnte, dass der Kerl ihr nur einen guten Preis gemacht hatte, weil er davon gehört hatte, dass sie Rückenleiden erfolgreich behandeln konnte. Lara hatte nicht die Nerven oder die Zeit, lange nachtragend zu sein, deshalb hatte sie Herrn Eilers hereingelassen und ihm auch gleich eine Behandlung verpasst. Dabei hatte sie es sich allerdings nicht nehmen lassen, richtig fest zuzudrücken, damit es wenigstens ein bisschen wehgetan hatte. Das hatte er verdient.

Lara gähnte. Zum Frühstück hatte sie eine Packung Lebkuchen geöffnet, nicht gerade gesund, aber zum ersten Advent hatte sie sich das gegönnt. Gemüse und Obst konnte sie auch später noch essen, wenn sie Zeit und Muße zum Einkaufen und Kochen hatte.

Also womöglich nie.

Lara verzog das Gesicht und ermahnte sich stumm, ihren Optimismus nicht jetzt zu verlieren. Also machte sie weiter. Während sie mit ihrem Schaber an einem besonders hartnäckigen Stück Tapete kratzte, dachte sie an Janne. Sie war enttäuscht, dass er nicht mehr zum Helfen aufgetaucht war, das konnte sie nicht leugnen. Letztlich bestätige das jedoch nur das, was sie über Menschen, und Männer im Speziellen, im Laufe ihres Lebens gelernt hatte: Versprechungen waren am Ende doch nur heiße Luft und lösten sich bei der erstbesten Gelegenheit auf wie Nebel in der Sonne.

»Ja, so ist es«, murmelte sie und schabte noch ein bisschen energischer.

»Hallo?«

Lara wirbelte herum. »Jessas«, stieß sie atemlos hervor, als sie in Jannes Gesicht schaute. Wo kam der denn auf einmal her?

Oder bildete sie sich seine Erscheinung im giftigen Tapetenlöserdampf womöglich nur ein? Sie war versucht, sich zu kneifen, gleichzeitig fiel ihr der alte Satz ein: wenn man vom Teufel spricht. Das war ja beinahe schon unheimlich, wie lautlos er hereingekommen war. Ja, klar, die Tür war nicht abgesperrt gewesen, aber trotzdem ...

Er zeigte mit dem Daumen hinter sich. »Die, äh, Tür war nur angelehnt, da dachte ich, es wäre okay einzutreten.«

Lara ließ die Kelle sinken und war immer noch dabei, um Fassung zu ringen, daher war alles, was sie hervorbrachte ein »Aha«.

»Ich, ähm, wollte mich bei dir entschuldigen«, erklärte er jetzt. Sein Adamsapfel hüpfte.

Er wollte sie um Verzeihung bitten? Lara kniff die Augen zusammen. »Entschuldigen«, wiederholte sie selten dämlich.

Janne räusperte sich und zog dann Jacke und Mütze aus. Er trug Arbeitsklamotten und Sicherheitsschuhe. »Ja. Es tut mir leid, Lara, ich hab neulich ein wenig überreagiert.«

Langsam kam sie zu sich, und ihr fiel ein, dass sie sich selbst bei ihm für ihren blöden und gedankenlosen Spruch entschuldigen musste. »Mir tut es leid«, meinte sie leise und ging einen Schritt auf ihn zu, warum wusste sie selbst nicht. Aber was sie wusste, war, dass ihr Herz noch immer schneller schlug. Viel zu schnell. Und das lag nicht an seinem überraschenden Auftauchen, sondern an seiner Gegenwart. Lara brauchte sich nicht länger etwas vorzumachen, der Mann hatte etwas an sich, dem sie sich nicht entziehen konnte. Er roch himmlisch und sah noch besser aus. Wenn sie nicht aufpasste, könnte sie sich in ihn verlieben, und das wollte sie auf gar keinen Fall.

Janne guckte ernst, es fiel ihm sichtlich schwer, das zu sagen, was ihn bedrückte. »Es tut mir leid, dass ich dich in den letzten Tagen hängen gelassen habe, Lara. Das ist eigentlich nicht meine Art, aber …«

Sie hob eine Hand und unterbrach ihn. »Du, das ist okay, ehrlich.« Sie streckte ihm ihre Hand hin. »Schwamm drüber?«

Er zögerte keine Sekunde, und sie sah, dass sich seine Mundwinkel ganz leicht nach oben bewegten. Dann lächelte er tatsächlich. »Schwamm drüber.« Er nickte und griff herzhaft zu.

Lara spürte seine Kraft, seine Wärme und seine erstaunlich zarte Haut auf ihrer. Ein Kribbeln durchlief ihren ganzen Körper und sammelte sich in ihrem Unterleib. Sie schluckte und rang sich ein Lächeln ab, dann zog sie ihre Hand zurück. »Schön«, krächzte sie. Lara wollte nicht, dass er diese Wirkung und damit eine gewisse Macht über sie hatte. Aber sie konnte es auch nicht verhindern – und für seine Hilfe war sie tatsächlich dankbar. Es war sicher das Beste, einfach zur Tagesordnung überzugehen und ihre körperlichen Reaktionen zu ignorieren. Und alles andere auch.

Das Herzflattern.

Das Kribbeln im Bauch.

Die weichen Knie.

»Heizung läuft wieder?«, fragte er schließlich, und sie war dankbar für diese Gesprächsmöglichkeit. Ihr Kopf war leider so leer wie ein ausgeräumtes Regal.

»Ja, du hattest recht. Es war tatsächlich die Steuerung«, gab sie lakonisch zurück, während sie um Fassung rang.

»Freut mich, dass sie wieder läuft. So, wo kann ich mit anpacken?«

Sie räusperte sich. »Die Tapeten müssen hier und drüben noch runter. Dann ist der erste Streich geschafft, und wir können mit dem Malern loslegen. Ich habe mich auch noch nicht darum gekümmert, wer den Boden abschleifen könnte, kennst du jemanden?«

»Unter Umständen«, erwiderte er und fing mit der Arbeit an. »Ich überlege mal.«

Der Waffenstillstand fühlte sich gut an. Sehr gut. Und mit Jannes Hilfe kamen sie wirklich viel schneller voran. Es werkelte sich einfach motivierter, wenn man nicht alles allein machen musste. Sie plauderten nicht viel, wenn, dann waren es nur belanglose Themen, die sie anschnitten, und nichts, das irgendwen verletzen könnte. Lara war froh darüber, gleichzeitig fühlte sie sich ständig ein wenig auf der Hut, um nicht noch einmal alles zu verderben. Oder noch schlimmer: sich ihm an den Hals zu werfen.

Am frühen Abend, es war längst dunkel draußen, stöhnte Janne auf.

Sie wirbelte herum. »Was ist? Hast du dir wehgetan?«

Er schüttelte den Kopf und hielt sich den Bauch. »Nee, aber wenn ich nicht bald mal was zu Essen kriege, falle ich um. Du musst dir mal eins merken«, meinte er mit einem spöttischen Grinsen auf den Lippen, das verdammt sexy war. »Die Helfer muss man immer mit genügend Futter und Kaffee bei Laune halten. Wie schaffst du das nur den ganzen Tag, ohne was im Bauch zu haben?«

Lara verzog ihre Lippen. Tatsächlich merkte sie jetzt, dass sie auch Hunger hatte. Sie war es gewohnt, dann zu essen, wenn Zeit und Gelegenheit dazu war, und nicht, wann ihr Magen es ihr sagte. Das hatten Dienstpläne und eine verkorkste Kindheit mit stets leerem Kühlschrank so an sich, aber das behielt sie für sich. »Sapperlot, das tut mir leid, hätte ich dran denken müssen. Ich hab nichts da, ich gehe davon aus, du möchtest dich nicht von Lebkuchen ernähren?«

»Lebkuchen, äh, nee. Davon werde ich nicht satt.« Er rieb sich über den flachen Bauch.

»Gibt es hier einen Pizzaservice?«, erkundigte sich Lara.

Janne lachte. »Du lebst ja nicht auf einer einsamen Insel. Hast du das noch nicht herausgefunden?«

Sie schüttelte den Kopf und zückte ihr Handy. »Jetzt ja. Was willst du, und wo finde ich die Nummer?«

»Lass mal, ich kann das organisieren. Ich nehme eine Pizza mit Salami und Chili. Und du?«

»Irgendwas, ich bin nicht so wählerisch. Nur keinen Fisch.«

»Magst du den nicht?«

»Nur Fischstäbchen, aber die sind auf Pizza eh nicht drauf.«

Janne schüttelte fassungslos den Kopf und seufzte. »Das gibts doch nicht. Du wohnst an der Küste und isst keine Meeresfrüchte?«

Lara machte eine hilflose Geste. »Äh, nein? Was ist, werde ich jetzt gesteinigt?«

»Ich koche mal für dich. Es gibt wirklich nichts Besseres als eine frisch gefangene Scholle oder Dorsch.«

Lara verzog ihren Mund. »Ich weiß nicht. Bestell mir lieber erst mal eine Pizza Hawaii.«

»Na gut, aber im Ernst, Lara. Es geht nicht, dass du hier wohnst und Fischstäbchen isst.« Er sah dabei so verzweifelt aus, dass sie lachen musste. »Verdammt, ich habe hier kein Netz«, brummte er.

Am Ende bestellte doch Lara die Pizza vom Festnetzanschluss aus. Während sie warteten, setzten sie sich bei einer Tasse Tee in ihre nun gemütlich warme Küche. »Jetzt hast du deinen ganzen Sonntag hier verplempert«, meinte sie und guckte aus dem Fenster in die dunkle Nacht.

»Das macht nichts, wirklich, wir haben auch einiges aufzuholen.«

Die Stille im Raum wurde ohrenbetäubend, Lara wusste einfach nicht, was sie sagen konnte, ohne zu persönlich zu werden. Sie wollte keinesfalls noch einmal in so ein tiefes Fettnäpfchen treten wie vor ein paar Tagen. Also stand sie auf und schaltete das Radio an. »O heilige Mutter«, stöhnte sie, als Mariah Carey aus voller Kehle »All I want for Christmas is you« schmetterte.

Janne wackelte mit den Augenbrauen. »Zu viel für dich? Sag bloß, du magst Weihnachten nicht? Aber hier ist doch ein Adventskranz, übrigens kannst du die erste Kerze heute anzünden, hast du irgendwo ein Feuerzeug?« Er schaute sich in der Küche um.

Lara stand auf und holte eines aus der Schublade, dann setzte sie sich ihm wieder gegenüber, und kurz darauf leuchtete die erste Kerze auf dem Kranz. Komisch. Es gefiel ihr, mit einem attraktiven Mann, hier zu sitzen und einfach zu plaudern. Selbst, wenn es belangloses Zeug war.

»Weihnachtsmuffel oder Weihnachtsfreak?«, wollte er mit einem Funkeln in den Augen wissen, das ihm gut stand. Überhaupt wirkte er heute sehr gelöst, beinahe schon fröhlich. Sie fühlte sich wohl bei ihm, mit ihm. Aber sie wusste, dass sie auf der Hut sein musste. Eine Gedankenlosigkeit, und die entspannte Stimmung konnte wieder ruiniert werden. Sie wählte ihre Antwort mit Bedacht, auch, weil sie nicht zu viel über sich preisgeben wollte. Sie hasste es, wenn Leute Mitleid mit ihr hatten, oder noch schlimmer, wenn die Augen sensationslüstern funkelten, wenn sie von ihrem prominenten Vater erzählte, der nichts von ihr hatte wissen wollen.

»Weihnachten war für mich nie besonders schön«, gab sie daher ausweichend zurück. »Aber dieses Jahr mache ich alles nur für mich. Daher der Kranz, aber irgendwie hab' ich vergessen, dass heute der erste Advent ist.«

Janne betrachtete sie mit einer seltsamen Mischung aus Neugier und Wärme, die ein süßes Ziehen in ihrer Mitte auslösten. Hastig trank sie einen Schluck Tee. Er guckte sich um. »Wo sind dann die blinkenden Lichterketten und all das?«

Sie grinste. »So groß war mein Budget dann doch nicht, um ehrlich zu sein. Ich muss ein bisschen sparen. Aber drüben im Wohnzimmer habe ich noch Kerzen über dem Kamin, ein bisschen Tannengrün und rote und goldene Kugeln.«

»Keinen Baum?«

»Selbst, wenn ich einen wollte, wäre das viel zu früh. Aber nein, ich denke, das lasse ich sein.«

»Kommt deine Familie zu Besuch an Heiligabend?«

Lara hätte es kommen sehen müssen, aber sie war dennoch auf diese Frage nicht vorbereitet. »Ähm, nein, ich denke eher nicht.« Himmel, sie war eine erbärmliche Lügnerin. Wieso sagte sie nicht einfach, dass sie keine mehr hatte?

Dass ihre Mutter eine hoffnungslose Säuferin geworden und daran zugrunde gegangen war, nachdem ihr prominenter Liebhaber sie sitzen gelassen hatte? Nein, lieber nicht.

Das Türbimmeln erlöste sie. Halleluja, dachte sie und stand eilig auf.

Als sie mit den Pizzen zurückkehrte, hatte Janne offenbar vergessen, was er fragen wollte, oder ihm genügte die vorausgegangene Antwort. Er hatte in der Zwischenzeit zwei Teller aus dem Schrank geholt und auf den Tisch gestellt, dazu gab es Leitungswasser. »Ein Festmahl«, scherzte Lara. »Guten Appetit. Tut mir leid, dass ich nicht mal Saft oder Cola da habe.«

»Danke! Wasser ist nach der vielen Arbeit wirklich okay.« Janne hatte schnell große Stücke Pizza verschlungen. Lara war noch nicht mal mit der Hälfte fertig, als er seinen Karton bereits von sich schob.

»Willst du was von mir?«, bot sie ihm an.

»Ich möchte dir nichts wegfuttern.«

»Bedien dich bitte, echt. Ich bin schon lange satt.« Das stimmte zwar nicht ganz, aber sie hatte ein schlechtes Gewissen, dass sie nicht genug bestellt hatte.

Nach dem Essen arbeiteten sie weiter. Die Stimmung war gelöster zwischen ihnen, obwohl sie noch immer mit den Gesprächen nur an der Oberfläche kratzten. Gegen elf verabschiedete sich Janne mit dem Versprechen, am nächsten Tag gleich um neun da zu sein. Das war schon beinahe vertraut. Angenehm. Sie freute sich darauf, ihn morgen wiederzusehen.

Ein bisschen zu sehr vielleicht.

»Danke, das ist echt toll von dir.« Betretenes Schweigen machte sich erneut zwischen ihnen breit, weil Lara nicht wusste, ob sie ihn umarmen sollte oder nicht. Wäre er ein Freund, würde sie es tun. Aber das war er nicht, obwohl sich doch so etwas wie Vertrautheit zwischen ihnen eingestellt hatte. Sie konnte nicht sagen, was es war, aber sie spürte, dass es eine Verbindung zwischen ihnen gab, die sie nicht genau beschreiben konnte. Weil sie jedoch nicht wusste, ob es nur sexuelles Verlangen oder mehr war, rührte sie sich nicht und blickte zu ihm auf.

In seinen Augen standen Fragezeichen, und sie fragte sich, ob es ihm auch so erging? »Gute Nacht, Lara. Danke für den Tag.«

Ihr Magen zog sich sehnsuchtsvoll zusammen. Aber ihr Bauch war noch nie ein guter Ratgeber gewesen, deshalb versuchte sie es zu ignorieren. »Du bist jederzeit willkommen«, scherzte sie.

Für eine Sekunde glaubte sie, dass er sie küssen würde, doch dann machte er auf dem Absatz kehrt und ging davon.

Lara schloss die Tür und lehnte sich mit der Stirn von innen gegen das kühle Holz. Mist, ohne es zu wollen, hatte sie sich doch ein wenig in ihn verguckt. Sie musste höllisch aufpassen, dass sich daraus nicht ein Desaster entwickelte – denn darin war sie Spezialistin.

* * *

Janne pfiff leise vor sich hin, während er vierundzwanzig kleine Päckchen an eine Schnur reihte und die Nummern mit einem Filzstift darauf malte. Er kam sich seltsamerweise gar nicht blöd vor, während er einen Adventskalender für Lara bastelte. Er hatte keine Ahnung, ob sie der Typ dafür war, aber er glaubte es, auch wenn sie bei seiner Frage eher zurückhaltend gewesen war. Normalerweise wurde in seiner Werkstatt weniger filigran gearbeitet, aber das Basteln bereitete ihm keine Mühe, es machte ihm sogar Spaß. Überhaupt fühlte er sich heute so gut wie schon lange nicht mehr. Als er etwas später fertig war, betrachtete er sein Werk. Gut, die Geschenke waren nicht perfekt eingewickelt, aber darum ging es ja nicht. Es waren auch nur Kleinigkeiten, die er vorhin beim Einkaufen besorgt hatte, Schokolade, Duftöl, Kerzen, Bücher. Warum er das machte, wusste er selbst nicht so genau. Er redete sich zumindest ein, dass er Lara eine Freude machen wollte, weil er sie neulich im Stich gelassen hatte. Als er auch noch erfahren hatte, dass sie Weihnachten ohne ihre Familie feierte, hatte er beschlossen, dass sie eine kleine Aufmerksamkeit verdient hatte.

Er fragte sich, warum ihr das Thema unangenehm war. Möglicherweise hatte Lara sich mit ihren Leuten gestritten, oder es gab andere Gründe dafür. Er schätze Lara als den Typ Mensch ein, die ihre Sorgen und Ängste tief in sich verschlossen hielt, genau wie die Einsamkeit, deswegen hatte er nicht weiter nachgefragt. Niemand wusste besser als er, dass man über manche Dinge lieber schwieg, bis man irgendwann – oder nie – damit klarkam.

Er hatte keine Ahnung, was der genaue Grund für seinen Basteleifer war, aber er merkte, dass es ihm Freude bereitete, etwas für sie zu organisieren, worüber sie sich hoffentlich freuen würde. Ohne dass sie es explizit ausgesprochen hatte, hatte er gespürt, dass sie dankbar für seine Hilfe war und dass sie seine Anwesenheit schätzte. Er musste zugeben, dass es ein großartiges Gefühl war, gebraucht zu werden.

Janne rieb sich über das unrasierte Kinn und überlegte, was er sagen sollte, wenn er ihr das Ding nachher überreichte. Das war etwas, was ihm mehr Kopfzerbrechen bereitete. Er war kein Mann der großen Worte, war er noch nie gewesen, und schon in seiner Vorstellung klang alles, was er sagen könnte, albern oder dumm. Am liebsten würde er ihr die Tüte einfach wortlos übergeben, aber das ging natürlich nicht.

Janne schritt in der Werkstatt auf und ab und schaute schließlich unentschlossen aus dem Fenster. Zum ersten

Mal seit Tagen sah man mal wieder etwas vom blauen Himmel. Sonnenstrahlen bahnten sich ihren Weg durch dicke Wolken. Ohne eine Antwort auf seine Überlegungen bekommen zu haben, lud er alles in seinen Wagen und fuhr zu Lara. Er traf sie in der Wohnung an, wo sie in der Küche zugange war. Die Haustür war mal wieder nur angelehnt gewesen, was in der Gegend völlig normal war. Der Adventskalender lag noch in seinem Auto.

»Moin«, grüßte er und trat näher.

Sie schaute auf. »Hey, guten Morgen.«

»Was ist aus dem Grüß Gott geworden«, scherzte er, und seine Mundwinkel zuckten.

Lara winkte ab. »Ich passe mich an.«

»Schade, ich mag dein Bayerisch.«

Ihre Augen wurden ein wenig größer, und ihre Lippen formten ein Lächeln. Janne spürte, wie sich etwas in ihm löste, nur ein wenig, aber es kam ihm vor, als wäre die Temperatur im Raum gerade um ein paar Grad gestiegen. Nicht unangenehm, im Gegenteil. »Servus, du Saupreuß«, witzelte sie und richtete sich auf. »Besser?«

Janne lachte. »Ähm, nee. Sag mal, was machst du da eigentlich?«

»Ich beklebe die Küchenschränke mit einer Folie.«

»Ja, das sehe ich. Und warum?« Er hob eine Augenbraue.

»Das nennt man verschönern mit kleinen Mitteln. Ich habe kein Geld, um die Fronten austauschen zu lassen, fürs Erste muss es also so gehen. Ich finde eigentlich, dass es ganz okay ausschaut. Und für die Fliesen habe ich auch was besorgt, da kommt auch etwas in Weiß drüber, das nennt sich selbstklebende Fliesenfolie.«

Janne war überrascht, wie weit sie mit ihren detailreichen Planungen schon war. »Was es nicht alles gibt! Spannend.«

Sie guckte ihn mit gerunzelter Stirn an. »Es gefällt dir nicht?«

»Doch, wird bestimmt cool, wenn das Braun verschwindet. Ich kann mir das nur noch nicht so konkret vorstellen. Was kann ich machen, um zu helfen?«

»Du könntest mir ein bisschen mit dem Anreichen der Folie zur Hand gehen und festhalten, vier Hände schaffen das besser als zwei, und dann können wir nachher mit dem Streichen weitermachen, wobei ich fast glaube, dass das mit dem Bekleben lange dauern könnte.«

»Kein Problem, ich habe Zeit.«

Lara hielt inne und schaute zu ihm auf. Ihre Augen schimmerten wie zwei tiefe Seen, er verlor sich für einige wortlose Sekunden darin. Sie räusperte sich und lächelte verlegen. Dann hatte sie es also auch gespürt. Ja, da war er fast sicher. Dennoch – sie wussten beide, dass es keine gute Idee war, einem erotischen Impuls zu folgen. »Ich bin echt dankbar, dass du mir ein bisschen unter die Arme greifst. Also, nicht ein bisschen, ziemlich viel. Heute Vormittag hatte ich außerdem schon zwei Patienten, wenn ich das doch mal so sagen darf.«

»Dann hast du doch schon viel geschafft.«

Sie zuckte die Schultern. »Ich habe es auch ein bisschen eilig, um ehrlich zu sein. Wenn die erste Wohnung fertig ist, muss ich Bilder machen und eine Website anlegen und die Apartments bei den einschlägigen Portalen registrieren.«

»Ein D-Zug ist ja nichts gegen dich«, scherzte er.

»D-Zug, lustig. Kennt das noch wer?«

»Hat meine Oma früher immer gesagt, leider lebt sie schon lange nicht mehr.«

Er betrachtete Lara, die nicht mehr so strahlend lächelte wie zuvor. Sobald man etwas Persönlicher wurde, war es, als ließe sie ein Rollo fallen. Janne wollte schon eine Weile nach ihrem Besucher fragen, aber da er den BMW nicht mehr gesehen hatte, war er davon ausgegangen, dass er vielleicht falsche Schlüsse gezogen hatte und der Typ doch nicht ihr Freund gewesen war. Oder was auch immer. Warum dachte er überhaupt jetzt daran? Janne war verwirrt über seine Reaktionen und Gedanken.

Das geschah zudem immer häufiger in ihrer Nähe, dass er keine klaren Schlüsse mehr ziehen konnte.

»Sollen wir weitermachen?«, wechselte sie abrupt das Thema, und er nickte nur mechanisch, weil er zu beschäftigt mit sich selbst war.

Für eine Weile arbeiteten sie schweigend, immer wieder berührten sie sich unbewusst, und Janne könnte schwören, dass ein permanentes Knistern im Raum lag, das nicht nur er allein fühlte. Laras Wangen waren gerötet, sie roch zauberhaft, und er könnte ihr stundenlang zuhören. Wie sie das »R« rollte, welche seltsamen Wörter sie in ihrem Dialekt benutzte. Es war schön, bei ihr zu sein. Mit ihr. Nur ein bisschen anstrengend war es, dass er ständig mit seinem Verlangen und den körperlichen Folgen zu kämpfen hatte. Ein Glück trug er eine Hose, in der das nicht so deutlich zu sehen war.

»Zeit für einen Snack«, unterbrach sie seine Grübeleien und erschreckte ihn sogar ein wenig.

»Huch? Was ist mit dir los? Wo ist die Lara, die erst was isst, wenn das Tageslicht verschwunden ist, und wo hast du sie hingebracht?« Es sollte wie ein Zitat aus einem Film klingen, aber er erinnerte sich nicht genau und jetzt, wo er es ausgesprochen hatte, kam er sich irgendwie doof vor.

Lara lachte trotzdem. »Komm einfach mit. Ich habe was vorbereitet.«

»Ui, jetzt bin ich aber gespannt.«

»Keine Bange, es ist nichts Kompliziertes, ich kann nicht besonders gut kochen.«

Sie zupfte an seinem Hemd, und er folgte ihr wie ein Hengst der Stute – das traf es ganz gut, nur dass er sich besser im Griff hatte. Schließlich konnte er sie nicht einfach bespringen.

Schade eigentlich. Vielleicht würde das etwas von dem verdammten Druck lösen!

Nein.

Meine Güte, was dachte er da eigentlich. Zum Glück ahnte Lara nichts von seinen Ideen, während sie in ihre Küche rübergingen. Sie füllte Wasser in einen Topf und warf eine beachtliche Menge Würstchen hinein. Dann holte sie Senf, Butter, saure Gurken und Graubrot hervor und deckte mit flinken Bewegungen den Tisch. »Kein Festmahl, aber zum Sattwerden reicht es erst mal, hoffe ich.«

Bildete er sich das ein, oder färbten sich ihre Wangen ein wenig rosa? Ja, doch. Sie war verlegen. Der Impuls, sie gegen den Kühlschrank zu drücken und ihr zu sagen, wie heiß er ihre schüchterne Art fand, war riesengroß. Er tat es dennoch nicht.

Janne setzte sich mit einem leisen Seufzen an den Tisch und verschränkte seine Finger ineinander. Während er überlegte, wie er mit dieser sexuell aufgeladenen Stimmung umgehen sollte, tänzelte sie durch den Raum. Vielleicht ging es nur ihm so. Janne war irritiert, so kannte er sich nicht. Ja, sicher, er hatte gern Sex, aber so ausgeliefert war er seinem Begehren nie gewesen. Er schluckte. Und das am helllichten Mittag. Dann schüttelte er über sich selbst den Kopf. Als ob die Tageszeit dabei eine Rolle spielte. Eher nicht. Nicht, wenn man mit jemandem wie Lara im Raum war jedenfalls.

Er trank das Glas Wasser in einem Zug aus und überlegte. Er könnte ein paar Leute fragen, ob sie mithelfen würden. Die wussten es zwar nicht, aber sie würden, ohne es zu wissen, als Anstandswauwaus fungieren. Aber wollte er das überhaupt?

Kapitel 12

Als Lara am nächsten Morgen die Haustür öffnete, um einen kleinen Spaziergang am Strand zu machen, wäre sie beinahe über etwas gestolpert. »Was ist denn das, in drei Teufels Namen?«, fluchte sie und bückte sich.

»Oh«, stieß sie hervor, als sie in die Papiertüte schaute. Ein Kärtchen lag obenauf, sie zog es heraus. »Ein Adventskalender vom Nikolaus«, dahinter war ein Smiley gezeichnet.

Kein Absender.

»Wie süß«, quietschte sie und freute sich wie verrückt. Morgen durfte sie das erste Päckchen öffnen. Helena war doch wirklich ein Schatz! Warum hatte sie nicht geklingelt, sie hätte doch hereinkommen können. Womöglich war es zu früh gewesen, oder zu spät. Sie hatte keine Ahnung, aber Lara würde sich nachher bei ihr bedanken. Jetzt wollte sie kurz frische Luft schnappen, ehe die Rückenschmerzgeplagten aus dem Dorf auftauchten und gegen Eier und Brot behandelt werden wollten. Tatsächlich bekam sie immer mehr Anfragen, sodass sie überlegte, ob Helenas Ratschlag mit der Praxis womöglich gar nicht so dumm gewesen war. Ein zweites Standbein wäre gar nicht so verkehrt, aber mit dem Gedanken an die Selbstständigkeit musste sie sich erst einmal anfreunden, und natürlich gab es da einiges an Formalitäten zu klären. Vermutlich war es auch nicht gerade umsonst, so ein Gewerbe anzumelden und um eine Zulassung zu erhalten, würde sie ein gewisses Maß an Equipment haben müssen, damit die Krankenkassen Rechnungen anerkannten, das alles war irre kompliziert. Die Ferienwohnungen waren natürlich auch eine Art von Gewerbe, aber der Verwaltungsaufwand dazu hielt sich im Vergleich zu einer Praxis deutlich in Grenzen.

Lara seufzte und ging los. Das klang schon zu kompliziert in ihrem Kopf. Dann doch lieber für ein paar Eier und Brot arbeiten, auch wenn sie tief in ihrem Inneren wusste, dass das nicht für immer genügen würde. »Mal sehen«, brummte sie und genoss es, den Sonnenaufgang am Strand zu erleben. Das unruhige Meer wogte im steten Rhythmus, der eiskalte Wind vertrieb auch das letzte bisschen Müdigkeit.

Es war kurz vor dem Mittag, als Lara Geräusche hörte, die nicht nur ein einzelner Mensch verursachen konnte. Sie war gerade mit der Folienbekleberei in der Küche fertig geworden und bestaunte ihr Werk. Eigentlich war sie kein Fan von Kunststoff, aber in dem Fall war sie begeistert. Die ganze Optik war eine andere, es war hell und freundlich geworden, obwohl die Wände noch nicht gemalert worden waren. Wirklich super, dachte sie. Da störten die alten Fliesen auf dem Boden nicht mal mehr so sehr, zum Glück waren die nicht gemustert. Ihre Mundwinkel bogen sich nach oben, und sie war gespannt wie ein kleines Kind. Was Janne wohl dazu sagen würde? Sie freute sich, ihm das Ergebnis zu präsentieren, nicht nur das, sie hatte auch Gefallen daran gefunden, Zeit mit ihm zu verbringen. Er war fast zu einem Anker für sie geworden, für jedes Problem hatte er eine Idee, wenn nicht sogar die Lösung. Dabei wusste Lara, dass sie nicht nur von seiner Kompetenz begeistert war, einfach alles an ihm zog sie magisch an.

Die Stimmen von draußen kamen näher, sie hörte, wie

die Haustür aufging. Lara trat in den Flur und staunte nicht schlecht, als sie Janne und drei weitere Männer sah, die hereinkamen.

»Moin«, grüßten sie unisono.

»Äh, Morgen«, erwiderte sie und ihr Blick wanderte zu Janne. »Hier bin ich, heute mit einem Helfertrupp.«

Er stellte die Bande vor, Maler und Verputzer und ein Elektriker. Lara lächelte und freute sich, gleichzeitig spürte sie so etwas wie Bedauern, weil sie nicht mit Janne alleine sein würde.

O Gott. Wie dämlich war sie eigentlich? Wäre sie wirklich bereit, auf Hilfe zu verzichten, nur um mit ihm in trauter Zweisamkeit arbeiten zu können? Sie hatte es genossen, auch die gemeinsamen Pausen und Mahlzeiten. Es war gut, mit ihm zu sprechen, und mindestens genauso gut, mit ihm zu schweigen.

Lara schluckte und rang sich ein Lächeln ab. »Wahnsinn, ich bin total überwältigt.« In der gleichen Sekunde fragte sie sich, ob sie sich die Hilfe leisten könnte.

Als könnte Janne Gedanken lesen sagte er. »Meine Freunde hier sind mir noch ein bisschen was schuldig, und du musst nur für das Material aufkommen.«

Lara machte große Augen. »Nicht dein Ernst.«

»Doch.« Janne legte ihr einen Arm um die Schulter und führte sie ins Wohnzimmer. »Mach dir keine Sorgen, Lara. Du hast gestern doch gesagt, dass die Zeit drängt, und da dachte ich mir, beschleunigen wir das Ganze doch ein wenig, dann kannst du über Weihnachten vielleicht schon beide Wohnungen vermieten.«

»Wie verrückt das alles ist.« Sie war gerührt und merkte, dass ihre Hände anfingen zu zittern. »Ich … ich weiß echt nicht, was ich sagen soll.« Zudem verwirrte sie seine Nähe, sein männlicher Geruch, die Kraft, die von ihm ausging. Ihre Knie wurden weich, und Lara konnte sich nicht mehr zusammenreißen. Sie brach in Tränen aus und warf sich in seine Arme. Janne war zunächst etwas steif, dann spürte sie, wie sich seine Arme um sie legten und sie festhielten. »D-das, das ist so nett …«, stammelte sie und schluchzte dabei. »I-ich weiß gar nicht, wie ich das wiedergutmachen kann …«

»Sch«, beruhigte er sie mit samtweicher Stimme, die einen Schauder an ihrer Wirbelsäule entlang jagte. »Alles okay, Lara, alles okay.«

Sie schmiegte ihre Wange an sein Hemd, hörte seinen schnellen Herzschlag und versuchte sich wieder in den Griff zu bekommen.

Ein Räuspern brachte sie zur Vernunft. Lara löste sich von Janne und wischte sich mit dem Ärmel über die Stirn. Sie grinste schief und guckte in die drei neuen Gesichter. »'Tschuldigung«, murmelte sie mit einem Lächeln. Dieses Mal war es echt. »Ich bin einfach so überwältigt.«

Die drei guckten, als wäre ihre Reaktion genau das, was sie von einer Frau erwarteten. Lara ließ sich davon nicht stören und schniefte noch einmal.

»Wo sollen wir loslegen, Meister und Meisterin?«, erkundigte sich einer, der die Hände in der Latzhose eingehängt hatte.

»Ich würde sagen, Hajo, du holst mal deinen Elektrokatalog, dann kann sich Lara neue Steckdosen und Schalter aussuchen. Und ihr beide fangt mit dem Malen an, die Farbe ist im Schuppen draußen, oder, Lara?«

Sie konnte nicht anders, als lediglich zu nicken. Die drei gaben zustimmende Laute von sich, und dann wurde gearbeitet. Hajo kam mit einem Katalog in die Küche und legte ihn auf die Arbeitsfläche. »Du kannst mal durchblättern, ich besorge das dann über den Großhandel. Weil du eine Freundin von Janne bist, mach ich dir einen Freundschaftspreis.« Er grinste und zwinkerte. Sie schätzte ihn auf Ende vierzig, er hatte ein kleines Bäuchlein und war nicht rasiert. Er sah ein bisschen wie ein Seebär aus.

Lara war noch immer ein wenig fassungslos über die plötzliche Hilfe, nachdem sie hier wochenlang zuvor quasi alleine hatte kämpfen müssen. Sie schaute das Prospekt durch, und mit jeder Seite wurde es schwieriger, denn die Auswahl war riesig. Lara fühlte sich beobachtet und blickte auf. Sie entdeckte Janne, der im Türrahmen stand und sie betrachtete. Ihr Herz setzte einen Schlag aus, um dann in doppeltem Tempo weiterzuschlagen. Der Ausdruck in seinen blauen Augen war so voller Wärme, dass ihr ganz anders wurde. Ihre Kehle war bereits trocken wie die Wüste nach einer langen Dürreperiode. Als sich seine Lippen auch noch zu einem Lächeln formten, war es endgültig um sie geschehen.

»Danke«, hauchte sie und wusste nicht, was sie sonst sagen oder tun sollte. Noch immer war es unwirklich, dass sich alles zum Guten wenden sollte. Dass sie ihren Zeitplan vielleicht einhalten konnte. Doch als das größte Geschenk empfand sie es, dass jemand etwas für sie tat, ohne eine Gegenleistung zu verlangen. Die Skeptikerin in ihr hegte zwar noch immer leise Zweifel, ob nicht doch noch irgendwo ein Haken auftauchen würde, aber diese Stimme wurde immer stiller, je länger sie Jannes eindringlichen Blick erwiderte. Die Atmosphäre war aufgeladen, daran änderte auch nichts, dass drei weitere Männer im Haus werkelten. Die Anspannung, das Kribbeln waren ständig präsent. Zu oft stellte sie sich vor, wie es wäre, wenn sie ihn in eine dunkle Ecke schieben und küssen würde, was sie natürlich nicht tat. Sie fühlte sich so lebendig und aufgekratzt wie schon lange nicht mehr.

* * *

Die Woche verflog im Eiltempo, und ehe Lara sich versah, war die erste Wohnung tatsächlich vollständig renoviert. Der Herd und der Kühlschrank waren bei beiden Apartments ein Problem, dem sie sich über kurz oder lang annehmen musste. Am liebsten wäre es ihr, wenn sie alles komplett fertig hätte und dann ihr Leben genießen könnte, aber sie ahnte, dass bei so einem alten Haus immer etwas zu tun sein würde. Es roch nach Farbe und nicht mehr nach Staub und der Vergangenheit. Mit den drei Helfern war frischer Wind in den Umbau gekommen, sogar die Steckdosen und Schalter hatte Hajo bereits ausgetauscht, weil sie etwas ausgewählt hatte, das auf Lager gewesen war. Alles in allem hatte sie diese Aktion nur zweihundert Euro gekostet. Es war längst dunkel draußen, und sie schätzte, dass es kurz vor achtzehn Uhr war. Lara hatte keine Pläne fürs Wochenende und schon gar nicht für einen Freitagabend. Die Aussicht, gleich allein vorm Kamin zu sitzen, war nicht übel, aber auch nicht gerade berauschend. Sie steckte so voller Adrenalin, weil in dieser Woche so viel Aufregendes mit dem Umbau passiert war, dass sie gar nicht wusste, wohin mit sich und ihren Gedanken. Lara beklebte gerade die Schränke in der zweiten Küche mit der Klebefolie, als sie spürte, dass jemand den Raum betrat.

»Das wars für heute«, erklärte Janne jetzt. »Die Jungs sind gerade los. Im Prinzip muss jetzt nur noch der Boden geölt werden, dann können die Möbel rein.«

Sie blickte auf und drückte sich aus der Hocke nach oben. »Wahnsinn. Das ist echt krass, wie rasant das jetzt ging.«

»Fachleute sind immer schneller.« Er lächelte und vergrub seine Hände in den Hosentaschen. Gerade fiel Lara kein einziger Grund mehr ein, warum sie Janne am Anfang nicht gemocht hatte.

»Ich kann immer noch nicht glauben, dass sie dir so einen großen Gefallen schulden.«

Janne schnalzte mit der Zunge. »Glaub es oder glaub es nicht, Fakt ist, dein Projekt ist einen großen Schritt weitergekommen.«

»Vielleicht öle ich den Boden jetzt gleich, dann kann das schön über Nacht einziehen.« Viele Möbel, die wieder aufgestellt werden mussten, waren am Ende nicht übrig geblieben. Dem Thema musste Lara sich auch noch stellen. Es genügte nun mal nicht, ein Bett in einer Wohnung stehen zu haben. Das Thema hatte sie zuletzt ganz gut verdrängen können, aber der Punkt kam näher, an dem sie sich um die Einrichtung kümmern musste. Später, sagte sie sich. Sie hatte so viel geschafft, das würde sie auch noch lösen.

»Du bist echt unermüdlich«, meinte er und schüttelte amüsiert den Kopf.

Sie zuckte die Schultern. »Ist nicht so, dass ich sonst viel vorhätte.«

Tatsächlich war es so, dass die Leute in der Adventszeit doch viel mit sich und ihren eigenen Familien zu tun hatten. Diese Woche hatte sie es noch nicht mal zu Helena ins Café geschafft, um sich für den Adventskalender zu bedanken. Das würde sie morgen Vormittag nachholen, daher wäre es nicht verkehrt, wenn sie jetzt noch eben die Dielen ölte, sonst verlor sie einen ganzen Tag. Ihr Rücken sagte allerdings was anderes, von den ungewohnten Arbeiten war sie total verspannt. Ein heißes Bad und früh schlafen zu gehen wäre auch nicht übel. Ihr Magen zog sich nervös zusammen, während sie sich vorstellte, wie sie mit Janne im Schaum abtauchte …

Nein!

Gott, wo war der Gedanke denn hergekommen? Sie biss sich auf die Unterlippe und schob sich eine Haarsträhne aus dem Gesicht.

»Wie wäre es, wenn ich einen schönen Fisch für dich

brate? Was ich hier gesehen habe, waren nur Pizzen und Würstchen. Du musst mal was Vernünftiges in den Bauch bekommen.«

Beinahe hätte sie gelacht, aber er hatte nicht unrecht. Sie verzog ihr Gesicht. »Ich weiß nicht«, meinte sie.

Janne trat einen Schritt näher und lachte. »Du vertraust mir nicht.«

Sie machte große Augen. »Doch, das ist es nicht. Aber Fisch?«

Er winkte ab. »Komm schon mit, wenn es dir nicht schmeckt, koche ich dir Nudeln mit Pesto.« Mit einer lässigen Kopfbewegung zeigte er zur Tür. »Es ist Freitag Abend, du musst mal Feierabend machen nach so einer langen Woche.«

Lara gab sich geschlagen. »Na gut. Aber beschwer dich nicht, wenn ich es dann nicht esse.«

Er klopfte ihr lachend auf die Schulter, während sie die Küche verließen. Lara löschte überall die Lichter und bekam das Grinsen gar nicht mehr aus dem Gesicht. Beim Rausgehen stolperte sie über die alte Garderobe. »Huch«, stieß sie hervor und prallte gegen Janne, der sie geschickt auffing.

»Hoppla«, murmelte er und sein Gesicht war ihrem so nah, dass ihr erneut der Atem stockte.

Himmel, er roch so gut. Mit einer hastigen Bewegung trat sie zurück und stieß einen derben bayerischen Fluch aus. Janne prustete los. »Du bist göttlich, Lara.«

Sie stimmte mit ein, obwohl es ihr noch immer ein wenig peinlich war. Mit den Handwerkern im Haus hatten sie, bis auf das eine Mal, wo sie in Tränen ausgebrochen war, stets einen gewissen Anstandsabstand eingehalten. Jetzt war das nicht mehr nötig, aber Lara fühlte sich unsicher. Sie guckte auf das Ding, über das sie beinahe gefallen wäre, und seufzte. »So hässlich«, brummte sie. »Aber ich will auch nicht alles wegschmeißen. Was denkst du, soll ich das Holz abbeizen und streichen, oder …?«

Sie schaute zu ihm auf und war froh, dass sie ein Thema gefunden hatte, das unverfänglich war. Womöglich war es keine gute Idee, mit zu ihm zu fahren. Was, wenn er glaubte, dass sie mit ihm ins Bett ging? War das vielleicht der Haken, auf den sie schon eine Weile gefasst war?

Lara wollte vorsichtig sein, sie hatte nicht vergessen, dass alle Männer in ihrem bisherigen Leben sie an einer Stelle bitter enttäuscht hatten. Sie kam nicht umhin zu glauben, dass es bei Janne auch so sein würde. Aber ihr Körper, vor allem ihr Unterleib, hätte nichts dagegen einzuwenden, etwas Spaß mit ihm zu haben. Andererseits, Janne hatte ihr keinen Grund gegeben anzunehmen, dass er noch immer mit ihr ins Bett wollte. Er hatte sich freundschaftlich ihr gegenüber verhalten, sie kannte den Unterschied. Das beruhigte sie ein wenig.

»Mein Opa hätte seine wahre Freude an dir«, meinte er gedankenverloren und ging in die Hocke, um sich die Garderobe anzusehen, die zuvor seit Jahrzehnten an der Wand gehangen hatte.

»Wieso?«

»Er war Tischler, bei ihm ist nichts im Ofen gelandet – oder sehr wenig jedenfalls.«

»Verstehe, dann hast du das Talent von ihm?«

»Talent?«, wiederholte er mit gerunzelter Stirn.

»Was du hier geleistet hast, war super«, erklärte sie.

»Ach, das meinst du.«

»Ja, was denn sonst?« Lara kapierte nicht ganz, warum er eben so komisch geschaut hatte. Jetzt lächelte er wieder.

»Die Werkstatt gibts noch. Was ist aus deiner Idee mit dem Treibholz geworden?«

»Ich habe ein paar Stücke gesammelt, aber es sind eben nur ein paar, da müsste ich noch mal ein Wochenende im Naturschutzgebiet verbringen«, plapperte sie munter weiter.

»Was spricht dagegen?«

»Ja, stimmt. Gar nichts. Aber ich bin nicht so geschickt und …«

»Ich helfe dir«, unterbrach er sie. »Und jetzt komm mit, du Nudel, ich sterbe vor Hunger.«

Lara lachte und konnte ihre Freude einfach nicht verbergen, dass mit ihm alles so unkompliziert war. Das hatte sie noch nie erlebt. Noch nie. Kein Wunder, dass alle im Dorf ihn nahezu vergötterten.

Kapitel 13

Janne hatte seinen Wagen aufgesperrt und wandte sich noch mal zu Lara um, weil er merkte, dass sie zögerte. »Was ist? Keine Angst, ich schwöre, dass du den Fisch mögen wirst«, versuchte er gut gelaunt zu scherzen. Die Aussicht, den Abend nicht alleine verbringen zu müssen, stimmte ihn wirklich fröhlich.

Lara guckte an sich herunter und rührte mit ihren Armen durch die Luft. Ihr Atem hinterließ kleine weiße Wölkchen in der eiskalten Luft. »Soll ich nicht kurz duschen?«

Er schüttelte den Kopf. »Mein Haus ist nicht hochglanzpoliert, komm schon mit. Ich verhungere, und so können wir gemeinsam stinken.«

Lara lachte. »Ja, das sagtest du bereits, dass du es von deinem Opa übernommen hast. Soll ich lieber mit meinem Auto fahren?«

Er schüttelte den Kopf noch einmal, ein wenig ungeduldiger. »Mach es doch nicht so kompliziert, ich bringe dich nachher zurück. Das ist echt kein Ding.«

»Na gut«, meinte sie und stieg zu ihm in den Lieferwagen.

Die Fahrt zu Janne dauerte nur ein paar Minuten, aber er spürte, dass sich etwas zwischen ihnen verändert hatte. Lara wirkte nervös, sie knetete die Finger in ihrem Schoß. Dass es nur am drohenden Fischgericht liegen sollte, glaubte er nicht. Sie hatten sich in den letzten Tagen prima verstanden, aber da waren sie selten bis nie allein gewesen. Womöglich lag es daran, dass sie Angst hatte, dass er über sie herfiel.

Janne nagte an der Innenseite seiner Wange. Wenn dem so war, dann hatte sie ein feines Gespür. Tatsächlich begehrte er sie noch immer. Vielleicht mehr denn je.

Vorgestern war ihm Torben über den Weg gelaufen, und Janne hatte ihn durch die Blume gefragt, ob er was von dem Münchner BMW-Fahrer von Helena wüsste. Torben hatte ihn ausgelacht und gefragt, ob er eifersüchtig wäre.

»Natürlich nicht, du Idiot«, hatte Janne erwidert. »Der Kerl war mir nur suspekt.«

»Das ist Laras Ex gewesen, aber das ist *finito*, da kannst du dir sicher sein. Sie hat ihn nicht mal reingelassen. Der Idiot ist neunhundert Kilometer umsonst gefahren.«

Janne hatte sich darüber gefreut. Sehr sogar. Gleichzeitig hatte er sich gefragt, was ein Mann verbrochen haben musste, damit Lara nicht mehr mit ihm redete. Womöglich hatte er sie betrogen. Ja, vermutlich. So ein Schwachkopf. Jemanden wie Lara gehen zu lassen.

Gleichzeitig musste sich Janne eingestehen, dass er zwar schon viele Stunden mit ihr verbracht hatte, er kannte jede Nuance ihres Lachens, wusste genau, wie ihre Augen funkelten, wenn sie wütend oder glücklich war. Aber über die Person Lara, über das, was sie in den Jahren ihres Lebens geprägt hatte, wusste er kaum etwas. Sie war ein Buch mit sieben Siegeln, und zum ersten Mal kapierte er, wie er mit seinem Schweigen auf andere wirken musste. Janne wollte mehr über sie erfahren, das war Fakt. Natürlich nur, weil er wissen wollte, mit wem er es zu tun hatte.

Aber so langsam glaubte er das nicht mehr. Es könnte mehr als Begehren sein, aber vielleicht täuschte er sich auch. Die aufsteigenden Gefühle bei dem Gedanken, es könnte ihn ernsthaft erwischt haben, raubten ihm nach wie vor die

Luft zum Atmen. Deswegen ließ er das Denken, so weit es möglich war, einfach sein.

Seine Nächte waren ruhiger geworden, seit er sie kannte. Es konnte natürlich auch an der vielen Arbeit liegen, aber Janne wusste es besser.

»So, da sind wir«, verkündete er und parkte den Lieferwagen in der Auffahrt.

»Ja, da legst di nieder«, stieß sie hervor und beugte sich zur Windschutzscheibe.

Janne grinste. »Ich weiß.«

Die Lichterketten blinkten und beleuchteten das ganze Grundstück. »Du bist mir eher wie ein Weihnachtsmuffel vorgekommen.«

»Tja, das war ich mal«, scherzte er und stieg aus.

»Jetzt hab' ich ein bisschen Angst, was mich drinnen erwartet.«

»Nicht so viel, zum Glück.« Tatsächlich hatte sich Janne schon länger gefragt, warum seine Mutter ihm über seine Schwester Sandra nur Dekozeug für außen geschickt hatte. Er ahnte, dass sie an Weihnachten – spätestens – noch eine Menge Kram für drinnen mitbringen würde. »Wenn du gleich reinkommst, denkst du dir bestimmt, dass wir bei mir weiter renovieren müssen«, witzelte er, dabei meinte er es ernst. Er hatte noch nie eine Frau mit nach Hause gebracht. Aber mit Lara war es was anderes, sie war keine seiner üblichen Bekanntschaften – die er lieber in ihrem Hotelbett glücklich gemacht hatte. Für Lara würde er wirklich kochen und sie nicht einfach flachlegen.

Gut, ein Teil von ihm wollte das auch, sehr sogar. Aber er war noch immer ein Mensch und konnte mit seinen Sehnsüchten umgehen, ohne sich auf sie zu stürzen.

Nicht dran denken, ermahnte er sich, sonst würde er gleich wieder mit einem Ständer herumlaufen. Wurzelbehandlung, denk an eine Wurzelbehandlung.

»Was sagst du?«, sprach Lara ihn an. »Hast du deinen Zahnarzttermin vergessen?«

Scheiße. Er hatte das eben nicht wirklich laut gesagt? Der Impuls, sich mit der flachen Hand gegen die Stirn zu schlagen, wurde riesengroß.

Er schloss die Tür auf, schaltete das Licht im Flur an und ließ ihr den Vortritt. »Bitte.« Es war besser nicht auf die Wurzelsache einzugehen.

Lara guckte weder skeptisch noch besonders begeistert, sie wirkte einfach zufrieden, dass sie da war. »Wo ist die Küche?«

Er schlüpfte aus Jacke und Schuhen und ging vor. »Schmeiß dein Zeug einfach irgendwo hin, wo du Platz findest.« Das dürfte nicht so schwer sein, denn so viel Kram hatte er nicht. Bei seinem Umzug aus Rostock hatte er die »guten Sachen« wie Anzüge, Lackschuhe und den ganzen Mist, den man als erfolgreicher Geschäftsmann brauchte, gar nicht erst mitgenommen. Sein Haus dort war seither unbewohnt, er hatte es nicht über sich gebracht, es mit allem, was drin war, zu verkaufen. Noch nicht. Seine Ex war ziemlich schnell nach der Trennung bei ihrem neuen Freund eingezogen. Ihr war es deutlich leichter gefallen, mit dem Leben weiterzumachen und neu anzufangen. Ein leeres Blatt aufzuschlagen, mit einem neuen Partner. Eine Beziehung, die ohne tragische Vergangenheit funktionierte. Janne hasste Nicole dafür, denn er fand, dass es Emilia gegenüber nicht fair war.

Von seiner Ex hatte er seit Ewigkeiten nichts gehört, und auf den sozialen Medien war er schon lange nicht mehr aktiv. Für ihn war es nicht so einfach wie für sie, sein altes Leben aus seinem Herzen zu streichen, und er musste sich das alles nicht noch täglich ansehen. Sie telefonierten vielleicht zu Emilias Geburtstag, aber auch das war dieses Jahr nur sehr kurz und knapp ausgefallen. Sie hatten sich nichts mehr zu sagen, und es war daher nur gut, dass niemand sich dazu zwingen musste.

Lara nieste und riss Janne aus seinen Gedanken.

»Gesundheit«, wünschte er. Dann verschwand er in der Küche und zog zwei Schollen aus dem Kühlschrank und legte sie auf ein Schneidebrett. »Traust du dich nicht rein?«, rief er in Laras Richtung.

Er hörte ihre leisen Schritte auf dem alten Boden. »Bin mir nicht sicher«, gab sie zurück. Ohne sie anzusehen, wusste er, dass sie grinste.

»Setz dich doch«, bot er ihr an. Seine Küche war nicht viel größer als ihre, dafür stand hier eine Menge mehr herum. Neben Kaffeemaschine über Toaster, Sandwichgrill, Mixer und einem Topf, in dem alle Löffel und Kochutensilien steckten, war kaum ein Plätzchen auf der Arbeitsfläche frei. Die Gardinen an den Fenstern waren uralt, und jetzt fiel ihm auf, dass man sie eigentlich wegschmeißen müsste, waschen alleine würde fast gar nichts bringen. Seltsam, dass er auf einmal anfing, darauf Wert zu legen. Das konnte nur an diesem Renovierungsfieber liegen. »Kann ich dir was zu trinken anbieten? Ein Glas Wein vielleicht? Ich müsste noch einen Grauburgunder im Kühlschrank haben ...«

»Äh, nein, danke«, erwiderte sie, und Janne schaute sich zu ihr um. Sie saß im Schneidersitz auf einem Stuhl am kleinen Esstisch, und er fragte sich, wie man diese Verrenkung auf dem wackeligen Ding nur bequem finden konnte.

»Okay. Möchtest du was anderes?«

»Vielleicht einfach ein Wasser, oder ein Glas Saft. Ich trinke keinen Alkohol.«

Er schaute überrascht. »Oh.« War sie womöglich schwanger? Nein, sie war gertenschlank. Er spürte, dass er die Luft angehalten hatte. Warum auch immer, aber der Gedanke an eine Schwangerschaft löste leichte Panik in ihm aus. Er konnte es bis heute nicht ertragen, Leute mit Babys oder glückliche Schwangere zu sehen, es zeigte ihm zu deutlich, was er verloren hatte.

Lara schob sich eine Haarsträhne aus der Stirn, sie hatte ihren Zopf gelöst. Ihre seidige Mähne fiel ihr über die Schultern und glänzte im schwachen Licht der Küchenlampe.

»Ich habe schlechte Erfahrungen gemacht. Oder, äh …« Sie zögerte, aber wich seinem Blick nicht aus. »Nicht ich habe ein Problem mit Alkohol, aber ich habe gesehen, was das Zeug aus einem Menschen machen kann, also habe ich es nie probiert.«

Janne ließ das Fischmesser sinken und fragte sich, von wem sie sprach. »Das tut mir leid.«

Lara seufzte leise. »Ach, das ist lange her.«

Er vermutete, dass der Vater womöglich ein Trinker gewesen war.

»Du kannst mich ruhig fragen«, meinte sie leise, fast schüchtern. Er spürte, dass sie Angst hatte, und Janne verstand genau, wieso. Mit der Wahrheit machte man sich verletzlich, er fühlte sich allerdings geschmeichelt und geehrt, dass sie ihm so weit vertraute und ihm davon erzählte.

»Du musst nichts erklären, wenn du nicht möchtest«, sagte er sanft, während er sich wieder dem Fisch widmete. Oft fiel es Leuten leichter zu reden, wenn sie nicht im Fokus standen. Ihm ging es jedenfalls so. Wenn er sich jemandem über seine Lage anvertraute, dann war das höchstens Torben, wenn mal wieder kein Fisch anbiss. In der Dunkelheit und der Stille der Nacht mit dem Rauschen des Meeres fiel es Janne leichter zu erzählen, dass er einsam war, aber keinen Ausweg sah. Von Torben wusste er, dass er die Klappe hielt, der Mann konnte einfach zuhören, ohne selbst ständig Kommentare abgeben zu müssen. Aber vielleicht tickte Lara ja ganz anders und wollte Zuspruch? Janne war sich nicht sicher, aber er würde es spontan und nach Gefühl entscheiden und hoffentlich keinen Fehler begehen, der das Verhältnis irgendwie belastete.

»Es gibt nicht so viel zu erzählen«, murmelte sie, es war beinahe ein Flüstern. »Meine Mutter hatte Liebeskummer; um ihren Schmerz zu vergessen, hat sie getrunken, und irgendwann ist es zur Gewohnheit geworden. Leider war sie keine Pegelsäuferin, die ihr Leben trotzdem noch im Griff gehabt hatte. Sie hat sich mit Korn zugrunde gerichtet. Es ist hart, wenn man als Kind schon erfährt, dass die Mutter den Schnaps mehr liebt als die eigene Tochter. Vom sozialen Abstieg will ich mal gar nicht anfangen. Ich hab mich früh um mich selbst gekümmert, sagen wir es mal so.«

Janne hatte glücklicherweise keine Erfahrung mit Suchterkrankten in der eigenen Familie, aber er stellte es sich schrecklich vor. Nach dem Vater traute er sich gar nicht mehr zu fragen, es klang nicht so, als ob sie noch in Kontakt mit ihm stünde. Wenigstens begriff er jetzt, warum sie Weihnachten alleine feierte. »Du hast keine Geschwister?«

Sie schüttelte den Kopf. »Nein, ich bin ein Einzelkind. In den letzten Jahren habe ich Weihnachten immer gearbeitet. Im Krankenhaus braucht man jeden Tag Physiotherapeuten, gerade nach gewissen Operationen ist es immens wichtig, sofort mit der Therapie zu beginnen, und ich als Single und kinderlose Frau hatte immer das Vergnügen, für den Dienst eingeteilt zu werden. Das war im Grunde ja auch okay.«

»Verstehe. Und dieses Jahr?« Dann war sie mit dem Kerl noch nicht lange zusammen gewesen, überlegte Janne, aber hielt die Klappe.

Lara schüttelte den Kopf und lächelte. »Es ist mein Ernst, ich komme gut mit mir selbst klar, ich mache es mir in meinem neuen Zuhause nett. Darauf freue ich mich. Es wird ein schönes Fest.«

Jannes Herz zog sich zusammen. Niemand sollte Weihnachten allein verbringen müssen, aber er traute sich auch nicht, sie zu sich einzuladen. Wenn seine Familie nicht hier aufschlagen würde – vielleicht. Es hätte angenehm werden können, ohne Stress, ohne Erwartungen. Er kapierte jetzt, dass Lara wegen ihrer Vergangenheit in manchen Punkten so zurückhaltend war, was sie nur sympathischer machte. Liebenswerter.

»Wenn wir uns ranhalten, bist du bis dahin vielleicht auch mit deinem Teil des Hauses fertig«, versuchte er sie ein wenig aufzuheitern, obwohl sie gar nicht niedergeschlagen wirkte. Möglicherweise wollte er auch nur sein Gewissen beruhigen.

Sie lachte. »Na, ich weiß nicht. Da gibt es noch viel zu tun, und oben sind ja auch noch Zimmer. Was gibts eigentlich zum Fisch dazu?«

Er merkte, dass sie das Thema wechseln wollte, und er war froh darüber. Die Stimmung hatte sich ein wenig verschoben, und es hingen ungesagte Worte – oder Einladungen – in der Luft, von denen er nicht sicher war, ob sie ausgesprochen oder unerwähnt bleiben sollten. Wenn sie jetzt übers Essen redeten, wäre das Problem damit gelöst. Oder verschoben. Was auch immer.

Janne ahnte, dass in ihrer Nähe immer die Gefahr bestehen würde, dass er Grenzen überschritt. Er fürchtete sich schrecklich davor, einen Schritt zu weit zu gehen, der alles, was sie sich aufgebaut hatten, zerstören könnte.

»Kartoffeln«, antwortete er knapp und wandte sich ab. »Ich hole die mal eben aus dem Keller.« Froh, einen Augenblick für sich zu haben, stapfte er nach unten und atmete tief durch, während er welche aus dem Vorratsraum von einem Jutesack in einen Topf füllte.

Bis das Essen fertig war, plauderten sie nur noch über Unverfängliches. Lara fragte viel. Sie erkundigte sich nach den Touristen und ihren Gewohnheiten, wann die Saison startete und wann man folglich mit den meisten Gästen rechnen konnte, was auch mit der Preisgestaltung der Vermietung zu tun hatte. Janne war zwar kein Experte, weil er selbst nichts mit Ferienwohnungen zu tun hatte, aber er war auch nicht blind. Natürlich wusste er, dass mit dem Frühling auch mehr Leute an der See Urlaub machen wollten.

Richtig spannend wurde es für ihn, als das Essen fertig war und er zwei Teller servierte. Laras Filet hatte er paniert – manchmal war es leichter, den Eindruck eines Nobel-Fischstäbchens zu vermitteln, bis die erste Skepsis überwunden war. Wenn es ihr schmeckte, hatte er noch ein Stück in der Pfanne, das nur meliert war. Er war ein wenig nervös, während er eine Zitrone aus dem Kühlschrank holte und sie in der Mitte mit einem Messer teilte. Er hoffte, dass sie sein Essen mochte.

»O Gott«, murmelte sie und schaute angsterfüllt auf ihren Teller.

Janne lachte herzhaft, dann setzte er sich an den Tisch. »Mahlzeit.«

Lara hob ihr Besteck zögerlich an, dann schnitt sie eine Kartoffel durch. »Ich fange mal damit an.« Sie grinste.

Janne aß langsam und beobachtete Lara immer mal wieder. Vor allem, als sie tatsächlich ein Stück Fisch abschnitt und mit der Gabel in ihren Mund beförderte, hielt er sogar den Atem an. Nicht nur, dass sie superheiß ausschaute. Er hatte keine Ahnung gehabt, wie sinnlich so eine Geste sein konnte. Es war auch ihre Reaktion, die er gespannt erwartete.

Lara kaute. Sie kaute. Und dann schluckte sie.

Er hielt inne und rührte sich nicht.

»Gar nicht mal so übel«, erklärte sie und grinste breit.

»Come on, Lara! Nicht so *übel*?« Er schüttelte prustend den Kopf. »Es schmeckt dir!«

Sie wackelte mit ihrem Kopf hin und her und nickte schließlich. »Hätte ich echt nicht gedacht.«

Er reckte eine Faust in die Höhe. »Ich freu' mich.«

Lara lächelte und aß noch einen Bissen. »Schmeckt sogar besser als echte Fischstäbchen.«

»Dafür könnte ich dich glatt küssen!«, platzte es aus ihm hervor.

Erst als Lara ihre Gabel mit einem Scheppern fallen ließ, merkte er, was er da gesagt hatte. Janne trank einen Schluck Wasser, während er überlegte, wie er aus der Nummer wieder herauskam. Er hatte keine Idee, sein Kopf war leer, also glotzte er einfach auf sein eigenes Filet und aß schweigend weiter.

Die Stille wurde ohrenbetäubend. Verdammt. Warum hatte er nur kein Radio angeschaltet? Janne stand auf und ging zur Bratpfanne. »Kann ich dir noch was bringen?«

»Ja, wieso nicht«, gab sie leise zurück. Also ging es ihr genauso. Janne wollte sich ohrfeigen, dass er mit so einem doofen Spruch die gute Stimmung kaputtgemacht hatte. Vielleicht reagierte er auch über, und sie war einfach müde.

Janne drehte sich langsam um und ging zum Tisch zurück. »So, bitte sehr. Macht sieben Mark fünfzig.«

Lara guckte irritiert, dann musste sie lachen. »An dir ist echt ein Komiker verloren gegangen. Mark? Hast du hier noch was versteckt?«

»Ostgeld meinst du?« Froh, dass der kleine Aussetzer von eben nicht alles ruiniert hatte, setzte er sich und futterte weiter.

»Stimmt ja, das ist mal DDR gewesen. Für uns aus Bayern ist ja alles nördlich von München zu weit weg.« Sie zwinkerte.

Nach dem Essen bot er Lara noch einen Kaffee an. Er wollte einfach nicht, dass der Abend schon endete.

»Nein, danke, ich bin total satt. Aber sag mal, wenn dein Opa Tischler war, dann gibts hier bestimmt Werkzeug, mit dem ich vielleicht das mit dem Treibholz für die Garderobe mal versuchen könnte?«

»Du denkst auch nur an den Job«, witzelte er und stand auf. »Ich zeig sie dir, wenn du möchtest.«

»Ehrlich?« Sie machte große Augen.

»Klar doch. Komm mit.« Sie schlüpften in Schuhe und Jacken und gingen über den Hof zur Werkstatt. Es war stockfinster draußen, nicht mal den Mond konnte man sehen. Zudem schien es, als wäre es noch mal ein paar Grad kälter geworden. Vielleicht gab es bald Schnee, die Luft roch jedenfalls danach. Janne hatte keinen Wetterbericht angesehen, aber er lebte hier lange genug, um Veränderungen selbst zu bemerken und deuten zu können.

Er öffnete die Tür und schaltete das Licht ein. »Tritt ein, bring Glück herein«, alberte er herum. Tatsächlich fühlte er sich gerade so unbeschwert wie seit Ewigkeiten nicht mehr. Über seiner neusten Skulptur hing ein weißes Laken, er war in den letzten Tagen nicht wirklich dazu gekommen, daran weiterzuarbeiten, aber das war auch nicht schlimm. Eigentlich war die Werkstatt nur ein Fluchtort, an den er sich zurückzog, wenn er sich schlecht fühlte. Mit Laras Gesellschaft brauchte er es derzeit gar nicht. Bis eben war ihm das nicht so bewusst gewesen.

»Oh«, stieß sie hervor, als sie drinnen war. Sie zog die Tür hinter sich zu, damit das bisschen Wärme aus der Garage nicht hinauszog. »Ziemlich ordentlich«, stellte sie fest.

Über den Werkbänken hingen die Werkzeuge in Reih und Glied an der Wand. Janne hatte alles von seinem Großvater aufgehoben, auch wenn er mit vielem selbst nichts anfangen konnte. Es war sein Lebenswerk, und die wichtigen Erinnerungen an seinen Opa wollte er nicht weggeben.

Janne zeigte auf einen Korb, in dem verschiedene Treibhölzer in allen möglichen Größen und Formen lagen, die er im Laufe der Zeit gesammelt und noch nicht verarbeitet hatte. »Vielleicht ist hier ja noch was dabei.«

»Oh, krass.« Lara sprang mit kindlicher Freude darauf zu und nahm eins heraus. »So schön. So geschmeidig.« Sie drehte es in ihren Fingern, und Janne konnte seinen Blick nicht abwenden. Laras Reaktion war so natürlich, so sinnlich, dass sich Lust in ihm regte. Als ob das was Neues wäre. Er rollte innerlich mit den Augen und schluckte. Sie hatte diese einzigartige Wirkung auf ihn, der er sich einfach nicht entziehen konnte.

»Ich könnte dir mit der Garderobe helfen, ich habe schon ein bisschen damit herumexperimentiert«, hörte er sich sagen, also ob es nicht eine saudumme Idee wäre, noch enger, noch häufiger, mit ihr zusammenzuarbeiten. Seine Stimme war ein einziges Krächzen.

Lara schaute zu ihm auf und ließ das Holz sinken. Mit einem Schlag war alles anders. Ihre Blicke verhakten sich ineinander. Niemand zweifelte noch daran, dass das, was zwischen ihnen war, echt war. Er wusste es. Lara wusste es auch. Janne konnte sich nicht länger zurückhalten. Er wollte es auch gar nicht mehr. Zu lange schon hatte er es versucht. Es war vergeblich, das konnte und wollte er sich endlich eingestehen. Gegen Laras Anziehungskraft war er machtlos. Mit einem langen Schritt war er bei ihr. Er riss sie nicht in seine Arme, wie er es sich mindestens tausendmal vorgestellt hatte. Nein. Er nahm zuerst das Holz aus ihren Fingern, ganz sanft, ganz langsam und legte es weg, weil sie alle Zeit der Welt hatten. Hier drin gab es nur sie beide. Janne griff Laras Hände und strich über ihre Handflächen. Er fuhr die zarten Linien nach und spürte, wie sie unter seiner Berührung erbebte. Sein Herz klopfte wie verrückt, er atmete schneller. Janne hob sein Kinn, und als er das Verlangen in ihren Augen erkannte, das sein eigenes spiegelte, stöhnte er leise auf und nahm ihr Gesicht zwischen seine Hände.

»Lara«, war alles, was er hervorbrachte. Seine Stimme klang belegt. Er erschauderte, als er ihre Finger auf seinen Hüften spürte, während sie sich an ihn schmiegte. Lara stellte sich auf die Zehenspitzen und kam ihm entgegen. Erst jetzt küssten sie sich zaghaft. Beinahe vorsichtig, ehrfürchtig, als hätten beide gleichermaßen Angst, es könnte ein Traum sein, der gleich zerplatzte. Laras Lippen waren weich und ein wenig fordernd. Sie schmeckte köstlich. Einzigartig. Ein Sturm fegte über ihn hinweg, er raubte ihm seine Sinne und schärfte sie gleichzeitig um ein Vielfaches. Verwirrend. Einfach großartig. Es war ein sinnlicher Kuss, vorsichtig und noch immer ein wenig zurückhaltend. Lust pulsierte durch seine Adern und unbändiges Verlangen, dem Drang nachzugeben und ihr an Ort und Stelle die Kleider vom Leib zu reißen. Janne stöhnte in ihren Mund und intensivierte den Kuss. Lara seufzte leise auf, während Jannes Zunge mit ihrer spielte. Er vergaß Raum und Zeit, es gab nur noch sie beide. Die Welt war längst zu etwas Unbedeutendem geworden, das fernab von ihnen war und keine Rolle mehr spielte. Aus weiter Ferne nahm er ein Klopfen wahr, das er nicht zuordnen konnte. Janne vertiefte den Kuss, er wollte sich durch nichts und niemanden stören lassen.

»Moin!«, rief jemand und ein Schwall kalter Luft wehte in die Garage.

Janne und Lara fuhren erschrocken auseinander. Sie atmeten schwer und Janne musste ein paar Mal blinzeln, um ins Hier und Jetzt zurückzukehren. Laras Finger berührten ihre Lippen, als ob auch sie nicht fassen könnte, was hier eben geschehen war. Leider blieb Janne keine Zeit, um etwas zu tun, oder zu sagen, während er langsam realisierte, dass sein Vater in der Werkstatt stand. Ralf Carstensen ließ seinen Blick von seinem Sohn zu Lara und wieder zurückgleiten. Er wirkte ein wenig überrascht, aber die Freude über diese unerwartete Entdeckung schien zu überwiegen. Ralf

Carstensen war eine ältere Ausgabe Jannes mit fünfzehn Kilo zu viel auf den Rippen und anderen kleinen Alterserscheinungen. Ralfs ergrautes Haar steckte unter einer grauen Wollmütze, die dunkelblaue Winterjacke hatte er über seinem Wohlstandsbauch nicht geschlossen. »Moin«, grüßte er noch mal. »Ich wollte nicht stören, von draußen hab ich nur Licht gesehen, die Scheiben sind beschlagen, na, jetzt weiß ich auch wieso. Haha, hallo, ich bin übrigens Ralf, Jannes Papa.«

Janne unterdrückte den Impuls, von einem Fuß auf den anderen zu treten, um seine Verlegenheit zu überspielen. Sein Vater bekam hier einen völlig falschen Eindruck. Oder den richtigen? In Jannes Kopf drehte sich alles. »Papa«, war alles, was er hervorbrachte, seine Stimme war noch immer heiser.

»Hallo«, grüßte Lara höflich, sie lächelte. »Lara Herziger.« Janne sah, dass ihre Wangen gerötet waren, aber sie wirkte nicht völlig schockiert, oder eingeschüchtert – oder wie auch immer eine Frau mit dreißig sich fühlte, wenn sie vom Vater des Mannes, den sie gerade geküsst hatte, ertappt worden war. Oder doch, Lara schien sich ein wenig zu schämen, was ihm ja nicht anders ging. Janne atmete leise aus und fuhr sich durch die Haare.

»Ähm«, machte er.

Sein Vater winkte ab, und sein Grinsen wurde immer breiter. Seit er vor ein paar Jahren in Rente gegangen war, war er wirklich entspannt geworden. Seitdem trieb er sich hauptsächlich auf dem Golfplatz herum, was man seiner Körperfülle seltsamerweise nicht anmerkte. »Ich wollte auch gar nicht lange stören«, meinte er jetzt, und er schien der Einzige im Raum zu sein, dem es nicht peinlich war. »Deine Mutter schickt mich, sie sagt, dass Sandra letztens nur einen Karton gebracht hat, das war nur die Deko für außen, ich hab' jetzt noch den Kram für drinnen dabei.«

Janne atmete hörbar aus und hob eine Augenbraue. »M-mh«, war alles, was er hervorbrachte, während Lara sich eine Hand vor den Mund hielt und ein Kichern unterdrückte. Er konnte sich vorstellen, dass sie sich köstlich amüsierte, sie hatten ja vorhin erst darüber geredet, warum sein Haus so funkelte und blinkte.

Ralf Carstensen schien sich nicht beeindrucken zu lassen, dass sein Sohn wenig bis gar nicht begeistert von seinem Mitbringsel war. Janne war sich ziemlich sicher, dass es seinen Vater vielmehr keinen Deut interessierte, ob die Kugeln am Baum golden oder froschgrün sein würden. »Macht ihr mal weiter, ich stell dir die Kiste auf die Fußmatte«, verkündete der Papa jetzt gut gelaunt – er strahlte, als kämen Ostern und Weihnachten zusammen.

Mist. Der bewertete die Situation völlig falsch.

Janne konnte nicht verhindern, dass er die Augen verdrehte. Sein Vater war ja echt ein Witzbold, wie stellte er sich das eigentlich mit dem »Weitermachen« vor? Dass Janne sich gleich noch mal auf Lara stürzen würde, sobald die Tür hinter ihm ins Schloss fiel? Bestimmt nicht.

Was war überhaupt in ihn gefahren?

Verdammt. Der Kuss war großartig gewesen.

Trotzdem würde er sich nicht wiederholen.

Janne räusperte sich, aber ihm fiel partout keine Antwort ein, die er seinem Vater geben könnte.

Ralf Carstensen wandte sich glücklicherweise gerade zum Gehen. »Schön, Sie kennenzulernen, Lara.« Er hatte die Hand schon an der Tür, als er sich noch mal umdrehte. »Janne, du bringst Lara doch am Sonntag zum Essen mit, nicht?«

Lara atmete scharf ein, Janne sah, wie sie sich versteifte. Natürlich hatte sein Vater keine Ahnung, dass sie nicht zusammen waren und es auch nie sein würden. Alles, was er hier gesehen hatte, hatte ihn falsche Schlüsse ziehen lassen. Aber Janne merkte, dass er die Idee, Lara den zweiten Advent nicht allein zu Hause verbringen zu lassen, gar nicht übel fand. Er konnte seine Familie darüber aufklären, dass sie nur Freunde waren, und das würde er tun, sobald seine Mutter anrief – er konnte schon mal anfangen, die Minuten zu zählen, bis das passieren würde.

Gott, glaubte er das eigentlich selbst noch, dass er und Lara nur Freunde waren?

Eher nicht.

»Nein, nein«, stieß Lara jetzt hervor und winkte ab. »Ich habe leider gar keine Zeit, ich baue gerade ein Haus um, und …« Mehr Argumente fielen ihr offenbar nicht ein, kein Wunder, sie wirkte ziemlich überrumpelt, was er ihr nicht verübelte. Ihm ging es kaum anders, obwohl es ihn nicht wirklich überraschte. Seine Familie belaberte ihn seit Jahren, dass er endlich eine neue Beziehung eingehen sollte.

Lara konnte schließlich nichts dafür. Und sie wusste auch nichts davon, gleichzeitig wäre es schön für sie, mal von ihrer Baustelle wegzukommen, entschied Janne. Ohne länger darüber nachzudenken, folgte er einem Impuls. Janne ergriff Laras Hand und schaute sie eindringlich an, dabei lächelte er. »Es wäre schön, wenn du mitkommst, Lara. Es ist ja nur ein Essen, und meine Mutter macht eine ganz fantastische Gans.«

Ralf schien damit zufrieden, er hob seine Hand und winkte fröhlich. »Dann ist es abgemacht, ein Sonntag ist zum Ausruhen da, nicht zum Arbeiten! Schönen Abend euch noch.«

Lara entzog ihm ihre Hand.

Nachdem Jannes Vater die Werkstatt verlassen hatte, herrschte angespanntes Schweigen. Lara brach es als Erste. »Ich weiß nicht, ob das mit dem Essen eine gute Idee ist. Und überhaupt …«

Janne versuchte seine Enttäuschung zu verbergen. Er hätte nicht gedacht, dass es ihn so treffen würde, dass sie den Kuss offenbar bereute. Dass dem so war, war offensichtlich. Aus ihren Augen sprühten keine Funken, sie wirkte einfach nur panisch und aufgeschreckt.

Und überhaupt, wiederholte er stumm in seinem Kopf.

Er schluckte. »Es ist nur ein Essen«, meinte er, bemüht lässig. »Komm, ich bringe dich nach Hause.«

»Ich kann auch einen Spaziergang machen.«

»Sei nicht albern, Lara.« Er boxte sie leicht gegen den Oberarm, wie man es bei einem guten Kumpel tun würde. »Es ist eiskalt und stockfinster, natürlich fahre ich dich zurück, und Sonntag hole ich dich zum Essen ab.«

Kapitel 14

Es war Samstagmittag, und Janne wusste nichts mit sich anzufangen. Er hatte schlecht bis gar nicht geschlafen. Zu viel war ihm durch den Kopf gegangen, doch ehe er die Gedanken fassen und sortieren konnte, hatten sie sich schon verloren. Deshalb stand er jetzt in seiner Werkstatt und baute zwei Kleiderhaken aus Treibholz für Laras Ferienwohnungen. Er wusste auch nicht, wieso, aber es tat gut, sich mit irgendwas zu beschäftigen, worauf er sich konzentrieren musste. Als Rahmen hatte er vier Bretter gewählt, aus denen er ein Rechteck bildete. Das Treibholz wurde dazwischen befestigt, so ähnlich wie Gitterstäbe. Die Kleidung konnte nun direkt am Holz aufgehängt werden, andere Haken waren nicht nötig, das Möbelstück bestand nur aus natürlichem Material.

Es war früher Abend, als er fertig und zufrieden mit seiner Arbeit war. Trotzdem kam er innerlich nicht zur Ruhe, er tigerte im Haus auf und ab. Ohne groß darüber nachzudenken, fuhr er nach Rostock in sein Haus. Erst als er vor dem Eingang stand, merkte er, was er da gerade machte. Janne steckte den Schlüssel ins Schloss und öffnete. Es roch wie immer. Seltsam, dass manches sich nicht veränderte, auch wenn niemand mehr regelmäßig ein- und ausging. Er knipste das Licht an und guckte sich in der großen, offenen Eingangshalle um. Der Kronleuchter hing in der Mitte des Raums an der Decke. Die Treppe führte an der Wand entlang nach oben, es gab eine offene Galerie. Wenn die Sonne schien, war es hier lichtdurchflutet, aber jetzt war es bereits dunkel, und es wirkte eher bedrückend auf ihn. Janne ging ins Wohnzimmer und schaute sich um. Es lag nichts Persönliches herum, die Schrankwand war teilweise ausgeräumt. Nicole hatte einiges mitgenommen, jedoch nichts von den Möbeln. Designersofa, Tisch und Teppich waren quasi unbenutzt und wie neu. An der Wand hing ein Gemälde von einem italienischen Strand, das sie auf ihrer Hochzeitsreise in Capri gekauft hatten. Das Hochzeitsfoto stand auf dem Kaminsims, ebenso wie einige Bilder von Emilia. Niemand würde vermuten, dass sie so krank gewesen war, wenn man die Fotos anschaute. Janne nahm einen Rahmen und setzte sich damit aufs Sofa. Die Stille im Haus war nahezu unerträglich. Als sie es kurz vor der Hochzeit gekauft und eingerichtet hatten, hatten sie es mit dem Ziel getan, es mit Kinderlachen und Leben zu füllen. Genau das Gegenteil war geschehen.

Janne hatte keine Ahnung, wie lange er hier saß. Er spürte, dass ihm Tränen über die Wangen liefen. Irgendwann wischte er sich übers Gesicht, stand auf und ging nach oben. Das Foto hielt er noch immer in der Hand. Er knipste auch oben alle Lichter an, als würde das etwas an der Einsamkeit ändern, die er in sich trug. Mechanisch betrat er das Kinderzimmer. Es fühlte sich fremd und merkwürdig an. Ein Kinderbettchen, ein Wickeltisch, bunte Bilder an den Wänden. Ein Sessel, in dem Nicole Emilia gestillt hatte. Mit dem Raum verband Janne nichts weiter, denn seine Tochter hatte nie hier geschlafen. Sie hatten sie immer bei sich gehabt, im Familienbett.

Er verließ das Kinderzimmer und betrat das Schlafzimmer. Der leichte Geruch von Lavendel hing noch immer in der Luft. Nicole hatte irgendwo gelesen, dass er beruhigend wirken sollte und ständig neue Duftsäckchen angeschleppt. Heute verband er damit viel Gutes, aber genauso viel Schreckliches. Es drängte immer beides in ihm an die Oberfläche, wenn er an Emilia dachte. Janne war unglaublich dankbar, dass er es hatte erleben dürfen, Vater zu werden. Mit Emilias Geburt hatte sich sein Leben von einer Minute auf die andere zum Positiven verändert. Das Gefühl, jemanden um ein Vielfaches mehr zu lieben als sich selbst, war etwas, das ihn stark gemacht hatte, an Emilias Seite zu bleiben. Für immer bei ihr zu sein, sie zu begleiten, was auch immer kommen mochte. Mit ihrem Tod war auch ein Stück von ihm gegangen, er hatte es bis heute nicht geschafft, dieses Loch, das in seinem Herz, seiner Seele klaffte, mit Liebe zu füllen. Vermutlich würde er dazu niemals in der Lage sein. Er hatte aufgehört, es zu versuchen. Seit er nur noch den Anspruch an sich und sein Leben hatte, einigermaßen klarzukommen, ging es ihm besser.

Aber seit gestern war seine stabile Welt aus den Fugen geraten. Er war über seinen Schatten gesprungen und hatte den ersten Schritt gemacht, ohne dass er darüber nachgedacht oder ihn geplant hatte. Janne war gleichfalls nicht naiv, natürlich würde eine neue Beziehung seine Trauer nicht heilen, aber mit Lara hatte er doch zum ersten Mal ein wenig Hoffnung in sich gespürt. Es war nicht nur Leidenschaft gewesen.

Er war verwirrt. Irritiert, dass sie so kühl und distanziert reagiert hatte, nachdem sein Vater aufgetaucht war, so, als ob sie den Kuss bereute.

Janne lief in seinem alten Schlafzimmer auf und ab und blieb in der Mitte des Raumes stehen. Er hatte keine Ahnung, warum er jetzt an Lara denken musste, wenn es doch um Emilia ging. In seinem Kopf drehte sich alles.

Er war unschlüssig, warum er überhaupt hergekommen war. Janne war mit sich und mit den Gefühlen, die in ihm tobten, überfordert. Mehr als das. Wieso war auf einmal alles kompliziert geworden? Er murmelte einen Fluch, verärgert, dass er sich nicht besser im Griff hatte. Denn genau deshalb war er jeglichen Gefühlen in den letzten Jahren aus dem Weg gegangen.

»Was soll ich machen?«, murmelte er und schaute auf das ehemalige Familienbett, das es nie mehr für ihn sein würde. Janne wusste auch, dass er sich langsam entscheiden musste, ob er das Haus behalten oder verkaufen sollte. Er hatte bislang nicht loslassen können, nicht nur von der Immobilie.

Eigentlich hatte er keine Ahnung, warum er es nicht längst ausgeräumt und verkauft hatte. Doch, irgendwie schon. Es war seltsam, aber obwohl er hier nicht mehr lebte, so hatte das Haus immer einen festen Punkt in seiner Erinnerung dargestellt. Hier hatte er glückliche Stunden mit seinem Kind verbracht. Sehr viele sogar. Nur heute war davon nichts mehr übrig als das verwaschene Bild der Vergangenheit.

Vielleicht sollte er es wirklich verkaufen, denn jetzt, wo er hier stand, konnte er sich beim besten Willen nicht mehr vorstellen, jemals zurückzukehren. Etwas würde in diesen Räumen immer fehlen, egal wie perfekt er es neu einrichtete oder was er veränderte. Nicht etwas, jemand. Emilia. Sein Kind. Seine einzige Tochter. Sein Herz.

Janne stellte das Foto auf den Nachttisch und betrachtete es. Emilia, erst wenige Tage alt, lag schlafend auf einem Kissen, sie wirkte friedlich. Glückselig. Trauer stieg in ihm auf und Sehnsucht. Sie war so stark, dass er schwankte und sich am Bettpfosten festhalten musste.

Plötzlich sah er es ganz klar vor sich. Er wollte nicht mit seiner Vergangenheit abschließen, denn das würde bedeuten, dass er auch Emilia vergaß, als wäre sie nicht mehr sein Kind, das er in jedem Atemzug schmerzlich vermisste. Aber ob es ihm etwas brachte, hin und wieder herzukommen, um alte Möbel und ein leeres Haus zu besuchen, wusste er auch nicht. Vielleicht sollte er den Kram doch loswerden, sein Herz hing nicht daran, sondern an dem, was er hier erlebt hatte. Zumindest das hatte er jetzt begriffen.

Janne schnappte sich ein paar Klamotten aus dem Schrank, verließ den Raum mit langen Schritten und eilte die Treppen nach unten. Er war aufgewühlt, aber gleichzeitig fühlte er sich, als hätte sich das Chaos in seinem Kopf zumindest ein wenig gelichtet. Auf dem Rückweg rief er Torben an und fragte ihn, ob er Lust hätte, mit ihm angeln zu gehen. Der erklärte ihn nicht für verrückt, sondern hielt es für eine gute Idee.

Der Himmel war klar, die Sterne leuchteten hell und strahlend in der Nacht. Es war eiskalt, aber Torben hatte mitgedacht und etwas Wärmendes dabei. Während Janne zwei Klappstühle und Decken angeschleppt hatte, hatte sein Kumpel Glühwein in der Thermoskanne und noch lauwarme Blätterteig-Pastetchen aus einem Rucksack geholt.

»Das nenne ich Service«, scherzte Janne, als er eine Emailletasse mit köstlich duftendem Heißgetränk in die Hand gedrückt bekam.

»Bedank dich nicht bei mir, sondern bei meiner Frau.«

»Das mache ich gern. Wie gehts euch?«

»Ach, ganz gut, muss ich sagen. Im Geschäft gehts ja gerade rund, zu Weihnachten läuft es auch ohne Touristen prima.«

»Ist dein Rücken wieder okay?«

Torben stopfte sich ein Pastetchen in den Mund, er kaute und sprach dann weiter. »Lara ist echt super, die hat magische Hände.«

Janne verschluckte sich und hustete. Natürlich war ihm klar, dass Lara Torben nur physiotherapeutisch behandelt hatte, ebenso wie einige andere im Dorf. Trotzdem gefiel ihm der Gedanke nicht, fast, als ob er eifersüchtig wäre.

Das war ihm noch nie passiert, und schon gar nicht aus solch einem albernen Grund.

Er trank noch einen Schluck und gab nichts weiter darauf. Er war heute einfach ein wenig durcheinander, das musste an dieser verdammten Vorweihnachtszeit liegen.

»Was ist?«, wollte Torben wissen.

»Was soll sein?«

»Komm schon, immer wenn das Thema Lara auf den Tisch kommt, wirst du ganz unruhig. Du stehst auf sie.«

Janne brauchte seinem Kumpel nichts vorzulügen. »Ja, aber das heißt noch lange nichts. Es wäre eine Scheißidee was mit ihr anzufangen, wir beide wissen, wo das hinführen würde.«

Torben schlürfte. »Verstehe, ja. Du hast Angst, dass es nicht klappt. Oder machst du dir immer noch Sorgen um den Ex?«

»Hä? Ex?«, brummte Janne, obwohl er genau wusste, wen und was Torben meinte. »Bestimmt nicht.«

»Der ist Geschichte, hab ich dir ja schon mal gesagt. Aber er hat ihr ganz schön wehgetan.«

»Wieso?«

»Helena bringt mich um, wenn sie erfährt, dass ich tratsche.«

Janne grunzte. »Von mir wird sie nichts hören.« Leider wollte Janne unbedingt mehr darüber wissen.

»Der Kerl war verheiratet, hat ihr immer versprochen, seine Frau zu verlassen. Nach drei Jahren hat sie kapiert, dass er nur Sex wollte, und ihm den Laufpass gegeben.«

»Was für ein Schwein.«

»So kann man es auch sagen.«

Für einige Minuten schwiegen sie, und die Fische bissen leider auch nicht, aber das war nicht so tragisch. Die Wellen schwappten im stetigen Rhythmus ans Ufer, es war kalt, aber dank heißem Glühwein und warmen Snacks war es gut auszuhalten.

Janne dachte noch immer über das nach, was Torben ihm eben erzählt hatte. Ja, Lara knabberte also doch noch an der letzten Beziehung, auch wenn es keine richtige gewesen war, was sie wohl erst zu spät erkannt hatte. Er fand ihren Schnitt radikal, als er endlich kapierte, dass sie tatsächlich nur wegen des Kerls aus München hergezogen war. Gleichzeitig merkte er, dass ihm Lara leider ganz und gar nicht egal war. Immer häufiger dachte er daran, was er mit ihr unternehmen könnte. Eine Bootsfahrt wäre vielleicht etwas, das ihr guttun würde. Aber er wollte das doch nicht nur, um ihr die Küste zu zeigen und nett zu ihr zu sein?

Klar, er wollte sie noch immer in seinem Bett, alles andere wäre schlicht gelogen. Nicht nur das. Aber nach dem, was in der Garage passiert war, hielt er es für besser, auf Abstand zu gehen. Lara war abweisend gewesen, als ob sie den Kuss bereute. Und auch seine eigenen, ganz persönlichen Gründe sollten eigentlich ausreichen, um nicht ständig darüber zu fantasieren, dass er jetzt gerade gern bei ihr wäre. Er wollte keine Beziehung und ebenfalls keinen Liebesstress.

Verdammt. Der Alkohol musste ihm schon zu Kopf gestiegen sein. Und mit einer Fahne würde er garantiert nicht bei ihr aufkreuzen, sonst dachte sie noch, dass er ein Säufer war.

Janne leerte die Tasse in einem Zug, der Wein war ein wenig abgekühlt. »Gib mir noch einen«, bat er Torben, fast als Versicherung, dass er nicht doch noch zu Lara latschte und an der Tür kratzte wie ein streunender Kater.

Kapitel 15

Eigentlich hatte sie den Sonntag im Bett verbringen wollen, war dann aber doch unter die Dusche gesprungen, ein Glück. Lara war schrecklich nervös. Sie stand im Badezimmer und betrachtete sich im Spiegel. Janne hatte vor einer halben Stunde angerufen und ihr gesagt, dass er sie gleich abholen würde, um mit ihr zu seiner Familie nach Rostock zu fahren. »Keine Angst«, hatte er am Telefon gut gelaunt geplappert. »Sie wissen, dass wir nur Bekannte sind. Das Missverständnis habe ich ausgeräumt.«

Lara hatte nichts erwidert, sie wollte gar nicht erfahren, was er seinem Vater, oder wem auch immer, erklärt hatte. Gleichzeitig verstand sie nicht, warum sie trotzdem mitkommen sollte. Aus Mitleid?, überlegte sie mit einem Stirnrunzeln. Damit das arme Mädchen am zweiten Advent nicht alleine zu Hause rumhockte? »Nein!«, sagte sie zu ihrem Spiegelbild.

So was wollte sie nicht glauben, das hatte Janne doch gar nicht nötig. Trotzdem wurde sie aus alledem nicht schlau. Rouge konnte sie sich heute sparen, dachte sie, während sie ihr glühendes Gesicht betrachtete. Sie ahnte, dass ihr heute noch häufiger vor Verlegenheit heiß werden würde, nicht vor Lust. Wobei der Gedanke an seine Lippen sofort ein Kribbeln in ihrem Unterleib auslöste.

Natürlich erinnerte sie sich an den Kuss. Ständig. Es gab eher gesagt keine Sekunde, in der sie nicht daran dachte, welche Empfindungen Jannes Lippen bei ihr hervorgerufen hatten. Er konnte grandios küssen. »Hör auf, du dumme Gans«, schimpfte sie und tuschte sich die Wimpern. Sie trug eine einfarbige Bluse und ihre beste Jeans – nicht, dass sie viele gute Klamotten hatte. Aber sie wollte so annehmbar wie möglich aussehen, auch weil sie sich an seine Schwester erinnerte, die wirklich top gestylt gewesen war.

Sollte sie lieber doch nicht mitkommen? Es würde in jedem Fall peinlich werden, denn es war davon auszugehen, dass der Vater wohl allen erzählt hatte, dass sein Sohn mit ihr geknutscht hatte. Dass sie nichts miteinander hatten und irgendwas aus dem Ruder gelaufen war, was so nicht noch mal passieren würde, wussten zwar Lara und Janne, aber die Eltern – und wer auch immer noch anwesend sein würde – würden das doch niemals glauben. Lara hatte ja selbst mitbekommen, dass Janne im Normalfall nichts anbrennen ließ. Sie war mit der Situation schlichtweg überfordert und überlegte für eine Sekunde, ob sie sich nicht doch lieber im Bett einkuscheln und lesen sollte.

In dieser Sekunde bimmelte es an der Haustür.

»Na super«, brummte sie und stöhnte gequält. Es gab also kein Zurück.

Während sie nach unten ging, machte sie sich stumm Mut. Sie würde das Essen schon hinter sich bringen, der Vater war ja sogar ziemlich umgänglich gewesen. Sehr sympathisch. Und auch die Schwester hatte nett ausgesehen. Sie musste keine Angst haben. Nur wieso klopfte ihr Herz dann so schnell?

Sie merkte, dass ihre Handflächen feucht und klamm waren, als sie sich ihren Anorak und den Haustürschlüssel schnappte und öffnete.

Janne stand mit einem Grinsen vor der Tür. »Hey, Lara. Alles klar?«

Unverbindlich, freundlich. Keine Gefahr ging von ihm aus. Sie schluckte und rang sich selbst ein Lächeln ab.

Was hatte sie erwartet? Dass er sie in seine Arme ziehen und noch einmal küssen würde? Natürlich nicht, aber sie konnte auch nicht leugnen, dass sie daran gedacht hatte. »Servus, ja, alles klar.« Sie schaute in den Himmel. Er war grau und wolkenverhangen. Auf dem Gras war Raureif zu erkennen, sie fröstelte augenblicklich.

»Könnte bald Schnee geben.« Der Mann konnte offenbar Gedanken lesen.

»So früh schon?« Sie schaute ihn an, und er zuckte ganz lässig mit den Schultern. Janne sah super aus. Er trug einen Pullover, der ziemlich edel ausschaute. Cashmere vielleicht? Dazu eine dunkle Chino und braune Schuhe. So modebewusst und schick hatte sie ihn bisher nicht erlebt, aber sie musste leider zugeben, dass er darin einfach fantastisch ausschaute. Bei ihm war vermutlich egal, was er anhatte – er würde immer gut aussehen, sogar in einem Kartoffelsack.

»Man weiß es nie sicher, aber es riecht ein bisschen nach Schnee, finde ich«, meinte er und riss sie damit aus den Gedanken.

Lara zog die Tür hinter sich ins Schloss und folgte Janne. Sie war überrascht, als er die Beifahrertür zu einem dunklen Cabriolet öffnete, dessen Dach natürlich geschlossen war. Sportlich. Die Sitze waren aus Leder, es roch herrlich. Sauber und männlich – ein wenig wie er. Natürlich, es war ja auch sein Auto. »Wo hast du den Flitzer denn her?«, wollte sie wissen.

Janne umrundete den Wagen und setzte sich auf den Fahrersitz. Der Motor sprang mit einem röhrenden Geräusch an, offenbar steckten eine Menge PS unter der Haube. »Der steht meistens in der Garage, hin und wieder muss ich ihn allerdings fahren, sonst entlädt sich die Batterie. Heute bot es sich an.«

»Dann ist das deiner?«

Er nickte und legte einen Gang ein. Sie sah aus dem Augenwinkel, dass er amüsiert lächelte. »Was dagegen?«

»Äh, nein. Du kannst ja fahren, was du willst.«

Janne drückte aufs Gas und Lara wurde in den Sitz gedrückt. »Früher war mir so was wichtig«, erklärte er, ohne eine Regung zu zeigen, aber es war klar, dass er sich nach allem, was er erlebt hatte, geändert hatte. Lara musste daher nicht nachfragen, um zu verstehen, was er meinte. Jetzt, wo sie wusste, dass seine Tochter gestorben und die Ehe zerbrochen war, würde sie das Thema von sich aus nicht noch mal anschneiden.

Weil sie keine Ahnung hatte, was sie stattdessen sagen sollte, hielt sie die Klappe. Sie überlegte und fragte sich, wie wohl seine Mutter aussehen könnte. Ob sie auch so nett sein würde? Lara hatte plötzlich Angst. Was, wenn sie gar nicht zu ihnen passte, und sei es nur für ein Essen?

»Scheiße«, murmelte sie.

»Was ist?« Janne schaute zu ihr und dann wieder auf die Straße.

»Ich bin so dumm, ich habe gar nichts für deine Eltern. Wein oder sowas habe ich nicht zu Hause – und sonst eigentlich auch nichts. Wie du weißt, sind meine Vorräte grundsätzlich nicht vorhanden …«

»Das ist doch kein Problem, sie erwarten keine Geschenke.«

»Es ist mir unangenehm, ehrlich. Können wir irgendwo an der Tanke halten, oder so? Dann kann ich was kaufen, ein paar Blumen oder Schokolade.«

»Das musst du wirklich nicht.«

»Ich möchte aber gern.«

»Na schön, ich gucke mal, wo wir was finden.«

Die Fahrt nach Rostock dauerte nicht lange, aber Lara kam sie wie eine halbe Ewigkeit vor. An einem Stand vor einer Gärtnerei hatten sie ein Blumengesteck gekauft. In der Weihnachtszeit gab es zum Glück viele Läden, die das an den Adventssonntagen anboten. Siedend heiß fiel ihr Helena ein. Mist, sie musste sie dringend besuchen oder anrufen, um sich zu bedanken. Sie hatte sich auch noch nicht näher erkundigt, was sie am nächsten Wochenende beim Basar tun sollte. Sie war eine miese Freundin. Die letzten Tage hatte sie nur an sich und ihr Projekt gedacht – und an Janne. Daneben hatte sie eine ganze Reihe Patienten behandelt, da war der Gedanke an Helena zu kurz gekommen. Sie schämte sich, dass sie sich noch nicht für den Adventskalender bedankt hatte, das war sonst nicht ihre Art. Heute war eine süße Duftkerze drin gewesen, die sie gleich angezündet hatte. Helena hatte sich so eine Mühe damit gegeben, sie musste doch denken, dass Lara eine blöde Kuh war. Nervös knetete sie die Hände im Schoß, während sie durch Rostocks Straßen fuhren. Irgendwann bog Janne ab, ein hohes eisernes Tor stand offen. Der lange Weg zum Haus war gekiest. Der parkähnliche Garten war geschmackvoll geschmückt. Auch die Beleuchtung am Haus war weihnachtlich und stilvoll. Deutlich dezenter als bei Janne.

Lara schluckte. Ihr Mund war trocken. »Hier wohnen deine Eltern?«

Janne schien zu merken, dass sie sich unwohl fühlte. Er parkte den Wagen vor dem Haus und legte ihr eine Hand auf den Oberschenkel. »Mach dir keine Sorgen, sie beißen nicht. Im Gegenteil, sie werden dich auf Händen tragen, weil sie sich so freuen. Ich habe noch nie eine Frau mitgebracht … Seit … der Trennung.«

Ohne auf eine Antwort zu warten, stieg er aus. Lara lehnte sich kurz in den Sitz zurück.

Uff.

Was sollte sie davon jetzt wieder halten? Das hatte nicht nach Freundschaft geklungen.

Oder sponn sie sich was zurecht?

Hilfe. Jetzt war sie noch verwirrter. Und aufgeregter. Lara stieg aus und stolperte Janne hinterher. In der Hand hielt sie das Blumengesteck, die Jacke lag noch im Auto. Ihr war sowieso alles andere als kalt.

Janne klingelte, und ihre Nervosität schnellte in ungeahnte Höhen. Dabei war es egal, wie oft sie sich sagte, dass es nur ein Essen war. Nicht mehr.

Es dauerte nicht lange, bis geöffnet wurde. Es war Jannes Schwester Sandra, die breit lächelte. Sie trug ein Etuikleid mit doppelreihiger Perlenkette und flache Schuhe zu seidigen Strümpfen.

O Gott. Lara fühlte sich hoffnungslos underdressed – so was hatte sie auch gar nicht im Schrank. Sandra wirkte offen und ehrlich erfreut, und obwohl ihr Bruder seine Arme ausbreitete, ließ sie ihn links liegen. »Lara!«, trällerte Sandra und kam auf sie zu. »Wie schön, dass du da bist!« Sie zögerte nicht, sondern umarmte Lara, als gehörte sie schon seit Ewigkeiten zur Familie. »Es freut mich, dich kennenzulernen.«

Lara war perplex, mit so viel Herzlichkeit hatte sie nicht gerechnet, sie brachte gerade mal ein »Hallo, freut mich auch« zustande.

Janne war als Nächster dran. »Hallo Bruderherz«, grüßte Sandra ihn. »Kommt rein, es ist eiskalt draußen. Wird gar nicht richtig hell heute. Oh, schaut mal da, das Weihnachtswunder schon zum zweiten Advent.« Sie zeigte in die Luft. Tatsächlich, es rieselten kleine Schneeflocken vom Himmel.

Lara wusste nicht, ob sie das als gutes oder schlechtes Omen werten sollte, sie konnte sowieso nicht klar denken. Aus dem Haus strömte angenehmer Essensduft nach

Rotkohl und gebratener Gans. Das Foyer der Villa war üppig und nobel. Glänzender Marmor und warme Lichter, die die hellgelb gestrichenen Wände anstrahlten, dominierten den Bereich. In der Mitte der Eingangshalle stand ein kleiner, runder Tisch mit einer Grünpflanze darauf. An der Decke baumelte ein kristallener Lüster, der ausschaute, als hinge er seit langer Zeit dort.

Lara kam aus dem Staunen gar nicht mehr heraus. Sie war noch nie in einem so schönen Haus gewesen, sowas kannte sie nur aus dem Fernsehen, oder von Bildern. Eine geschwungene Treppe mit einem dunklen Holzgeländer führte in den oberen Bereich der Villa. »Wahnsinn«, murmelte sie und rührte sich nicht von der Stelle.

Janne legte ihr eine Hand auf den unteren Rücken. »Komm mit«, raunte er dicht an ihrem Ohr, und ihr Körper reagierte mit einem lustvollen Schauder.

Himmel. Wie sollte sie dieses Essen überstehen?

Lara schluckte und rang sich ein Lächeln ab, dann setzte sie sich in Bewegung. Sandra und Janne dirigierten sie in den offenen Wohnbereich. Jannes Vater saß in einem opulenten, braunen Ledersessel und hielt ein Glas in der Hand, es sah nach einem Drink, einem Aperitif aus. Da Lara keine Ahnung von Alkohol hatte, konnte sie bloß raten. Letzten Endes war es auch nur ein unwichtiges Detail. Hier dominierten ebenfalls warme und indirekte Lichter zu einer passenden Einrichtung. Der Boden bestand aus Schiffsdielen, darauf lagen teuer wirkende Teppiche in hellen Farben. Im Kamin züngelten kleine Flammen mit einem blauen Licht. Sah nach Gas aus. Verrückt, so was kannte Lara aus Zeitschriften aber hatte es bisher nie in echt gesehen.

Außer dem Vater befand sich noch ein anderer Mann im Raum, er saß mit überschlagenen Beinen auf dem Sofa. Er trug einen dünnen Rollkragenpullover zu einer dunklen

Hose. Seine Schuhe glänzten, als wären sie frisch poliert. Die dunkelblonden Haare waren zurückgegelt, auf der Nase hatte er eine modische Brille mit dickem Rand.

»Herzlich willkommen«, grüßte Jannes Vater und stand auf. Er stellte sein Glas ab und kam direkt auf Lara zu. Sein Lächeln war offen und seine Augen strahlten. »Wie schön, dich wiederzusehen. Ich darf doch du sagen? Ich bin der Ralf.«

Lara wollte ihm ihre Hand hinstrecken, reichte ihm zunächst das Blumengesteck mit einem »Danke für die Einladung.« Er nahm es ihr ab und legte es auf den Tisch, und dann umarmte auch Ralf sie, als gehörte sie schon lange zur Familie. Eigentlich sollte sie sich fremd und unbehaglich fühlen, aber das Gegenteil war der Fall. Das überraschte Lara, sonst fiel es ihr nicht so leicht, Anschluss zu finden. »Freut mich«, murmelte sie und spürte, dass ihr Herz ganz schnell klopfte.

Als Nächstes wurde ihr Sandras Mann, Jannes Schwager vorgestellt. »Schön, dich kennenzulernen. Ich bin Jens.«

»Hi«, war alles, was sie hervorbrachte.

Dann begrüßten sich Janne und Jens mit einer männlichen Umarmung und vielen Klopfern auf den Rücken. Die beiden schienen sich zu mögen.

»Haallooo«, quietschte jemand hinter Lara. Um ein Haar wäre sie zusammengezuckt.

Sie drehte sich um, eine Frau mit kinnlangem, blondem Bob kam ins Zimmer. Sie trug ebenfalls ein Etuikleid und eine funkelnde Kette dazu. Sie hatte jedoch eine Schürze umgebunden, auf der ein paar Soßenspritzer waren. »Wie schön«, flötete die Frau, bei der es sich um Jannes Mutter handeln musste.

»Grüß Gott«, gab Lara von sich.

Jannes Mutter blieb vor ihr stehen, nahm ihre Hände in ihre und hielt Abstand, vermutlich, weil sie sie nicht mit ihrer schmutzigen Schürze besudeln wollte. Dafür strahlte sie umso freudiger. »Du bist also Lara, es ist großartig, dass du es dir einrichten konntest.«

»Vielen Dank für die Einladung.«

»Nenn mich bitte Karola.« Jannes Mutter betrachtete Lara, und es kam ihr so vor, als prägte sie sich jede Kante, jedes kleine Fältchen ihres Gesichts ein. Aber es war keine unangenehme Musterung, es war eher so, als würde sie als lange verlorene Tochter im Haus aufgenommen.

Seltsam. Äußerst seltsam.

Hoffentlich hatte Janne ihnen wirklich erklärt, dass sie kein Paar waren. Kurz dachte sie an all die romantischen Komödien, die sie zur Weihnachtszeit schon mal gesehen hatte, da ging es immer darum, dass der Herzensbrecher eine Frau mitbrachte, die gar nicht seine Freundin war, er sie aber dafür ausgab. Janne hatte doch wohl nicht vor, seiner Familie eine Komödie vorzuspielen? Hatte er ihr auf der Fahrt nur etwas anderes erzählt, um sie in Sicherheit zu wiegen?

Kurz unsicher guckte sie aus dem Augenwinkel zu ihm herüber. Nein, er wirkte entspannt und nicht sonderlich nervös. Da ging wohl ihre Fantasie mit ihr durch.

Jetzt war ihr Lächeln echt. Karola trat einen Schritt zurück und guckte ihren Mann an. »Wie wäre es, wenn du Lara einen Drink anbietest?«

»Und was ist mit mir?«, scherzte Janne.

Karola winkte ab und drückte ihren Sohn an sich. »Ja, genau, du kannst das auch übernehmen. Gute Idee.«

»So hatte ich das eigentlich nicht gemeint«, brummte Janne, aber das amüsierte Funkeln in seinem Blick sagte mehr als seine Worte. Er fühlte sich wohl bei seiner Familie, es war schön, das zu sehen, und völlig neu für Lara. Unsicher, was sie tun oder sagen sollte, blieb sie einfach stehen und rührte sich nicht.

»Ich geh mal wieder in die Küche«, erklärte Karola. »Nicht, dass da noch was anbrennt.«

»Kann ich helfen?«, erkundigte sich Lara.

Karola tätschelte ihre Wange, ganz sanft, so mütterlich, wie sie es bei ihrer eigenen nie erlebt hatte. Wärme stieg in ihr auf, es war schön, hier zu sein. »Setz dich ruhig und ruh dich mal aus. Janne hat schon erzählt, dass du seit Wochen dein Haus umbaust. Heute wirst du mal bei uns verwöhnt.«

Lara machte große Augen. »Ähm, okay. Danke.«

»Was möchtest du trinken? Ein Glas Champagner? Einen Sherry?«, bot Ralf ihr an.

»Lara trinkt keinen Alkohol«, half Janne ihr aus. »Schau mal, vielleicht findest du neben meinem dicken Schwager noch einen Platz auf dem Sofa.« Er klopfte auf die muskulöse Brust des Schwagers, der natürlich kein Gramm Fett zu viel auf den Rippen hatte. Scherze unter Männern waren immer ein wenig anders, Lara grinste.

Ralf nickte. »Sehr klug, Lara, dann kriegt man auch keinen schweren Kopf. Wie wäre es mit einem Glas Saft?«

Sie nickte. »Sehr gern, vielen Dank.« Ralf verschwand kurz und Lara setzte sich.

Jens nippte von seinem Getränk, während Janne sich einen Drink von einem Barwagen eingoss. »Keine Angst, mehr wirds nicht«, erklärte Janne ihr, dann setzte er sich auf das zweite Sofa.

»Ich kann auch fahren«, bot sie an.

»Das sehen wir dann, entspann dich.« Er tätschelte sachte ihr Knie.

Bis zum Essen fragten Ralf und Jens ihr Löcher in den Bauch, wollten alles über die alte Kate und ihre Pläne wissen. Irgendwann klatschte Karola in die Hände und schob zwei große Flügeltüren auf. »Bitte, zu Tisch, es ist alles angerichtet. Ralf, tranchierst du die Gans, oder Janne?«

Janne hob die Hände. »Ich bin raus, ich rücke dem Vogel nicht an den Pelz.«

Seine Mutter schenkte ihm einen resignierten Blick, ihr Mann gab ihr ein Küsschen. »Natürlich, Schatz. Bin schon zur Stelle. Ob ich mir vielleicht noch eine Schürze hole?«

Sandra rieb ihrem Vater über das Bäuchlein. »Ja, vielleicht.« Dann guckte sie Lara an. »Letztes Mal hat er sich das ganze Hemd versaut.« Sie kicherte und Janne stimmte mit ein.

Ralf verschwand kurz, währenddessen nahmen alle ihre Plätze ein. Lara saß am ovalen Tisch neben Janne, auf der anderen Seite saßen Sandra und Jens, an den Kopfenden war jeweils für die Eltern eingedeckt. Aus unsichtbaren Lautsprechern drang sanfte Klassik mit vielen Streichern. Lara hatte keine Ahnung, wer oder was das war, aber es passte perfekt zum Ambiente. Auf dem Tisch brannten rote Kerzen in goldenen Leuchtern. Das weiße Porzellan hatte ebenfalls einen Goldrand. Es wirkte edel und fast schon antik. Das Besteck war garantiert aus Silber, das erkannte sie auch, ohne es berührt zu haben. Die Kristallgläser waren nicht minder edel, und Lara hoffte, dass sie nichts davon durch eine Ungeschicklichkeit in Gefahr brachte oder gar kaputt machte.

Diese Gedanken verflogen jedoch sehr schnell, denn die Familie machte es ihr leicht, sich wohlzufühlen. Es wurde gescherzt, geplappert und gelacht. Zum Essen gab es Rotwein, Lara blieb bei Mineralwasser. Die Gans schmeckte fantastisch, wie alles andere auch.

Schwierige Themen kamen gar nicht erst auf den Tisch, und Lara ahnte, dass Janne ein wenig berichtet hatte, warum es sie an die Küste verschlagen hatte und damit die erste Neugier womöglich längst gestillt war, ehe sie hergekommen waren. Sie hatte ihre Gründe Janne zwar nie haarklein erklärt, aber ein Geheimnis war es auch nicht, dass ihr Ex ein Schwein war und sie daher München den Rücken gekehrt hatte. Froh darüber, nichts über ihren Ex-Geliebten erzählen zu müssen, genoss sie einfach das Essen und die nette Gesellschaft.

»Möchtest du noch was?«, bot Janne an, und das warme Strahlen in seinem Blick ließ die Schmetterlinge in ihrem Bauch flattern. Es war einfach, sich vorzustellen, wie schön es mit jemandem wie ihm sein könnte. Gerade genoss sie die perfekte Illusion, auch wenn niemand auch nur den Hauch einer Andeutung gegenüber ihnen hatte fallen lassen. Allerdings war Lara sich genauso sicher, dass jeder am Tisch von dem Kuss in der Werkstatt wusste. Dass das Leben komplizierter war als das, dürfte der Familie auch klar sein. Vermutlich waren sie es daher gewohnt, gewisse Themen zu umschiffen und Janne mit Samthandschuhen anzufassen. Sie erinnerte sich zu gut an den Fauxpas mit dem Tattoo. Zum Glück wusste sie es heute besser und hielt diesbezüglich die Klappe.

»Nein danke, ich bin wirklich satt. Es war köstlich«, gab sie zurück.

»Es ist übrigens schlau, dass du noch Platz lässt, es gibt nämlich noch Birne Helene zum Nachtisch, oder?« Janne guckte seine Mutter an.

»Ja, selbstverständlich. Magst du das, Lara?«

Sie nickte. »Es gibt nicht viel, das mir nicht schmeckt.« Außer Fisch, aber das behielt sie für sich, denn es spielte ohnehin keine Rolle.

»Was isst man denn in Bayern so an Desserts?«, erkundigte sich Sandra und tupfte sich den Mund mit einer Serviette ab.

»Ach, da gibt es einiges«, wich Lara aus, denn sie hatte keine Ahnung, was eine vornehme Familie wie die Carstensens essen würden. »Bayerisch Creme vielleicht. Oder

Apfelstrudel, der geht immer. Kaiserschmarrn natürlich oder Rohrnudeln mit Vanillesoße.«

Ralf trank einen Schluck Rotwein. »Mein Gott, das klingt absolut fantastisch.«

Lara grinste. »Leider bin ich eine hoffnungslose Köchin.«

Janne fuchtelte lachend mit seiner Gabel in der Luft herum. »Dem kann ich nur zustimmen. Bisher habe ich höchstens mal Pizza oder aufgewärmte Würstchen bei Lara bekommen, aber immer erst, wenn mir der Magen schon auf den Knien hing.«

Lara verzog ihre Lippen zu einem schiefen Grinsen. »Ja, das stimmt leider.«

Karola winkte amüsiert ab. »Man muss als Frau heutzutage auch nicht mehr alles können. Für Weihnachten habe ich mir überlegt, dass wir da auch nicht so ein Tamtam mit dem Essen machen, dieses Jahr.«

Janne und Sandra stießen gleichzeitig einen Protestschrei aus. »Was?!«

Karola legte ihr Besteck beiseite. »Wollt ihr wirklich Karpfen blau an Heiligabend? Ich bin es so leid, mir jede Gräte einzeln aus den Zähnen ziehen zu müssen.« Sie verdrehte die Augen. »Wir könnten doch mal was Neues probieren?«

Janne und Sandra tauschten einen schockierten Blick aus. »Auf gar keinen Fall«, kam unisono zurück.

Lara unterdrückte ein Kichern. Das war wirklich witzig, die Geschwister wirkten, als wären sie gerade um Jahrzehnte verjüngt und noch immer Kinder im Grundschulalter.

»Welche Traditionen habt ihr in Bayern?«, erkundigte sich Ralf bei Lara, der offenbar keine Streitereien am Tisch wollte. »Mit dem Dessert hast du mir echt den Mund wässrig gemacht.«

»Ähm«, stammelte Lara. Alles, was sie über Weihnachten wusste, kam aus dem Fernsehen oder aus Zeitungen. Selbst als kleines Mädchen war sie immer mit ihrer Mutter allein gewesen, und da die stets betrübt oder besoffen gewesen war, gab es da nichts, woran sie sich gern erinnerte. Ihr fiel nichts Positives ein, was sie mit den Feiertagen verband. Lara hatte öfter als ihr lieb war, Dosenravioli gegessen, manchmal sogar kalt, bis sie den Herd hatte selbst bedienen können. »Ich bin mir nicht sicher«, gab sie daher zurück und legte ihre Serviette neben den Teller.

Janne guckte besorgt, dann lächelte er, es wirkte ein wenig gezwungen. »Lara hasst übrigens Fisch.«

»Wirklich?«, quietschte Sandra.

»Na ja«, erwiderte Lara verlegen.

»Karpfen blau ist auch zum Abgewöhnen«, murmelte Karola resigniert und stand dann auf. »Ich kümmere mich mal ums Dessert.«

Ralf schenkte Rotwein nach. Janne hielt seine Hand über das Glas. »Danke, nein.«

»Ich kann fahren«, bot sie ihm noch einmal an.

Er schüttelte den Kopf. »Alles gut.«

Lara wollte gerade einen Scherz machen und fragen, ob er Angst um sein Cabrio hätte, aber sie hielt es dann doch nicht für angebracht und schloss ihren Mund wieder.

»Ihr könntet auch hier übernachten«, bot Ralf an und zeigte aufs Fenster. »Es schneit ganz schön draußen, hast du schon Winterreifen drauf, Janne?«

»Klar habe ich Winterreifen, Papa.«

Lara stand auf und schaute hinaus. »Verrückt, es ist ja schon alles weiß!« Dann half sie beim Abräumen der Teller. Sie folgte Sandra in die Küche, wo ihre Mutter Schälchen mit Schokoladencreme und eingelegten Birnen hübsch anrichtete. Zuletzt kam die Sahne dran.

»Lass die Teller ruhig stehen«, Sandra zwinkerte Lara zu. »Es ist übrigens schön, Janne so fröhlich zu sehen, das haben wir dir zu verdanken.«

Lara versuchte sich ihre Irritation nicht anmerken zu lassen und zuckte die Schultern, weil ihr nicht einfiel, was sie darauf erwidern sollte. Es kam ihr dämlich vor zu erklären, dass sie sich nur oberflächlich kannten und dass seine gute Laune bestimmt nichts mit ihrer Anwesenheit zu tun hatte.

Oder doch?

Der Gedanke verursachte ein Kribbeln in ihrer Magengrube.

Karola wandte sich zu den beiden um. »Ich muss zugeben, dass wir alle sehr neugierig sind«, trällerte sie. Ihre Wangen waren ein wenig gerötet, trotzdem saßen das Kleid und ihre Frisur noch tadellos.

Lara unterdrückte den Impuls, die Hände in den Hosentaschen zu vergraben. Sie war verlegen und wusste nicht, was sie erzählen sollte.

»Janne hat schon gesagt, dass du nicht gern über dich redest«, meinte jetzt Sandra und sie schien nicht böse oder enttäuscht zu sein, sondern eher verständnisvoll. »Er hat auch gesagt, dass ihr nur Freunde seid.«

Lara atmete aus. Das »Aber?«, stand im Raum, als hätte es jemand laut ausgesprochen.

Karola trat einen Schritt näher und senkte ihre Stimme. »So, wie ihr euch anschaut, glaubt das allerdings niemand hier. Es wäre schön, wenn Janne wieder glücklich wird.«

Lara bezweifelte, dass sie die Person für ihn sein würde, mit der er einen Neuanfang wagen konnte. Aber sie wollte auch niemandem in der Familie die Illusionen rauben. Sie hatten alle viel mitgemacht, nicht an so einem schönen Abend, sagte sie sich, daher nickte sie nur und lächelte.

»Wir wollen auch nicht nerven«, erklärte Sandra mit einem verschwörerischen Grinsen.

»Das tut ihr nicht, ganz und gar nicht. Um ehrlich zu sein, es ist lange her, dass ich so einen schönen Tag verbracht habe wie heute.«

»Dir fehlt deine Familie?«, meinte Karola mitfühlend.

Lara fand, dass es jetzt an der Zeit für ein wenig mehr Aufrichtigkeit und Offenheit war. »Ich weiß nicht, ob man das so sagen kann. Nein, nicht wirklich. Mein Vater ist der ehemalige bayerische Finanzminister Franz Huber, und erst nach seinem Tod hat er mich als Kind anerkannt, indem er mir etwas Geld vererbt hat. Bis dahin habe ich nicht mal eine Karte zum Geburtstag bekommen. Meine Mutter hat ihn geliebt, als er ihr dann erklärte, dass er seine Frau nicht verlassen wollte –, weil es in einer christlichen Partei ja schlecht ankäme, wenn er geschieden würde – hat es ihr das Herz gebrochen. Indirekt hat sie mir die Schuld gegeben, weil er sie erst mit der Schwangerschaft verlassen hat. Sie hat ihren Kummer mit Alkohol betäubt, zum Glück erst nach meiner Geburt. Also, meine Familie ist nicht gerade das, was man vermisst, um ehrlich zu sein.«

Karola und Sandra wirkten ernsthaft verstört, und Lara trat unbehaglich von einem Fuß auf den anderen, sie hatte den beiden nicht alles verderben wollen, sondern nur die Wahrheit ausgesprochen. »Tut mir leid«, fügte Lara an. »Ich wollte nicht die Stimmung trüben, wirklich nicht. Vielleicht hätte ich das nicht erzählen sollen.«

Und dann geschah etwas Merkwürdiges. Karola trat zu Lara und umarmte sie fest und lange. »Du bist bei uns willkommen, Lara. Und es verdirbt doch nichts, wenn man die Wahrheit sagt, im Gegenteil, es ist gut zu wissen, was du erlebt hast, dann können wir für dich da sein.«

Diese Herzlichkeit verschlug ihr endgültig die Sprache, und Lara musste ein paar Tränen wegblinzeln. Sie hatte ein wenig Angst gehabt, dass mit ihrer Geschichte auch der schöne Abend vorbei sein würde. Mit Verständnis hatte sie nicht gerechnet. Schon gar nicht mit Fürsorglichkeit und Wärme, die diese wunderbaren Leute ihr, einer fast Fremden, entgegenbrachten.

Kapitel 16

Nachdem Janne das Auto freigeschaufelt und sich beide ausgiebig verabschiedet hatten, fuhren sie über die schneebedeckten Straßen Rostocks zurück. Janne dachte kurz an Laras Umbau und alles, was sie schon geschafft hatte. Noch vor ein paar Wochen hatte das ganz anders ausgesehen. Sogar das Problem mit dem Dach war gelöst, vorgestern war – nach Jannes Anruf – jemand gekommen und hatte es sich angesehen. Erst in ein paar Jahren musste das Reet neu gedeckt werden. Er freute sich mit ihr.

»Gott, ich bin so was von satt«, stöhnte Lara und hielt sich den Bauch. Es schneite noch immer, allerdings nicht mehr so heftig wie zuvor. Hin und wieder schabten die Scheibenwischer über das Glas. Im Radio dudelte *Feliz Navidad*, und Lara summte leise mit. Viele Bäume und Sträucher waren nicht nur beleuchtet, sondern strahlten nach dem Schneefall in einem hellen reinen Weiß, das die Nacht nicht mehr ganz so finster erscheinen ließ.

»Dann bereust du es nicht, dass ich dich mitgeschleppt habe?« Es sollte ein wenig wie ein Scherz klingen, aber es lag eine ganze Menge Wahrheit darin. Er hielt den Atem an.

»Bereuen? Quatsch. Wieso denn? Warum? Haben deine Eltern was gesagt?«

»Nein, nein«, beeilte er sich zu sagen. »Oder doch, sie

haben gesagt, dass sie hoffen, dass sie dich und mich bald wiedersehen, oder hast du das vergessen? Mir ging es eher darum zu erfahren, ob du dich wohlgefühlt hast, war vielleicht ein bisschen doof ausgedrückt.« Er grinste und konzentrierte sich wieder auf die Straße.

Lara knuffte ihn in den Oberarm. »Ich habe mich wohlgefühlt«, murmelte sie. »Sehr sogar.«

Für einen Augenblick sagte niemand etwas. Es fühlte sich in Ordnung an zu schweigen, es war nicht unangenehm, eher einvernehmlich. Janne schlug seinen alten Nachhauseweg ein. Gleichzeitig überlegte er, ob es richtig war, aber er entschied sich dafür, seinem Bauchgefühl zu vertrauen. Er bog links ab und hielt kurz darauf vor seinem Haus in der Auffahrt. Die schwarzen Fenster wirkten düster, nur der Schein der Straßenlaterne beleuchtete die Umgebung. Keine Lichterkette. Kein Leben. Nur Dunkelheit.

»Äh, was machen wir hier?«, wollte Lara wissen.

»Ich wollte dir etwas zeigen, wenn es okay für dich ist.« Er schnallte sich ab und stellte den Motor ab.

»Ja, natürlich.« Sie klang nicht völlig überzeugt und ein wenig unsicher, was er ihr nicht verdenken konnte. Sie hatte ja keine Ahnung, dass das hier sein Haus war.

Kurz darauf standen sie im hell erleuchteten Wohnzimmer. Janne fühlte sich ein wenig beklommen, gleichzeitig merkte er, dass sich etwas in ihm löste. Er sah, dass Lara zum Kamin ging und sich die Familienfotos ansehen wollte. Sie zögerte.

»Mach ruhig«, wisperte er und spürte den vertrauten Schmerz in sich aufsteigen.

Es war gut, dass er gestern schon hier gewesen war, so konnte er es besser ertragen. Gleichzeitig fand er es seltsam, dass er das Bedürfnis hatte, Lara zu zeigen, wer er einmal gewesen war. Dabei ging es im Grunde nicht um die Vergangenheit, sondern um etwas anderes. Was genau, würde er ihr gleich erklären, sie fragte sich bestimmt, was sie hier sollte.

Er starrte auf ihren Rücken, sah, wie sie die Bilder betrachtete. Sie hatte die Hände vor sich gefaltet und wirkte ganz ruhig, ein wenig ehrfürchtig sogar. »Sie ist wunderschön«, flüsterte Lara und wandte sich langsam zu Janne um, ehe sie weitersprach. »Es tut mir leid.«

Er schluckte. Seine Kehle war trocken und eng. Dann nickte er, ohne ein Wort herauszubekommen. Für einige Atemzüge sagte niemand etwas, doch es geschah eine ganze Menge. Die Stimmung zwischen ihnen veränderte sich. Es gab ein unsichtbares Band, das nicht nur von Verlangen geknüpft wurde. Da war noch mehr, viel mehr. Etwas, das Janne nicht zum ersten Mal feststellte, aber nie genau benennen konnte, weil es ihn verunsicherte. Er hatte eine Weile überlegt, was es sein könnte, aber bis eben keine Antwort darauf gefunden. Doch jetzt begriff er. Lara strahlte die gleiche Einsamkeit und Zerrissenheit aus wie er, obwohl ihre Geschichte eine ganz andere war. Doch Trauer und Verlust zeigten sich nicht immer in der gleichen Weise. Menschen konnten körperlich anwesend sein und einen trotzdem emotional längst verlassen und in ihrem Fall im Stich gelassen haben. Vielleicht fühlte Janne sich deshalb so zu ihr hingezogen, weil sie auf eine gewisse Weise genauso verletzlich war, wie er sich selbst fühlte.

Aber das war nicht der Grund, warum er sie mitgebracht hatte. »Willst du auch den Rest sehen?«, fragte er mit rauer Stimme.

Sie nickte. »Wieso? Warum zeigst du mir das alles?«

Janne rührte sich nicht, es lagen einige Meter zwischen ihnen, aber ihr Blick streifte ihn so zärtlich und voller Wärme, als berührten ihre Fingerspitzen sein Gesicht. Er bekam eine Gänsehaut. »Es wäre nur die halbe Wahrheit, wenn ich dir sagen würde, dass du hier bist, weil ich möchte, dass du weißt, wer ich einmal war. Ein liebender Vater, der bin ich noch immer. Ein Ehemann. Doch das ist Geschichte. Was nie vorbei sein wird, ist die Wut und die Trauer, sie sind ein Teil von mir wie ein Arm oder ein Bein. Ich möchte sie nicht loswerden, denn das würde bedeuten, dass ich auch meine Erinnerungen an Emilia loswerde. Ich weiß nicht warum, aber ich möchte, dass du verstehst, warum ich heute bin, wie ich bin.«

Lara nickte langsam und hielt seinem Blick stand. Janne sprach weiter. »Es ist keine Warnung vor einem kaputten Kerl wie mir, sondern der Versuch, meine vielen Fehler zu erklären. Ich weiß nicht genau, was das ist, was ich empfinde, Lara, aber es macht mir höllische Angst. Das klingt ziemlich bescheuert, kann ich mir denken.« Er senkte die Lider und fuhr sich mit der Hand über das Gesicht. Dann drehte er sich weg. »Vergiss, was ich gesagt habe, ich bin einfach seltsam rührselig im Moment, muss an der blöden Weihnachtszeit liegen.« Er räusperte sich. »Warum ich wirklich mit dir hergekommen bin, ist Folgendes«, er schaute wieder zu ihr. »Ich habe hier ein Haus voller Möbel, die kein Mensch mehr braucht – außer dir vielleicht.«

Laras Augen wurden untertassengroß. »D-du bietest mir deine Sachen an?«

Janne zuckte die Schultern. »Ich habe mich gestern dazu entschieden, das Haus zu verkaufen, und ja, dazu muss es ausgeräumt sein. Natürlich, nachdem der Makler ein paar Bilder gemacht hat, aber das ist in einem Tag erledigt. Danach könntest du alles haben, ich brauche nichts mehr davon.«

Lara wirkte bestürzt, alle Farbe war aus ihrem Gesicht gewichen. Er hatte eigentlich mit einer anderen Reaktion gerechnet. Vielleicht kam ihre Erschütterung auch von seinem Geständnis vorher. Ja, das war möglich. Verdammt, wieso hatte er bloß nicht die Klappe gehalten?

Er wusste selbst nicht, warum er ihr sein Herz ausgeschüttet hatte. Janne war verwirrt, was neuerdings zum Dauerzustand wurde.

»Du musst nicht sofort ja sagen«, brummte er und ging aus dem Wohnzimmer in den Eingangsbereich zurück. »Überleg es dir in Ruhe, komm, lass uns zurückfahren, es ist spät.«

Gott, er fühlte sich so dämlich. Auf der Fahrt kam nur schleppend ein Gespräch in Gang. Womöglich hatte er alles kaputtgemacht.

Wobei, nein. Es gab nichts kaputtzumachen. Sie waren kein Paar und würden auch nie eins sein.

Das war doch eher der Punkt. Janne konzentrierte sich wieder auf den Straßenverkehr, was schwierig genug war, denn die Leute fuhren ihre Autos, als tanzte eine Kuh auf dem Glatteis. Bei ihr an der Düne angekommen, wandte er sich noch einmal an Lara, ehe sie ausstieg. »Die Jungs kommen morgen wieder vorbei, dann gehts in deiner Wohnung weiter. Boden abschleifen, Wände streichen, Hajo bringt die restlichen neuen Schalter und Steckdosen mit. Er hat auch bei einem Großhändler nach Altgeräten gefragt, die noch okay sind. Die kann er dir günstig besorgen, wenn du zustimmst. Dann hättest du das Problem mit den Elektroherden und Kühlschränken beseitigt. Die sind nicht neu, aber generalüberholt.«

Sie schaute ihn mit großen Augen an. In der Dunkelheit schimmerten sie wie tiefe, geheimnisvolle Seen. »O-okay«, stammelte sie. »Das klingt gut. Und du? Sehe ich dich morgen auch?«

Am liebsten würde er sie an sich ziehen und sie küssen, seine Nase in ihrem Haar vergraben und die Wärme ihres Körpers spüren. Er sehnte sich nach Zärtlichkeit, es musste nicht mal Sex sein. Janne biss die Zähne zusammen, denn egal wie verlockend es war, so war es gleichzeitig eine dämliche Idee, die entstandene Freundschaft zu riskieren. »Ich sehe, ob ich es schaffe«, gab er ausweichend zurück.

Lara lächelte, aber es wirkte gezwungen. »Ja, klar«, erwiderte sie sofort. »Dann danke für den Tag und gute Nacht.«

»Klar, gute Nacht. Überleg es dir, wegen der Möbel, meine ich. Ich kann dir auch Bilder zukommen lassen von den einzelnen Stücken.« Er umklammerte sein Lenkrad fester, ein letzter Versuch, sich davon abzuhalten, noch mehr Blödsinn zu machen an diesem Tag.

»Ja, danke. Ich ... ich weiß noch gar nicht, was ich dazu sagen soll. Gute Nacht, Janne«, wiederholte sie noch einmal.

Als Lara ausgestiegen war und er sie durch den frisch gefallenen Schnee zu ihrem Haus stapfen sah, knurrte er. »Idiot. Ich bin echt ein Idiot.« Dann fuhr er ins Haus seines Großvaters und packte den verdammten Dekokram seiner Mutter aus, weil er nichts mit sich anzufangen wusste.

* * *

Lara betrat am nächsten Morgen das Café Helena und klopfte den Schnee von ihren Stiefelsohlen ab. Es war ein längst überfälliger Besuch, der mit ziemlich schlechtem Gewissen einherging. Ihre Freundin stand hinter dem Tresen und winkte fröhlich, sie schien es ihr nicht übelzunehmen, dass Lara sich so rar gemacht hatte in der letzten Woche. Helena hatte das Café gerade geöffnet, und Lara war vermutlich die erste Kundin des Tages. Bei ihr Zuhause werkelten bereits die fleißigen Helfer, deswegen wollte sie auch nur schnell einen Kaffee trinken – sich aber hauptsächlich bedanken und nach dem kommenden Wochenende und den Aufgaben beim Basar fragen.

»Wie schön, dich zu sehen.« Helena lächelte breit.

»Gleichfalls! Es war irre viel zu tun.«

»Das denke ich mir. Wie kommst du voran? Was kann ich dir Gutes tun?«

»Ich nehme gern einen Milchkaffee.«

»Super, kommt sofort. Noch ein Stück Kuchen dazu?«

»Ich habe gar nicht viel Zeit.«

»Ach was«, Helena winkte ab und schob eine Ecke Schokoladentorte auf einen Teller. »Du brauchst was auf die Rippen, du wirst ja immer dünner.«

»Das kann gar nicht sein, erst gestern hab ich fette Gans und Rotkohl dazu in mich hineingestopft.«

Lara grinste, dann zog sie ihre Jacke aus und setzte sich. Kurz darauf war Helena bei ihr.

»Ich wollte mich noch bei dir bedanken«, erklärte Lara jetzt und merkte, dass ihr warm wurde.

»Bedanken?« Helenas Stirn war gerunzelt.

»Na, für den süßen Adventskalender. Es tut mir leid, dass ich mich noch nicht gemeldet habe. Es ist so wunderschön, was du für mich ausgesucht hast. Echt klasse. Vielen, vielen Dank!« Sie stand auf und umarmte ihre Freundin.

Helena lachte und schob sie zurück. »Moment mal. Ich möchte mich nicht mit fremden Lorbeeren schmücken, Liebes.«

Lara wurde stutzig und setzte sich wieder. »Wie meinst du das?«

»Von mir ist er nicht. Hast du vielleicht einen Verehrer, hm?«

Lara riss die Augen auf. »Der Adventskalender ist nicht von dir?«

Helena schüttelte den Kopf. »Nee, ist er nicht.«

Lara konnte es nicht fassen. »Vielleicht von einem der Patienten?«, murmelte sie und fragte sich, wer von den Leuten so etwas machen würde. Sie kannte sie nur oberflächlich, aber eigentlich glaubte sie das nicht. Es war zu ... persönlich.

Und dann fiel der Groschen. »Ach du Scheiße«, stieß sie hervor.

Helena lachte. »Was?«

»Dann kann er eigentlich nur von Janne sein.«

Ihre Freundin wackelte anzüglich mit den Augenbrauen. »Aha, dann ist also doch was im Busch. Süß!«

Lara wurde schrecklich heiß. »Nee, bestimmt nicht.«

»Nun komm schon. Du magst ihn. Läuft da was zwischen euch? Du wirst ja ganz rot!«

Lara trank einen Schluck Kaffee, während sie überlegte. »Da läuft gar nichts.«

»Ich glaub dir kein Wort. Er ist doch ständig bei dir.«

»Weil er mir mit dem Umbau helfen will, erinnerst du dich?«

Helena prustete los. »Ja, klar. Das auch. Stimmt schon. Aber mir ist gleich aufgefallen, wie ihr euch anschmachtet.«

»Anschmachtet. Pah. Nee.« Lara war leider eine schlechte Lügnerin, sie wusste das. Und im Grunde war sie froh, dass sie mit Helena darüber reden konnte. Sie hatte die halbe Nacht wach gelegen und sich gefragt, was da gestern zwischen ihnen los gewesen war. Oder auch nicht. »Ich werde aus ihm nicht schlau. In der einen Sekunde ist er so offen und ... gefühlvoll, und dann, als fiele ein Rollladen ... alles dicht.«

»Kann es sein, dass er mehr Zeit braucht?«

Lara zuckte die Schultern. »Zeit wofür? Wir sind nicht zusammen, oder so was.«

»Aber du bist ganz schön verknallt in ihn?«

»Ich bin fast dreißig – da verknallt man sich doch nicht mehr wie mit zwölf.«

Helena lächelte versonnen. »Wenn du morgens aufwachst, woran denkst du da? Wenn du einschläfst? Woran denkst du? Wenn dir was Aufregendes passiert, wem möchtest du es erzählen?«

Lara nagte an ihrer Unterlippe, sie konnte sich sparen, die Fragen zu beantworten, das Ergebnis war immer gleich. Sie vergrub ihr Gesicht zwischen ihren Händen. »Gott, ich bin hergekommen, weil ich einen lausigen Männergeschmack habe und mich immer auf die falschen einlasse. Erstens«, sie lugte zwischen ihren Fingern hervor. »Ist überhaupt nicht sicher, ob Janne nicht nur mit mir ins Bett will, wovon ich ja eher ausgehe.«

»Und zweitens?«

»Ich habe mir selbst eine männerfreie Zeit verordnet, und deshalb werde ich mich nicht in eine Affäre stürzen, oder wie auch immer man es bezeichnen soll, was sich da vielleicht anbahnt. Ich betone vielleicht. Ja, klar, er ist attraktiv, sexy und meine Güte, sein Körper ist göttlich. Aber es gehört mehr dazu, oder? Ich habe echt keine Lust auf Stress. Wenn ich mit ihm ins Bett gehe, kann es gut sein, dass er mich danach nicht mehr mit dem Arsch anguckt, weil er eben doch nur das eine von mir will.« Sie verzog ihre Lippen. Das klang plausibel und vernünftig, aber ihr Bauch wollte was anderes. Sie erinnerte sich daran, wie er sie gestern angesehen hatte, was er gesagt hatte. Das klang nicht nach belanglosem Sex – eher so, als ob er Angst vor seinen Gefühlen hätte.

Aber konnte das sein? Sie kannten sich erst seit einigen Wochen und hatten nicht wirklich einen guten Start gehabt. Lara war überfordert, und eine Sache hatte sie in ihrem Leben gelernt, man sollte sich nie in etwas stürzen, das noch mit so vielen Fragezeichen behaftet war. Hätte sie bei Philip gewartet, bis er seine Frau verlassen hatte, ehe sie mit ihm rumgemacht hatte, wären ihr viel Leid und einsame Stunden erspart geblieben. Sehr wahrscheinlich war es falsch, Janne und Philip zu vergleichen, aber es ging eher darum, dass sie nicht schon wieder Gefühle in einen Mann investierte, der am Ende der falsche war. Blöd nur, wenn man sich wünschte, dass der Falsche der Richtige sein könnte.

Lara seufzte und guckte zu Helena.

»Ihr müsst es ja nicht überstürzen, Liebes.«

»Das ist genau das, was ich beherzigen werde. Ich meine, ist ja nicht so, dass ich mich nicht beherrschen könnte. Außerdem klang er gestern nicht so, als hätte er vor, diese Woche bei der Renoviererei dabei zu sein. Er will sein Haus in Rostock verkaufen, da gibt es sicher 'ne Menge zu organisieren.«

»Oh, wirklich? Das sind ja gute Neuigkeiten.«

»Findest du?«

»Ja, sicher. Damit entschließt er sich, endgültig hierzubleiben. Das ist doch super.«

»Ich weiß nicht.« Sie schob sich das letzte Stück Torte in den Mund und spülte es mit dem Milchkaffee herunter. »Erzähl mir mal lieber, was ich am Wochenende machen soll? Wann gehts los?«

»Freitagnachmittag bis Sonntagabend. Wir haben da so eine kleine Holzhütte, wenn du mir beim Verkauf hilfst, wäre das super. Wenn wir zu zweit sind, ist es einfacher, wenn einer mal muss und so. Meine Schwiegermutter passt auf Amalia auf, und Torben kümmert sich um den Torten-Nachschub, außerdem möchte ich ihm mit dem Rücken nicht zumuten, drei Tage in der Kälte zu stehen, verstehst du?«

»Ja, das verstehe ich sogar sehr gut. Langes Stehen ist Gift im Moment. Wie geht es ihm? Soll ich noch mal nach ihm schauen?«

»Er macht fleißig seine Übungen, das klappt wirklich hervorragend. Er soll sich bei dir melden, wenn er das Gefühl hat, dass du ihn noch mal bearbeiten sollst. Mir sagt er ja nix und macht immer einen auf stark.«

Lara lachte. »Männer. Sei froh, dass du so einen hast, der nicht permanent jammert.«

Sie plauderten noch kurz, dann verabschiedete Lara sich und fuhr nach Hause, um sich bei den Arbeiten auf ihrer Baustelle zu beteiligen. Der Container war in der Zwischenzeit abgeholt worden, weil sie keinen Schutt mehr hatten, der aus dem Haus musste. Jetzt ging es nur noch ums Verschönern. Mit Hajo, dem Elektriker, hatte sie vorhin schon gesprochen und die Elektrogeräte bestellt. Lara schmunzelte in sich hinein und freute sich wie verrückt. Momentan schien ihr Plan aufzugehen, sie hatte sogar noch eine kleine Reserve auf ihrem Konto, ein Polster, falls doch noch etwas kaputtging. Das hieß, falls sie die Möbel von Janne annahm. Sie war unschlüssig. Auf den ersten Blick hatten sie viel zu edel und teuer gewirkt. Die konnte er ihr doch nicht einfach so schenken? Andererseits, auch ohne es zu erwähnen, hatte sie begriffen, dass er damit zu viele traurige Erinnerungen verband. Sie würde noch eine Nacht darüber schlafen und sich morgen bei Janne melden. Oder sollte sie abwarten, bis er zu ihr kam? Sie war unsicher und schob die Gedanken daher lieber beiseite und konzentrierte sich aufs Arbeiten.

Später am Nachmittag, die Helfer hatten die Baustelle gerade verlassen, streifte Lara durch ihr Haus. Es war unfassbar, was heute alles erreicht worden war. Das Erdgeschoss war quasi fertig gestrichen, der Boden abgeschliffen, aber noch nicht geölt. Das würde sie am Wochenende machen, wenn sonst keiner hier war. Vor oder nach dem Basar. Im Wohnzimmer sah es sogar richtig heimelig aus. Für die alten Sofas hatte sie Überzüge bestellt, die man einfach über die alten Polster spannte. Das Sitzgefühl wurde dadurch zwar nicht verändert, aber die Optik immens. Mit dem brennenden Kamin, den Kerzen und der Deko im Raum sah das Zimmer richtig gut aus. Lara spürte, wie sich ihre Mundwinkel nach oben bogen. Im Radio lief gerade *Driving Home for*

Christmas, das war einer der Songs, bei dem sie immer gute Laune bekam.

Lara pfiff leise mit, während sie ein paar – leider nur gekaufte – Kekse auf einem Teller anrichtete und hinüber ins Wohnzimmer brachte. Heute Abend kamen drei ihrer neuen Patienten, zwar war das Sofa keine gute Behandlungsliege, aber sie hatte keine Praxis und, ehrlich gesagt, in nächster Zeit auch nicht vor eine zu eröffnen. Sie wollte erst mal ankommen. Wenn der Stress des Umbaus vorbei war und die ersten Gäste in den Wohnungen eintrafen, würde sie noch mal überlegen. Fürs Erste konnte sie sich beim besten Willen nicht vorstellen, sich noch eine Bürde in Form einer Praxis aufzulasten. Sie zweifelte nicht an ihren therapeutischen Fähigkeiten, im Gegenteil, aber der Bürokram, die behördlichen und rechtlichen Aspekte flößten ihr eine Heidenangst ein.

Es klingelte, und Lara begrüßte ihre erste Besucherin. Nachdem sie Brot, selbst gebackene Kekse und eine Topfpflanze entgegengenommen hatte, bat sie Frau Eilers ins Wohnzimmer.

Die nächsten zwei Stunden verflogen in Windeseile, als die dritte Dame gerade in ihre Schuhe schlüpfte, bimmelte es erneut.

»Nanu?«, murmelte Lara. Sie erwartete niemanden.

Sofort dachte sie an Janne, von ihm hatte sie den ganzen Tag nichts gehört. Sie hatte nicht ständig an ihn denken wollen, es aber natürlich doch getan. Das war wie mit dem rosa Elefanten. Und vor sich selbst brauchte Lara sich auch nichts mehr vorzumachen. Ganz tief in ihr drin wünschte sie sich ihr erstes und einziges Weihnachtswunder ihres Lebens. Leider gab es da immer wieder dieses Stimmchen in ihrem Kopf, das ihr einflüsterte, dass sie bisher noch nie auf der Seite des Glücks gestanden hatte und dass jeder Mann in ihrem Leben sie immer irgendwann enttäuscht und im Stich gelassen hatte. Trotzdem öffnete sie die Tür mit einem Lächeln und Herzklopfen, dagegen war sie machtlos. Außerdem wollte sie dem Flüstern des Stimmchens nicht mehr länger zuhören. Es musste ja nicht immer schlecht für sie ausgehen!

Sie war überrascht, als sie nicht Janne vor ihrer Haustür stehen sah, sondern eine rundliche Frau mittleren Alters. Auf dem Kopf trug sie eine Pudelmütze, dazu einen langen Daunenmantel. Sie lächelte nicht, im Gegenteil, ihre Augen waren kalt wie Stahl.

Laras Lächeln fror ein wenig ein, in ihrem Magen rumorte es. Das sah nicht nach einem Freundschaftsbesuch aus. O Gott. War sie vielleicht von einer Behörde? Hatte sie jemand angeschwärzt? Oder hatte sich die Frau nur in der Tür geirrt?

Fast hätte Lara gelacht. Letzteres hielt sie bei ihrem Glück für unwahrscheinlich. »Guten Abend«, grüßte Lara.

Frau Eilers zog den Reißverschluss ihrer Jacke nach oben, als sie die neue Besucherin entdeckte, murmelte sie etwas von »Ich muss los, hab' vergessen, dass …«, den Rest hörte Lara nicht mehr, aber klar war, die beiden kannten sich, und Frau Eilers suchte das Weite, es sah schon fast nach einer Flucht aus.

Lara schluckte, als die grummelige Frau anfing zu sprechen. Ihr Tonfall war schneidend. »Was glauben Sie eigentlich, wer Sie sind?«

»Äh, wie bitte?« Sie straffte ihren Rücken, obwohl sie sich klein und eingeschüchtert fühlte, wollte sie sich das nicht anmerken lassen. »Wer sind Sie überhaupt?«

»Mein Name ist Ursula Petersen, und es wundert mich, dass Sie mich nicht kennen, wo Sie mir doch alle meine Kunden stehlen.«

Laras Mund klappte auf und dann wieder zu.

»Ja, jetzt gucken Sie nicht so blöd, glauben Sie, ich bin

dumm und würde nicht rausfinden, wo Sie wohnen? Jetzt hören Sie mir mal zu, gute Frau. Entweder Sie hören auf, meine Patienten abzuwerben, oder Sie lernen mich mal so richtig kennen!«

Lara schluckte und überlegte, was sie erwidern könnte. Gleichzeitig spürte sie, dass ihre Beine ganz wackelig waren, während ihr Magen in ihre Kniekehlen sackte. »Frau Petersen …«, fing sie an, aber sie wurde direkt mit einer unwirschen Geste unterbrochen.

»Entweder Sie hören damit auf, oder ich zeige Sie an. Ist das klar?«

Lara schnappte nach Luft wie ein Fisch auf dem Trockenen. Sie wollte vorbringen, dass sie niemandem etwas wegnehmen wollte, aber ihr war klar, dass sie so auf Dauer auch nicht weitermachen konnte oder wollte. In ihrem Kühlschrank stapelten sich die Eier, und das viele Brot konnte sie alleine niemals essen. Gegen die Topfpflanze hatte sie zwar nichts, aber auch der Bedarf war nicht unendlich … Gleichzeitig konnte sie verstehen, dass Frau Petersen vermutlich nicht mit Eiern oder anderen Lebensmitteln bezahlt wurde, dass ihr Lebensunterhalt davon abhing. Lara holte tief Luft. »Ich … Es tut mir leid«, krächzte sie. »Ich wusste nicht, dass die Leute ihre Behandlung bei Ihnen abbrechen würden …«

»Ja, klar«, sie lachte abfällig. »Und mein Name ist Hase. Ich sag Ihnen das genau einmal: Lassen Sie die Finger von meinen Kunden, sonst werden Sie es bereuen!«

Sie wirbelte, soweit ihr fülliger Körper das zuließ, herum und stapfte in die Dunkelheit davon.

Lara stand wie vor den Kopf gestoßen da und konnte sich nicht rühren. Ihre Knie schlotterten, und sie hatte das Gefühl, sich gleich übergeben zu müssen. »O Gott«, murmelte sie irgendwann als sie merkte, wie durchgefroren sie hier bei der offenen Tür mittlerweile war, und ging zurück ins

Haus. Sie ließ sich auf den Boden vor dem Kamin in den Schneidersitz sinken und vergrub ihr Gesicht zwischen die Hände. Mit Frau Petersen hatte sie sich eine echte Feindin geschaffen, und sie konnte es der Frau nicht mal verübeln. »Scheiße«, fluchte sie und wusste nicht, was sie tun sollte. Sie hatte schreckliche Angst, dass sie ihre Drohung wahr machte und sie anzeigte. Lara hatte keine Ahnung, welche Strafe ihr dann drohte ... Und sie wollte es auch lieber nicht herausfinden.

Eine Träne löste sich aus ihrem Augenwinkel. Noch vor einer Stunde war sie so glücklich und positiv gestimmt gewesen. Alles hatte sich zum Guten gewendet, hatte sie zumindest gedacht, und dann das. Sicher hatte Frau Petersen einigen Einfluss im Dorf, sie hatte imposant und wie ein Fels in der Brandung gewirkt. Was, wenn die Dorfleute sich wieder alle gegen sie verschworen? Lara glaubte nicht, dass sie so auf Dauer leben konnte.

Kapitel 17

»Alles klar, dann höre ich von Ihnen?«, verabschiedete Janne sich von dem Makler, mit dem er einige Stunden verbracht hatte, um Bilder aufzunehmen und den Kaufpreis festzulegen.

»Sehr bald sogar, ich bin mir sicher, dass wir für das Objekt schnell einen Käufer finden werden. Immobilien, die so hervorragend in Schuss sind, findet man selten.«

Janne nickte. »Sehr gut.« Gleichzeitig war er überrascht, zu welchem Preis es angeboten werden sollte. Er hatte gestern ein wenig recherchiert und die Wertsteigerung, seit Kaufdatum, war immens. Nicht, dass es ihn groß interessierte, überrascht war er trotzdem gewesen. Geld war nicht sein Problem, aber in jedem Fall war es besser, welches zu haben.

Der Gedanke, bald einen endgültigen Schlussstrich unter das Thema Haus ziehen zu können, erleichterte ihn sogar, obwohl er Nicole bei der Scheidung schon ausgezahlt hatte. Es war heute viel einfacher für ihn gewesen, den Maklervertrag zu unterzeichnen, als gedacht. Aber Janne hatte begriffen, dass es Emilia auch nicht zurückbrachte, wenn er ihr Zimmer unangetastet ließ. Und es half ihm ebenso nicht bei seiner Trauer, im Gegenteil. Das Wissen um das ehemalige Familienzuhause hatte stets in seinem Unterbewusstsein wie ein Gespenst unter dem Bett gelauert und in den schwächsten Momenten daran erinnert, was er unwiederbringlich verloren hatte.

Er hoffte, dass ihn dieser Schritt ein Stück weiterbringen würde in seiner Trauerbewältigung. Ihm war bewusst, dass er auch nach drei Jahren noch ganz am Anfang damit stand, und konnte sich nicht wirklich vorstellen, dass er jemals wieder unbeschwert durchs Leben gehen könnte. Aber, das musste er sagen, seit er Lara getroffen hatte, gab es mehr für ihn als nur die Flucht vor der Einsamkeit.

Er verabschiedete sich und fuhr nach Hause an die Küste, wo er die beiden für Lara gebauten Garderoben aus Treibholz aus der Werkstatt abholte. Es war längst dunkel geworden, ein Blick auf die Uhr sagte ihm, dass es kurz vor acht war.

Wenig später stand er vor ihrer Tür und klingelte. Im Haus brannte Licht, sie war auf jeden Fall da. Es dauerte einige Minuten, aber nichts passierte, also drückte er den Knopf noch mal. Er fing gerade an, sich Sorgen zu machen, als zögerlich geöffnet wurde. Lara lugte hervor, und er sah sofort, dass etwas nicht stimmte. Ihr Gesicht war weiß und fleckig und die Augen gerötet. Die Lippen waren zwei schmale Striche, die Schultern nach vorn gesackt.

»Lara, was ist passiert?«, stieß er hervor, legte die Garderoben ab und zog sie in seine Arme.

Sie ließ es geschehen, als wäre sie eine Marionette an Fäden. Er spürte, wie zerbrechlich sie war. Mit dem Fuß kickte er die Tür ins Schloss und hielt sie noch einen Augenblick im Arm, ohne etwas zu sagen. Sie entspannte sich ein wenig, nur ein bisschen, dann löste sie sich von ihm und wischte sich mit dem Ärmel über das Gesicht. »Tut mir leid«, krächzte sie.

»Was tut dir leid?« Er schlüpfte aus Anorak und Schuhen, nahm ihre Hand und ging mit ihr ins Wohnzimmer. Sie setzten sich aufs Sofa, er schaute sie erwartungsvoll an.

»So, jetzt erzähl mal ganz ruhig, was passiert ist, Lara. Ist was mit dem Haus?«

Sie schüttelte den Kopf, dann guckte sie flehend zur Decke und fluchte leise »Ich bin einfach nur saudumm.« Jetzt blickte sie ihn direkt an, und er atmete beinahe erleichtert aus. Sie schaute nicht mehr wie ein Geist aus, es war wieder Leben in ihren Augen.

»Ich hatte vorhin drei Patienten da, und danach wollte ich noch was essen und dann schlafen gehen. Aber dann hats noch mal geklingelt.«

»Und?« Er dachte sofort an ihren blöden Ex aus München. Hatte er sie noch mal aufgesucht und womöglich belästigt? Der unbändige Drang, den Arsch zu erwürgen, wuchs in ihm. Janne presste die Kiefer zusammen.

»Frau Petersen stand auf einmal hier, und sie war nicht glücklich, mich zu sehen. Sie hat mir gedroht, dass sie mich fertigmachen wird, wenn ich nicht aufhöre, ihr die Kunden abzuwerben. So ungefähr hat sie es jedenfalls ausgedrückt.«

Janne atmete erleichtert aus. Zum Glück nur die alte Kuh. Er kannte sie zwar bloß vom Sehen, aber er hatte schon viel über ihre schroffe Art gehört. Wobei das Gezeter lediglich heiße Luft war, aber das wusste Lara ja nicht. Er konnte sich gut vorstellen, wie so jemand die süße und verletzliche Lara fertigmachte. Der Beschützerinstinkt in ihm wollte ihn aufstehen und zu der Frau fahren lassen, um ihr klarzumachen, dass sie Lara gefälligst in Ruhe lassen sollte. Trotzdem blieb er sitzen. »Und was hast du geantwortet?«

Sie zuckte die Schultern. »Was sollte ich abstreiten? Sie hat ja recht. Ich kann so nicht weitermachen, Leute behandeln und mich mit Eiern bezahlen lassen ...«

»Ja, natürlich. Du kannst doch auch einfach eine Rechnung schreiben, oder?«

»So leicht ist es nicht. Um mit einer Krankenkasse abrechnen zu können, muss man gewisse Kriterien erfüllen. Ich habe ja nicht mal eine Behandlungsliege.«

»Das könnte man organisieren.«

Sie hob ihre Hand und lächelte schwach. »Ja, das schon. Aber ... ich will erst mal ankommen. Ich habe die Leute nur behandelt, weil ich mir gewünscht habe, dass ich hier nicht wie ein Alien angeglotzt würde. Und es hat ja auch geklappt, auf einmal standen Handwerker da und man hat mir im Dorf gewunken, anstatt mich von Weitem finster anzustarren. Das war schön. Da habe ich auch in Kauf genommen, mich von Eiern und Brot zu ernähren.«

Janne grinste. »Ja, daran könnte man definitiv noch arbeiten. Also an dem, was du isst.«

Ihr Blick wurde weicher, die Augen funkelten sogar ein wenig. Wärme machte sich in seinem Magen breit, erst jetzt wurde ihm bewusst, dass er noch immer ihre Hand hielt. Sein Daumen strich über ihren Handrücken.

»Okay, gut, es gibt für alles eine Lösung. Um Frau Petersen brauchst du dir keine Sorgen machen, die klappert nur.«

Lara hob eine Braue. »Meinst du? Sie hat gedroht, mich anzuzeigen.«

»Wieso denn? Wegen Nachbarschaftshilfe? Wird sie nicht machen.«

»Ich will keine Feinde im Dorf.«

Ihm war klar, dass eine zarte Person wie Lara das schlecht aushielt. Sie war so sensibel und immer um das Wohl anderer bedacht, dass sie ihr eigenes leicht vergaß. Janne legte seine Hand auf ihre Wange. »Sprich doch noch mal mit ihr«, murmelte er, während sein Blick sich auf ihre Lippen heftete. Verlangen schoss durch seine Adern. Er erinnerte sich genau, wie es gewesen war, sie zu küssen. Lara biss sich auf die Unterlippe und seufzte leise.

Lust zuckte durch seine Lenden, als er den kleinen Laut hörte, den sie ausstieß. Langsam hob er seinen Blick und schaute ihr tief in die Augen. »Lara«, wisperte er und hatte den Rest von dem, was er sagen wollte, längst vergessen, weil er nur noch eines im Sinn hatte: genau da weiterzumachen, wo sie zuletzt in der Garage aufgehört hatten.

»Was machen wir hier?«, fragte sie leise, und ihre Stimme klang so sehnsuchtsvoll, wie er sich fühlte.

»Ich habe keine Ahnung, aber wie wäre es, wenn wir das herausfinden?«

»Spiel nicht mit mir, Janne«, bat sie ihn leise und schluckte dann trocken.

Er verstand, dass sie sich noch immer fragte, ob er nur Sex wollte. Begriff sie denn nicht, dass sie ihm unter die Haut ging? Es war viel mehr als nur körperliche Lust. Die auch, aber alles andere, die Sehnsucht, das Gefühl, sie beschützen zu müssen, sie glücklich machen zu wollen, waren mindestens genauso präsent und stark.

»Das habe ich nicht vor, Lara. Ich weiß nicht, was ich dir sagen soll, außer, dass ich mich besser fühle, wenn ich bei dir bin. Ich will dich küssen, dich liebkosen, dich beschützen, und vor allem möchte ich mich in dir verlieren, mit dir. Ich könnte dir jetzt mit all dem Mist kommen, von wegen keine Verpflichtungen und all das, aber das ist Unsinn. Mit dir könnte ich mir vorstellen, jeden Tag aufzuwachen. Du bist nicht wie andere Frauen. Du bist etwas Besonderes, und ich habe verdammte Angst, dass ich was falsch mache. Dass ich vielleicht doch zu kaputt bin, um eine Beziehung führen zu können. Und dann habe ich überhaupt keine Ahnung, ob du das überhaupt willst.«

Er sah, wie Lara ausatmete und Luft holte. Sein Herz schlug Kapriolen »Wow, das ist … Ich weiß gar nicht, was ich sagen soll.«

»Ich kann dir nichts versprechen, ich weiß nicht, wie

es mit uns wird … werden kann. Aber eins habe ich heute begriffen, als ich mit dem Makler in meinem alten Haus war: dass du seit einiger Zeit der Grund dafür bist, dass ich morgens wieder gerne aus dem Bett steige. Wenn ich dich sehe, geht mein Herz auf, und das habe ich verdammt lange nicht mehr gespürt. Ich dachte, dass ich das nie mehr erleben würde. Dass ich dazu nicht mehr fähig bin. Wir kennen uns noch nicht lange, aber ganz ehrlich, du bist wie ein Blitz in mein Leben eingeschlagen, und ich möchte nicht, dass du daraus wieder verschwindest. Im Gegenteil.«

Laras Augen leuchten auf, ihre Lippen formten ein sanftes Lächeln. »Ich brauche keine Versicherung«, wisperte sie. »Die gibt es nicht.«

»Alles, was ich weiß, ist, dass ich dich besser kennenlernen möchte.«

»Vielleicht stellen wir ja dann fest, dass wir doch nicht zusammenpassen«, ergänzte sie den Satz, obwohl sie beide wussten, dass das nicht passieren würde. Diese Verbindung konnte er sich nicht einbilden, und er war überzeugt davon, dass es ihr auch so erging.

»Ja, vielleicht.«

»Wenn es so wäre, könnten wir dann trotzdem Freunde sein?«, fragte sie leise. Er ahnte, dass sie schon oft verletzt worden war, und nahm sich vor, es besser zu machen.

Sein Daumen strich über ihre Wange, er rückte ein Stück näher an sie heran. Ihr Duft stieg ihm in die Nase. »Ich werde alles daransetzen, dass es nicht dazu kommt.«

Laras Hände glitten unter seinen Pullover und streichelten seinen Rücken. »Ich hoffe es.«

In seinem Kopf drehte sich alles. Er würde zu allem ja sagen, wenn er sie endlich spüren und fühlen könnte. »Küss mich, Lara«, knurrte er und verschloss ihren Mund mit seinen Lippen. Er wollte es langsam angehen lassen, aber es fiel ihm so verdammt schwer, sich zu beherrschen. Es war, als hätte sich eine Schleuse geöffnet, und all die aufgestaute Leidenschaft brach aus ihm hervor. Mit einem Stöhnen hob er sie auf seinen Schoß und zerrte ihr den Pulli über den Kopf, um sie dann wieder zu küssen. Seine Erektion pochte hart gegen seine Jeans, Lara musste es auch fühlen. Ihre Hände strichen über seinen flachen Bauch, seine Muskeln spannten sich unter ihren zarten Fingern an. Das Ziehen in seiner Lendengegend war zu einem sehnsüchtigen Brennen geworden. Himmel, er war so scharf auf sie, dass er sich kaum beherrschen konnte. »Lara«, flüsterte er heiser und küsste sie wieder. Und wieder. Ihre Zungen spielten miteinander, Laras Atem war süß und köstlich. Er war in keiner Weise auf diesen Moment vorbereitet, denn er war nicht in der Absicht hergekommen, mit ihr zu schlafen. Jetzt gab es kein Zurück mehr, und er war froh darüber. Über die möglichen Konsequenzen, wenn es doch nicht mit ihnen klappte, wollte er nicht grübeln. Er konnte sowieso keinen klaren Gedanken mehr fassen. Seine Hände strichen über ihren schlichten schwarzen BH. Die Brustwarzen waren hart und aufgerichtet. Lara legte ihren Kopf in den Nacken und stöhnte kehlig, während sie ihr Becken gegen ihn drängte. Himmel, merkte sie eigentlich, wie heiß sie ihn machte?

Er konnte sie unmöglich hier lieben, also schlang er ihre Beine um seine Hüften und stand mit ihr auf – auch, um sich ein wenig abzukühlen. Er kannte den Weg nach oben und hoffte, dass die verdammten Handwerker ihr Bett wieder zusammengebaut hatten. Er knipste das Licht an und ließ sie dann sanft aufs Bett gleiten und kroch zu ihr, auf sie. Seine Ellenbogen waren neben ihrem Oberkörper aufgestützt, er nahm sich einen Augenblick, um Lara tief in die Augen zu sehen. Ihr Blick war verhangen, ihre Lippen rot und vom Küssen geschwollen. Ihr Haar lag wie ein seidiger Fächer ausgebreitet um ihren Kopf. Sie hatte nie schöner ausgesehen. Seine Hände glitten unter ihren Rücken und öffneten den lästigen Verschluss ihres BHs, dann zog er sich den Pullover über den Kopf und auch das T-Shirt. Lara ließ ihre Finger über seine flachen Muskeln gleiten. Sie biss sich auf die Unterlippe und lächelte lasziv. »Großartig«, murmelte sie, und er lachte.

»Dabei haben wir ja gerade erst angefangen.«

Als ihre Hände zur Ausbuchtung seiner Jeans kamen, blieb ihm das Lachen in der Kehle stecken, und er schnappte nach Luft. »Himmel«, knurrte er.

Sie schob ihn von sich, und er ließ zu, dass sie ihn auf den Rücken drehte. Als sie anfing, sich an den Knöpfen seiner Hose zu schaffen zu machen, schloss er die Augen, seine Hände wanderten in ihre Haare. »Das ist so gut«, brummte er und hob seine Hüften ein wenig an, damit sie ihn besser ausziehen konnte. Die Boxershorts ließ sie auch gleich verschwinden. Ihre Hände strichen über seine Oberschenkel, er wand sich unter ihr. Jede Berührung fühlte sich wie pure Ekstase an. Er atmete schwer, dabei hatten sie noch nicht mal richtig angefangen.

Als Laras Finger sich um seine Erektion schlossen, stieß er einen Schrei aus und krallte seine Nägel in die Bettwäsche. »Um Gottes willen, du machst mich fertig«, stöhnte er und genoss die zärtliche Folter. Er wollte sich beherrschen, sich Zeit lassen, aber er war so erregt, dass er sich kaum unter Kontrolle hatte. Als sich auch noch ihre Lippen um seine Eichel schlossen, hielt er es nicht mehr aus. Er schob sie mit einer ruckartigen Bewegung von sich und warf sie auf den Rücken. Lara kicherte, während Janne sich, nach Atem ringend, durch die Haare strich. »Nicht so eilig«, brummte er und strich mit seinen Fingerspitzen über ihre Lippen, über ihr Kinn, ihr Schlüsselbein, umkreiste ihre Brüste und fuhr dann um den Bauchnabel. Danach entledigte er sie der letzten Kleidungsstücke und lächelte zufrieden. »Wundervoll.« Seine Stimme klang heiser.

Laras Brüste hoben und senkten sich mit jedem Atemzug, ihre Brustwarzen schimmerten herrlich rosa im schwachen Licht, sie waren hart und aufgerichtet und schrien förmlich nach seiner Aufmerksamkeit. Er widmete sich erst der einen perfekten Rundung, dann der anderen. Lara hielt sich an seinem Rücken fest und wand sich unter ihm. Seine Zunge hinterließ eine heiße Spur auf ihrer Haut, während er sich immer tiefer vorarbeitete und jeden Zentimeter ihres Körpers erkundete. Eine köstliche Freude machte sich in ihm breit, er genoss es, sie zu liebkosen. Irgendwann fand sein Mund ihre intimste Stelle und Lara stöhnte seinen Namen. Er hätte nicht gedacht, dass es ihm selbst so viel Lust spenden würde, sie ihr zu bereiten, aber es war so. Sanft umkreiste seine Zunge ihr Zentrum der Lust, während sich seine Hände unter ihre Pobacken schoben, um sie genau da zu halten, wo er sie haben wollte. Ihre Hüften zuckten unter ihm, sie wand sich voller Leidenschaft, und Janne merkte, dass sie kurz davor war. Immer kürzer wurden die Abstände zwischen ihren Lustseufzern. Als sie ihre Hände in seinem Haar vergrub, sie festkrallte und sich unter ihm versteifte, stöhnte er selbst, während sie sich ihrem Orgasmus hingab. Laras Atem beruhigte sich nur allmählich. Janne wanderte langsam mit seinen Lippen über ihren Bauch zu ihrem Gesicht und küsste sie. Mit einem Lächeln löste er sich und betrachtete sie. Sie blinzelte träge und seufzte leise. »Meine Güte …«, hauchte sie mit rauer Stimme.

Janne legte sich neben sie und strich mit seinen Fingern über ihren weichen Bauch. Die seidige Haut fühlte sich erhitzt an, und er war glücklich, sie so entspannt und zufrieden zu sehen. »Geht es dir gut?«, fragte er sanft.

Sie nickte glückselig. »Und wie. Was ist mit dir?« Sie richtete sich auf und wollte ihn streicheln, wandte sich seiner Erektion zu.

»Warte«, bat er sie und griff nach ihrer Hand. Er zog sie

auf seine Brust und hielt sie in seinen Armen. »Wir können warten, Lara. Lass uns nichts überstürzen.«

Er hatte keine Ahnung, woher das auf einmal kam. Aber es stimmte. Natürlich wollte er mit ihr schlafen, aber er war bereit zu warten. Sie sollte nicht glauben, dass er nur auf die Befriedigung seiner Lust aus war.

Laras Hand streichelte seinen Bauch, den sanften Flaum an Haaren, der von seinem Bauchnabel ab tiefer wuchs. Er war noch immer hart. Als sie ihn umfasste, keuchte er auf. »Wie soll ich das jetzt verstehen?«, wisperte er, während sie ihre Finger auf- und abgleiten ließ. Er schloss die Augen. Gott, das hier war so viel besser, als er es jemals für möglich gehalten hätte. Sein ganzer Körper war gespannt wie ein Bogen.

»Ich will nicht warten«, flüsterte sie und löste ihre Finger von seiner Haut.

Janne riss die Lider auf und war überrascht, als sie das Bett verließ.

»Moment«, rief sie ihm über die Schulter zu und rannte ins Bad. Als sie mit einer kleinen, glitzernden Packung zurückkam, begriff er. Sie hatte ein Kondom geholt.

Meine Güte, dass er nicht mal daran gedacht hatte!

Das war ihm schon lange nicht passiert.

Oder eher: noch nie.

Janne schob die Gedanken an das, was es bedeuten könnte, beiseite und konzentrierte sich auf Lara. Sie setzte sich auf seine Oberschenkel und riss die Packung auf. Dann rollte sie den Gummi über seine Erektion, dabei ließ sie sich viel Zeit und stellte sich auch noch verdammt geschickt an. Alles mit ihr wurde zur süßen Folter. Als sie sich auf ihn setzte und seinen Schwanz langsam in ihre Nässe gleiten ließ, stieß er einen derben Fluch aus.

Er biss die Zähne zusammen und ahnte, dass er das nicht lange aushalten konnte. Lara fing an, sich langsam auf ihm zu bewegen. Sie beugte sich zu ihm und imitierte den Rhythmus ihrer Hüften mit ihrer Zunge. Janne bohrte seine Finger in das weiche Fleisch ihres Hinterns. Er hoffte, dass er nicht zu grob war, aber sie schien es eher zu genießen.

Immer schneller, immer weiter, immer intensiver liebten sie sich. Die Gefühle, die sie in ihm wachrief, waren unglaublich. Seine Nervenenden standen unter Strom. Er schwitzte, keuchte und sein Becken zuckte unter ihr, während er versuchte, ein wenig länger auszuhalten. Nur noch ein wenig mehr. O Gott. Es war so großartig, sie zu spüren, zu fühlen und zu riechen. Laras Bewegungen wurden schneller, unkontrollierter. Als sie seinen Namen in sein Ohr stöhnte und sich über ihm versteifte, war es um ihn geschehen. Janne wurde von einem so explosiven und intensiven Orgasmus erfasst, dass er alles um sich herum vergaß. Er klammerte sich an Lara und hielt sie fest, während die Wellen der Lust über ihm zusammenschlugen.

Mit einem trägen Lächeln auf den Lippen lag er in Laras Bett. Es roch nach frischer Farbe und Sex. Das Licht hatte sie gelöscht und war wieder zu ihm unter die Decke gekrabbelt. Er konnte sich nicht rühren. Beim besten Willen nicht. Jeder Muskel in seinem Körper schien aus geschmolzenem Wachs zu bestehen. Er konnte sich nicht erinnern, wann er sich jemals so entspannt, beinahe schwerelos gefühlt hatte. Janne wollte nicht einschlafen, aber es war unmöglich, sich wach zuhalten. Es hatte zu viele Nächte gegeben, in den letzten Jahren, in denen er lange Stunden blicklos ins Dunkle gestarrt hatte. Es kam ihm so vor, als forderte sein Körper jetzt die so dringend nötige Erholung. Aber es gab so vieles, was er Lara noch sagen wollte. Sagen musste. Dass die Handwerker nicht nur aus Nächstenliebe für sie arbeiteten, zum Beispiel. Dass sie ihm nicht nur Gefallen schuldig waren, sondern dass er ihnen auch etwas bezahlte.

Er hatte es ihr bislang verschwiegen, weil sie die Hilfe dann nicht angenommen hätte. Noch immer war er sich nicht sicher, wie sie reagieren würde, wenn sie es erfuhr. Es lag durchaus im Bereich des Möglichen, dass sie ihn anbrüllen und aus dem Haus schmeißen würde, doch das Risiko musste er eingehen.

Oder nicht?

Es war verlockend, einfach die Augen zu schließen und die Nähe ihres weichen, perfekten weiblichen Körpers zu genießen. Sie im Arm zu halten und so zu tun, als gäbe es nur noch sie beide auf der Welt.

»Lara?«, fragte er in die Dunkelheit und sie schmiegte sich noch ein wenig enger an ihn. Sie seufzte leise. »M-mh?«

»Ich wollte dir noch was erzählen«, fing er leise an.

»Nicht jetzt, mein Märchenprinz ...«, murmelte sie schläfrig.

Seine Mundwinkel bogen sich nach oben. »Märchenprinz?«, wiederholte er amüsiert.

»Ich habe mir ein Happy End vom Universum, oder Gott, oder wie auch immer man diese seltsamen Mächte nennen will, gewünscht, wenn's geht noch im Dezember, habe ich gesagt, vorhin, ehe du bei mir vor der Tür standest. Und auf einmal warst du da, als hätte mich mal endlich jemand erhört. Also, was solltest du sonst sein, wenn nicht mein Märchenprinz? Enttäusch mich nicht!«, mahnte sie neckend, aber er ahnte, dass mehr dahintersteckte, und er wollte alles tun, dass er ihre Hoffnungen und Erwartungen erfüllte, auch um seinetwillen.

Der Mut, ihr jetzt reinen Wein einzuschenken, verließ ihn.

Auf einmal schnellte sie hoch, und die Decke fiel von ihren Schultern. »O Gott, ich hab's vergessen.«

»Lara, was ist denn?« Er hielt den Atem an.

»Danke!«, stieß sie hervor und küsste ihn noch einmal.

Er entspannte sich wieder, kapierte trotzdem nicht, was los war.

»Also, nicht, dass ich mich nicht gern von dir küssen lasse, aber wofür war der?«, scherzte er.

»Na, für den Adventskalender!« Sie schmiegte sich wieder an ihn.

Er grinste in die Dunkelheit und hielt sie fester. »Ich dachte schon, du kommst nie drauf«, neckte er sie und streichelte ihre Schulter.

Sie verpasste ihm einen spielerischen Klaps. »Witzbold. Wieso hast du denn nichts gesagt?«

Er zuckte mit den Schultern, auch wenn sie es nicht sehen konnte. »Weiß nicht, vielleicht weil es mir peinlich war?«

»Wieso denn das?«

»Na komm, unser Kennenlernen war schon sehr ... speziell.«

»Gib es ruhig zu, du hast dich wie ein Arsch benommen.«

»Ja, wenn du es so sagen willst. Könnte sein.«

»Arsch«, wiederholte sie, und er hörte das Grinsen aus ihrer Stimme.

»Ja, ist ja gut. Ich gebe es zu. Ich habe mich wie ein Idiot aufgeführt.« Heute konnte er selbst nicht mehr begreifen, was er mit all den Frauen angefangen hatte, und warum.

»Ich bin froh, dass sich der erste Eindruck als falsch herausgestellt hat«, erklärte sie leise.

»Ich auch«, stimmte er ihr zu und entschied, dass er doch lieber noch einen Tag oder zwei damit warten wollte, bis er ihr erzählte, dass er die Handwerker aus eigener Tasche bezahlte ...

Kapitel 18

Lara fühlte sich großartig. Nach einer erfüllenden Nacht und einer ausgiebigen Dusche stand sie am Herd und bereitete eine große Portion Rührei zu. Mit einem guten Esser wie Janne im Haus war es gar nicht so übel, dass sie, dank der Patienten, eine Menge vorrätig hatte. Das Radio lief. Sie summte leise »Santa Claus is coming to town« mit. Beim Blick aus dem Fenster kam tatsächlich ein wenig Weihnachtsstimmung bei ihr auf. Schnell zündete sie noch ein paar Kerzen an, um die Stimmung ein wenig zu unterstreichen. Die Kaffeemaschine blubberte, und ein angenehmer Duft verbreitete sich in der Küche. Hier hatte sie es noch nicht geschafft, die Folie aufzukleben, irgendwie war sie sich nicht sicher, ob sie das überhaupt wollte. Vielleicht konnte man die Fronten abbeizen und einfach neu lasieren. Es wirkte massiv und hochwertig, eventuell konnte man was retten. Möglicherweise hatte ja Janne eine Idee, aber eigentlich war Lara froh, wenn sie sich nicht die ganze Zeit den Kopf über weitere Umbauten oder Schönheitsreparaturen zerbrechen musste. Jetzt, wo fast alles geschafft war, merkte sie, wie erschöpft sie auf das Thema Renovierungen reagierte. Nicht nur körperlich. Daher war es ganz gut, wenn sie sich ein wenig mehr Zeit für den Rest nahm. In ihrem Wohnbereich musste nicht alles wie aus dem Ei gepellt aussehen. Kommt

Zeit, kommt Rat, dachte sie und fühlte sich tatsächlich damit zufrieden. Es war viel mehr, als sie noch vor wenigen Monaten gehabt hatte.

Zweifel, ob das, was sie hier tat, richtig war, ließ sie überhaupt nicht erst aufkommen. Sie dachte an den unangenehmen Besuch gestern Abend. Auch wenn Janne gesagt hatte, dass diese Frau nur meckerte, aber nichts gegen sie unternehmen würde, wollte Lara noch einmal mit ihr sprechen. Man musste doch eine Möglichkeit finden, miteinander klarzukommen. Sie wollte sich entschuldigen, denn es war natürlich nicht okay, dass sie ihr die Patienten »klaute«, wie sie es ausgedrückt hatte. Da hatte Lara einfach nicht nachgedacht. Sie wollte keinen Streit. Mit niemandem. Deswegen hatte sie kein Problem damit, über ihren Schatten zu springen. Es musste doch machbar sein, miteinander zu existieren. Sie lächelte in sich hinein, während sie versonnen in der Pfanne rührte.

»Hey«, machte Janne auf sich aufmerksam, trat hinter sie und drückte ihr einen Kuss in den Nacken. Sie neigte ihren Kopf, damit er besser an ihren Hals herankam. Er roch großartig, sein Haar war nach dem Duschen noch feucht. »M-mh«, brummte sie zufrieden.

Jannes Hände ruhten auf ihren Hüften, er drückte sich an ihren Rücken. Seine Wärme übertrug sich auf sie. »Du bist echt sexy, wenn du kochst«, hauchte er an ihrem Ohr. Sie erschauderte und bekam eine Gänsehaut, als sie seinen heißen Atem auf ihrer Haut fühlte.

»Ist Rührei zubereiten, *kochen* für dich?«, scherzte sie.

»Jeder hat mal klein angefangen«, gab er gut gelaunt zurück. »Aber keine Sorge, ich bin ein guter Koch, ich kann dich anlernen, zu zweit macht es ohnehin viel mehr Spaß.«

Lara freute sich, dass er das sagte, das klang so, als ob er auch in Zukunft vorhatte, Zeit mit ihr zu verbringen. Obwohl sie die immer wieder erwachende Stimme der Zweiflerin in ihr stets zum Verstummen brachte, musste Lara zugeben, dass sie immer noch ein wenig unsicher war, was Jannes Zuneigung und seine Absichten betraf. Das würde sich bestimmt mit der Zeit legen. Es war alles noch zu frisch. Sie hatten nicht mal darüber geredet, ob sie jetzt fest zusammen waren. Irgendwie war es ihr peinlich, das anzusprechen, das klang so nach einer Teenagerdiskussion in der zehnten Klasse.

»Was grinst du so?«, meinte Janne jetzt und nahm Teller aus dem Schrank.

»Ach, gar nichts. Ich bin nur glücklich.«

Er hielt inne, dann gab er ihr einen Kuss auf die Stirn. »Das freut mich.«

Kurz darauf saßen sie am Tisch und verspeisten ihr Frühstück. Es fühlte sich überhaupt nicht komisch, sondern sehr vertraut und vor allem entspannt an. Ein wenig hatte sie sich gefürchtet, ob sich nach dem grandiosen Sex in der letzten Nacht etwas zwischen ihnen ändern würde. Oft äußerte sich das am nächsten Morgen in Befangenheit. Lara war nicht sonderlich erfahren, aber sie hatte es dennoch schon ein paar Mal erlebt. Sie war froh, dass das hier mit Janne nicht der Fall war.

Nachdem sie aufgegessen und abgeräumt hatten, schob Janne Lara zurück auf einen der wackeligen Stühle. »Kannst du ganz kurz hier warten?«, bat er und grinste verschmitzt.

»Äh, ja klar. Was führst du im Schilde?« Sie kniff die Augen zusammen und merkte, wie es in ihrem Magen zu kribbeln begann. Ihr Blick fiel auf den Adventskalender, ihr heutiges Geschenk hatte sie noch nicht ausgepackt, das würde sie später tun. Jetzt war sie wirklich gespannt, was er vorhatte. Er hatte doch nicht etwa noch eine Überraschung? Ihr blieb nicht lange Zeit zum Nachdenken, da kehrte er auch schon mit zwei in Laken eingeschlagene Pakete zurück.

Er legte sie auf den Tisch und verschränkte die Arme vor der Brust. »Voilà!«, verkündete er stolz.

»Äh, was ist das, Janne?« Sie fühlte sich kribbelig.

»Mach es auf, aber vorsichtig. Es ist handgemacht.«

Lara wurde warm, während sie mit ihren Fingern behutsam das Obere der beiden auspackte. Als sie sah, was sich darunter verbarg, stieß sie ein aufgeregtes Quietschen aus. »O mein Gott, wie schön ist das denn?« Ihre Augen füllten sich mit Tränen, sie konnte einfach nicht glauben, dass Janne eine Garderobe für sie gezimmert hatte.

»Dann gefällt sie dir? Die zweite sieht ähnlich aus. Für jedes Apartment eine.«

Lara sprang auf und schlang ihre Arme um Jannes Hals. »Natürlich! Es ist so wunderschön und originell! Genau so, wie ich es mir vorgestellt habe!«

»Wir können sie gleich drüben anbringen«, schlug er vor.

»Du bist echt verrückt!«, sie lachte und dann küsste sie ihn.

Als sie sich wieder von ihm löste, waren sie beide atemlos. »Du hast Talent, Wahnsinn«, stieß sie mit großen Augen hervor.

Jannes Augen funkelten. »Danke, ich habe schon eine Weile mit Treibholz herumexperimentiert. Bisher nicht mit Garderoben, sondern ich habe aus meinen gesammelten Stücken Skulpturen gebaut.«

Sie erinnerte sich, dass er etwas in der Werkstatt angedeutet hatte, aber da war sie viel zu fixiert auf ihn gewesen, als nachzuhaken.

»Und die verkaufst du?« Lara war jedenfalls von seiner Kreativität überrascht, damit hatte sie nicht gerechnet. Sie war immer davon ausgegangen, dass er sich mit seinen Handwerkerarbeiten was dazuverdiente. Allerdings hatte sie natürlich schon gemerkt, dass er nicht arm und von

Hause aus eher gut betucht war und dass Handwerkern vielmehr einen Zeitvertreib für ihn darstellte.

Janne nickte. »Ja, ich mache nicht viele, aber es hat sich zu einem ganz guten Nebenverdienst entwickelt.«

»Krass, dann bist du berühmt?« Sie hob eine Augenbraue.

»Na ja, was bedeutet schon berühmt, um ehrlich zu sein, wundert es mich immer wieder, dass Leute so viel für meine Kunst ausgeben, aber die Galeristin kann gut Geschichten erzählen. Hab sie durch Zufall kennengelernt, und sie hat ihre Galerie in New York, da lieben die Schönen und Reichen ausgefallenes Zeug, und ich kann sogar anonym bleiben.« Er sprach mit hoher Stimme und spreizte den kleinen Finger ab. »Der Künstler lebt zurückgezogen an der Küste, niemand darf von seiner Identität erfahren. Sie spinnt den Mythos darum herum, und je weniger Werke sie hat, desto schneller reißen die Kunden sie ihr aus der Hand. Es ist ein bisschen verrückt, ja, das muss ich zugeben. Und in den letzten Wochen habe ich auch kaum was fertiggebracht, um ehrlich zu sein.«

Lara wollte gar nicht wissen, wie und wo er diese Frau kennengelernt hatte. Eifersucht war nichts, worauf man bauen konnte, deswegen dachte sie nicht weiter darüber nach.

»Ich bin daran schuld, dass du gerade keine Zeit dafür hast.« Ihr schlechtes Gewissen regte sich, weil sie ihn davon abhielt, mehr mit dem Treibholz zu werkeln.

Er nahm ihre Hand in seine und drückte einen Kuss auf ihre Haut. »Nenn es nicht Schuld, Lara, es ist schön. In der Werkstatt bin ich oft nur gewesen, weil ich es sonst nirgends ausgehalten habe. Das mit dem Verkauf war nie geplant gewesen.«

Sie ahnte, was er meinte. »Jetzt bin ich ja hier fast fertig.«

»Das auch. Hast du schon überlegt, ob du die Möbel übernehmen willst? Ich habe gestern mit dem Makler

Bilder gemacht, und wir könnten diese Woche den Transport organisieren, dann hättest du alles eingerichtet.«

Lara verzog ihre Lippen. »Ich weiß nicht, ob ich das annehmen kann. Die sehen edel und teuer aus. Du machst echt Nägel mit Köpfen, hm?«

Er zuckte die Schultern. »Weißt du Lara, ich gebe sie lieber dir, als dass ich sie auf den Sperrmüll stelle.«

»Sperrmüll«, wiederholte sie kopfschüttelnd. »Die setzt du bei eBay Kleinanzeigen rein, und dann kaufen die Menschen das, damit kannst du noch gut was verdienen, ich habe schon mal geschaut, wo ich was herbekomme …«

»Lara«, unterbrach Janne sie geduldig und strich ihre zärtlich eine Strähne hinters Ohr. »Es wäre doch Unsinn – für uns beide bedeutet es viel mehr Arbeit, wenn du jedes Teil einzeln suchst und wenn ich jedes Stück ins Internet setze und dann womöglich noch Besichtigungstermine dafür vereinbaren muss.«

Lara verzog ihren Mund. Er hatte nicht unrecht, trotzdem fühlte es sich falsch an, sich alles schenken zu lassen. Vor allem mit den Kindermöbeln hatte sie ein Problem. Andererseits, womöglich kamen auch Feriengäste mit Babys – ein Kinderbett zu haben, war dann ja nicht verkehrt. Aber ob Janne das wirklich wollte? »Kann ich dir die Sachen dann abkaufen?«, schlug sie vor und wagte nicht, das Thema anzusprechen.

Er verdrehte die Augen, dass sie dafür etwas bezahlen wollte, war nicht die Antwort, die er hatte hören wollen. Irgendwie schon wieder süß, dass er so großzügig war, fand sie. Es machte ihn noch attraktiver, denn es gab kaum etwas Nervigeres an einem Menschen als übertriebener Geiz. Lara erinnerte sich an ihre erste Beziehung, bei der sie als Paar die Telefonrechnung sogar nach wirklichem Gesprächsaufkommen auseinander klabüstert hatten. Nein, so einen Mann wollte sie nicht an ihrer Seite. Aber das, was

Janne hier für sie tun wollte, war einfach zu viel. Großzügigkeit hin oder her. Sie würde sich die Möbel nicht schenken lassen.

Er seufzte und verzog seinen Mund. »Du bist echt 'ne harte Verhandlungspartnerin, Lara.«

Sie grinste. »Genau!«

»Wir finden eine Lösung, okay? Du zahlst mir was, in Ordnung. Dann können wir das mit dem Transport also klarmachen, und ich bestelle einen Möbelwagen, dann ist alles vor Weihnachten fertig, und du kannst die Bilder für die Website online stellen. Wenn es gut läuft, hast du Silvester die ersten Gäste. Das war doch dein Plan, oder?«

Es klang zumindest sehr verlockend, ja.

»Genau. Und ohne dich …«, sie trat zu ihm und stellte sich auf die Zehenspitzen. »Hätte ich das nie geschafft.«

Er lächelte selbstverliebt, und Lara gab ihm einen kleinen Stupser. »Ich wüsste schon, wie du dich bei mir bedanken könntest«, witzelte er und ließ seine Hände unter ihren Pullover gleiten.

Laras Unterleib zog sich erwartungsvoll zusammen. »Zu gerne, nur leider nicht jetzt, denn gleich kommt Frau Harms vorbei, ich konnte die heutigen Termine nicht mehr absagen … Das werde ich aber, also für die Zukunft. Ich kann niemanden mehr im Austausch gegen Eier und Brot behandeln. Irgendwie war mir das immer bewusst.«

Er seufzte, aber seine Augen funkelten amüsiert. »Zu schade, dass du beschäftigt bist. Dann sehen wir uns nachher. Ich düse jetzt mal nach Hause, um paar Dinge zu organisieren. Ich komme am Nachmittag mit Hajo zurück, und wir erledigen den Rest mit Steckdosen und Licht und so weiter.«

Sie salutierte scherzweise. »Jawohl, Sir.«

Nach einem langen Kuss verließ Janne die alte Kate, und Lara blieb allein zurück. Für eine Sekunde fürchtete sie, dass er, nachdem er die Schwelle überschritten hatte, womöglich nicht mehr wiederkommen würde.

Nein, sagte sie sich. Er ist nicht wie die anderen Kerle. Mit der Zeit würde sie lernen, Vertrauen zu Janne aufzubauen. Sie nickte, als ob sie sich selbst Mut machen wollte, zu, und dann bimmelte es auch schon an der Tür. Heute war es wirklich eine Kundin und nicht noch mal Frau Petersen. Gott sei Dank. Doch der Besuch bei der unfreundlichen Frau stand ihr noch bevor – sie wollte das lieber früher als später regeln.

Am frühen Nachmittag, Janne und Hajo waren gerade in den oberen Zimmern zugange, entschuldigte Lara sich kurz und sah im Internet nach, wo Frau Petersen ihre Praxis hatte. Arbeitete sie alleine? Gestern war Lara zu geschockt gewesen, um danach zu fragen, und dann war sie mit Janne beschäftigt gewesen. Bei der Erinnerung an die letzte Nacht wurde ihr warm ums Herz. Sie tauchte wieder aus ihren Tagträumen auf und notierte sich die Adresse der Praxis auf einen Zettel. Wo die Straße lag, fand sie schnell heraus.

Wenig später parkte Lara ihren Wagen mit klopfendem Herzen im Zentrum des Dorfs. »Hoffentlich mache ich hier das Richtige.«

Es war bereits dunkel, obwohl es erst kurz nach vier war. Der Ortskern war hell erleuchtet, Lichterglanz und Schnee verbreiteten ein zauberhaftes Ambiente, zusammen mit den hübschen Häuschen. Die meisten waren, wie ihr eigenes, mit Reet gedeckt. Aus vielen Kaminen stieg Rauch auf. Lara fasste sich ein Herz und stapfte über den vom Schnee geräumten Fußweg zur Praxis. Sie befand sich in einem modernen Gebäude. Ein Ärztehaus, wie es sie überall gab. Lara drückte die Tür auf, sie war nicht verschlossen und ging zur Tür im Erdgeschoss, in der sie hoffte, Frau Petersen sprechen zu können. Das Licht war unangenehm grell und wirkte unnatürlich. Lara zögerte, während das mulmige Gefühl in ihrem Bauch zunahm.

Vielleicht war es dumm gewesen herzukommen, womöglich hatte Frau Petersen keine Zeit, oder sie war schon weg. Egal, sagte Lara sich. Jetzt, wo sie hier war, würde sie keine Ausreden erfinden, warum sie sich nicht traute, sie würde zumindest versuchen, mit ihr zu sprechen. Lara drückte die Klinke zur Praxis herunter und hielt die Luft an, als die Tür wirklich aufging. Es roch nach Orangen, auf dem Tresen brannte eine Kerze in einem Windlicht. Tannengrün war darum herum drapiert. Die Einrichtung war eher spartanisch, aber harmonisch. Die Wände waren in einem hellen Gelbton gestrichen, die Decke wurde indirekt mit Lichtern angestrahlt. Geschmackvoll, schoss es Lara durch den Kopf. Und es passte überhaupt nicht zu ihrem ersten Eindruck, den sie gestern von der rundlichen Dame bekommen hatte – beinahe hätte sie im Geist das Wort Drachen benutzt. Fast glaubte Lara, dass sie sich vielleicht in der Tür geirrt hätte, aber auf dem Tresen entdeckte sie ein kleines, silbernes Aufstellschildchen. Ursula Petersen, Physiotherapeutin und Osteopathin, stand darauf.

Aha, dachte Lara. Dann bin ich hier also doch richtig. Jetzt hörte sie auch Stimmen aus einem der beiden Räume, deren Türen geschlossen waren. Vermutlich Behandlungsräume.

Lara rührte sich nicht vom Fleck, und es dauerte nicht lange, bis zwei Personen herauskamen. Ein Herr, den Lara nicht kannte, und Frau Petersen traten in den Tresenbereich. Sie trug ein rosafarbenes Poloshirt, das über ihrer Brust spannte und eine weiße Hose zu Gesundheitslatschen. Als sie Lara entdeckte, verfinsterte sich ihr Gesichtsausdruck.

Frau Petersen verabschiedete ihren Patienten, nachdem er die Räumlichkeiten verlassen hatte, wandte sie sich an Lara. »Was wollen Sie hier?« Unfreundlich wäre noch nett ausgedrückt.

Lara schluckte. Die Frau hatte wirklich eine einschüchternde Wirkung auf sie. »Ich wollte noch mal mit Ihnen reden, Frau Petersen.«

Die guckte immer noch bitterböse und verschränkte die Arme vor ihrem Busen. »Wüsste nicht, was es zu sagen gibt. Oder wollen Sie abstreiten, dass Sie mir die Patienten klauen?«

Lara atmete tief ein und wieder aus. Ihr war schrecklich heiß in ihrer Winterjacke, aber sie behielt sie an – es war ja nicht so, dass Frau Petersen sie gerade einlud, es sich gemütlich zu machen. Sie wollte trotzdem loswerden, was sie zu sagen hatte, und dann würde sie verschwinden. Gott, es war wahrscheinlich einfach eine dumme Idee gewesen herzukommen. Lara räusperte sich und sagte dann: »Ich bin hier, weil ich mich entschuldigen wollte, Frau Petersen.«

Ihre Augen weiteten sich ein wenig, aber sie presste nur die Lippen fest zusammen, sodass Lara mit ihrem Text, den sie sich gedanklich an die hundertmal vorgesagt hatte, weitermachte. »Ich wusste nicht, dass es Ihre Patienten sind. Ergeben hat es sich, weil ich zufällig dabei war, als jemand ins Krankenhaus kam wegen eines Hexenschusses. Und auf einmal standen mehrere Leute bei mir vor der Tür, die wollten, dass ich ihre Rückenschmerzen behandele. Ich hatte und habe nie vor, Ihnen das Geschäft streitig zu machen. Sehen Sie, Frau Petersen, ich habe in München lange im Krankenhaus gearbeitet, viel mit frisch operierten und auch mit chronisch Kranken. Hier wollte ich was ganz anderes machen – nämlich Ferienwohnungen vermieten. Sie brauchen sich also keine Sorgen zu machen. Ich habe heute allen mitgeteilt, dass ich sie nicht mehr behandeln werde, und dass sie sich bei Ihnen einen Termin holen sollen. Wirklich, ich möchte keinen Stress mit Ihnen, Frau Petersen, ich habe einfach nicht nachgedacht.«

Die Frau hörte aufmerksam zu, was hinter ihrer Stirn vor

sich ging, konnte Lara nicht sagen. Sie war fertig mit ihrer kleinen Rede, und ihr Mut sank, als Frau Petersen den Kopf schüttelte. Sie wirkte wenig versöhnlich. »Das sagen Sie jetzt«, murrte sie.

Lara zuckte die Schultern. »Ich habe nicht vor, meine eigene Praxis aufzumachen, alles, was ich wollte, ist, den Leuten zu helfen. Fertig. Das können sie mir glauben oder nicht. Und jetzt wünsche ich Ihnen noch einen guten Abend, auf Wiederschauen.« Lara machte auf dem Absatz kehrt, und verließ die Praxis hocherhobenen Hauptes.

Sie war zwar nicht glücklich über den Ausgang des Gesprächs, aber sie war zufrieden mit sich selbst, dass sie den Mut bewiesen hatte, für ihre Taten geradezustehen – auch, wenn es wirklich nicht so tragisch war. Sie hatte niemandem geschadet, nicht mal Frau Petersen. Die paar Patienten waren vorher vermutlich nicht mal alle bei ihr Kunden gewesen.

Lara setzte sich in ihr Auto und zuckelte nach Hause. Irgendwie war sie aufgedreht und aufgewühlt nach dem Besuch. Als sie die Kate betrat, verabschiedete Janne gerade Hajo. Als sie ins Zimmer kam, verstummten die beiden mitten im Gespräch und glotzten sie stumm an.

»Äh, hallo«, grüßte Lara und runzelte die Stirn. »Störe ich?« Es hatte wie ein Scherz klingen sollen, aber Janne guckte irgendwie schuldbewusst drein. Sie verstand nicht, was es bedeuten sollte, und in der nächsten Sekunde wirkte er wie immer. Vielleicht hatte sie sich auch getäuscht. Ja, wahrscheinlich.

»Wegen des Einbaus der Elektrogeräte melde ich mich noch mal«, erklärte Hajo. »Dann düse ich jetzt mal los, schönen Abend noch.«

Lara nickte. »Sehr gern und vielen Dank, Hajo.«

Kurz darauf waren die beiden allein. Janne zog Lara in seine Arme und küsste sie. Wie immer schmolz sie förmlich dahin und vergaß alles um sie herum. Er hatte einfach eine einzigartige Wirkung auf sie, die berauschend und großartig war. »Gott sei Dank, sind jetzt alle weg«, raunte er an ihren Lippen.

Sie lachte. »Wieso?« Seine Hände wanderten unter ihren Pullover und strichen an ihrer Wirbelsäule entlang, dann öffnete er, ganz schnell, den Verschluss ihres BHs. Sie schrie überrascht auf.

»Weil ich das hier schon den ganzen Tag machen wollte«, ergänzte Janne, seine Stimme klang ein wenig heiser.

Lara seufzte leise und drängte sich an seinen wundervollen Körper. Sie konnte spüren, wie erregt er war. Ihr ging es genauso. Sie küssten sich noch einmal, diesmal heftiger. Fordernder. Ein Kuss, der ihr sagte: Du gehörst mir. Sie wurde zu Wachs unter seinen Berührungen.

Ihre Kleidungsstücke verteilten sich im rasanten Tempo im Raum, bis sie schließlich im Bett landeten. Jannes Hände waren überall, seine Zunge löste Gefühle in ihr aus, die sie direkt ins Paradies beförderten. Sie war glücklich und bebte vor Lust. Sie liebten sich schnell und leidenschaftlich. Alles, was im Raum zu hören war, war ihr keuchender Atem und die Geräusche von nackter Haut auf nackter Haut.

* * *

Sehr viel später verließen sie die Kate noch einmal gemeinsam. Sie hatten sich dick eingemummelt und machten sich auf den Weg zum Strand. Es schneite ganz leicht, die Nacht war eiskalt. Man sah die Lichter des Dorfs in der Ferne. Als sie die Düne erreichten, war es stockfinster. Ihre Augen gewöhnten sich schnell an die Dunkelheit. Janne war mit sich und der Welt zufrieden, er hatte einen Arm um Lara gelegt. Sie schlenderten gemächlich über den nassen Sand am Ufer, viele Worte waren nicht nötig. Janne hing seinen eigenen Gedanken nach. Er hatte heute eine Menge organisiert, und er wunderte sich über sich selbst. Noch vor einem Monat hätte er jeden für verrückt erklärt, der ihm auch nur etwas von allem, was geschehen war, prophezeit hätte. Das Exposé für sein Haus war heute online gegangen, der Makler rechnete schon bald mit den ersten Interessenten. Bereits am Mittag hatte Janne den Möbelwagen bestellt, noch vor Weihnachten würde alles hier an die Küste gebracht werden.

Er dachte an die Kinderzimmereinrichtung. Einerseits hatte er das Bedürfnis, sie in seinem Haus unterzubringen, andererseits fürchtete er sich davor, was das mit ihm anstellen würde. Gerade deswegen war er aus Rostock an die See geflüchtet. Weil er es nicht mehr ausgehalten hatte, jeden Tag Emilias leere Kinderbettchen zu sehen.

Für einen Augenblick haderte er mit der Entscheidung, in der nächsten Sekunde überwog die Gewissheit, dass es richtig war, es endlich anzugehen.

Vieles, was er vor Kurzem für unmöglich gehalten hatte, kam ihm jetzt machbar und sogar erstrebenswert vor. Eine Beziehung zum Beispiel, schoss es ihm durch den Kopf. Er wusste, dass er Lara längst in sein Herz geschlossen hatte, ob sie wirklich zusammenpassten, würde sich zeigen. Soweit wollte er noch nicht gehen, es war zu früh, weiterzudenken, an ein »für immer«. Er war kein Junge mehr, der sich Illusionen machte. Dafür hatte er zu viel erlebt. Auf der anderen Seite waren da die Gefühle, die Lara in ihm wachgerüttelt hatte, die er genoss und willkommen hieß.

Nun, ein paar Tage waren ja noch Zeit, bis er sich wegen der Kinderzimmermöbel entscheiden musste. An allem anderen hing er nicht. Nicht im Geringsten, es war eher, als hätte jemand eine schwere Last von seiner Brust genommen. Das Haus und die Einrichtung loszuwerden, war eine wirkliche Erleichterung.

»Alles okay?«, meinte Lara und riss ihn aus seinen Gedanken.

Er war überrascht, wie gut sie ihn schon nach so kurzer Zeit lesen konnte. »Ja«, antwortete er und drückte ihre Schulter. »Es ist alles ganz wunderbar.«

»Schön.« Er hörte das zufriedene Lächeln aus ihrer Stimme, und sie setzten ihren Weg fort. Die Wellen rauschten, es roch herrlich nach Meersalz und Schnee. Ein Mann kam ihnen entgegen, er war dick angezogen und bewegte sich gemächlich. Janne war überrascht, als er den Rentner Ole erkannte. Es war eine ganze Weile her, seit Janne seine Spüle repariert hatte. Seitdem hatten sie sich nicht gesehen.

»Moin«, grüßte der Alte, bis er Janne erkannte. »Mensch, Janne! Gut, dich zu sehen.«

»Moin, Ole«, gab Janne zurück. »Wie gehts dir?«

»Gut, gut, muss meine alten Knochen noch mal eine Runde bewegen.«

Janne sah, wie Ole ihn und dann Lara und dann wieder ihn anschaute. »Super, Junge«, war alles, was er dazu sagte. »Schönen Abend euch beiden«, dann ging er weiter.

Janne erklärte Lara, woher er Ole kannte und dass er mit seinem Opa befreundet gewesen war.

Lara kicherte. »Du kennst echt jeden, oder?«

»So ungefähr, der Ort ist aber auch wirklich winzig. Hast du nicht gemerkt, dass er gar nicht wissen wollte, wer du bist?«

»Ja, stimmt. Warum?«

»Weil er längst weiß, dass du Lara Herziger aus München bist.«

Sie gluckste. »Mein Gott. Du hast recht.«

Er lachte. »Merk dir den letzten Satz!«

Sie boxte ihm spielerisch in die Seite. »Chauvinist!«

»Autsch. Nur ein Spaß.«

»Das will ich dir auch geraten haben!«

Sie trotteten weiter über den schneebedeckten Strand und gefühlt wurde es immer kälter. Er wollte gerade vorschlagen zurückzugehen, als sein Handy in der Jackentasche brummte. »Entschuldige«, meinte er und ging aus Gewohnheit dran.

»Hallo, mein Junge«, grüßte seine Mutter.

»Mama«, erwiderte Janne. »Hallo.«

Er verdrehte im Geiste die Augen. Bestimmt wollte sie über das Weihnachtsmenü oder anderen Kram reden, der ihn wenig bis gar nicht interessierte. Er nahm sich vor, sie schnellstens abzuwimmeln.

»Ich hab' ja schon ein paar Tage nichts mehr von dir gehört«, fing sie an.

»Ja, du weißt doch, bin mit dem Umbau beschäftigt.«

»Oh, stimmt ja. Na, wie läuft es mit Lara? Seid ihr euch nähergekommen?«

Janne hielt kurz die Luft an und schielte zu Lara, es klang nicht so, als hätte sie gehört, was seine Mutter gesagt hatte. Dass sie aber auch gar keine Skrupel hatte, ihren Sohn nach seinem Liebesleben auszufragen! Janne verzog seine Lippen und überlegte.

Er wusste nicht, was er erwidern sollte. Einerseits war er glücklich, aber er wollte seiner Familie keine allzu großen Hoffnungen auf ein seliges Weihnachtsfest und ein *Happy Ever After* machen.

Wieso eigentlich nicht?, schoss es ihm durch den Kopf.

Lara und er hatten zwar noch nicht näher über die Planung für Heiligabend gesprochen, aber war es nicht die logische Folge, dass sie mit ihm und seiner Familie feierte? Selbst wenn sie kein Paar wären, hätte er es ihr vielleicht angeboten. Warum zögerte er dann?

»Ich rufe dich später zurück, ich kann gerade schlecht, Mama«, meinte er und steckte das Telefon weg.

Dass er keine klare Antwort aus dem Bauch heraus geben

konnte, irritierte ihn. Er versuchte, sich nichts anmerken zu lassen, und schlenderte weiter mit Lara über den verschneiten Strand. »Meine Mutter«, erklärte er und seufzte. »Sie will mich wieder mit Weihnachten quälen.« Er hoffte, dass Lara nicht merkte, dass es eigentlich um etwas anderes ging.

»Du Armer«, neckte sie ihn.

Der Wind war eisig, er bemerkte, wie Lara ihre Schultern nach oben zog. »Dir ist kalt«, stellte er fest und hoffte, dass es nichts mit seinem Telefonat zu tun hätte.

Vielleicht hatte sie doch etwas mitbekommen?

Er könnte einfach einen lockeren Scherz darüber reißen, wie neugierig Eltern sein konnten, aber ihm fielen nicht die passenden Worte ein. Es war besser, das Thema zu wechseln. »Du bist ein Eiszapfen!«

Sie bibberte. »O Gott, ja! Du etwa nicht?« Sie lachte, und er atmete erleichtert aus.

Also doch nur die Kälte. Gott sei Dank.

Janne war froh, dass er diese Klippen noch einmal umschifft hatte. »Dann lass uns umkehren, mir fällt schon was ein, wie ich dich aufwärmen kann.«

Lara kicherte und rannte los. »Fang mich doch, wenn du kannst!«

Janne grinste und schaute ihr hinterher. Sie hatte wohl keine Ahnung, wie viele Stunden er hier am Strand mit Davonlaufen verbracht hatte. Er würde sie in Nullkommanichts einholen. Deshalb ließ er ihr einen kleinen Vorsprung. »Ich krieg dich!«, rief er hinter ihr her und lachte laut.

Vergessen waren seine Zweifel, ein wenig schämte er sich sogar dafür. Er hätte seiner Mutter einfach sagen sollen, dass er mit Lara glücklich war und dass sie mit ihnen feiern würde. Er würde sie später anrufen.

Kapitel 19

Das dritte Adventswochenende war eingeläutet. Die vorausgegangene Woche war im Eiltempo verflogen, zwischen Möbelrücken und Sex hatte es kaum Raum für etwas anderes gegeben. Es fühlt sich großartig an. Lara schwebte auf Wolke Sieben und hatte nicht vor, in naher Zeit davon herunterzukommen. Ihr Leben war zu einem wundervollen Märchen geworden, genau wie sie es sich gewünscht hatte.

Die Wohnungen waren fix und fertig eingerichtet – Lara hatte viele von Jannes Möbeln übernommen, sie waren am Donnerstag gebracht worden. Die Kinderzimmereinrichtung hatte er von den Möbelpackern zu sich nach Hause bringen lassen, wo er sie auf dem Dachboden verstaut hatte. Sie hatten nicht darüber geredet, aber sie hatte gespürt, dass es ihm schwerfiel, mit den Erinnerungen umzugehen, die mit den Möbelstücken verbunden waren. Vielleicht war er irgendwann bereit, darüber zu reden. Sie hoffte es.

Den Freitagnachmittag und Abend des Adventsbasars hatte Lara wunderbar an Helenas Seite überstanden und wusste nun, wie der Hase im Tortenhäuschen lief. Sie verkauften dabei Glühwein und alkoholfreien Punsch, Gott sei Dank, denn es war nach wie vor eisig. Gleichzeitig war es großartig, dass weiterhin so viel Schnee lag. Das machte alles noch hübscher und winterlicher mit den vielen Lichtern, den Tannenzweigen und dem weihnachtlichen Schmuck und Düften auf dem kleinen Markt in der Innenstadt.

Lara konnte kaum fassen, wie sich ihr Leben in kürzester Zeit von beschissen zu großartig gewandelt hatte. Sie freute sich, dass ihr Mut, neu anzufangen, mit einer neuen Liebe und einem wundervollen Zuhause belohnt worden war. Sie hatte ihm die drei berühmten Worte zwar noch nicht gesagt, aber sie fühlte sie, und sie glaubte, dass es Janne auch so ging.

Lara hielt nach ihrem Freund – selbst in ihrem Kopf klang das noch fremd – Ausschau, er hatte sich vorhin ein Stück Torte und einen Glühwein geholt, dann war er von einem Bekannten in ein Gespräch verwickelt worden und in der Menge abgetaucht.

Sie hatten ihre Beziehung noch nicht öffentlich gemacht, nicht, weil sie es nicht wollten, sondern weil Lara ihn darum gebeten hatte. Sie fühlte sich unsicher, weil sie als kürzlich zugezogene Bayerin ohnehin schon so eine Art Attraktion im Ort war. Es hatte sich überall rumgesprochen, dass sie hier neu anfing und die alte Kate im Naturschutzgebiet renovierte.

»Hoffentlich ist der Stand hier nicht nur meinetwegen so gut besucht«, scherzte Lara in Helenas Richtung, nachdem sie eine Kundin bedient hatte.

»Nein, sicher nicht. Die kommen natürlich wegen der Torten und wegen unseres Glühweins. Du bist schon lange keine Attraktion mehr«, beruhigte Helena sie. »Und unser Glühwein ist hausgemacht, nicht so eine Kopfwehplörre aus einem Kanister.«

Lara kicherte. »Ich kann ja nicht mitreden, aber der alkoholfreie Punsch ist wirklich lecker. Und ich bin erleichtert, denn ein wenig habe ich mich gefühlt wie ein Tier im Zoo.«

Lara dachte an den letzten Abend zurück, und ihr Gewissen rührte sich. Ein bisschen fühlte sie sich schlecht wegen der Bitte, die sie Janne gegenüber ausgesprochen hatte: »Keine Knutscherei in der Öffentlichkeit.« Sie wollte ihr Privatleben noch für eine Weile so haben: privat. Er hatte sich nicht beschwert, eigentlich hatte er gar keine Regung gezeigt, fiel ihr jetzt auf, wo sie so drüber nachdachte. Vielleicht hatte sie ihn damit doch vor den Kopf gestoßen? Sie hoffte nicht und nahm sich vor, das mit ihm zu klären. Tatsächlich war es auch albern, jetzt, wo sie hier stand, merkte sie, dass sie bereit war, jedem, der es wissen wollte, mitzuteilen, dass sie mit Janne zusammen war. Sie freute sich sogar darauf.

»Der ist auch von mir angesetzt«, erklärte Helena stolz und rieb sich die Hände. Lara richtete ihre Aufmerksamkeit wieder auf ihre Freundin. Sie trugen beide fingerlose Handschuhe, es war trotzdem eiskalt. Es war viel zu tun, sie kamen nicht viel zum Plaudern oder Scherzen. Doch eine Kundin bemerkte Lara sofort und hielt den Atem an.

Frau Petersen trat an die Hütte heran und guckte in die Tortenauslage. Als sie Lara erblickte, verfinsterte sich ihre Miene.

Ihr wurde übel. Hoffentlich machte die Frau keine Szene. Das würde ihr noch fehlen – und Helena auch. Lara biss die Zähne zusammen, gleichzeitig spürte sie, dass sie genervt war, weil sie sich Sorgen machen musste. Sie konnte nun wirklich nichts dafür, dass die Frau immer noch sauer auf sie war. Lara war bei ihr gewesen, hatte sich entschuldigt und seitdem tatsächlich niemanden mehr aus dem Dorf behandelt, obwohl die Damen sehr hartnäckig immer wieder vor ihrer Tür gestanden hatten. Frau Petersen schien das nicht wertzuschätzen, das sagte Lara jedenfalls ihr giftiger Blick. Lara wollte, egal was die rundliche Frau gleich sagen würde, trotzdem freundlich bleiben. Unbedingt. Sie wappnete sich innerlich gegen fiese Sprüche, dem begegnete man am besten mit einem Lächeln. Es fühlte sich zwar wie eine Grimasse an, aber dennoch.

»Was darf ich Ihnen geben?«, erkundigte sich Lara mit süßlicher Stimme.

Frau Petersen schürzte ihre Lippen. »Meine Patienten wollen Sie als Therapeutin!«

Lara guckte dumm aus der Wäsche, vermutlich sah sie aus wie ein Schaf, das den Bauern mit dem Schergerät um die Ecke trotten sah. »Wie, die Patienten wollen mich?« Sie konnte nicht ganz folgen, vermutlich weil sie mit Beschimpfungen gerechnet hatte und nicht mit so einer Aussage.

»Meine Patienten fragen nach Ihnen, Frau Herziger.« Es klang nicht gerade freundlich, aber Lara hörte auch einen gewissen Unterton, der Verunsicherung sein könnte.

Das überraschte sie.

»Und was soll ich dagegen tun? Das können Sie mir schlecht vorwerfen.« Lara war natürlich klar, dass Frau Petersen genau das gerade machte. Absurd. Völlig absurd, das alles.

»Das Problem ist nicht gelöst, Frau Herziger. So, ich nehme jetzt ein Stück von der Weihnachtsnugattorte mit Marzipan und einen Glühwein.«

Lara atmete leise aus. »Sehr gern.«

Während sie die Torte auf einen Teller schob und die Tasse füllte, hörte sie Frau Petersen sagen. »Sie könnten sich nicht vorstellen, ein paar Stunden in der Woche bei mir zu arbeiten?«

Lara schnappte nach Luft. Um ein Haar hätte sie alles fallen gelassen. Sie schluckte und blinzelte. Nein, sie musste sich verhört haben. Was war das denn für eine Hundertachtzig-Grad-Wendung?

Weil sie nichts sagte, fuhr Frau Petersen fort: »Ich bin, um ehrlich zu sein, überlastet in der Praxis. Also überlegen

Sie es sich. Wenn Sie Interesse haben, melden Sie sich bei mir.«

»Ähm. Ja. Macht elf Euro. Davon sind zwei Euro Pfand, die bekommen Sie zurück, wenn Sie uns nachher das Geschirr zurückbringen.«

Nachdem Frau Petersen gezahlt hatte und sich an einen der Stehtische, außer Hörweite, begeben hatte, stieß Helena Lara den Ellenbogen in die Seite. »Na, was sagst du?«

Lara fuhr sich mit den Fingerspitzen über die Nasenwurzel. »Ich bin verwirrt«, stieß sie hervor.

Helena gluckste. »Frau Petersen ist echt in Ordnung, mit ihrer Art muss man natürlich klarkommen. Sieh mal, ihr Mann ist früh gestorben, sie hat die drei Kinder allein durchgebracht und gleichzeitig Vollzeit ihre Praxis aufgebaut. Ich habe zum Glück keine Ahnung, wie es ist, Einzelkämpferin zu sein, aber ich kann mir vorstellen, dass man da ein bisschen seltsam werden kann. Oder ruppig, wie sie.«

Lara hob eine Augenbraue. »Puh. Sie kann das nicht ernst gemeint haben, oder? Erst feindet sie mich an, und dann das?«

Helena zuckte die Schultern. »Vielleicht lebt sie nach dem Motto, wenn du sie nicht umbringen kannst, mach mit ihr gemeinsame Sache?«

Lara lachte. »Den Spruch habe ich noch nie gehört.«

»Denk mal drüber nach. Wäre doch cool. Du könntest nebenbei ein bisschen arbeiten und hast keine Verpflichtungen mit dem ganzen Papierkram, das war es doch, wovor du Angst hattest, oder?«

»Ja, das schon.« Lara nickte zögerlich.

»Du musst ja nicht gleich zusagen. Lass die Frau ruhig zappeln«, Helena zwinkerte ihr zu, dann traten die nächsten Kunden an die Bude heran, und sie konzentrierten sich wieder aufs Geschäft.

* * *

Janne drückte Lara gegen das Holz der Tortenbude, es war die perfekte kleine Auszeit, um sich dahinter zu verstecken und ein paar Küsse zu stehlen. Um sie herum war es dunkel. Gedämpfte Geräusche drangen zu ihnen, Gelächter, Raunen und leise Musik. Es duftete nach Gewürzen und Gebratenem. Lara kicherte. »Ich muss gleich wieder zu Helena, die Arme hat ohne mich zu viel zu tun.«

Jannes Zähne knabberten an ihrer Unterlippe. »Noch nicht …«, raunte er und küsste sie leidenschaftlich. Sein Kopf fühlte sich leicht an, sein Herz auch. Er kam aus dem Dauergrinsen nicht mehr heraus. Womöglich hatte er nach dem einen Glühwein mit Schuss einen kleinen Schwips. Er löste sich von Lara. »Du schmeckst so gut, ich könnte dich aufessen«, flüstert er.

»Das kannst du sehr gern machen, nachher, wenn ich die Bude mit Helena geschlossen habe.«

»Ich zähle die Minuten bis dahin. Nicht, dass du nachher allein nach Hause läufst. Ich hole dich ab.«

»Das ist süß von dir. Musst du aber nicht. Ich finde den Weg auch ohne dich.«

Janne gab ihr einen Kuss auf die Nasenspitze. »Ein Traumprinz lässt seine Holde doch nicht allein nach Hause gehen. Tse tse, Lara. Ich bin zur Stelle, und dann gehen wir gemeinsam. Vertrau mir«, wisperte er und küsste sie noch einmal.

Viel zu früh löste sie sich von ihm und lächelte selig. »Okay, dann bis später, mein Prinz«, neckte sie ihn. »Punkt zweiundzwanzig Uhr.«

»Hast du etwa Angst, dass ich es vergesse?«

Sie lächelte, und er ahnte, dass sie im Leben schon oft allein gelassen worden war. »Bis nachher, Liebste.«

Lara wand sich aus der Umarmung, und Janne schaute

seufzend hinter ihr her, während sie im Tortenhäuschen verschwand. Er für seinen Teil hatte genug vom Trubel auf dem Weihnachtsbasar, nachdem er sich von Torte bis Würstchen überall durchgefuttert hatte, konnte er auch unmöglich noch etwas konsumieren. Ein bisschen Bewegung hingegen wäre ganz gut, überlegte er und machte sich auf den Weg zur Seebrücke. Es war bestimmt schön dort, beleuchtet und hübsch geschmückt. Er grinste in sich hinein.

War es möglich, dass er sich auf Weihnachten freute?

Ja, natürlich tat er das. Seit Lara zu einem Teil in seinem Leben geworden war, hatte er wieder an vielen Dingen Freude, die seit Emilias Tod nur schrecklich für ihn gewesen waren. Es hieß nicht, dass er seine Tochter nicht mehr vermisste, im Gegenteil. Aber mit Lara war es einfacher, den Schmerz in Schach zu halten, ihn ertragen zu können. Sie gab ihm die Kraft, die er brauchte, und noch mehr: Zuversicht, dass es trotz allem weiterging.

Janne schlenderte über den Basar und steuerte den Strand mit der Seebrücke an. Es war schön, viele Leute waren unterwegs. Die gute Laune hing in der Luft, genauso wie die weihnachtlichen Düfte. Lichterglanz begleitete seinen Weg zum Meer. Seine Hände hatte er in den Jackentaschen vergraben. Er ging bis zum Ende der Brücke und setzte sich auf eine Bank, um einen Augenblick innezuhalten. Ein leises Lächeln umspielte seine Mundwinkel, während er auf die silbrig schimmernden Wellen hinausschaute. Eine Bewegung neben ihm lenkte seine Aufmerksamkeit ab. Er warf einen kurzen Blick hinüber und erstarrte. Eine dunkelhaarige Frau mit einer hellgrauen Mütze auf dem Schopf posierte für ein Foto. Ihren dicken Schwangerschaftsbauch, der in einem langen Strickkleid, das zur Mütze passte, deutlich zu sehen war, inszenierte sie gekonnt. Janne schluckte und wollte sich wieder abwenden, solche Szenen trafen ihn noch immer. Nicht, dass er es anderen Leuten nicht gönnte, im Gegenteil, aber es zeigte ihm doch, was ihm im Leben verloren gegangen war. Etwas hielt ihn zurück, und dann begriff er, dass er die Frau kannte.

Gott, dass er das nicht gleich erkannt hatte!

Sein Magen drehte sich um, und ihm wurde schlagartig übel. Es war Nicole mit ihrem neuen Partner. Hochschwanger! Ob sie mittlerweile verheiratet waren, wusste er nicht, es interessierte ihn auch nicht. Er knipste ein Foto und hatte sogar ein mobiles Ringlicht dabei. Für Instagram, natürlich.

Janne schluckte und hoffte, damit den Würgereiz zu vertreiben. Er wollte weg. Musste weg. Sie sollte ihn nicht sehen, er wollte nicht mit ihr reden. Auf gar keinen Fall.

Sie würde Emilia durch ein neues Kind ersetzen. Eine neue Erstausstattung kaufen, einen neuen Kinderwagen. Alles neu. Ein neues Leben.

Das alte hatte sie mit Emilias Tod und der Trennung hinter sich gelassen.

Janne wollte gerade aufstehen und weggehen, als sie einen leisen Schrei ausstieß. »Janne?«

Scheiße. Das hatte ja kommen müssen.

Er atmete tief ein und wieder aus, dann stand er auf. »Oh. Hallo Nicole und äh …«

»Das ist Klaas«, stellte sie seinen Nachfolger vor und hakte sich bei ihm ein. »Wie gehts dir? Wir haben uns ja so lange nicht gesehen.« Sie lächelte strahlend, sie sah perfekt aus. Glücklich. Ihre Augenbrauen bildeten einen hübschen Bogen über den karamellfarbenen Augen, die Wimpern waren lang und sahen ein wenig künstlich aus. Die Wangen waren gerötet, vermutlich hatte sie mit Rouge nachgeholfen. Janne erinnerte sich, dass manchmal Stunden für das perfekte Make-up ins Land gezogen waren. So war Nicole einfach, ihr ganzes Dasein bestand aus der minutiös geplanten Inszenierung. Früher war er mal ein Teil davon gewesen. Anfangs hatte es ihn nicht gestört, bis daraus etwas geworden war, das er nicht mehr hatte akzeptieren können. Dass sie Emilias Tod für ihre Popularität genutzt hatte, hatte er ihr nie verzeihen können. Auch jetzt nicht.

O Gott. Er musste antworten. Sie hatte gefragt, wie es ihm ging. Sein Herz klopfte unnatürlich schnell. »Sehr gut«, gab er zurück. Seine Stimme war nur ein heiseres Krächzen. Vermutlich sprach der Ausdruck auf seinem Gesicht Bände, denn sie lächelte zwar noch immer, aber etwas weniger strahlend als zuvor. Aber Nicole war eine gute Schauspielerin, jetzt machte sie eine wegwerfende Handbewegung. »Du siehst auch sehr gut aus, Janne. Die Seeluft bekommt dir gut. Sehr gut. Wie ein echter Seebär siehst du aus.«

In seinem Kopf drehte sich alles. Er musste etwas sagen. Etwas tun. Sie beglückwünschen womöglich?

Es wäre das Richtige, er sollte es tun. Janne öffnete seinen Mund, aber es kam nicht über seine Lippen.

Herzlichen Glückwunsch zur Schwangerschaft.

Vier einfache Worte. Neununddreißig Buchstaben,

Spuck es aus!, redete er sich selbst Mut zu. Beglückwünsche Sie, sie hat es verdient, glücklich zu werden.

Nein. Er konnte es nicht.

Es war erbärmlich. *Er* war erbärmlich, denn natürlich hatte Nicole ein Recht darauf, weitere Kinder zu bekommen. Nur, weil er schon den Gedanken nicht ertrug, weil er für ihn einem Verrat an Emilia glich, hieß das nicht, dass es ihr genauso gehen musste.

»Du siehst auch gut aus«, würgte er hervor.

Sie winkte ab. »Ich bin ein wandelndes Fass.« Sie lachte. »Aber danke.«

Ihr Freund legte seinen Arm um sie. Beschützend. Fürsorglich. »Pass gut auf sie auf«, sagte Janne schließlich zu ihm und ging davon.

Er ertrug es keine Sekunde länger. Ihm war klar, dass sein

abrupter Abgang nicht nur peinlich, sondern grob unhöflich war. Sie hatten sich nicht im Streit getrennt, aber in tiefer Trauer. Nicole hätte es verdient, ein paar nette Wort zu hören. Gute Wünsche.

Vor allem das.

Aber so sehr etwas in ihm es wollte, so sehr konnte ein anderer, der stärkere Teil von ihm, gerade das nicht tun.

Janne stürzte davon, stolperte und wäre um ein Haar gefallen. Er rempelte jemanden an der Schulter an. »Hey«, schimpfte der Mann.

»Entschuldigung«, murmelte Janne und hastete weiter. Er musste weg. Weit weg.

Er bekam keine Luft. Das schwarze Loch in ihm hatte sich wieder aufgetan, und es drohte ihn erneut zu verschlingen.

Kapitel 20

Lara war völlig erschlagen, als sie kurz nach zehn mit Helena alles dichtgemacht hatte.

»Danke! Das war ein toller Tag. Ich bin todmüde, falle gleich ins Bett.« Helena umarmte sie.

»Es hat Spaß gemacht. Wir sehen uns dann morgen«, gab Lara gut gelaunt zurück.

»Zum Glück dann nur bis achtzehn Uhr. Puh. Ich vergesse immer wieder, wie anstrengend es ist – und wie kalt.« Sie lachte und trat zurück. »Bist du mit dem Auto da?«

Lara schüttelte den Kopf und guckte sich nach Janne um. Außer ein paar Leuten, die auch nach dem letzten Glühwein noch nicht nach Hause wollten, war niemand mehr auf dem kleinen Basar unterwegs. Sie kramte ihr Handy hervor. Es war einundzwanzig Minuten nach zehn, sie hatte eine Nachricht ihrer Freundin Pauline – die sie dringend mal wieder anrufen musste – auf dem Handy, aber keine von Janne.

Komisch, dachte sie. Das war mehr als das berühmte akademische Viertel. Hoffentlich war nichts passiert. Ihr zweiter Gedanke war, dass er sie womöglich versetzt hatte.

Nein, doch nicht Janne! Er wusste, wie wichtig es ihr war, dass man sich an Absprachen hielt. Und vorhin hatte er ziemlich deutlich gemacht, dass er nicht wollte, dass sie allein nach Hause latschen musste.

Dennoch, ein mulmiges Gefühl machte sich in ihr breit. Es sah ihm gar nicht ähnlich, Verabredungen nicht einzuhalten. Sie setzte ein Lächeln auf, wie sie es immer tat, wenn Leute nicht merken sollten, dass es ihr schlecht ging. »Ich laufe, bin gut zu Fuß unterwegs.«

»O nein, ich fahre dich.«

»Sei nicht albern«, meinte Lara mit einem Lachen, leider klang es zu hoch und künstlich, Helena schien es nicht zu bemerken. »Bis wir bei euch sind, bin ich schon halb zuhause. Ich gehe gerne zu Fuß.« Sie drückte Helena einen Kuss auf die Wange. »Bis morgen, Süße.«

»Gute Nacht, Liebes! Danke für heute.«

Lara hob ihre Hand und winkte, dann setzte sie sich in Bewegung. Während sie den Weg über den Strand nahm – er war zwar mühsamer, aber das Meer hatte sie schon immer vorgezogen –, dachte sie über verschiedene Gründe nach, warum Janne nicht gekommen war. Keiner davon gefiel ihr wirklich.

Er könnte aufgehalten worden sein, von einem Kumpel, mit dem er dann bei Glühwein und Gesprächen versackt war. Das wäre möglich und auch okay, wenn er ihr kurz Bescheid gegeben hätte, immerhin waren sie verabredet gewesen. Sie hasste es, wenn man sich auf Menschen nicht verlassen konnte, und bei ihrem Freund würde sie gerade das, nach allem, was sie erlebt hatte, auf Dauer nicht tolerieren können.

Laras Herz pochte wild in ihrer Brust. Er tat weh, dieser erste Dämpfer ihrer innigen Vertrautheit. Dabei hatte sie wirklich gedacht, dass Janne anders wäre. Vielleicht war der erste Eindruck damals im Supermarkt ja doch der richtige gewesen. Es kam ihr vor, als wäre seitdem eine Ewigkeit vergangen. Sie seufzte leise und sprang über eine der Buhnen.

Oder ihm war etwas passiert.

Was sollte jemandem wie Janne in einem Ort wie diesem passieren?, war ihr nächster Gedanke. Es war natürlich nicht unmöglich, aber daran glaubte sie irgendwie nicht.

Lara stapfte weiter durch die Dunkelheit, ihre Schritte wurden immer energischer. Ja, auch wütend.

Dann fiel ihr schließlich eine Möglichkeit ein, die sie noch gar nicht in Betracht gezogen hatte.

»Vielleicht plant er eine Überraschung für mich«, dachte sie laut. Ja, das musste es sein.

Sie stieß einen Seufzer der Erleichterung aus. Womöglich hatte er darüber die Zeit vergessen und sie deshalb versetzt.

Lara schüttelte lächelnd den Kopf. Und sie hatte sich aufgeregt. Ein bisschen schämte sie sich, dass sie Janne nicht mehr Kredit gegeben hatte. Bisher hatte er immer alle Versprechen eingehalten.

Wie lange kennt ihr euch denn schon?, ätzte das Stimmchen in ihrem Kopf.

Ihr Vater hatte der Mutter auch Versprechungen gemacht.

Und was war mit Philip?

Dasselbe.

Natürlich war eine verpasste Verabredung nicht mit dem Sitzenlassen einer jungen Mutter zu vergleichen, oder dem Nichtverlassen einer Ehefrau, aber dennoch hatte sie es getan. Irgendwo nahm alles einen Anfang.

Lara beeilte sich, nach Hause zu kommen. Sie hoffte, das Haus hell erleuchtet vorzufinden, denn seit vorgestern hatte Janne einen Schlüssel. Sie hatten sich bisher stets bei ihr getroffen. Weil es so gemütlich war, hatte Janne immer gesagt, und sie hatte keine Einwände gehabt. Lara mochte ihr neues Zuhause sehr. Erst jetzt kam der Verdacht auf, dass er sie vielleicht nicht in seinem Bett hatte haben wollen. Nein, das war Blödsinn.

Als sie über die Düne und den Deich heruntergelaufen kam, sank ihr Mut. Die Kate lag im Dunkeln. Bis auf die weihnachtliche Lichterkette war es finster.

Sie schluckte. Okay, er wartete also nicht hier auf sie. Ein wenig durcheinander sperrte sie die Haustür auf, die, seit er das Schloss geölt hatte, einwandfrei aufging. Lara hatte den Reißverschluss ihrer Jacke noch nicht ganz aufgezogen, als sie ihn wieder nach oben riss.

Sie würde nicht hier sitzen und warten wie eine Idiotin, sondern herausfinden, was los war.

Wenn er die Zeit vergessen hatte, okay, darüber konnte man sprechen. Wenn etwas passiert war, brauchte er Hilfe. Diese Gründe waren für sie ausreichend, um sich selbst nicht als hysterisch zu beurteilen.

Sie setzte sich in ihr Auto und fuhr zu Janne. Sie stellte den Wagen in der Auffahrt ab und stieg aus. Hier war alles wie immer. Es blinkte und funkelte, aber hinter den Fenstern war es dunkel. Nicht zu Hause, folgerte sie daraus. Sie klingelte trotzdem.

Nichts passierte.

»Janne, bist du da?«, rief sie. »Ist alles okay? Ich mache mir ein bisschen Sorgen«, fügte sie hinzu, um nicht als Psycho dazustehen, weil sie hinter ihm herrannte. Aber vermutlich war sie genau das. Gebranntes Kind, schoss es ihr durch den Kopf.

Alles wiederholt sich.

Männern kannst du nicht vertrauen.

Lara wartete einige Minuten, dann zückte sie ihr Handy und rief Janne an. Komisch, dass sie nicht eher daran gedacht hatte, aber die unerwartete Situation hatte sie irgendwie in einen Schock versetzt. Ein Déjà-vu. Noch ein Kerl, der seine Versprechen nicht hielt. Noch einer, auf den man sich nicht verlassen konnte.

Heute eine Verabredung.

Was würde es morgen sein, dass er sagte und nicht so meinte?

Vielleicht war alles, was sie mit ihm erlebt hatte, eine Farce, und es ging doch nur um Sex?

Das Freizeichen ertönte.

»Bitte geh ran«, murmelte sie und trat von einem Fuß auf den anderen, nicht weil ihr kalt war, sondern weil sie nervös war. Sie wollte daran glauben, dass das, was sie mit Janne verband, echt war, dass es einen triftigen Grund gab, warum er sie hängen ließ, wo es ihm vorhin doch noch so wichtig gewesen war.

Es läutete weiterhin. Aber niemand ging ran.

Dann sprang die Mailbox an.

»Ich bin gerade nicht da, aber du kannst mir eine Nachricht hinter dem Piep hinterlassen, ich rufe dich später zurück … Piep.«

Seine vertraute Stimme zu hören, trieb ihr die Tränen in die Augen. Es brannte, auch in ihrem Herzen. In ihrem Bauch. In ihren Adern. Es zerriss ihre Seele.

Lara ließ das Telefon sinken und legte auf. Dann fuhr sie nach Hause. Langsam, beinahe im Schneckentempo, während sie sich mit dem Gedanken befasste, dass eine Beziehung in Rauch aufgegangen war, ehe sie richtig angefangen hatte. Mal wieder.

* * *

Janne saß im Dunkeln in der Werkstatt auf dem Fußboden. Neben ihm stand eine Flasche Whisky, die er sich aus dem Haus geholt hatte. Er war ziemlich betrunken, auch wenn er wusste, dass Alkohol seinen Schmerz nur kurzfristig betäuben würde.

Zwei Scheinwerferlichter bewegten sich an der Decke, ein Auto fuhr in die Auffahrt. Dann wurde es dunkel, er hörte eine Autotür zuschlagen und rührte sich nicht.

Egal, wer es war, er wollte niemanden sehen. Keiner sollte ihn so sehen. Ein Häufchen Elend. Ein Jammerlappen, der einfach nicht mit seinem Leben klarkam.

Er hörte keine Schritte, die verschluckte vermutlich der Schnee. Doch irgendwann ertönte Laras Stimme. »Janne, bist du da? Ist alles okay? Ich mache mir ein bisschen Sorgen.« Sie klang ein wenig entfernt, vermutlich stand sie vor der Haustür, nicht vor der Garage.

Nein, wollte er schreien. Nichts ist okay. Er wusste, dass er sie versetzt hatte. Es tat ihm leid.

Er blieb stumm. Regungslos.

Erstarrt.

Das Display seines Handys leuchtete im Dunkeln auf. Sie rief ihn an.

Vielleicht sollte er rausgehen, ihr erklären, warum es keine gute Idee war, mit ihm zusammen zu sein. Aber er war zu betrunken, sie würde ihn abstoßend finden.

Er konnte sich ja nicht mal selbst leiden.

Irgendwann blinkte das Handy nicht mehr.

Die Scheinwerfer leuchteten wieder auf, und das Auto fuhr aus der Auffahrt.

Er blieb allein zurück.

So war es immer gewesen. Würde es immer sein.

Janne war nicht mehr das, was Frauenzeitschriften als »Beziehungsmaterial« bezeichneten. Er war einer von den kaputten Typen, mit denen man immer nur Probleme haben würde. Bis heute Nachmittag hatte er gedacht, dass er sich bessern könnte, dass es aufwärts ging. Dann hatte er begriffen, dass er sich die ganze Zeit selbst belogen hatte.

Er hob die Flasche an seine Lippen und nahm einen tiefen Schluck, dann stieß er einen zischenden Laut aus und ließ den Kopf gegen die Wand nach hinten sinken. Er schloss die Augen, und doch bahnten sich heiße Tränen ihren Weg. Sie benetzten seine kühlen Wangen, fielen auf seine Hände.

Er wollte nur noch mit der Dunkelheit eins werden und verschwinden.

Kapitel 21

»Oje, wie siehst du denn aus?«, begrüßte Helena Lara am nächsten Tag, als sie kurz vor elf beim Tortenhäuschen auftauchte. Die Budenbetreiber öffneten ihre Läden, die Beleuchtung wurde eingeschaltet, der Glühwein und Punsch erhitzt.

»Guten Morgen«, erwiderte Lara leise. Sie straffte sich. Sie wollte stark sein. Musste stark sein.

»Du wirst doch nicht etwa krank? Wäre kein Wunder bei der Kälte.«

»Nein, alles gut. Bin nur ein bisschen müde.«

»Oha, kurze Nacht? Hat dich dein Lover wach gehalten?«

Lara schluckte –, Helena hatte den Nagel auf den Kopf getroffen, aber sie meinte es vermutlich anders, als es tatsächlich war. Lara hatte nicht schlafen können. Die ganze Nacht hatte sie sich im Bett hin- und hergeworfen und sich gefragt, an welchem Punkt sie aufgehört hatte, realistisch zu sein. Sie hätte Janne nicht vertrauen dürfen.

Bis jetzt hatte sie nichts von ihm gehört. Es war wie ein Schlag ins Gesicht.

Es hatte auch gestern Abend immer noch die Möglichkeit bestanden, dass es ein Missverständnis gewesen war, oder dass etwas passiert war, das man hätte aus dem Weg räumen können. Gerade fiel ihr kein einziger Grund rein, der es rechtfertigte, dass er sich bis jetzt nicht gemeldet hatte. Mit jeder Stunde, die verstrich, wurde es unwahrscheinlicher, dass noch etwas zu retten war. Es tat weh. Sehr sogar.

Vor allem, wenn etwas passiert wäre, hätte er sie doch kontaktieren müssen? Machte man das nicht so in einer Partnerschaft?

Aber genau das war der springende Punkt. Lara hatte mal wieder etwas völlig falsch verstanden. Janne mochte sie vielleicht, wollte Sex mit ihr, aber darüber hinaus gehörte sie nicht in sein Leben, zu seinem Leben.

Es zerriss ihr das Herz. Es traf sie mehr, als sie es sich nach der kurzen Zeit, die sie mit ihm verbracht hatte, vorgestellt hätte. Es war gut, dass sie sich heute in die Arbeit stürzen konnte. Sie wollte nicht denken. Konnte nicht denken. Und fühlen schon gar nicht.

Langsam begriff sie, warum ihre Mutter zur Flasche gegriffen hatte. Lara ahnte, dass es gut war, sich betäuben zu können – bis auf die Folgen natürlich.

Scheiße. Wieso war das Leben nur so kompliziert?

»Lara?«, Helena hielt sie am Arm fest. »Was ist los mit dir?«

Lara blinzelte, hinter ihren Lidern brannte es ganz fürchterlich. Sie lächelte. Wie immer, wenn es ihr schlecht ging. »Gar nichts, ich hatte nur noch nicht genug Koffein heute.«

Helena gucke zweifelnd. »Hast du Streit mit Janne?«

Lara öffnete den Mund und schloss ihn wieder. »Ich brauche dir nichts vorzumachen, Helena. Du hast schon lange gemerkt, dass ich mich in ihn verguckt habe.«

»Also habt ihr euch gestritten? Das kommt doch in den besten Familien vor.«

»Nein«, meinte Lara mit einem energischen Kopfschütteln. »Es ist mehr als das. Und gleichzeitig ist es auch nicht so wichtig. Ich kann keinen Mann in meinem Leben gebrauchen, der nicht zuverlässig ist.«

»Da brauchst du dir bei Janne ja wohl keine Sorgen machen«, gab Helena mit einem Lachen zurück. Als Helena bemerkte, dass Lara ihr nicht zustimmte, hielt sie inne. »Was ist denn passiert?«

Lara überlegte, wie sie es formulieren sollte, dass es nicht kleinlich und hysterisch klang. Sie wollte sich auch nicht für das rechtfertigen müssen, was sie fühlte. »Wir waren verabredet – er ist nicht aufgetaucht. Bis heute habe ich nichts von ihm gehört. Zu Hause scheint er auch nicht zu sein.«

»Das ist komisch. Wirklich. Soll Torben mal nach ihm gucken?« Sie zog ihr Handy aus der Schürze und tippte eine Nachricht. Lara konnte nicht verhindern, dass sie ihrem Mann schrieb, sie wollte es auch nicht. Sie war einfach nur sauer auf Janne. Es war egal, ob jemand nach ihm geschickt wurde oder nicht. Sie war fertig mit ihm. Es war deutlich besser und klüger, gleich einen Schlussstrich unter so eine Affäre zu ziehen – mehr konnte es ja wohl nicht gewesen sein –, als noch mehr Herz zu investieren.

»Ist mir egal, Helena. Ich war gestern Abend da – alles dunkel. Vielleicht ist er irgendwo versackt«, war alles, was sie dazu zu sagen hatte.

»Bei einer anderen Frau, meinst du?«

Lara schnappte nach Luft. O Gott. Daran hatte sie ja noch gar nicht gedacht. Der Schock traf sie ins Mark. »Vielleicht. Keine Ahnung. Der Punkt ist eher, ich kann nichts mit einem Kerl anfangen, dem ich nicht glauben kann, der sich nicht an Absprachen hält und dann vom Erdboden verschwindet. Also … lass uns Torten verkaufen.« Sie lächelte wieder, und Helena schien zu spüren, dass Lara nicht weiter darüber reden wollte.

Jedenfalls nicht im Moment.

* * *

Hinter Jannes Stirn brannte ein Feuer, in seinen Schläfen pochte es dröhnend. Auf seiner Zunge schien ein dicker Pelz zu liegen. Sein Magen rumorte. Er stöhnte und tastete um sich. Alles weich.

Dann blinzelte er und guckte sich um. Er lag auf seinem Bett, Schuhe und Klamotten hatte er noch an. Es war hell draußen, aber nicht wirklich. Der Himmel war wolkenverhangen und trüb.

Wie war er hergekommen?

O Gott. Ihm war so schlecht.

Die Übelkeit nahm überhand, und Janne stürzte ins Bad und spuckte sich die Seele aus dem Leib. Er konnte nicht denken. Wollte es auch nicht.

Ihm dämmerte, dass er großen Mist gebaut hatte, aber er fühlte sich zu elend, um etwas dagegen zu unternehmen. Also wankte er wieder ins Bett und kickte zumindest die Schuhe von seinen Füßen. Es dauerte Ewigkeiten, bis er in der Lage war, sich eine Schmerztablette zu holen und noch länger, bis er sie mit einem Glas Wasser herunterspülen konnte.

Das war der Grund, warum er selten trank. Er vertrug es einfach nicht. Er wurde ernsthaft krank davon.

Janne stöhnte und zog sich die Decke über den Kopf.

Das schrille Klingeln der Türglocke schnitt wie ein scharfes Messer durch die Stille im Haus. Sein Kopf mochte das gar nicht. Sein Bauch auch nicht. Aus zwei Gründen:

Es könnte Lara sein.

Es könnte nicht Lara sein.

Er wollte sie sehen, und gleichzeitig fürchtete er sich davor, weil er nicht wusste, was er sagen oder tun sollte.

Janne vermisste sie. Und gleichzeitig wollte er so weit wie möglich von ihr entfernt sein.

Gestern waren ihm eine ganze Menge Dinge klar geworden.

Zum einen, dass er tiefer gehende Gefühle für sie hatte.

Das Schlimmere war, dass die Angst vor allem, was kommen konnte, größer war. Dass die Dunkelheit bald das Licht, das sie in sein Leben warf, überschatten würde. Dann wollte er nicht mit ihr zusammen sein, denn es würde nicht nur ihn tiefer als jemals zuvor in den Abgrund reißen.

Das erneute energischere Bimmeln sagte ihm, dass, wer auch immer da war, erst wieder gehen würde, wenn er aufgemacht hatte. Janne stand auf und hielt sich am Bettpfosten fest. Der Boden schwankte unter ihm. War er immer noch betrunken?

Vielleicht.

Sein Gleichgewichtssinn war definitiv nicht in Ordnung. Nichts an ihm war in Ordnung.

Janne biss die Zähne aufeinander und torkelte nach unten. Mit einem Poltern stürzte er die letzte Stufe hinab, rappelte sich wieder auf und öffnete die Tür. Ein kalter Windstoß ließ ihn erschaudern. Vor ihm stand Torben, und er machte große Augen.

»Ach du Scheiße«, stieß sein Freund hervor.

Janne musste sich am Türrahmen stützen, mit der anderen hielt er sich die Stirn. »Was willst du?«, knurrte er.

»Nach dir sehen, du Idiot.«

Janne wollte grinsen, aber es gelang ihm nicht. »Hast mich jetzt gesehen«, brummte er und wollte die Tür wieder zumachen. Aber Torben war schneller und steckte seinen Fuß dazwischen.

»Nein, nein, nein«, antwortete Torben streng. »Nicht so hastig, mein Freund.«

Janne atmete ein und wieder aus, während er gegen die neuerliche Übelkeit ankämpfte, die in ihm aufstieg. »Mach schnell, ich muss gleich noch mal kotzen.«

Torben hob eine Augenbraue. »Was ist los mit dir?«

Janne konnte nicht antworten, sondern sprintete – so schnell sein Zustand es zuließ – ins Gästebad. Es war ihm unangenehm, dass Torben das mitbekam. Es war lange her, dass Janne in einem dermaßen desolaten Zustand gewesen war.

Nachdem er sich notdürftig frisch gemacht hatte, schaute er ins Wohnzimmer, ob Torben noch da war oder schon das Weite gesucht hatte.

Leider war er noch da. Er saß in Jacke und voller Montur auf dem Sofa und wippte ungeduldig mit dem Fuß. »So, und jetzt sag mir mal, was hier los ist.«

Janne ließ sich mit einem Seufzen in einen Sessel sinken. »Mir gehts nicht gut.«

»Ja, das sehe ich. Aber warum?«

»Zu viel Whisky.«

Torben schnaubte. »Du weißt genau, was ich meine.«

Janne zuckte die Schultern. Er hatte keine Ahnung, wie er das, was in ihm vorging, in Worte fassen sollte. »Ist gerade kein guter Zeitpunkt für ein psychotherapeutisches Gespräch.«

Torben zuckte nicht mal mit der Wimper. »Okay, du musst mir keine Einzelheiten erzählen. Was soll ich Lara sagen? Die wartet nämlich seit gestern Abend auf ein Lebenszeichen von dir.«

Janne schluckte und vergrub sein Gesicht zwischen seinen Händen. Sein schlechtes Gewissen meldete sich. »Dass ich ein Arsch bin?«

»Danke, das weiß sie schon selbst. Warum hast du sie versetzt und dann … das?« Er machte eine umgreifende Handbewegung.

»Ich … ich weiß es nicht.« Doch Janne wusste es natürlich sehr gut. Er brachte es nur nicht zusammen. Es klang schon jämmerlich in seinem Kopf, dass er völlig die Kontrolle verloren hatte, nachdem er seiner hochschwangeren

Ex begegnet war. Aber genau das war passiert. Diese unerwartete Begegnung hatte ihm den Boden unter den Füßen weggezogen.

»Du solltest dich zumindest bei Lara entschuldigen.«

»Ja, das werde ich tun.« Janne brauchte nicht zu fragen, ob Lara sauer war. Sonst wäre ja nicht Torben hier. Dumpf erinnerte sich Janne daran, dass Lara gestern Nacht noch hergekommen war. Da musste er schon ziemlich voll gewesen sein. Was danach kam, verschwamm in seinen Erinnerungen, bis er gar nichts mehr wusste. »Sie kann Säufer nicht ausstehen«, fügte er hinzu.

»Ja. Hast du denn gute Gründe?«

Janne schüttelte den Kopf. »Nein. Es gibt keinen Grund, warum man sich nicht an Absprachen hält. Und doch bin ich nicht aufgetaucht. Was sagt das über mich? Nur, dass ich ein Idiot bin.«

Torben bedachte ihn mit einem mitfühlenden Blick. »Es ist wohl ein bisschen komplizierter als das.«

Janne guckte auf seine Füße. Kein Mitleid der Welt änderte was an seinem Leben. »Ich werde morgen zu ihr gehen.«

»Dann bedeutet sie dir nichts?«

Janne guckte auf. »Willst du ernsthaft mit mir über Gefühle reden?«

Torben schüttelte den Kopf. »Nein, eigentlich nicht. Helena hat mich geschickt. Du weißt, wie sie ist.«

Janne lächelte träge. »Du hast echt ein Glück.« Damit meinte Janne, dass Torben seine große Liebe gefunden und zur Frau gemacht hatte. Die beiden waren füreinander geschaffen, sie ergänzten sich und waren gemeinsam stärker als allein.

Leider wurde Janne nur noch deutlicher, dass er nicht mit Lara zusammen sein konnte. Er machte sie nicht stärker, sondern schwächer. Seine Probleme würden immer jedes mögliche Glück überschatten. Sie hatte etwas Besseres verdient. Vielleicht war er deshalb gestern nicht aufgetaucht. Aber irgendwann musste er ihr das erklären. Das war er ihr schuldig.

Sie würde ihn hassen, aber damit konnte er umgehen. Das musste er sogar. Aber es war besser, als zu wissen, dass er ihr Leben versaute, weil er nicht mit seinem klarkam. Sie hatte jemanden verdient, der ihr Liebe und Wärme geben konnte. Eine Zukunft ohne Schatten, nach allem, was sie schon durchgestanden hatte.

»Ich spreche mit ihr, wenn ich wieder klar im Kopf bin. Das könnte aber noch dauern.«

»Warte nicht zu lange, Mann.« Torben stand auf. »Was soll ich ihr jetzt sagen?«

Janne holte tief Luft. »Dass es mir leidtut, Torben. Das tut es wirklich. Alles andere muss ich ihr persönlich erklären, wenn ich wieder dazu in der Lage bin.«

Kapitel 22

Das war sehr gut, Torben.« Lara richtete sich zufrieden auf. Ihr einziger Patient machte sich gut. »Man sieht, dass du die Übungen regelmäßig machst.«

Er verzog sein Gesicht und stöhnte gequält. »Na, immerhin.« Er rappelte sich vom Boden hoch.

Helena brachte gerade ihre Tochter ins Bett, so war sie alleine mit Torben in deren Wohnzimmer. Lichterketten hingen am Bücherregal und am Fenster. Der Weihnachtsbaum war mit goldenen Kugeln und roten Bändern geschmückt. Es duftete nach Tannennadel und Mandarinen. Vor ein paar Minuten hatte die Kleine noch ein paar Schnitze weggenascht, und die Schalen lagen noch auf dem Wohnzimmertisch, neben einem Meer von Weihnachtskeksen, die auf einer Etagere hübsch angerichtet waren.

»So, dann mache ich mich mal wieder auf den Weg«, erklärte Lara.

»Willst du nicht noch kurz warten, bis Helena …«

Lara hob ihre Hand. »Das ist lieb, aber ich möchte mich heute Abend noch an die Website setzen.«

»Du bist echt fleißig.« Torben nahm sich eine Kokosmakrone und schob sie sich ganz in den Mund. »Möchtest du?«

Lara zuckte die Schultern. »Nein, danke.« Ihr war der Appetit schon lange vergangen – seit Samstag, um genau zu sein. Sie wollte jetzt nicht über Janne reden und darüber, dass der Mistkerl sich seitdem nicht gerührt hatte, und schlimmer noch, dass er über Torben hatte mitteilen lassen, dass es ihm leidtat. Wie erbärmlich.

Sie versuchte, den in ihr aufsteigenden Schmerz zu unterdrücken, und räusperte sich. »Und ja, ich muss mich ranhalten, um ehrlich zu sein ... Wenn erst mal alles fertig ist, wird es ruhiger.«

»Hat Frau Petersen dich noch mal kontaktiert?«

Lara machte große Augen. »Hat Helena davon erzählt?«

Er grinste schief. »Na, was denkst du denn, wir sind verheiratet.«

Sie musste lachen. »Ähm, okay. Nein, seit sie mich auf dem Markt angesprochen hat, nicht mehr. Vielleicht hatte sie ja einen über den Durst getrunken und Witze gemacht.«

Torben hob eine Braue. »Glaub mir, die Frau macht keine Witze. Niemals.«

Lara kicherte. »Das kann ich mir vorstellen, aber trotzdem. Gehört habe ich nichts mehr.«

»Hättest du denn Interesse? Ich weiß zufällig, dass noch mehr Leute darauf hoffen, von dir behandelt werden zu können.«

Sie atmete langsam ein und aus. Gerade konnte sie sich nicht damit beschäftigen, ihr fehlte einfach die Energie, neben allem, was in ihrem Leben schon wieder schiefgelaufen war. »Vielleicht«, war daher alles, was sie sagte. »So, ich muss dann los. Wir sehen uns sicher die Tage.«

»Hast du mit Janne geredet?«

Lara erstarrte. Seit Torben ihr die Nachricht, dass es Janne leidtäte, überbracht hatte, hatten sie nicht weiter darüber gesprochen. Was gab es auch dazu zu sagen? Nicht wirklich viel, außer, dass Lara mal wieder auf den Falschen reingefallen war, obwohl sie alle Warnzeichen erkannt und ignoriert hatte. Die Supermarktbegegnung hätte sie eines Besseren belehren sollen, aber offenbar war sie, was Männer betraf, nicht in der Lage zwischen gut und absolutem Desaster zu unterscheiden. Von jetzt an würde sie Single bleiben.

»Nein«, erwiderte sie und seufzte leise. »Es gibt auch wirklich nichts mehr zu sagen.«

Torben schaute sie mitfühlend an. »Janne ist ein guter Kerl, aber er hat Probleme. Ich hoffe, dass ihr das hinbekommt.«

Lara schüttelte den Kopf, der Kloß in ihrem Hals war riesengroß. »Denke nicht«, würgte sie hervor, dann winkte sie zum Abschied und ging.

Torben brachte sie zur Tür. »Soll ich dich fahren?«

»Nein, lass mal. Ich möchte ein bisschen spazieren gehen.«

»Es ist stockfinster.«

»Mich klaut schon niemand.«

»Vielleicht solltest du dir einen Hund zulegen«, scherzte Torben.

Lara lächelte schwach. »Ja, vielleicht. Die sind auf jeden Fall loyal.«

Helena kam aus dem Kinderzimmer, leise schloss sie die Tür hinter sich. »Du willst doch nicht etwa schon gehen?«

»Doch, ich habe zu tun.«

»Ach, wie schade. Aber, Lara?«

»Ja?«

»Weihnachten feierst du mit uns, oder?«

»Ich weiß nicht, das ist doch eine Familiensache ...«

Helena trat auf sie zu und umarmte sie. »Keine Widerrede, du stures Ding. Okay?«

Lara schluckte. »Na gut. Und jetzt muss ich wirklich los.« Sie lächelte und war irgendwie doch froh, dass sie Heiligabend nicht allein vor ihrem Kamin hocken würde.

Lara verließ die beiden und trat aus der Wohnung über dem Café, ehe sie doch noch losheulte.

Eiskalte Luft strömte ihr entgegen. Sie war so klar und rein, dass Lara kurz innehielt und durchatmete. Die Lichter hinter den Fenstern wirkten tröstlich auf sie, auch, wenn sie nicht wirklich dazu gehörte. Sie trottete los, vergrub die Hände in den Jackentaschen und bestaunte die hübsch geschmückten Gärten. Ihre Stiefel knirschten im festgetretenen Schnee, der Atem hinterließ kleine, weiße Wölkchen in der Luft. Es war erst kurz nach acht an diesem Dienstag, aber niemand schien mehr draußen etwas zu erledigen zu haben.

Sie schlug den mittlerweile so vertrauten Weg am Strand ein. Hörte, wie sich die Wellen an den Buhnen brachen. Roch das Salz und den Seetang. Der Himmel war klar, die Sterne strahlten hell über ihr. Es war so schön, so friedlich, dass sie einen Moment stehen blieb und über das dunkle Meer blickte. Sie fühlte sich allein.

Janne hatte ihr Herz gebrochen. Dass das schon nach der kurzen Zeit, in der sie zusammen gewesen waren, so wehtun konnte, überraschte sie.

Dabei hatte Lara gedacht, dass sie mit den Jahren gelernt hätte, vorsichtiger zu sein. Aber bei Janne hatte sie ihre Schutzwälle zu früh fallengelassen. Ein schwerer Fehler, wie sich schließlich herausgestellt hatte. Vielleicht war sie einfach eine der Personen, die am besten für immer allein blieben. So würde man sie nicht mehr verletzen können.

Oder doch ein Hund, dachte sie und spürte, wie sich ihre Mundwinkel leicht nach oben bogen. Zeit hätte sie genug, aber sie würde keine überstürzten Entscheidungen treffen – im Gegensatz zu vielen Menschen war sie kein Typ, der andere im Stich ließ. So was sollte man sich also reichlich überlegen.

Lara wollte gerade weitergehen, als ihr Handy bimmelte.

Sie hatte keine Ahnung, wer jetzt anrief, aber sie schaute trotzdem nach.

Sie verdrehte die Augen, als sie Pauline auf dem Display blinken sah.

Natürlich war es nicht Janne.

Lara war einfach zu dämlich.

Leider wartete sie immer noch auf eine Erklärung, etwas, das ihr verdeutlichte, an welcher Stelle sie nicht richtig zugehört hatte.

»Hallo?«, beantwortete sie und versuchte möglichst fröhlich zu klingen. Ihre Freundin aus München sollte nicht merken, dass sie gerade doch mit der Entscheidung haderte, alles hinter sich gelassen zu haben. Der Neuanfang war in die Hose gegangen, und Lara konnte niemandem außer sich selbst einen Vorwurf machen.

»Hey, meine Süße, lange nichts gehört.«

»Ja, war viel zu tun.« Das war nicht mal gelogen.

»Kommst du an Weihnachten?«

Lara lächelte. Ihre Freundin gab nie auf. »Nein, ich bleibe hier. Bin schon verabredet.«

»Ach, tatsächlich?«

Sie hatte ihr nicht von Janne erzählt, auch, weil sie über ihren Partner ebenfalls mit Philip befreundet war. Die perfekte Clique waren sie gewesen. Theoretisch. Aber es hatte nicht sein sollen. Wie so vieles nicht.

O Gott. Lara musste etwas gegen diese sentimentale Stimmung unternehmen. Aber gerade an Weihnachten war es schrecklich, alleine zu sein. »Ja, ich feiere bei Freunden.«

Pauline seufzte. »Schön für dich, aber ich vermisse dich.«

»Du fehlst mir auch.«

»Dann kommst du nicht zurück?«

Lara verzog ihre Lippen. Natürlich hatte sie in den letzten Tagen darüber nachgedacht, einfach abzuhauen. In der Klinik in München wieder anzufangen, oder in einer anderen. Aber … das Meer, die See, die Leute … sie mochte es hier irgendwie. Gleichzeitig fühlte sie sich gerade auch schrecklich einsam. Aber wäre das in München anders? »Pauline«, fing Lara an. Und ohne es zu wollen, hatte ihre Freundin einen Denkprozess angestoßen, dem sie sich wohl oder übel irgendwann stellen musste. »Frag mich das doch nicht immer.« Eine Immobilie war vielleicht immobil, aber Lara könnte sie jederzeit wieder verkaufen – oder vermieten. Das hieß nicht, dass sie für immer an diesen Ort gebunden war. Über kurz oder lang würde sie auch nicht mit Janne in einem Dorf leben wollen. Sie dachte nicht, dass sich das wieder einrenken ließe und an die Geschichte von »Wir bleiben Freunde« glaubte sie ohnehin nicht. Das funktionierte nie.

»Na gut, Süße. Aber du weißt, wenn du die Nase voll vom Meer hast, du kannst immer bei mir unterschlüpfen – egal wie lange.«

Laras Herz wurde ein wenig leichter. »Ja, vielleicht mach' ich das sogar. Wenn sich keine Gäste für Silvester ankündigen.« Obwohl die Tour nach München vermutlich megaanstrengend werden würde, so war es doch machbar.

»Echt? Wie genial!«

Es war schön, die echte Freude ihrer Freundin zu spüren. »Aber versprechen kann ich noch nichts. In erster Linie muss ich mich darum kümmern, dass ich meine Ferienwohnungen vermieten kann.«

»Aber du gibst mir Hoffnung, Süße«, Pauline lachte.

Sie plauderten noch ein wenig, während Lara langsam über den Strand schlenderte. Nachdem sie aufgelegt hatte, fühlte sie sich tatsächlich ein wenig besser. Es gab Menschen in ihrem Leben, denen sie vorbehaltlos vertrauen konnte. Das half ihr, nicht den Kopf in den Schnee zu stecken. Nach vorne zu schauen. Lara würde es hinbekommen. Allein.

Als sie nach Hause kam, fiel ihr Blick auf den Adventskalender. Sie setzte sich in die Küche und stellte den Wasserkocher an, um sich einen Tee zuzubereiten.

Lara wurde aus Janne nicht schlau. Warum machte er so viele gute Dinge, um dann ihre Gefühle mit Füßen zu treten? Sollte sie die Möbel zurückgeben, oder wäre das falsch verstandener Stolz?

Von ihrem Adventskalender hatte sie jedenfalls, ein bisschen aus Trotz, nichts mehr geöffnet, seit Samstag. Sie schüttelte den Kopf über sich. Als ob das etwas ändern würde.

Als der Früchtetee dampfend vor ihr stand, holte sie ihren Laptop und fing mit der Website an. Die Bilder waren zwar noch nicht optimal – das Licht im Winter war zu schwach, aber es musste erst mal so gehen. Vielleicht konnte man was mit einem Bildbearbeitungsprogramm aufhellen. Oder, Moment, auf dem Handy gab es doch auch Filter. Sich abzulenken, tat ihr gut, sie merkte gar nicht, wie schnell die Zeit verging. Irgendwann konnte sie kaum die Augen mehr aufhalten und ging ins Bett. Doch so müde sie auch war, sie konnte einfach nicht einschlafen. Es gab zu viele offene Fragen, zu vieles, was sie nicht kapierte. Am größten war jedoch die Wut über sich selbst, dass sie noch immer an ihn dachte, obwohl er sich offenbar einen Dreck für sie interessierte.

Ein schrilles Bimmeln riss Lara aus dem Schlaf. Sie fuhr erschrocken hoch und guckte sich um. Es war hell draußen, soweit man das von einem Dezembermorgen sagen konnte. Wieder klingelte es, und sie begriff, dass jemand vor ihrer Haustür stand. Lara überlegte, einfach liegenzubleiben, aber dann doch aus dem Bett. Verschlafen tapste sie über die Treppe nach unten und öffnete. Sie lugte nur kurz heraus, es war einer der Helfer.

»Moin Lara«, meinte er.

»Servus, Olaf. Guten Morgen.«

»Oje, ich habe dich geweckt.«

»Ähm. Ja, war spät gestern, habe an der Website gearbeitet. Was kann ich für dich tun?«

Er trat von einem Fuß auf den anderen. »Kann es sein, dass ich irgendwo meine Schlüssel liegengelassen habe? Ich brauche sie selten, deswegen ist es mir jetzt erst aufgefallen, bei uns ist ja meistens jemand zu Hause ...«

Lara öffnete die Tür etwas weiter. Es war eiskalt draußen. Der Himmel war grau, es sah aus, als ob es noch mal schneien könnte. »Ähm, warte. Ich gebe dir die Schlüssel zu den Wohnungen. Dann kannst du gucken. Jetzt sind natürlich schon Möbel drin, vielleicht hast du Glück. Mir war nichts aufgefallen.« Sie reichte ihm die Schlüssel.

»Danke. Und schöne Grüße an Janne, Geld ist angekommen.«

Lara erstarrte. Geld? Welches Geld?

Olaf wurde blass. Dann fluchte er unterdrückt. »Was meinst du?«, fragte sie mit leiser Stimme, und in ihrem Bauch grummelte es.

Olaf rieb sich über die Stirn. »Ich habe nichts gesagt, Lara.«

Er wollte gerade zur Wohnung gehen, aber sie hielt ihn am Jackenärmel fest. »Nein, nein, nein, Freundchen. Was war das eben? Komm, erzähl es mir. Wer A sagt, muss auch B sagen.«

Olaf verdrehte die Augen. »Hast du noch so einen Spruch auf Lager?«

Lara brachte ihn mit einem giftigen Blick zum Schweigen. »Pass auf, ich bin gerade echt nicht gut drauf, Olaf. Setz dein Leben nicht aufs Spiel«, drohte sie witzelnd, er schien es zu kapieren.

»Aber bitte sag nicht, dass du es von mir hast.«

»Was denn, verdammt noch mal?«

»Okay, unser Freundschaftsdienst war mehr als das. Janne hat uns einen Stundenlohn gezahlt. Ich hab' Familie, Lara, ich kann nicht umsonst arbeiten. Das verstehst du doch?«

Laras Mund klappte auf. Janne hatte sie bezahlt, damit sie bei ihr arbeiteten?

Wie absurd war das denn?

Nichts passte bei diesem Mann zusammen.

Lara versuchte noch immer, diese Informationen zusammenzubringen, während sie stammelte: »Ich verstehe, dass ihr nicht ohne Lohn arbeiten könnt. Aber warum die Scharade, das hättet ihr mir doch sagen können?«

»Janne hat gesagt, dass du knapp bei Kasse bist und dass er das erst mal übernimmt. Wir haben nicht nachgefragt, ist ja egal, wer die Rechnung bezahlt. Aber Janne wollte nicht, dass du es erfährst. Vielleicht ein Weihnachtsgeschenk?«, half Olaf aus, aber er wirkte nicht überzeugend.

Lara schüttelte den Kopf. »Garantiert kein Weihnachtsgeschenk«, brummte sie.

»Kannst du das mit Janne ausmachen, Lara? Ich hätte echt nix sagen sollen. Ziemlich dumm von mir. Er macht mich einen Kopf kürzer, wenn er das erfährt.«

Lara murmelte abwesend. »Keine Sorge, ich verpfeif dich nicht. Geh und such die Schlüssel, Olaf.« Sie trat zurück in die Diele und zog die Haustür hinter sich zu. Lehnte sich mit dem Rücken dagegen und schloss die Augen.

Noch ein Fragezeichen. Es gab so vieles, das sie einfach nicht kapierte.

Letzten Endes spielte es keine Rolle mehr, oder? Sie waren nicht zusammen, und wofür er sein Geld ausgab, war seine Sache. Lara nahm sich allerdings vor, von den Jungs herauszubekommen, wie viel es gewesen war. Und das würde sie Janne zurückzahlen, sobald sie wieder flüssig war. Sie wollte nicht in seiner Schuld stehen. Nicht, nach allem, was zwischen ihnen vorgefallen war.

Hatte er sich vielleicht sein Gewissen freikaufen wollen? Hatte er von Anfang an geplant, sie ins Bett zu bekommen, um sie dann fallen zu lassen wie eine heiße Kartoffel?

Lara wollte das nicht glauben, aber das war die einzig logische Erklärung. Es musste so sein.

Sie fühlte sich fast ein bisschen wie eine Prostituierte. Oder ein Mäuschen mit einem Sugar Daddy.

Ekelhaft.

Sie war immer stolz darauf gewesen, für ihren Lebensunterhalt selbst aufkommen zu können. Lara presste sich eine Hand auf den Magen. Gott, ihr war schlecht. Sie brauchte erst mal einen Kaffee und eine heiße Dusche.

Sie wollte gerade nach oben gehen, als es erneut klingelte. Olaf vermutlich, der ihr die Schlüssel wiedergeben wollte. Sie öffnete und schnappte nach Luft, als plötzlich Janne vor ihr stand. Das war zu viel für sie an diesem Morgen. Sie knallte ihm die Tür vor der Nase zu.

»Lara«, hörte sie seine Stimme von der anderen Seite. »Bitte mach auf!«

Ihr Herz klopfte wie verrückt. »Nein.«

»Es tut mir leid, Lara. Ich möchte mit dir reden, mich entschuldigen, dir erklären, was los war.«

Sie verdrehte die Augen und lehnte sich mit der Stirn gegen das kühle Holz.

»Bitte, Lara. Lass mich kurz mit dir reden.«

Das kurz implizierte, dass er nicht bleiben wollte. Dass er nicht gekommen war, um sich mit ihr zu versöhnen, ihr zu sagen, dass alles ein Missverständnis war, weil er sie liebte.

Lara schluckte, als sie begriff, dass das das Ende war. Ein Schlussstrich.

Langsam öffnete sie die Tür, sie wollte tatsächlich Antworten auf all die Fragen in ihrem Kopf. Aus seinem Mund hören, dass er nur Sex gewollt hatte, nicht mehr. Danach wäre es sicher leichter für sie, ihn aus ihrem Herzen zu verbannen. Bis jetzt war ihr das leider nicht gelungen. Obwohl sie sauer auf ihn war, hatte sie ihn trotzdem vermisst. Das war das Blöde mit der Liebe.

Sie wappnete sich, und es war ihr scheißegal, wie sie aussah. Pyjama, ungekämmt, dunkle Augenringe, vermutlich bis zu den Ohren.

»Danke«, war alles, was er sagte und schaute ihr dabei tief in die Augen.

Sie wollte nicht diese dämlichen Schmetterlinge spüren, aber sie waren da, und sie konnte es beim besten Willen nicht verhindern. Heute würde sie eine bessere Vorstellung abgeben müssen als sonst. Er sollte nicht wissen, wie es in ihr ausschaute. Ihr Stolz war alles, was sie noch hatte.

»Gehen wir in die Küche, ich wollte sowieso gerade einen Kaffee machen. Bleibst du so lange, oder reicht eine Tasse für mich allein?«, erkundigte sie sich, während sie vorging.

Sie guckte sich nicht um, aber sie hörte sein Seufzen. Es klang, als läge eine schwere Last auf seinen Schultern, und das wollte sie ihm auch nicht absprechen. Sie wusste von seiner Vergangenheit, sicher war auch für ihn, gerade so kurz vor Weihnachten, alles ein bisschen schwieriger als sonst. Trotzdem hätte er das nicht auf ihrem Rücken austragen dürfen. Auf ihrem Herz, um genau zu sein.

»Ich nehme gern einen Kaffee«, erklärte er.

Die folgenden Minuten zogen sich endlos dahin. Während sie mit der Kaffeemaschine herumhantierte, saß er schweigend am Küchentisch. Ihr wurde immer mulmiger, ihre Knie waren wackelig, weil sie seinen Blick auf sich spürte. Lara wollte nicht, dass er ihr etwas bedeutete, aber er tat es doch.

Als sie sich mit zwei Tassen zu ihm setzte und eine zu ihm über die Platte schob, guckte sie auf. »So, schieß los!« Sie hatte einen geschäftsmäßigen Ton angeschlagen, als wollten sie über die Lieferung einer bestimmten Ware sprechen.

Er griff nach dem Henkel und erwiderte ihren Blick. »Ich habe lange nachgedacht, Lara.«

Sie unterdrückte einen ironischen Lacher. Fast hätte sie gesagt, ja, du hattest ja einige Tage Zeit. Stattdessen reckte sie ihr Kinn nach vorn und hörte zu.

»Es tut mir leid, dass ich dich versetzt habe am Samstag.«

Lara wusste, dass er an dem Tag getrunken hatte, Torben hatte es ihr erzählt. Das alleine sollte sie abschrecken, aber sie wusste, dass er kein Alkoholiker war. Irgendwas musste vorgefallen sein an dem Tag. Trotzdem wollte sie nicht bohren. Entweder er erklärte es von sich aus, oder eben nicht. Sie zuckte die Schultern. »Ja, gut angenommen«, erwiderte sie kühl, obwohl es in ihr brodelte.

»Ich möchte dir so viel erklären, aber die richtigen Worte fallen mir nicht ein.«

Lara blinzelte und rührte sich ansonsten nicht. Mit kerzengeradem Rücken saß sie auf dem wackeligen Stuhl. »Du kannst dich gern kurzfassen, Janne. Ich kann mir schon denken, warum du hier bist.«

Er wirkte getroffen. Tatsächlich so, als ob es ihm wehtäte, was er zu sagen hatte. Vermutlich war er einfach ein besserer Schauspieler als sie. »Ich verstehe, dass du sauer bist, Lara.«

Sie hob ihre Hand und unterbrach ihn. »Nein, das ist es nicht. Im Gegenteil, ich bin sogar froh, dass es passiert ist. Wenn ich eines nicht in meinem Leben möchte, dann ist es jemand, auf den ich mich nicht verlassen kann. Das war von Anfang an meine Bedingung. Zuverlässigkeit. Ehrlichkeit. Mich über Tage ahnungslos sitzen zu lassen, geht gar nicht. Aber es ist okay, es hilft mir, zu verstehen, Janne. Du willst nicht mehr für uns und ich auch nicht mehr. Von einer Beziehung erwarte ich mehr als leere Versprechungen. Trotzdem hätte ich mir das Ende anders gewünscht. Natürlich.« Nun tat sie es doch. Sie lachte bitter. Lara holte tief Luft und fasste sich wieder.

Janne neigte seinen Kopf ein wenig und betrachtete sie ganz ruhig. Es kam ihr vor, als blickte er auf den Grund ihrer Seele. Als ob er wüsste, dass sie ihn liebte, aber ihn auch gleichzeitig hasste.

»Du hast jemanden verdient, der dich vorbehaltlos liebt, der für dich da sein kann, dich unterstützt, dir eine Zukunft bietet.«

Sie presste die Lippen zusammen, ehe sie antwortete. »Ja, ich habe kapiert, dass du dieser Jemand nicht sein kannst und auch nicht sein möchtest.«

Sein Adamsapfel hüpfte. »Du bedeutest mir viel, Lara.«

»Aber nicht genug, auch das habe ich kapiert. Trotzdem möchte ich, dass du weißt, Janne: Du hast mir das Herz gebrochen. Aber da bist du nicht der Erste.« Sie guckte weg, denn so weh hatte es noch nie getan. Das sollte er nie erfahren. Nicht heute und nicht in dreitausend Jahren.

»Es tut mir leid«, wisperte er.

Sie sparte sich ein: mir auch. Er wusste das sicher auch so. »Warum?«, fragte sie stattdessen.

Mit der Frage schien er in diesem Moment nicht gerechnet zu haben. Sie schaute auf. Seine Augen waren weit aufgerissen. »Willst du das wirklich wissen?«

Sie schlug mit der flachen Hand auf den Tisch. »Das ist doch die Frage des Tages!«

Er seufzte. »Na schön, Lara. Ich habe mir was vorgemacht. Ich habe geglaubt, dass es Hoffnung gibt, eine Zukunft, Licht am Horizont. Ja, das klingt schmalzig, aber es war so. Aber es war nur ein Traum, mit mir kann es niemals so sein. Ich kann und ich will dir das nicht zumuten. Ich bin innerlich kaputt, du würdest die Hälfte deiner Zeit damit verbringen, mich vom Boden aufzukratzen.«

»Ist ja nett, dass du mir die Entscheidung abnimmst. Alles klar«, zischte sie und holte tief Luft, um sie dann langsam wieder auszustoßen, ohne noch etwas zu sagen.

»Ich erwarte nicht, dass du das verstehst oder gut findest. Aber es ist leider so. Ich hoffe, dass du jemanden findest, der dich so lieben kann, wie du es verdienst.«

Es brannte hinter Laras Augen, sie biss die Kiefer zusammen. Sie würde nicht weinen. Nicht jetzt. Der Boden schwankte unter ihr. »Übrigens«, meinte sie und ihre Stimme zitterte nur leicht. »Die Rechnungen für die Handwerker werde ich dir zurückzahlen.«

Janne guckte auf seine Finger. Seinen Kaffee hatte er noch nicht angerührt. Sie auch nicht. »Ich wollte dir nur helfen.«

»Ich kann es nicht leiden, wenn Leute Sachen hinter meinem Rücken machen.«

»Ich werde mich deswegen jetzt nicht mit dir streiten, Lara.« Seine Stimme klang dunkel und leise. Und so traurig, dass sich ihr Herz sehnsuchtsvoll zusammenzog. Alles, was sie wollte, war sich in seine Arme zu werfen und sich an ihn zu schmiegen. Sie würde eine Menge darauf verwetten, dass er auch daran dachte. Sie sah es. Sie fühlte es.

Diese Verbindung zwischen ihnen war immer noch da und so stark, dass niemand sie ignorieren konnte.

Lara atmete tief durch. »Ist dieser Ort groß genug für uns beide?«, wollte sie wissen. Ihre Stimme war nur noch ein Krächzen.

Er guckte alarmiert. »Du denkst daran, wieder zu gehen?«

Sie zuckte die Schultern. »Ich werde mich mit dem Gedanken befassen, ja, natürlich. Ich habe hier etwas gesucht und bin mir nicht sicher, ob ich es gefunden habe.« Sie schwieg einen Augenblick, er hatte offenbar nichts mehr zu sagen. »Danke, dass du gekommen bist.«

Ein Rauswurf, ja. Er schien es zu begreifen. Janne stand langsam auf. »Es tut mir wirklich leid, Lara.«

»Ja, das sagtest du bereits.« Er verließ die Küche mit langsamen Schritten, als überlegte er, ob er doch bleiben sollte. Als die Tür mit einem leisen Klick zufiel, legte Lara den Kopf in den Nacken und schloss die Augen. Sie verharrte einige Minuten in dieser Position und fühlte sich keinen Deut schlauer als zuvor.

Kapitel 23

Jannes Familie reiste am dreiundzwanzigsten Dezember an. Sie brachten nicht nur eine Menge Gepäck, sondern ebenso viel Lebensmittel und Getränke mit, als gäbe es keine Läden hier im Ort. Janne hatte die letzten Tage fast ausschließlich in seiner Werkstatt verbracht. Dort konnte er sich von der Welt und allem anderen abschotten, aber damit war es jetzt erst einmal vorbei. Seine Mutter umarmte ihn und guckte ihn mit hochgezogener Augenbraue an. »Junge, du bist ja ganz blass, du wirst ja nicht etwa krank werden?«

Jannes Mundwinkel bogen sich leicht nach oben, während er überlegte, dass es verlockend wäre, sich einfach die nächsten Tage ins Bett zu legen, sich die Decke über den Kopf zu ziehen. »Denke nicht«, gab er zurück. »Muss am Licht liegen.«

Sie schien nicht restlos überzeugt, aber es war wuselig um sie herum. Sandra und ihr Mann schleppten immer mehr Kram an, während sein Vater den Wein kaltstellte.

»Wo soll der Vogel hin?«, erkundigte sich Jens.

»Vogel?«, fragte Janne. »Was ist aus dem Karpfen geworden?«

»Frag Mama«, grollte Sandra mit finsterer Miene.

Janne war es letztlich egal, was morgen aufgetischt wurde. Aber wenn er nicht angemessenes Interesse am Weihnachtsdinner zeigte, würden alle Lunte riechen, und wenn er auf eines keine Lust hatte, dann auf bohrende Fragen. »Mama?«, meinte er nur.

Sie schob sich eine blonde Strähne hinters Ohr. »Ich bin die alten Traditionen leid«, war alles, was sie zu sagen hatte, dann rauschte sie ins Wohnzimmer, wo sie an der Deko herumrückte. Der Weihnachtsbaum stand, bereits mit roten und goldenen Kugeln geschmückt, in einer Ecke neben dem Kamin. Janne schnalzte mit der Zunge. »Na, dann ist das halt so. Wer will einen Drink?«

Seit seinem Absturz hatte er keinen Tropfen angerührt. Auch jetzt war ihm nicht danach, aber er wollte kein unhöflicher Gastgeber sein. »Fühlt euch einfach wie zu Hause«, meinte er dann.

Sandra boxte ihn in die Seite. »Ja, schon verstanden, Bruderherz. Wir haben nicht erwartet, dass du uns bedienst.«

Als sie etwas später beim Abendessen zusammensaßen, es gab geräucherten Lachs mit Kaviar und Crème fraîche, fühlte sich Janne zum ersten Mal seit Tagen nicht mehr ganz so elend. Das Gespräch plätscherte dahin, und er entspannte sich. Immer wieder gähnte er, denn an Schlaf war vorher nicht zu denken gewesen. Er hatte nur Lara im Kopf und sehnte sich nach ihr. Und dann traf ihn seine Geschichte wieder mit voller Wucht. Er erinnerte sich an Emilia. Es tat weh, wie sehr er sie auch heute noch vermisste. Der Schmerz war jedoch ein anderer geworden, nicht weniger, aber verändert. Was es war, konnte er nicht genau sagen. Er hatte es sogar geschafft, Nicole eine Nachricht zu schicken und ihr Frohe Weihnachten zu wünschen und Glückwünsche auszusprechen. Er hatte jedes Wort so gemeint, und auch der Groll gegen sie war weniger geworden. Ein wenig beneidete er sie sogar, dass sie in der Lage war, das Gute zu sehen und daran zu glauben. Ja, das war der Punkt. Janne hatte zu viel Angst davor, dass er Glück fühlte und es ihm dann wieder genommen wurde.

Nach dem Essen half er in der Küche. Seine Mutter und Sandra wollten ihn loswerden. »Hier müsste man mal aufräumen«, stellte Sandra fest.

»Mich stört es nicht«, erklärte er.

»Kommt sie morgen Abend?«, wollte seine Mutter wissen.

»Nein, sie ist anderweitig verabredet.« Torben hatte ihm erzählt, dass sie mit ihnen feierte. Als ob ihn das noch was anginge.

»Ach, wie schade«, meinte Sandra und guckte ihn forschend an.

Er merkte, dass sie etwas ahnten. Dafür kannten sie ihn zu gut. Aber er konnte nicht darüber reden. Wollte es auch nicht. »Nicole ist wieder schwanger«, sagte er stattdessen.

Sandras Lächeln verschwand. »Seit wann weißt du es?«, fragte sie, und es schien keine Überraschung zu sein. Nein, natürlich nicht. Vermutlich sah sie hin und wieder ein Posting auf Instagram. Nur, weil er alle Social Media Kanäle stillgelegt hatte, hieß das nicht, dass seine ganze Sippe das auch tun musste. Immerhin war Nicole mal Teil dieser Familie gewesen.

»Hab sie gesehen. Wieso habt ihr mir nichts gesagt?«, fragte er jetzt und setzte sich. Er war wie vor den Kopf gestoßen. Hätte er es gewusst, hätte er sich vorbereiten können, dann hätte er vielleicht mit Lara nicht alles gegen die Wand gefahren.

Seine Mutter trat vor ihn und hob sein Kinn an. »Wir hatten Angst davor, wie du reagieren würdest.«

Das konnte er ihnen nicht verübeln. »Ja«, war alles, was er hervorbrachte.

Die gute Stimmung war jedenfalls dahin. Das hatte er nicht gewollt. Sie hatten seinetwegen, wegen seiner Trauer genug gelitten. Hatten ihre eigene womöglich nicht mal so ausleben können, wie sie es verdient hatten, weil alle und jeder immer ihn stützen musste. Janne hasste es, dass er sich so hilflos fühlte. Dass er nicht in der Lage war, sich selbst zu helfen. »Wie wäre es, wenn wir einen Spaziergang machen? Ich habe Taschenlampen.«

Die zwei Frauen schienen erleichtert. »Ja, sehr gern«, stimmten sie zu. Den restlichen Abend verlor niemand mehr ein Wort über Nicole oder Emilia. Doch die Gedanken an sie waren stets präsent.

In dieser Nacht fand Janne mal wieder keinen Schlaf. Sein Zimmer hatte er für die Eltern geräumt, er nahm mit der Couch vorlieb, was okay, war, da er ohnehin keine Ruhe fand. Das Display seines Telefons leuchtete in der Dunkelheit auf.

Nur eine Pushnachricht einer App.

Er griff trotzdem danach und entsperrte den Bildschirm. Gab Haus hinter der Düne bei Google ein. Lara Herziger als zweiten Suchbegriff.

Und dann sah er sie. Ihre Website.

Sein Puls beschleunigte sich, sein Bauch zog sich sehnsuchtsvoll zusammen. Mit wenigen Worten hatte sie alles beschrieben, die Apartments waren hübsch fotografiert, und seine alten Möbel wirkten in der Kate ganz anders. Edel und geradezu so, als ob sie dafür ausgesucht worden wären. Sehr schön. Er wünschte Lara, dass viele Gäste buchten, dass sie diesen Traum leben konnte, auch ohne ihn.

Am nächsten Tag wurde Janne von Tellerklappern und Gelächter geweckt. Er war doch irgendwann eingeschlafen, vermutlich war es da schon früher Morgen gewesen. Er war hundemüde. Völlig erschöpft. Janne setzte sich auf und fluchte. Sein Rücken fühlte sich an, als ob ein Panzer darüber gerollt wäre. Das Sofa war wohl doch keine so gute Alternative zu einem richtigen Bett. Egal sagte er sich und schwang die Beine auf den Boden und stand auf. Er trug ein Shirt und eine Boxer und tapste barfuß in die Küche. Sandra saß auf Jens' Schoß, Karola briet Eier und Speck in zwei Pfannen.

»Moin«, grüßte er und goss sich einen Kaffee ein. »Wo ist Papa?«

»Moin, mein Lieber«, Karola gab ihm ein Küsschen auf die Wange. »Der holt Brötchen. Hast du gut geschlafen?«

Janne nickte. »M-mh«, brummte er und setzte sich an den Tisch. Er brauchte erst einmal Koffein. Und dann, fiel ihm siedend heiß ein, musste er einkaufen. Geschenke. Er hatte noch kein einziges.

»Wie lange haben heute noch mal die Läden auf?«, erkundigte er sich und trank einen Schluck.

»Nicht dein Ernst«, gackerte Sandra.

Jannes Mundwinkel zuckten. »Du weißt genau, wie schlecht ich im Witzereißen bin.«

Nach einem üppigen Frühstück und einer langen Dusche stürzte Janne sich ins Getümmel. Er war natürlich nicht der Einzige im Ort, der noch etwas für seine Lieben besorgen wollte. Leichter Schneefall hatte eingesetzt, alle Menschen waren dick vermummelt und hatten es eilig. Von wegen besinnliche Weihnachtszeit, dachte er seltsam teilnahmslos. Er war wenig bis gar nicht in Stimmung, was nichts Neues war, aber dieses Jahr war trotzdem irgendwie anders.

Weil Lara fehlen würde, obwohl er sich wünschte, sie wäre bei ihm. Mit ihr war es anders für ihn gewesen. Trotzdem hatte sich nichts an den Gründen, warum sie nicht zusammen sein konnten, geändert. Zudem hatte sie ihm unmissverständlich klargemacht, was sie von einer Beziehung mit ihm hielt und warum sie das nicht mehr wollte.

Er konnte es ihr nicht verübeln, dachte Janne, als er den Juwelierladen betrat, um etwas für seine Mutter und Sandra auszusuchen. Es dauerte eine Weile, bis er bedient wurde. Im Geschäft hielten sich hauptsächlich Männer auf. Nein, die Kunden waren allesamt männlich. Janne unterdrückte ein Grinsen. So viel zum Thema Einfallsreichtum, aber hatte nicht schon mal jemand besungen: *Diamaonds are a girls best friend*? Bei erwachsenen Frauen war es sicher nicht unterschiedlich. Er beobachtete einen jungen Mann, der ganz aufgeregt Ringe begutachtete. Einer nach dem anderen wurde weggelegt, Janne ahnte, was er heute Abend vorhatte. Vor einer gefühlten Ewigkeit war es ihm selbst mal so gegangen, wobei er Nicole den Antrag nicht an Weihnachten gemacht hatte.

Janne seufzte und schaute auf seine nackten Finger, bis ihn jemand ansprach und fragte, was man für ihn tun könnte. Janne lächelte mechanisch und folgte der freundlichen Mitarbeiterin zur Auslage. Für seine Mutter wählte er ein Armband, seine Schwester bekam ein paar Ohrringe. Schlicht, damit er Jens nicht die Show stahl – was auch immer sein Schwager sich ausgedacht hatte. Während die Verkäuferin die beiden Käufe hübsch verpackte, dachte Janne an das Gespräch über Nicoles Schwangerschaft nach. Sie hatten es also gewusst, um ihn zu schützen, aber nichts erzählt. Was vermieden sie noch alles, um ihn nicht zu verletzen? Seine Schwester war ein paar Jahre jünger als er, aber sie war durchaus in einem Alter, in dem sie selbst Kinder haben könnte. Wollten sie keine? Oder warteten sie? Seinetwegen?

Der Gedanke traf Janne unvermittelt und tief. Er schluckte und zahlte mit seiner Kreditkarte. Die Verkäuferin schob ihm ein hübsches Tütchen über den Tresen. »Viel Freude beim Verschenken«, wünschte sie mit einem professionellen Lächeln.

»Danke«, murmelte Janne und stolperte aus dem Laden. Dort stieß er mit jemandem zusammen. »Entschuldigung«, stieß er hervor, bis er merkte, dass es Lara war. Sie hatte ihren Einkaufskorb fallen gelassen, Orangen, Walnüsse und Mandarinen kullerten heraus.

»Oh«, war alles, was sie mit großen Augen hervorbrachte. Ihre Wangen und die Nasenspitze waren von der Kälte gerötet. Sie trug ihre Wollmütze mit passendem Schal und hatte sich dick eingemummelt. Ihr frischer Duft stieg ihm in die Nase, sofort zog sich sein Herz zusammen.

»Tut mir leid«, murmelte er noch einmal und ging in die Hocke, um alles aufzusammeln.

»Ich mach' das schon.« Lara und er griffen gleichzeitig nach der gleichen Orange. Ihre Finger berührten sich und beide erstarrten. Sie blickten sich in die Augen, und Jannes Herzschlag setzte einen Augenblick lang aus, um dann im doppelten Tempo weiterzuschlagen. Er hatte tiefe Gefühle für sie, er sehnte sich nach ihr, gleichzeitig wünschte er sich fort von diesem Ort. Weit weg, damit er ihr nicht noch mehr wehtat.

Er drückte ihr die Frucht in die Hand und stand auf. »Frohe Weihnachten, ich muss …« und dann drehte er sich um und rannte davon. Er kam sich vor wie der größte Idiot auf dem Planeten, vermutlich war er das auch.

War es Liebe oder Verliebtsein?

Er hoffte, dass die Sehnsucht weniger werden würde, dass sie verblasste wie ein Aquarell in der Sonne. Es war noch zu frisch, sagte er sich, während er schnell etwas für Jens und seinen Vater besorgte. Die beiden waren mit einem guten Tropfen gut versorgt, dann ging er nach Hause und stürzte sich in die Weihnachtsvorbereitungen.

Bis zum Abend hatte Janne alle Hände voll zu tun. Es wurde gerückt, noch mehr geschmückt, und er half sogar beim Kochen. Punkt achtzehn Uhr läutete seine Mutter das

Glöckchen zum Aperitif. Sie hatte eine alte Platte aufgelegt, Weihnachtslieder dudelten durch das nach Essen duftende Haus. Alle hatten sich herausgeputzt, sogar Janne hatte ein Hemd gebügelt und sich rasiert.

Es wurde angestoßen und sich frohe Weihnachten gewünscht. Nachdem sich alle umarmt hatten und der Aperitif getrunken war, gab es die Vorspeise. Die Stimmung war gut, aber Janne fiel es schwer, den Gesprächen zu folgen. Was Lara jetzt wohl machte? Ob sie auch an ihn dachte?

Verdammt, er musste damit aufhören. Er hatte eine Entscheidung getroffen, und nun musste er damit leben. Resolut stellte er sein Glas auf dem Tisch ab, alle Augen richteten sich auf ihn. »Sorry«, brummte er. »Zu viel Schwung.«

Sein Vater tranchierte die Ente und erntete dafür Applaus vom Schwiegersohn und Janne. Die Geschenke würde es erst nach dem Dessert geben, Vanilleeis mit heißen Kirschen und Sahne. Eis rutschte immer noch, egal, wie viel man vorher verputzt hatte.

Nach dem Essen räumten sie die Teller in die Küche. »Lass nur, Mama, ich mach' das später«, meinte Janne zu ihr.

Karola lächelte »Das ist lieb, komm erst mal zur Bescherung.« Sie sagte es, als sei er noch immer der kleine Junge.

Janne schluckte, weil er natürlich an Emilia denken musste. Das dritte Weihnachtfest, das er ohne sie feiern musste. Wie sie heute wohl aussehen würde? Womit spielten Mädchen in ihrem Alter? Janne blinzelte und schluckte, aber der Kloß in seinem Hals wollte nicht verschwinden. Seine Mutter blickte besorgt zu ihm auf. Dann nahm sie ihn einfach in den Arm. »Ist schon gut, Janne«, flüsterte sie und strich ihm wie früher über den Hinterkopf. Es war beruhigend und schmerzvoll zugleich. Er schämte sich nicht, dass er sich von seiner Mutter trösten lassen musste. Er hatte noch nie Probleme damit gehabt, Gefühle zu zeigen.

Oder?

In einem Fall vielleicht doch.

Janne löste sich von seiner Mutter. »Kann ich dich was fragen?«

Sie hob eine perfekt gezupfte Braue. »Natürlich, was denn?«

»Woher weiß ich, wann es Liebe ist.« Er merkte selbst, wie komisch das klang, immerhin war er schon mal verheiratet gewesen. Aber seitdem war viel passiert, und Janne war nicht mehr der Alte. Nichts war mehr wie früher, als er noch unbeschwert und naiv gewesen war. Er vermisste sein altes, leichtes Selbst. Ihm war klar, dass er nie mehr ohne Angst leben würde, dass er noch einmal jemanden verlor, das begriff er jetzt.

Seine Mutter neigte ihren Kopf ein wenig, als wüsste sie genau, wovon er sprach. »Was sagt dir dein Herz? Es geht um Lara, nehme ich an?«

Er verzog seine Lippen. »Ja, es geht um Lara. Ich fürchte, ich hab ziemlichen Mist gebaut. Ich kann einfach nicht über meinen Schatten springen.«

»Weil du Angst hast, sie zu verlieren.«

Er nickte. Konnte nicht sprechen.

Seine Mutter nahm Jannes Hand. »Du weißt, ob es Liebe ist, wenn du deine größte Angst für sie überwinden kannst. Ich zum Beispiel, ich habe Angst vor Mäusen, aber wenn es darum ginge, deinen Vater zu retten, würde ich mich sogar in eine Box mit einer Million von den Biestern einsperren lassen.«

Janne musste über diesen Vergleich lachen. »Du hast zu viele Thriller gelesen, Mama.«

Sie kniff ihn in die Wange. »Trotzdem hast du verstanden, was ich meine. Was ist deine größte Sorge?«

Sie kannte die Antwort, und er kannte sie auch. Noch einen Verlust würde er nicht überstehen. Und er war die ganze Zeit nicht bereit gewesen, noch einmal etwas zu riskieren. Bis jetzt.

Vielleicht.

Vermutlich würde Lara gar nicht mit ihm sprechen. Er hatte auch keine Ahnung, was er sagen sollte. Nein. Es war eine schreckliche Idee.

»Komm, es gibt Geschenke«, sagte er zu seiner Mutter und schob sie ins Wohnzimmer. Sie schaute ihn zweifelnd an, aber erwiderte nichts darauf. Janne musste seine Entscheidungen selbst treffen, das hatte er immer getan. Er hob sein Glas und klopfte mit einer Gabel daran.

»Ich möchte eine kleine Rede halten«, meinte er und räusperte sich. »Es ist eher spontan, aber ... ich denke, es ist an der Zeit, dass ich euch Danke sage. Dass ihr immer für mich da gewesen seid, uneigennützig und selbstlos. Ich habe das irgendwie als selbstverständlich hingenommen, obwohl es das nicht ist. Eure Rücksicht bedeutet mir viel, aber ich glaube, jetzt könnt ihr damit aufhören, mich mit Samthandschuhen anzufassen. Ich bin an einem Punkt, an dem ich endlich mit der Realität fertig werden muss, egal, wie weh es tut. Ich vermisse Emilia. Jeden Tag. Jeden Atemzug.« Er hielt inne und sah, wie Sandra sich über den Augenwinkel wischte, Jens drückte ihre Hand.

Karola schmiegte sich an ihren Mann. Sie hörten gespannt zu, Janne fuhr fort.

»Sandra und Jens, ich würde mich freuen, wenn ich irgendwann einen Neffen oder eine Nichte hätte, heute habe ich kapiert, dass ihr womöglich wartet. Meinetwegen. Das sollt ihr nicht.« Er räusperte sich. »Ihr habt ein Recht auf Glück, so, wie ich das auch für mich sagen kann.« Das war der Punkt. »Und deswegen muss ich euch jetzt kurz allein lassen. Oder länger, wir werden sehen. Ich habe keine Ahnung. Wenn ihr eure Geschenke in der Zwischenzeit auspacken wollt – sie sind beschriftet. Bis nachher.« Mit einem Grinsen rannte er aus dem Haus, schnappte sich gerade noch einen Anorak, dann schlug er die Tür mit einem lauten Knall hinter sich zu.

* * *

Lara saß bei Helena und Torben auf dem Sofa, sie war satt und müde. Es war warm im Wohnzimmer, überall lag Geschenkpapier verstreut. Amalia spielte mit ihrer neuen Puppe, Torben futterte Pralinen, und Helena faltete Puppenkleidchen neben ihrer Tochter. Die Großeltern waren eben gegangen. Obwohl Lara nur zu Gast war, fühlte sie sich wohl und herzlich aufgenommen. Trotzdem erwischte sie sich immer wieder dabei, dass sie an ihr Handy dachte und nachsehen wollte, ob Janne vielleicht geschrieben hatte.

Dumm von ihr. Ein Weihnachtsgruß, als ob das was ändern würde.

Sie schluckte und klammerte sich am Orangensaft fest, den sie in der Hand hielt.

Etwas flog gegen die Scheibe.

Und noch etwas.

»Was ist das denn?«, meinte Helena und stand auf und guckte nach.

Lara runzelte die Stirn, Helena wandte sich um. »Komm mal her«, forderte sie Lara auf, die nicht verstand, was das jetzt sollte. Was hier los war.

Helena öffnete die Fenster, eiskalte Luft strömte herein. Mit mechanischen Bewegungen schaute sie selbst nach. Sie traf beinahe der Schlag, als sie Janne entdeckte, der unten im Schnee stand und einen Schneeball in der Hand hatte.

»Du hättest auch klingeln können«, scherzte Lara.

Janne trug eine Mütze und einen Anorak, den er nicht geschlossen hatte, als hätte er es eilig gehabt. War er wirklich ihretwegen hier? Sie konnte es kaum glauben, wagte es nicht. Denn das würde bedeuten, dass doch noch nicht alles verloren war. Gleichzeitig erinnerte sie sich daran, dass er sie schon einmal sitzen gelassen hatte. Wollte sie riskieren, dass das zur Gewohnheit wurde?

Vielleicht ging es ja auch um was ganz anderes.

Lara hielt den Atem an. Janne schaute zu ihr und ließ den Schneeball fallen. »Lara, wie gut, dich zu sehen. Frohe Weihnachten!«

»Frohe Weihnachten«, wiederholte sie. »Das war doch nicht alles, was du mir sagen wolltest?« Sie hatte keine Ahnung, woher sie die Schlagfertigkeit nahm, oder den Mut. Das alles fühlte sich absurd an.

Er grinste. »Nein, Lara. Deswegen bin ich nicht hier.«

»Warum dann?«

Sie spürte, dass Helena und Torben am anderen Fenster standen, guckten und zuhörten. Es störte sie nicht im Geringsten. Es war beinahe schon wie eine Szene in einer Komödie. Nur, dass die immer ein Happy End hatten.

Würde ihre Geschichte auch gut enden?

Sie hatte keine Ahnung, aber musste sich eingestehen, dass sie die Hoffnung nie komplett begraben hatte. Gegen ihr dämliches Herz war sie einfach machtlos.

»Ich bin hier, weil ich dir etwas sagen wollte, etwas, das du unbedingt hören sollst.«

»Ja?«

Sie stützte sich auf die Ellenbogen und guckte zu ihm herunter und fühlte sich dabei ein bisschen wie Rapunzel. Janne schluckte, aber seine Augen funkelten hoffnungsvoll. Voller Liebe.

»Ich habe viele Fehler gemacht, der größte aber war, dich im Stich zu lassen. Ich will mich nicht rechtfertigen, aber dir erklären warum. Dieses Mal die ganze Wahrheit. Ich habe Angst, Lara. Ich habe so große Angst, dich zu verlieren, dass ich lieber gleich Schluss gemacht habe. Ich wusste, dass du mir nicht verzeihen würdest. Deswegen bin ich nicht gekommen. Ich dachte, ohne dich würde ich klarkommen, wieder in meinen Trott finden. Ich war ein Idiot.«

»Dem zumindest kann ich nur zustimmen«, neckte sie ihn.

Er lächelte, dann wurde er ernst. »Heute habe ich endlich etwas begriffen, das die ganze Zeit schon da gewesen war. Nur war ich nicht mutig genug, um es zu akzeptieren.«

Sie biss sich auf die Unterlippe und sagte nichts.

»Lara, der Gedanke, dich für immer zu verlieren, ist größer als die Angst vor einem Neuanfang. Es gibt so vieles, vor dem ich mich fürchte, dass ich das Einzige, was wichtig ist, gar nicht sehen wollte: Ich liebe dich, Lara.«

Sie schluckte. Ihre Augen füllten sich mit Tränen.

»Du bist die klügste, schönste, witzigste und herzlichste Frau, die mir je begegnet ist. Ich dachte, dass du ohne mich besser dran sein würdest, weil ich glaubte, dass es für mich keine Hoffnung mehr gäbe. Aber ich habe mich getäuscht, Lara. Indem ich dich liebe, mit dir glücklich bin, verrate ich nicht das, was ich verloren habe. Ich habe mir immer eingeredet, dass ich, wenn ich glücklich bin, nicht mehr traurig sein kann. Aber bei dir habe ich gespürt, dass ich beides bin. Du gibst mir Hoffnung, Lara. Und ich möchte dir zeigen, dass auch ich dir etwas geben kann, wenn du mir verzeihst. Es tut mir leid, dass ich nicht offen zu dir war, dass ich dich im Stich gelassen habe. Das wird nie wieder passieren. Darauf gebe ich dir mein Wort. Ich liebe dich.«

Sie schluckte, heiße Tränen rannen über ihre Wangen. »Janne … ich …«

Er streckte seine Hand nach oben. »Wärst du bereit, zu mir runterzukommen?«

Sie lächelte und wischte sich über das Gesicht. »Ich … ich glaube schon.« Sie trat zurück und sah, wie Helena mit beiden Daumen nach oben zeige, Torben nickte ihr lächelnd zu.

»Ähm, danke für den schönen Abend … und frohe Weihnachten!«

»Dir auch, Lara«, riefen ihr die beiden hinterher, während sie sich ihre Jacke schnappte und die Treppe hinunterstürmte.

Sie bekam mit, wie die beiden die Fenster schlossen, doch dann sah sie nur noch Janne. Er wartete im Schein einer Laterne. Schneeflocken tanzten im Lichtkegel. Es war eiskalt, aber sie spürte nichts davon, außer der Wärme in ihrem Herzen.

Er war gekommen, und was er gesagt hatte, klang ehrlich. Sie fühlte jedes Wort.

»Lara«, murmelte er, als sie nur noch wenige Schritte von ihm entfernt war. Er streckte seine Hände nach ihr aus und blieb stehen, als wartete er darauf, dass sie diese letzte Distanz nach seinem Geständnis überwand.

Sie legte ihre Finger in seine, dabei schauten sie sich tief in die Augen. »Frohe Weihnachten.« Seine Stimme klang belegt.

»Frohe Weihnachten.«

»Kannst du mir verzeihen?«

Sie nickte.

»Ich liebe dich, Lara Herziger«, er trat näher und lehnte seine Stirn gegen ihre. Sein heißer Atem streifte ihre Wange, er roch frisch und so vertraut.

»Ich liebe dich, Janne.«

»Ich schwöre dir, dass ich dich nicht noch einmal enttäusche.«

Sie schluckte. »Sei einfach ehrlich zu mir.«

»Ja, ich weiß, dass noch ein weiter Weg vor mir liegt, aber ich habe kapiert, dass ich diesen Weg gern mit dir gehen möchte, wenn du es auch willst.«

Sie nickte und spürte, wie sich ein Lächeln auf ihrem Gesicht ausbreitete. »Ja, das will ich.«

Und dann küssten sie sich. Vorsichtig berührten sich ihre Lippen, als wäre es das erste Mal. Schneeflocken tanzten um sie herum, während niemandem von ihnen wirklich kalt war. Irgendwann löste sich Janne von ihr und verschränkte seine Finger mit ihren: »Und jetzt lass uns Weihnachten feiern gehen, meine Familie wartet auf dich.«

Gemeinsam schlenderten sie zu Jannes Haus. Lara wurde von allen herzlich umarmt. »Wie schön, dass du da bist«, begrüßte Karola sie.

»Endlich, wir haben gedacht, Janne kriegt es nie mehr hin«, scherzte Jens und erntete dafür einen bösen Blick von Janne.

Jetzt kam sie sich doch wieder vor wie in einem Märchen, mit dem Unterschied, dass sie offen und herzlich in die Familie des Prinzen aufgenommen wurde, so, als hätte man schon immer auf sie gewartet. Janne ließ sie nicht mehr los, und wenn, dann nur kurz. Irgendwann verabschiedeten sie sich. »Macht euch keine Illusionen«, er grinste. »Ich werde heute Nacht nicht auf dem Sofa schlafen.«

Sandra lachte. »Gott sei Dank!«

Lara spürte, dass sie ein wenig rot wurde.

»Wir sehen euch dann zum Frühstück?«, wollte Karola wissen.

»Aber glaubt nicht, dass wir um neun hier sein werden«, erwiderte er lachend.

Janne zog Lara in seine Arme und sie schlenderten Arm in Arm in ihre gemeinsame Zukunft.

Epilog

Ein Jahr später

Der Duft nach Gewürzen und Braten zog durchs Haus. Leise Musik tönte aus den Lautsprechern. Alles war festlich geschmückt, die Vorspeise war gerade fertig geworden. Es gab eine Kartoffelcremesuppe mit Croûtons. Die ganze Familie tummelte sich in Laras und Jannes Küche, sie lebten jetzt gemeinsam in der Kate. Das Haus des Großvaters wurde gerade renoviert, sie würden es in Zukunft auch an Feriengäste vermieten.

Sandra stieß einen kleinen Schrei aus, ihre Hände hatte sie auf ihren dicken Bauch gelegt.

»Was ist?«, stieß Lara hervor. Es war auf einmal mucksmäuschenstill im Raum.

Sandra lachte. »O Gott, ich glaube, meine Fruchtblase ist gerade geplatzt!«

Der Teufel brach los, der werdende Vater rannte aus der Küche, dann wieder in die Küche, dann wieder hinaus – weil er gar nicht wusste, was er tun sollte. Ein klarer Fall von Überforderung.

Die werdende Oma klatschte begeistert in die Hände, während Janne – ganz praktisch denkend – nach einem Lappen griff, damit nicht noch jemand ausrutschte.

Jens war kreidebleich, dann fasste er sich und lächelte.

»Dann geht es jetzt los!« Er trat zu seiner Frau und stützte sie.

Sie schüttelte sich grinsend. »Ich kann noch selbst gehen, danke!«

Mit watschelndem Gang verließ sie die Küche, Jens folgte ihr – nicht ganz so gelassen –, kurz darauf krachte die Tür ins Schloss, und an die Suppe dachte niemand mehr.

»Lass uns einen Spaziergang machen«, schlug Janne vor. Wenig später schlenderten sie am Strand entlang. Lara war aufgeregt, bald würde sie Tante werden. Es war so ein schönes Gefühl, Teil dieser großartigen Familie zu sein. Auch ein Jahr später hatte sie noch keinen einzigen Tag bereut, im Gegenteil, mit Janne erlebte sie jeden Tag aufs Neue, wie wunderbar es sich anfühlte, geliebt und akzeptiert zu werden. Schnee knirschte unter ihren Schuhen, es war frostig kalt und sternenklar.

»Jetzt wirst du Onkel. Hast du Angst?«, fragte sie irgendwann.

Er lächelte und hielt ihre Hand in seiner. »Im Gegenteil. Es ist ein schönes Gefühl, ich kann es kaum abwarten.«

Sie hatten in den letzten zwölf Monaten viel Zeit mit endlosen Gesprächen verbracht und Lara wusste sehr gut, wie Janne empfand und was ihn bewegte. Noch vor einem Jahr wäre jede Freude über ein Baby in der Familie zwar mit Begeisterung, aber auch mit Furcht aufgenommen worden. Heute wirkte er aufgeregt, aber nicht mehr besorgt. Er hatte wieder Vertrauen ins Leben bekommen, und das merkte man ihm an.

»Ich weiß, dass jeder krank werden kann«, murmelte er, »Aber diese Sorge vor dem Schicksal ist kein Grund, nicht mehr zu leben, nicht zu lieben. Angst lähmt alles nur, das habe ich begriffen.«

Janne küsste sie lange und zärtlich. Dann holte er etwas aus seiner Jackentasche. Ein Kästchen, er klappte es auf und Lara schnappte nach Luft. »O mein Gott«, murmelte sie und blickte vom Ring zu ihm und wieder zurück. Ihr Herz schlug Kapriolen, ihre Knie wurden weich. War das hier …?

»Meine Liebste, ich möchte dir für das beste Jahr meines Lebens danken. Jede Sekunde mit dir ist ein Geschenk. Ich bin bereit für den nächsten Schritt, Lara. Ich wünsche mir, dass wir eine Familie werden, auch auf dem Papier. Ich wünsche mir, dass aus uns ein Wir wird und vielleicht etwas mehr.«

»O mein Gott«, wiederholte sie und schlug sich die Hände vor den Mund.

»Ist das ein Ja?«

»Ja! Natürlich ist das ein Ja!« Sie warf sich in seine Arme und küsste ihn.

Atemlos lösten sie sich voneinander, er streifte ihr den Ring über, dann küsste er jeden einzelnen Finger. »Und vielleicht sind wir es ja nächstes Jahr, die an Weihnachten in den Kreißsaal müssen.«

»Janne«, stammelte sie. Sie hatten zwar schon ein paar Mal darüber gesprochen, dass Janne weitere eigene Kinder nicht kategorisch ablehnte, aber dass er noch lange nicht soweit war. »Ich habe es nicht eilig«, flüsterte sie glücklich.

»Es ist gut, Lara, wirklich. Ich bin bereit dafür, ich wünsche es mir sogar. Ich habe kapiert, dass nichts und niemand Emilia ersetzen wird. Indem sie eine Schwester oder einen Bruder bekommt, wird sie nicht vergessen. Ich liebe sie, aber ich kann auch ein zweites Kind lieben. Und ein drittes.«

Lara schnappte nach Luft. »Meine Güte, das klingt ja fast nach einer Fußballmannschaft!«

Er schüttelte lachend den Kopf. »Wer weiß? Wenn du es auch willst?«

Laras kleiner Betrieb an der Düne lief wunderbar, zudem arbeitete sie an zwei Tagen in der Woche bei Frau Petersen, die wirklich ganz nett war, wenn man die harte Schale erst einmal geknackt hatte. Ihr Leben mit Janne war perfekt, sie konnte sich kaum ausmalen, dass es noch besser werden könnte, und doch passierte genau das jetzt. »Ich will Janne, mit dir will ich alles! Ich liebe dich.«

»Ich liebe dich mehr«, raunte er an ihren Lippen, dann küsste er sie noch einmal und ließ sie vergessen, was sie darauf hatte erwidern wollen.

Zum Schluss …

Vielen Dank, dass du mein Buch gekauft und gelesen hast. Wenn es dir gefallen hat, freue ich mich über Feedback, sei es als Rezension oder als Beitrag in den sozialen Medien.

Wenn du keine Neuerscheinung mehr verpassen möchtest, melde dich gleich zu meinem Newsletter an.

Du findest mich bei Instagram, Facebook oder auf meiner Website.

Alles Liebe

Deine Karin